# LE SAULE

Bobby est un jeune adolescent noir qui vit dans le South Bronx, et partage avec ses frères et sœurs le même sordide appartement dont les murs regorgent de rats. Une existence misérable que seule la présence de Maria, une jeune fille du quartier hispanique, vient éclairer. Un matin, le couple est agressé : Bobby est roué de coups, tandis que Maria est victime d'un jet d'acide qui la défigure. Fuyant les lieux du drame, Bobby se retrouve dans une zone urbaine à l'abandon, parmi les immeubles éventrés et les rues défoncées.

Recueilli par Moishe, un vieil homme qui vit dans une cave, Bobby panse ses blessures. Là, les deux hommes apprennent à se connaître. Moishe est un être meurtri, qui a tout perdu, que le destin n'a pas ménagé, et cependant, il a fini par pardonner à ses bourreaux. Bobby, lui, ne pardonne pas. La haine qui couve en lui se réveille, et il ne songe plus qu'à mettre en œuvre une impitoyable vengeance.

Pourquoi Moishe, si accablé par les peines et l'injustice, tente-t-il alors de ramener l'adolescent à la raison, de le persuader que la haine tue autant celui qu'elle vise que celui qu'elle nourrit ? Comment peut-il encore croire au Bien, quand sa propre existence, et le monde alentour, ne font preuve que de la prédominance du Mal ?

Avec une écriture crue, alternant les scènes de violence et les dialogues, Hubert Selby Jr. fait preuve d'une étonnante capacité à renverser l'univers définitivement noir de l'inoubliable *Last Exit to Brooklyn*, et ouvre, avec *Le Saule*, la voie de la rédemption et de la compassion.

*Né en 1928 à Brooklyn, Hubert Selby est l'un des plus grands écrivains contemporains de langue anglaise. Outre* Last Exit to Brooklyn *(1970), il a publié* La Geôle *(1972),* Le Démon *(1977),* Retour à Brooklyn *(1980) et* Chanson de la neige silencieuse *(1986).*

Hubert Selby Jr.

# LE SAULE

ROMAN

*Traduit de l'américain*
*par Francis Kerline*

*Éditions de l'Olivier*

TEXTE INTÉGRAL

TITRE ORIGINAL
*The Willow Tree*

ÉDITEUR ORIGINAL
Marion Boyars Publishers, 1998


ISBN 2-02-048135-9
(ISBN 2-87929-184-4, 1re publication)



www.seuil.com

*Honorer une vie, c'est Honorer l'Infini Esprit de la VIE.*

Il y a trois hommes dont le soutien bienveillant et généreux m'a permis d'écrire ce livre : Bernd Eichenger, Ritchie Price et John Ritchey. Merci mes amis. Je vous aime et vous suis éternellement reconnaissant.

Ken Hollings est peut-être le seul éditeur véritable du monde anglophone. Sa vision artistique et son grand cœur ont « vu » ce livre et m'ont permis de le « voir » aussi. Je vous aime et rendrai toujours honneur à votre courage.

Ce livre est dédié à tous ceux qui non seulement ont survécu, mais se sont imposés.

Bobby couché dans son lit écoutait les rats qui grattaient et couinaient dans le mur à quelques centimètres derrière sa tête avec un de ces bruits comme s'ils essayaient de lui grignoter le crâne pour lui bouffer les yeux de l'intérieur.

La première fois que Bobby avait entendu ce bruit quand il était môme il était tombé de son pieu en gueulant et avait foncé dans la cuisine où sa mère était en train de langer son petit frère et elle lui avait dit de la boucler, C'est que des rats et t/as intérêt à t'y faire mon gars parce que va falloir viv avec eux toute ta vie et n'importe comment y sont dans lmur et tant qu'y sont dans lmur y en ont pas après toi alors ôte-toi dmon chemin et mets-la en veilleuse parce qu'y a le bébé qui braille déjà assez comme ça – et Bobby il continuait à brailler quand même et à gueuler en crapahutant derrière sa mère et quand elle avait pris le bébé pour le mettre dans son berceau elle avait failli trébucher sur lui, Bobby, Bon sang, spèce de serpent à sonnettes, t/es pire que les rats, alors maintenant tu vas LA FERMER OU JTE COUPE EN PTITS MORCEAUX ET JTE FAIS BOUFFER PAR CES BON DIEU DRATS, qu'elle avait crié en agrippant le bébé, en tremblant de rage, en pleurant de frustration, parce qu'elle n'avait aucun moyen de lutter contre les forces qui la retenaient prisonnière avec 2 mômes dans un HLM infesté de rats et bourré de gosses qui ne savaient que geindre et râler toute la journée, toute la journée et même toute la nuit qu'ils geignaient et râlaient et faisaient du chambard dans l'escalier et y avait pas un homme, pas un seul homme, les salauds, pour l'aider à élever ces foutus moutards, pas un homme sauf pour la culbuter en vitesse la nuit ou essayer de lui taper ses allocs mais pour l'aider avec les gosses là y avait plus personne, même pas pour les surveiller pendant qu'elle faisait le café ou cuisait des œufs, et jsuis qu'une pauv môme moi-même, Oh sale gosse, ôte-toi dmon chmin, TU M'ENTENDS TIRE-TOI DLÀ NOM DE DIEU AVANT que jte morde la peau du cou – et, lentement, lentement, elle s'était assise par terre, en serrant le bébé dans ses bras, en le berçant d'avant en arrière, et Bobby rampant sous la table avait regardé sa mère, son bercement, ses tremblements, sa figure mouillée et poisseuse de larmes, mais en silence, sans moufter, sans même chialer, il l'avait juste regardée serrer le braillard en faisant le vide autour d'elle, en effaçant tous les bruits environnants, hermétique à toute présence, à toute conscience autre que son bercement, en avant en arrière, en avant en arrière, en avant en arrière… le temps, l'espace, tout alentour avait disparu, un instant, puis elle était allée ici et là faire ce qu'elle avait à faire, et Bobby savait que quand elle aurait fini elle ne crierait plus pendant un moment et qu'elle lui ferait un câlin et lui donnerait peut-être une grenadine et tout irait bien…

pendant un moment…

Avec le temps la terreur se changea en peur simple et il sauta du lit pour courir vers sa mère… avec le temps il sortit en courant, avec le temps se réveilla tout à fait, puis retourna dans sa chambre…

et maintenant, couché là, il pensait au jour qui commençait, écoutait les rumeurs qui montaient de la rue, les clameurs, les complaintes, les gueulantes qui résonnaient dans l'immeuble. Mais il entendait surtout les rats, les rats frénétiques qui rongeaient, grattaient, chicotaient, détalaient, couverts de plâtre et de rognures, enfarinés de poussières, fouillaient les ténèbres, roulaient des yeux et frémissaient du museau en sillonnant les ordures nourricières, téméraires dans leur effroi, prêts à bondir sur tout ce qui les menaçait et à s'acharner dessus avec leurs dents jaunes.

Négligemment Bobby tendit la main derrière sa tête, cogna contre le mur et sourit en entendant leurs débandades et leurs couinements de panique, Saletés, va. Il cogna plus fort, Barrez-vous, saltés. Un de ces 4, jvaim ramner avec un bidon de 20 lites de mort-aux-rats et zallez déguster, mes salauds… ouh putain jvous ferai rentrer du feu dans lgosier, moi…

Bobby les écouta encore une minute, puis s'étira avec lassitude et s'assit sur le bord du lit.

Il avait 2 frères dans la petite piaule avec lui, 2 frères entre 5 et 9 ans, mais leurs lits étaient vides. Ils se caltaient toujours en vitesse quand ils entendaient les rats. D'habitude il devait les prendre dans ses bras pour les calmer, leur dire qu'y avait pas de raison d'avoir peur…

Ouais, faut pas avoir peur, les rats dla rue y sont bien pu gros et pu vicieux kces saltés dans lmur – et il se remit à cogner en se marrant, n'entendait plus que son rire et la panique des rats…

Il s'étira, se gratta, enfila son froc, sa chemise, ses baskets, passa dans le living, fit quelques pas jusqu'à la chaise devant la fenêtre, regarda dans la rue et, sentant une brise fraîche sur son visage, se dit que la journée serait belle, pas trop chaude, que bientôt l'école serait fermée pour l'été, encore quelques semaines à tenir, et qu'alors peut-être il dégotterait un job et gratterait un peu de thune, histoire de faire quelque chose avec Maria, d'aller quelque part, n'importe où pourvu que ce soit ailleurs, au ciné en ville peut-être tiens voir quelques vieux films encore à l'affiche avant qu'ils soient trop vieux même pour la téloche – puis il alla dans la cuisine, s'aspergea la figure d'eau froide, secoua ses mains au-dessus de l'évier, se tapota, se frictionna en savourant la douce fraîcheur de l'eau sur sa face, lissa ses cheveux avec ses paumes, puis sortit en fronçant le nez à cause des couches sales qui traînaient sur le chemin et descendit 4 étages de ténèbres crasseuses jusqu'à la rue, dont la soudaine clarté le forçait toujours à plisser les yeux et à s'immobiliser un instant. Il alla aux chiottes dans le bar voisin, puis mit le cap sur l'école.

Sa copine Maria l'attendait sur le perron de son immeuble. Elle se jeta dans ses bras et ils se pelotèrent et se bécotèrent et continuèrent à marcher dans la rue en se tenant par la taille. Comment ça va ma poule ? t/as l'air en forme.

Jvais bien chéri. Ça gaze. Alicia m'a prêté son nouveau rouge à lèv, super, hein ? – en renversant la tête en arrière et en tendant sa bouche à Bobby.

Oh ouais, super. J'en veux aussi – en l'attirant contre lui, en l'embrassant puis en se léchant les lèvres. Maria rigolait. Comment tu mtrouves avec mon nouveau rouge à lèv ? – en tournant du cul et en roulant les épaules d'un air efféminé. Maria se marra encore plus et le repoussa d'une tape sur l'épaule, une fois, deux fois, jusqu'à ce qu'il bute contre une voiture en stationnement, Non mais ! tu sais pas qu'on doit traiter les femmes avec respect, y t'ont pas appris ça à l'école ? Il lui attrapa les poignets et l'entraîna à reculons sur la chaussée, en riant avec elle, puis remit son bras autour de sa taille, et elle idem, et ils clopinèrent comme ça, tournèrent au coin de la rue et arrivèrent dans une zone d'ombre.

Quatre ados portoricains émergèrent de sous un porche, se répandirent en éventail sur le trottoir et marchèrent vers eux avec la haine. Maria murmura *Madre Dio* et s'accrocha au bras de Bobby. Bobby plissa les yeux et regarda bien en face le gusse qui s'avançait en reluquant méchamment Maria sans s'occuper de lui, Tu dvrais être ma meuf, qu'ess tu fous avec ce nèg? Bobby voulut piquer une tête mais Maria le retint par le bras et le tira en arrière sans quitter l'autre gars des yeux, Laisse-nous tranquilles Raul. On t'a rien fait.

Hein, tu crois kça nous fait rien dte voir sortir avec ste merde au cirage? – Bobby se rue sur Raul et, s'arrachant à l'étreinte de Maria, le frappe avec sa main libre et Maria se met à crier et tente de s'interposer entre Bobby et Raul qui s'attrapent à bras-le-corps pendant que les 3 autres rappliquent, et l'un d'eux frappe Bobby à l'épaule avec une chaîne, alors Bobby essaie de projeter Raul contre ses assaillants, mais y en a un qui s'extirpe de la mêlée, lance un liquide à la gueule de Maria, et voilà Maria qui hurle, se débat en tout sens, pousse des cris sans fin, des cris de douleur, des cris de terreur, de plus en plus terrifiés, de plus en plus terrifiants, et ça y va, ça dérouille, ils sont à 4 sur Bobby, ils le battent avec la chaîne, avec les poings, le jettent à terre, le travaillent au corps et à la tête à coups de tatanes et y a du monde qui commence à arriver, des gens qui affluent des rues et des porches voisins, et ça gueule, et Maria qui hurle, qui hurle en se couvrant le visage de ses mains brûlées par la soude, qui se tient la tête, délire de douleur, tourne sur elle-même en voltes erratiques, ricoche entre les voitures et les maisons, trébuche, tombe à genoux, rampe, se relève, titube en hurlant, en hurlant, en hurlant, et alors y a 2 femmes qui viennent l'aider, quelqu'un qui crie d'appeler une ambulance, 2 hommes qui essaient de repousser les Portoricains, Bobby qui a la gueule en sang et Raul qui lui balance des coups de lattes dans les couilles, Bobby qui hurle de douleur, puis Raul qui décarre vite fait en entendant la sirène se rapprocher, et les autres suivent, et Bobby se relève en prenant appui sur une bagnole et quelqu'un lui dit de rester tranquille, qu'il a besoin d'une ambulance et Bobby essaie de dire Non, mais il peut pas, c'est un gargouillis presque inaudible qui sort de ses lèvres, il tourne autour de la voiture en cherchant Maria du regard mais il ne voit rien, il a les yeux pleins de sang, il se traîne dans la rue en appelant Maria, il s'entend appeler Maria mais y a pas de son, y a que du sang qui suinte de sa bouche et la sirène qui gueule de plus en plus fort, et une femme arrive avec une bouteille de flotte et commence à asperger la figure de Maria toujours maintenue par les 2 autres qui essaient de la réconforter et de l'empêcher d'arracher la chair brûlée de son visage pendant que Bobby continue à zigzaguer dans la direction opposée en criant dans sa tête, Maria, Maria, et ça y est voilà la voiture des flics qui se pointe au coin et tout le monde fout le camp, retourne sous les porches obscurs ou s'éloigne sur le trottoir, sauf les 3 femmes autour de Maria et Bobby qui sait pas où il va, Bobby chancelant, que les flics ne peuvent pas voir à cause de toutes les bagnoles garées qui font écran, de tous les passants qui le reluquent de travers, de tous les badauds qui se demandent ce qui arrive, l'agitation, les flics, tout ça, Bobby qui titube, se paie un mur, gémit de douleur, pivote, se trompe de rue, atterrit contre la rampe d'un escalier menant à un sous-sol mais ne voit sous lui que le goutte-à-goutte du sang et reste là une éternité, cherchant de l'air, essayant de respirer malgré la douleur pendant que sa tête continue à appeler Maria, Maria, MARIA et qu'une autre voix gueule après ces salauds d'enfoirés et

inconsciemment il s'écarta de la rampe et continua à marcher dans la rue, déterminé à retrouver Maria et à tuer ces enculés de bicots, oublieux de tout le reste, guidé seulement par la rage et la douleur dans les rues bondées où les gens s'écartaient sur son passage en demandant parfois Ça va, mon garçon ? T'as besoin d'aide ? sans jamais obtenir de réponse parce que lui il entendait MARIA, MARIA, MARIA dans sa tête, n'entendait que ça et l'assourdissante colère qui le poussait vers ces enculés de bicots pour leur crever la gorge mais comme il ne voyait pas où il allait il continuait à buter contre les passants, à ricocher entre les voitures et les murs, à s'affaler, souffle coupé, un coup sur un capot, un coup sur une rambarde, entendant vaguement de temps en temps le cri étouffé d'une femme qu'il croisait en titubant, sans la voir se pencher vers lui pour l'aider et, même s'il l'avait vue, il aurait passé son chemin parce qu'il ne voulait pas qu'on l'aide, il voulait rejoindre Maria, Maria qu'il ne retrouvait pas et plus la douleur, plus le vertige des coups reçus s'amplifiaient, plus il perdait conscience des lieux, perdait la notion du temps et, quand il entendit le nom de Maria résonner dans sa tête, sa face bouffie de douleur se contracta et il se figea, éperdu, hagard, parce qu'il connaissait Maria mais n'arrivait pas à faire le lien entre ce nom et ce qui le faisait avancer, s'il avançait, avec dans son esprit une lointaine image d'elle, l'impression d'être sur une plage ou une étendue de sable avec des bus tout autour, sans pouvoir bouger et tout à coup il ne bougea plus, il s'arrêta, toujours chancelant, et ça penchait, il penchait en avant, lentement mais de plus en plus, degré par degré, lentement, tournant sur lui-même, il sentait qu'il basculait par-dessus le bord d'un quai de métro, savait qu'un train arrivait mais confusément sans l'entendre, pleurait en essayant désespérément de résister à la chute et le voilà en apnée s'affalant comme une poupée de chiffon grandeur nature entre 2 wagons quand

un homme, qui

sortait d'un bar en titubant et manqua trébucher sur lui, tendit la main pour le rattraper tout en essayant de garder son propre équilibre et de comprendre ce qui s'était passé, de comprendre qui était ce mec en face de lui puis, se rendant compte que Bobby ne tenait pas debout, plissa les yeux, ébloui par le soleil, vit sa figure… La vache, mon gars, qu'ess t/as pris sur la tronche – Bobby pendu à ses bras, plié et tentant de comprendre ce qu'est un visage

– Viens un peu par ici – soutenant Bobby comme il pouvait, tous 2 titubant vers le bar et vers un coin sombre, le barman les lorgnant de travers, Pourquoi que tu ramènes ce mec ici Darryll ? Tu fais chier, merde.

Où tu veux que jlamène ? Faut qu'y boit un coup.

Jveux pas que stenfoiré crève ici.

Dis pas dconneries. Une fois qu'y aura bu un coup y sera rtapé.

Le barman versa une dose de whisky dans 2 verres, Jveux pas d'histoires, mec.

Les 2 autres hommes au comptoir radinèrent pour regarder Bobby de plus près, Meeerde Marv, y va t'attirer des emmerdes stenflé. Ils se marrèrent en douce et secouèrent la tête, Sûr qu'il a morflé, le mec.

S'y fait partie d'un gang, t/as pas fini d'en chier, jvais tdire. Ces mômes c'est des vrais enragés quand y s'y mettent.

L'un des hommes rit plus fort, T/en fais pas Marv, le vieux Darryll ici présent te défendra.

Marv renversa la tête en arrière, Oh merde, oh putain dbordel de merde – et tous les trois de se bidonner en voyant Darryll vider son godet, puis tremper son doigt dans l'autre verre pour déposer du whisky sur la langue de Bobby après l'avoir assis et calé contre le mur, Darryll qui l'encourageait à avaler sous leurs regards, qui continuait à verser du whisky sur la langue de Bobby, qui avait l'air à jeun tout à coup, parfaitement maître de ses mouvements, qui maternait Bobby avec une attention affectueuse et le savoir-faire d'un neurochirurgien. Bobby toussa, hoqueta quand la première goutte de whisky lui entra dans le gosier, mais parvint à déglutir et Darryll l'apaisa, l'encouragea encore à avaler, puis attendit quelques minutes avant d'instiller quelques gouttes de plus dans sa bouche, Là voilà comme ça, c'est bien, mon gars – encore quelques gouttes – tu vas te sentir mieux tu vas voir, et tandis que sa voix se faisait rythmique et hypnotique comme une incantation il continuait une goutte après l'autre à verser du whisky dans la bouche meurtrie de Bobby, à lui parler doucement pour qu'il avale, attendait quelques minutes, réitérait l'opération, et ainsi de suite, et les 3 autres qui regardaient en silence, accoudés sur le zinc, complètement bluffés par ce qu'ils voyaient, puis qui toujours en silence se regardèrent l'un l'autre quand Bobby bougea légèrement la tête, et Darryll versa quelques gouttes de plus dans sa bouche et Bobby avala sans tousser et maintenant la boisson descendait plus vite et Bobby commença à remuer les paupières et 20 minutes plus tard le verre était vide et Bobby tenait assis presque tout seul et, tous, ils le regardèrent une minute, puis se regardèrent encore l'un l'autre, puis Darryll se mit à frotter gentiment la nuque de Bobby, puis soigneusement ouvrit sa chemise et, secouant la tête pendant que les autres poussaient des exclamations diverses en voyant les blessures et les entailles de la chaîne sur sa poitrine et ses épaules, T/as bsoin d'un docteur, mon gars. File-moi un torchon prop et un peu dflotte… et deux aut godets. Sans les quitter des yeux, Marv alla chercher de l'eau et des chiffons et refit le plein de whisky dans les verres. Darryll continua à frotter le cou et les épaules de Bobby, plissa les yeux, Bon, tu respires – en l'observant attentivement – donc je suppose que t/es en vie. Il renversa la tête en arrière, l'observant toujours attentivement, puis gentiment avec un linge humide tamponna le visage de Bobby grimaçant et dodelinant, Ça va aller mon gars. Là, bois encore un coup – précautionneusement, en tenant le verre près de ses lèvres pour lui enfiler encore une petite rince dans la bouche. Il avala et Darryll attendit de nouveau avant de lui redonner à boire, puis une fois de plus se mit à lui nettoyer délicatement la figure, en se reculant pour marquer une pause chaque fois que Bobby grimaçait et branlait le chef, Bouge pas la tête trop vite petit, tu vas la faire tomber.

Les 3 autres gloussèrent, puis l'un d'eux demanda à Marv s'il avait une trousse de secours ou quelque chose, et Marv dit qu'il pensait avoir ça quelque part, en tout cas au moins du mercurochrome, et Darryll continua ses soins alternés, tantôt versant du whisky dans la bouche de Bobby tantôt nettoyant son visage, en frottant gentiment son cou dans l'intervalle et en lui parlant d'une voix douce ; et Marv dégotta une petite boîte en carton cabossée avec deux flacons d'eau oxygénée, du méthiolate et du sparadrap, les posa sur le bar et demanda à Darryll comment allait le môme comme si Darryll était chirurgien, Y va bien. C'est un costaud smôme-là – et le traitement se répéta, whisky, nettoyage, pause et, au bout d'un moment, un douloureux moment, Bobby commença à se redresser, adossé contre le mur, entrouvrant les yeux par intermittence, deux fentes étroites, et lorgnant les hommes qui le regardaient, discernant à peine leurs visages, aux contours encore flous, mais comprenant au moins que c'étaient des visages, tant que ses paupières restaient ouvertes, puis elles se refermaient et il s'appuyait contre le mur, douloureusement conscient de respirer, surpris par le râle grave qui sortait de sa bouche, un râle qui le forçait à rouvrir les yeux un moment, le temps d'observer le visage à côté de lui, puis il les laissait se refermer vaincu par la souffrance, la sensation térébrante qui lui dévastait la gueule, la poitrine, le ventre, respirant trop faiblement encore pour que ça se voie, mais les hommes pouvaient entendre le ronflement de l'air qui allait et venait dans son nez et sa bouche défoncés, pendant que Darryll lui frottait toujours le cou et que Marv remettait une tournée générale de whisky, Meeerde, ce ptit crevé respire comme un champion. Ouais, après 25 rounds cont Mohammed Ali. Ils rirent et continuèrent à regarder Bobby avec admiration et Darryll avec vénération, Y a pas, t/es doué, Darryll. Ym scie les pattes, ce mec, tout à l'heure y était tellement bourré qu'y arrivait pas à mett un pied devant l'aut et maintenant rgardez comme ys tient droit. Jlai pas vu aussi sob depuis ltemps ksa mère lui donnait la tétée. Ils rirent encore et Darryll attrapa son verre et le sécha, Elle m'a jamais donné à téter ça. Et tout le monde se marra et Darryll se remit à soigner Bobby avec du whisky et le chiffon humide et bientôt Bobby ne grimaça presque plus et Darryll put commencer à nettoyer ses plaies à l'eau oxygénée puis à les tamponner avec du méthiolate, pendant une heure comme ça au moins, et Marv continuait à remplir les verres, mais Darryll n'en donnait plus qu'une goutte de temps en temps à Bobby, C'est pas un buveur, smôme. Jveux pas lsoûler et lvoir rouler par terre. Ah ouais et comment que tu sais qu'y boit pas ? ? ? y a des moutards même pas secs derrière les oreilles qui sbourrent la gueule. Ptêt, mais pas smôme-là. S'y a un truc où je m'y connais c'est la boisson et lui jte dis qu'y boit pas. Marv rit si fort qu'il en eut les larmes aux yeux, Même dans la tombe le vieux Darryll y se rtournerait encore pour palper sa boutanche. Mcerde, c'est pas la vue d'une tite blessure qui va l'arrêter. Ils se marrèrent tous comme des baleines et Marv refit le niveau de whisky et ils trinquèrent à la santé de Darryll qui leur sourit et vida son verre sans cesser de masser la nuque de Bobby en veillant à ce qu'il ne fasse pas de mouvements brusques. Jcrois qu'un peu dglace lui frait du bien mainnant. Marv emballa des glaçons dans un torchon et Darryll appliqua ça sur le cou et la tête de Bobby et après quelques instants les yeux de Bobby papillotèrent et restèrent ouverts plus longtemps et il regarda autour de lui, étourdi, Comment tut sens mon gars ? Bobby plissa les paupières, voulut opiner de la tête, mais s'immobilisa et gémit. Ouais, t/as bien dérouillé, ress tranqui va. Essaie d'avaler encore un peu dça, dit Darryll en portant le verre de whisky aux lèvres de Bobby. Marv et les 2 autres hommes souriaient et rigolaient malgré eux devant la grimace que faisait Bobby en ingurgitant la gnôle, hoquetant, toussant, déglutissant, agrippé au comptoir et avalant toujours, encore et encore, sur l'insistance de Darryll, Là ça va te rquinquer. Qu'ess tu racontes Darryll ? tu peux lui enfiler toul whisky que tu veux dans le gosier c'est pas ça qui va le rquinquer. Ouais, personne peut tenir autant d'alcool… même pas toi Darryll – et tous se gondolèrent, presque avec soulagement, en voyant Bobby revenir peu à peu à la vie, et ils avaient envie de taper dans le dos de leur héros Darryll pour le féliciter d'avoir ranimé le gosse. Darryll instilla encore quelques gouttes dans la bouche de Bobby, prit un peu de recul pour le regarder, un bon moment, puis reposa le verre sur le zinc, Ça suffit pour aujourd'hui. Jveux pas que tu tsoûles à rouler par terre et que t/ailles encore t'attirer des ennuis. Les autres approuvèrent de la tête, vidèrent leurs verres en même temps que Darryll et, appuyés sur le comptoir, regardèrent Bobby faire ses premiers pas autour du tabouret. Darryll sourit à Marv, Jcrois qu'y voudrait un Coca-Cola mainnant, pas vrai mon gars ? Bobby acquiesça, très lentement, et s'appuya contre le mur. Marv posa le Coca sur le bar et Bobby tendit la main pour le prendre et gémit et arrêta son geste, l'épaule droite transpercée par la douleur, puis avança lentement sa main gauche vers le verre, le cueillit délicatement et but une petite gorgée en gardant le glaçon contre ses lèvres le plus longtemps possible. De temps en temps Darryll appuyait la poche de glace sur sa nuque et sa tête et bientôt Bobby put les regarder sans plisser les yeux, les voir distinctement et il demanda où il était. MARV LES THERMES, la station des buveurs graves. Ils pouffèrent, s'esclaffèrent et Bobby les reluqua hagard en essayant de comprendre de quoi ils parlaient et hocha la tête, intrigué, paumé, et Darryll lui raconta comment ils s'étaient télescopés sur le quai de métro et la suite ; et Bobby leur expliqua ce qui lui était arrivé, en prenant son temps, en retrouvant peu à peu ses esprits, souffrant beaucoup mais suffisamment retapé par le whisky pour pouvoir au moins s'exprimer. Les hommes l'écoutaient en opinant du bonnet, pas étonnés par ce qui s'était passé, et quand il eut enfin terminé Darryll le regarda et lui dit qu'il ferait bien d'aller voir les urgences à l'hôpital. J'ai qu'à appeler le 911 et y vont vnir te prende. Faut tfaire soigner mon ptit gars. Bobby secoua la tête. Des clous. Les hommes s'observèrent et haussèrent les épaules, coutumiers de ce genre de réponse, et Bobby leur dit qu'il ne pouvait pas y aller parce qu'ils seraient obligés de faire un rapport et qu'alors il aurait les flics sur le derche et qu'il voulait pas avoir ces enculés dans les pattes et qu'il voulait pas qu'on le ramène chez lui, putain non, parce que sa mère piquerait une crise et que si ces enculés de bicots se pointaient il pourrait pas se défendre. Ben alors qu'ess tu vas faire, petit, traîner la savate dans lmétro pendant un mois ? T/es pas en état. Bobby secoua la tête, pensif, Jvaim démerder. Jvais squatter queq part, y a plein de buildings abandonnés – les hommes acquiescèrent – jvais rprende des forces et pis jvais aller crever ces enculés de bics. Mais faut aussi que je revoye ma meuf… Jsais pas, j'arrive pas à réfléchir là mainnant… vous savez d'où je viens ? Ils firent signe que oui et s'assirent à côté de lui, en sifflant le whisky que Marv continuait à siphonner toutes les 5 minutes et en le regardant conjecturer intérieurement, gamberger sur sa destination et les dispositions à prendre… Enfin Bobby agrippa le bord du bar, décolla lentement du tabouret, assura très prudemment un pied sur le sol, puis l'autre, sous la surveillance neutre des hommes, qui ne levaient pas le petit doigt pour l'aider, préférant le laisser trouver lui-même la force qu'il avait quelque part en lui. Il resta planté un moment, ploya un peu sur ses genoux, puis se redressa, sans cesser de grimacer, en clignant des yeux pour essayer d'accommoder sa vision, ce qui faisait marrer les mecs parce qu'ils voyaient que c'était autant le whisky que les blessures qui lui sapait les bases. Il finit par lâcher le comptoir et leur fit face, ils souriaient, Ouaïïe, c'est bien, ptit. T/es un chef – et Marv remplit les verres et Bobby essaya de sourire aussi, pas terrible, une petite risette sans conviction, mais la force revenait dans ses jambes et il avala une autre gorgée de Coca. Il les collimata quelques minutes, haussa légèrement l'épaule gauche, puis se détourna lentement du bar. Il s'arrêta pour les mater encore un coup, en silence, Darryll lui tendit la main, paume vers le haut, Bobby posa sa main gauche dessus et Darryll topa et tous les autres topèrent et il se dirigea vers la porte en écartant les jambes pour garder l'équilibre. Les mecs, redoutant le gadin, avaient envie de le soutenir mais ils restèrent où ils étaient et le laissèrent crapahuter tout seul. Il atteignit la porte, s'y appuya un instant, saisit la poignée, traversé de tant de douleurs qu'il ne savait pas au juste où il avait mal, et décida d'y aller carrément… en faisant gaffe tout de même, mollo, attention, sans trop forcer, avec en lui une vague conscience de… quelque chose de différent, de nouveau, impossible à définir mais pourtant très réel qui le poussait de l'avant…

Il voulut se retourner pour dire quelque chose, mais la douleur l'arrêta, alors il inclina furtivement la tête, actionna la clenche, puis pesa sur le battant, qui s'entrebâilla, centimètre par centimètre, projetant un rai de clarté dans la salle et dans ses yeux, poussa, poussa en plissant les paupières parce que le jour lui faisait mal aux yeux, puis s'arrêta momentanément en entendant Darryll dire, Fais pas de conneries, mec, hein ?

Ouais, t/es quand même un empaffé, tsais – en se marrant.

Si t/as besoin de quoi que ce soit, tu nous fais signe, hein ?

Bobby acquiesça, puis s'engouffra dans la lumière crue, le bruit et l'effervescence de la rue.

Les 4 hommes regardèrent Bobby sortir, plissant les yeux eux aussi, éblouis, puis les rouvrant quand la porte refermée rendit au bar sa pénombre douillette. Ils observèrent la porte un moment, puis se regardèrent et sourirent, Meeerde, vraiment je t'avais jamais vu aussi sob Darryll. Marv rechargea les godets et ils continuèrent à se regarder, en souriant, en ricanant, en faisant des ouhouhououh... Ouh vingt dieux... Ouh là...

Bobby baissa la tête pour s'abriter du scintillement du soleil et des œillades des passants, parvint à marcher lentement, en tanguant juste un peu, sans s'éloigner des murs pour le cas où il aurait besoin d'un appui. Chaque pas, chaque souffle était une souffrance mais, ne sachant pas si c'était la marche ou la respiration qui lui faisait le plus mal, il continua à avancer, désireux d'atteindre les squats au plus tôt en évitant les embrouilles avec les flics, mais incapable d'avancer plus vite qu'un mioche trébuchant derrière sa mère, tout le corps en sueur et en feu, cisaillé d'écorchures et de coupures brûlantes comme l'enfer. Il avait à peine franchi deux rues que déjà il voulait s'arrêter pour s'asseoir sur un perron mais il savait que, s'il faisait ça, il resterait collé sur les marches et ne pourrait plus lever son cul et qu'y se trouverait toujours un connard pour appeler le concierge et le foutre dans la merde, alors il se força à marcher, à mettre un pied devant l'autre, en souffrant le martyre à chaque pas...

voyait que les rues étaient de plus en plus crades, avec des bagnoles déglinguées à l'abandon, des cartons, des cageots et des ordures venues du monde entier, se frayait un chemin tant bien que mal entre les détritus entassés par les années, empoignait la rampe d'un escalier menant au sous-sol d'un des nombreux immeubles désaffectés et, en se tenant fermement à la barre, descendit lentement, tout doux, en assurant bien le pied sur chaque marche, pantelant, dégoulinant de sueur, sur la gueule et partout, sur tout le corps, si dégoulinant qu'il n'aurait pas été étonné de voir des flaques se former sur le sol. Quand il arriva en bas, ça caillait tellement dans le noir qu'il dut s'appuyer contre le mur pour reprendre son souffle… puis s'aventura dans l'obscurité de plus en plus profonde et de plus en plus fraîche de la cave…

atteignant enfin un endroit jonché de cartons et de vieux tissus et s'adossa contre un mur et lentement se laissa glisser par terre, s'adossa encore contre le mur, souleva les jambes, posa ses bras sur ses genoux, puis sa tête sur ses bras, et s'endormit.

Les ambulanciers essayèrent de calmer Maria, de lui enlever les mains de la figure et de comprendre les explications des femmes qui tentaient de leur raconter ce qui s'était passé tout en s'efforçant de maintenir Maria qui se débattait et qu'elles ne voulaient pas lâcher, faisaient de leur mieux pour essayer de calmer Maria et de les rassurer et parvinrent finalement à leur arracher Maria qui continuait à hurler et à gigoter mais que l'un d'eux réussit à prendre enfin dans ses bras pour lui abaisser les mains et regarder son visage, et quand l'autre vit ses brûlures il grimaça et lui fit vite une piqûre, lui dit que tout irait bien, qu'ils allaient la conduire à l'hôpital et qu'y fallait pas se biler, Calmez-vous, calmez-vous, on est là pour vous aider, laissez-nous faire… ça va aller… tenez bon… Maria continua à crier jusqu'à ce que la piqûre fasse de l'effet et bientôt elle s'affala dans leurs bras et ils la chargèrent précautionneusement dans l'ambulance et l'étendirent sur la civière et l'attachèrent et foncèrent dans les méandres de la circulation en faisant gueuler leur sirène jusqu'à l'hôpital où on la trimballa dans le service des urgences et où pour elle commença une longue attente, des heures durant ficelée sur un brancard dans le hall à gémir, à rouler la tête de droite et de gauche quand l'antalgique se dissipa et que la douleur revint à la charge, à paniquer comme une folle en comprenant qu'elle était attachée, qu'elle ne pouvait pas libérer ses mains, et plus elle avait mal plus elle gémissait, pleurait, criait de douleur et de peur et enfin, enfin, un médecin l'examina et dit aux brancardiers de l'emmener au bloc, et les infirmières les regardèrent installer le lit à roulettes sous la lumière, entendant à peine les plaintes et les cris de Maria parmi tous ces bruits qui étaient leur routine quotidienne, les hurlements, les appels, les suppliques, les prières, les protestations, la terreur totale sur le visage des parents, et une infirmière soutint gentiment la tête de Maria pendant que l'autre assistait le docteur, Reste tranquille ma petite pour qu'on puisse te soigner – mais Maria était complètement sous l'emprise de son supplice et elle râlait et gueulait et secouait la tête et luttait contre ses liens, et le docteur cria de lui maintenir la tête tranquille nom de Dieu, Je peux rien faire bordel si vous l'empêchez pas de – il faut que vous restiez tranquille sinon je ne peux pas vous soigner – merde, comment ils l'ont amochée – où est cette putain de pommade nom de Dieu et filez-lui 75 mg de Demerol… et bientôt ils s'aperçurent que Maria s'apaisait, que sa tête ne bougeait presque plus et que seuls quelques sons rauques sortaient par instants de sa gorge, Bon, je suppose que c'est pas une toxico, on n'a jamais défoncé un junkie avec 75 mg de Demerol – et l'infirmière maintint la tête de Maria pendant que le docteur appliquait la pommade le plus rapidement possible – seigneur Jésus, c'est qu'une gosse et il a fallu qu'un pauvre con lui balance de la soude dans la figure Oh merde, on dirait qu'elle en a pris dans l'œil – quelqu'un passa la tête par la porte – Magne-toi, on a un nouveau qui est en train de nous claquer dans les bras – Ouais, tout de suite – et il termina les soins de Maria et cria qu'on lui apporte un ordre de transfert pour le service des grands brûlés et remplit les formulaires et les clipa sur sa feuille de maladie, et Maria fut véhiculée hors de la salle, toujours endormie, et commença son périple vers le service des brûlés au 9e étage.

Elle fut casée dans un lit et confiée aux bras miséricordieux de Morphée.

Des voisins racontèrent à la famille de Maria ce qui s'était passé, et un ami garda les 2 enfants pendant que la mère et la grand-mère de Maria filaient à l'hôpital. Elles arrivèrent au chevet de Maria au moment où elle commençait son réveil, lentement, s'animant un peu et gémissant avant de sombrer à nouveau dans l'inconscience, et faillirent tourner de l'œil en voyant sa tête entortillée de bandages, avec juste de petites ouvertures pour les yeux et la bouche. Une infirmière prenait sa tension et la mère de Maria la regarda pitoyablement, puis regarda sa fille, puis demanda dans son anglais limité comment elle allait. L'infirmière ne saisit pas bien ce que disait la femme mais elle comprit le sens de son regard terrifié et fit de son mieux pour lui expliquer que son état était grave mais qu'elle s'en tirerait, en opinant de la tête et en disant, *Bueno, bueno*, la mère opinant à son tour, *Si, si*, puis se tournant vers la grand-mère pour lui dire en espagnol que Maria allait se rétablir, les 2 femmes faisant le signe de croix et s'asseyant à côté du lit pour attendre en silence que Maria se réveille. Il y avait d'autres patients qui souffraient, elles entendaient leurs gémissements, leurs prières, leurs angoisses dans toutes sortes de langues différentes, mais elles n'écoutaient que Maria, regardaient sa poitrine se soulever imperceptiblement à chaque respiration, les mains croisées sur leurs genoux. Au début elles se penchaient vers elle dès qu'elles la voyaient bouger, mais cessèrent bientôt en comprenant que Maria n'avait pas conscience de leur présence, restèrent assises en silence, immobiles, les mains croisées sur les genoux, réglant le rythme de leurs corps et de leurs esprits sur celui de la respiration de Maria, de moins en moins attentives à ce qui les entourait, ne voyant et n'entendant que le souffle court qui entrait comme un pleur dans le corps de leur petite fille, la douleur et l'effroi qu'il laissait dans ce corps fragile et dans cet esprit terrifié en se retirant, la douleur qui croissait à chaque mouvement d'air comme à chaque mouvement de son corps, un crescendo d'abord imperceptible mais qu'elles sentirent à force de la regarder, hypnotisées, qu'elles sentirent dans les soubresauts du corps de Maria, et alors ensemble elles se redressèrent sur leurs chaises et la grand-mère posa les mains sur les jambes de Maria, en priant, et sa mère écarta les cheveux qui tombaient sur le visage de sa fille pour essayer de voir ses yeux, essayer de détourner ses souffrances en lui massant doucement les épaules, en lui tenant les mains, en lui parlant à voix basse, essayer d'estomper sa peur avec des mots aimants et tendres, Ma petite fille, tout va bien, maman est là, trésor de mon cœur – et elle regarda Maria avec une tendresse volée à l'angoisse contenue dans la moelle de ses os et qui finirait par la dévorer de l'intérieur mais qu'elle faisait taire parce que sa petite princesse avait besoin de l'amour qui se trouvait dans le cœur de sa mère, alors elle reléguait plus loin sa peine pour se concentrer sur la peine de sa fille, lui caressait le bras avec la main et le cœur avec des mots, sentant que Maria assimilait ces mots et cet amour et croyait en leur pouvoir malgré son malaise grandissant, malgré les secousses qui parcouraient son corps, malgré les sanglots, les spasmes, et voyant que sa respiration se faisait moins saccadée quoique entrecoupée de couinements étouffés et de grincements elle dit à la grand-mère qu'elle allait chercher une infirmière et quitta la chambre, laissant la vieille femme prier en serrant les mains de Maria sur ses genoux.

La tête pleine des échos de la douleur de Maria, elle chercha éperdument de tous côtés, sans savoir ce qu'elle cherchait, sachant uniquement que son bébé souffrait et avait besoin d'assistance et qu'il y avait forcément dans les parages quelqu'un capable de l'aider, un docteur, une infirmière, quelqu'un, mais les gémissements de son bébé distordaient sa vision et elle ne savait pas où donner de la tête, regardait vers un bout du couloir puis vers l'autre, s'aventurait dans une direction puis dans une autre jusqu'à ce qu'enfin elle remarque le bureau des infirmières dans le hall,

s'y rendit en courant, manqua renverser une infirmière et se mit à lui parler précipitamment en espagnol, (l'infirmière qui écarquillait les yeux, ne comprenait pas un mot, Vous parlez anglais ?) d'abord interdite, prise de court, puis... *O si, si*, c'est Maria – en se tordant les mains, peinant à trouver les mots justes dans une langue qui lui était étrangère – ma... ma fille – en regardant dans la direction de la chambre de Maria, essayant de se faire comprendre avec les yeux, des yeux qui s'embuaient de larmes entre deux clignements, au désespoir, l'infirmière qui la rassurait, lui disait que le docteur allait venir voir Maria dès que possible, et la mère de Maria retourna en hâte dans la chambre pour apaiser sa fille, lui dire que tout irait bien, pendant que la grand-mère continuait à prier, les mains sur les jambes de Maria, Maria qui reconnaissait la voix de sa mère et s'efforçait de lui tendre les bras mais sans pouvoir faire un geste vers elle et sa mère se pencha plus près, tout près du visage de sa petite et continua à lui parler doucement, et Maria aurait voulu serrer sa mère contre elle, aurait voulu l'embrasser mais c'était impossible à cause de ses brûlures, alors la mère lui massa doucement les épaules et resta tout près d'elle, presque joue contre joue, et lui dit que sa maman était là et veillerait sur sa petite princesse et Maria pleura et dit simplement maman, maman, maman, et la vieille femme, tenant toujours fermement les jambes de sa petite-fille, priait en silence mais en criant de plus en plus fort dans sa tête pour dissiper l'horreur qui s'offrait à elle, ce petit bout de fille dans la douleur, la figure couverte de bandages, avec juste de petites fentes pour laisser passer les larmes et laisser entrevoir la peur qui vitrait ses yeux, alors elle fermait les siens pour ne plus voir, pour ne plus essayer de comprendre comment une telle chose avait pu arriver à quelqu'un qui apportait chaque matin à sa grand-mère un bol de café chaud et un morceau de pain au lait, de comprendre quel était ce monde où l'on jetait du feu à la figure de sa petite-fille, mais elle ne pouvait s'empêcher de regarder Maria et de sentir la douleur emplir son cœur à mesure que les sanglots de Maria imbibaient ses bandages, et la mère dit à sa petite princesse de lui passer sa douleur pour qu'elle puisse la prendre sur elle et l'offrir à la Sainte Vierge qui les avait toujours protégées, elle et son bébé chéri, et la voix apaisante de la mère rassurait et calmait la fille gisant sur le lit qui, malgré ses halètements et ses spasmes et ses tremblements de peur, ses gémissements de douleur et de panique, commençait insensiblement à se détendre et cessait peu à peu de s'agiter, de se convulser, assagissait ses mouvements mais pleurait toujours en appelant sa mère, pendant que les 2 femmes continuaient à prier et à prononcer des paroles apaisantes...

Moishe regarda Bobby de son haut, le regarda et l'écouta respirer, examina son visage, pensa d'abord que c'était un alcoolo de plus en reniflant l'odeur de gnôle qui montait de lui, puis changea d'impression. Il avait la gueule défoncée, mais c'était pas une gueule d'alcoolo. Moishe regarda ses fringues, plus que sa gueule, pour évaluer son âge, lui donna dans les 15 berges à vue de nez et se demanda ce qu'un ado faisait là. Les mômes se foutaient tout le temps sur la gueule, mais ils venaient jamais ici… personne venait ici d'ailleurs, le secteur était désert sur des kilomètres à la ronde, un peu comme l'Europe après la guerre mais ça c'était une autre époque, une autre vie… heureusement. Mais qu'est-ce que ce môme foutait ici ? Moishe contempla le plafond un moment, puis ferma les yeux et soupira.

Il secoua la tête et s'assit à côté de Bobby, reluqua ses bleus et ses coquards, remarqua ses tremblements, pas très nombreux et presque imperceptibles mais suffisamment révélateurs pour Moishe qui se dit qu'il avait sûrement d'autres blessures cachées mais probablement pas de fractures… cogita et attendit d'avoir bien enregistré l'information avant de tendre la main et de toucher doucement les épaules de Bobby, de les éprouver un peu, puis de secouer légèrement Bobby jusqu'à ce qu'il bouge la tête.

Moishe continua à examiner Bobby, attentif aux mouvements de sa tête, à l'expression de son visage, à sa douleur apparente bien qu'il soit toujours dans les vapes et n'émette d'autre bruit que le frottement de ses épaules contre le mur qui s'écaillait.

Les mouvements de Bobby commencèrent à s'atténuer, alors Moishe se remit à le secouer par les épaules, plus longuement cette fois, sentant que Bobby lui résistait, que Bobby aurait voulu le repousser mais n'en avait pas la force. Quand Bobby commença à marmonner Moishe arrêta de le secouer et s'écarta lentement et dès que Bobby bougeait moins ou marmonnait moins il le secouait de nouveau et ainsi de suite jusqu'à ce qu'il le voie battre des paupières puis se mit à lui parler, en lui filant de petits coups sur la jambe quand il faisait mine de retomber dans les pommes, et Bobby essayait de le repousser du pied mais sans conviction, sans énergie, et Moishe l'examinait toujours, même encore plus attentivement maintenant qu'il avait presque repris connaissance, en essayant d'interpréter intuitivement ses mouvements, de comprendre ce qu'ils lui disaient. Il lui agaça encore la jambe et Bobby fronça les yeux puis se figea aussitôt quand la douleur se rappela à lui...

Faut te réveiller – avec un fort accent germanique mais intelligible. Bobby bougea. Ses mimiques reflétaient sa lutte intérieure contre la conscience croissante de la douleur que n'atténuaient plus les effets du whisky et du sommeil. Moishe le regarda un instant en silence, puis demanda à Bobby de lui parler. Tu sais pas parler???? Dis quelque chose. Faut que tu me parles.

Moishe continua à regarder Bobby se débattre avec sa douleur et sa conscience, sa douleur qui se reflétait de plus en plus sur son corps et sa figure, Tu m'entends???? Comment tu t'appelles? Dis-moi déjà ton nom.

Bobby se mit à gémir et se tourna légèrement de côté, Hein???? Quoi???? Ohhhh... Putain de m...

Dis-moi déjà ton nom.

Mon nom???? Qu'esss... Les yeux de Bobby papillotèrent et il essaya de distinguer Moishe mais la douleur les referma presque instantanément mais il s'efforça de les garder ouverts, sous le regard fixe de Moishe, laissa sa tête retomber en avant, la redressa, entrouvrit ses paupières tuméfiées... Qui... Qu'esss tu veux???? Bobby essayait de garder l'équilibre, de garder les yeux ouverts, essayait désespérément de se rappeler où il était, savait qu'il s'était fait démolir la gueule mais savait surtout qu'il avait mal, voyait vaguement une espèce de face de carême devant lui, une espèce de vieux fromage blanc, mais c'était tout, il avait mal, de plus en plus mal, mal partout et ça empirait à chaque respiration.

Tu sais pas ton nom?

Hein???? – plissant les yeux, secouant la tête, Qu'esss, sûr que j'ai un nom – l'effort de parler lui envoyait des ondes de douleur dans tout le corps et lui incendiait la gueule – Ooohhhh...

Moishe étendit la main et apaisa Bobby, Détends-toi, parle pas pendant un moment – en continuant à l'apaiser et à le regarder négocier sa douleur, presque certain maintenant qu'il n'avait pas de commotion cérébrale. Bobby l'observa soudain, Ouais… Jme rappelle… C'est une baraque abandonnée… Ohhh – il s'interrompit et referma les yeux et Moishe sentit que les spasmes le reprenaient, T/as beaucoup mal, hein. Bobby inspira un peu plus profondément, releva la tête, puis la rabaissa, Ça va aller – la voix faible et pâteuse.

Tu peux bouger… marcher peut-être ?

Bobby voulut répondre Et comment ktu crois que jsuis arrivé ici, vieux con va, mais n'eut que la force d'incliner la tête, à peine, pour acquiescer.

Tu devrais aller à l'hôpital.

Bobby fit signe que non et dit Non – en essayant de se redresser malgré la douleur, Moishe le retenant, Repose-toi. Moishe attendit que la douleur s'estompe un peu, Tu veux que je prévienne quelqu'un que t/es là ? Nan… nan – contenant sa souffrance – nan… relevant encore la tête et cette fois la gardant droite et regardant Moishe en face, Moishe qui comprenait la supplique, « s'il te plaît », dans les yeux de Bobby, qui continuait à observer ses yeux puis qui acquiesça de la tête, et Bobby laissa la sienne retomber et ses yeux se refermer. Moishe continuait à soutenir Bobby, pensant qu'il pouvait le soigner, sentant que Bobby n'était pas dangereux et se fiant à son intuition. Il resta agenouillé à côté de lui jusqu'à ce qu'il redresse la tête et le regarde, puis se leva, Bon… en observant Bobby qui du coup devait se contenter de ne voir que ses pieds… attends. Et Moishe faillit se marrer tout haut en se disant que Bobby n'avait pas le choix.

Bobby entendit les pas de Moishe disparaître lentement quelque part dans l'immeuble, en se penchant légèrement sur la droite pour essayer de l'entendre marcher, beaucoup plus réveillé tout à coup, se demandant qui était ce vieux fou, mais plus effrayé encore à l'idée qu'il ne revienne pas. Bobby était submergé de douleur maintenant et savait qu'il était cloué ici, rien à faire, qu'il ne pourrait pas décarrer quoi qu'il arrive, que même si ces salauds de rats venaient lui mâchouiller le cul il pourrait pas se bouger, alors il resta comme il était et essaya d'entendre quelque chose, n'importe quoi, quelque chose indiquant que le vieux revenait mais il n'entendait rien, sauf peut-être des rats en train de gratter quelque part derrière mais il se laisserait pas faire, il trouverait la force de se bouger, il allait pas rester couché là pendant que ces salopards lui boufferaient le cul, Oh ptain, où qu'y est ce vieux, y a eu largement ltemps d'aller en ville ed revnir mainnant, faut pas déconner, mais jvais mles faire ces enculés de BICS, jvais tleur trouer le CUL tu vas voir dès que je – merde qu'esss c'est ? en se penchant pour tendre l'oreille, captant un bruit confus mais pas vraiment inconnu qui résonnait dans la cave déserte, un bruit qu'il croyait reconnaître, qui lui rappelait quelque chose, de plus en plus fort, comme des roues, ouais ouais c'est ça, des roues, et il fronça les sourcils, un peu, pas trop longtemps parce que ça lui faisait mal, et resta sur le qui-vive en scrutant les ténèbres jusqu'à ce qu'il aperçoive le vieux, tirant un grand chariot rouge derrière lui.

Moishe s'arrêta devant Bobby et sourit, Bon... Bobby qui ne pigeait pas, qui regarda le chariot un moment, puis leva lentement la tête pour essayer de voir la figure du vieux mais ne parvint pas à voir plus haut que son menton. Moishe sourit, Bon... t/es assis, je tire, haussa les épaules et s'agenouilla et poussa le chariot contre Bobby et le bloqua avec un genou en aidant Bobby à grimper dedans et le chariot vacilla et se mit à bouger quand Bobby enjamba le rebord et faillit se casser la gueule, et soudain Moishe commença à se marrer parce que ça lui rappelait un vieux film muet où y avait un chariot qui tanguait et roulait et Chaplin ou Keaton, il savait plus, qui faisait le mariole autour pendant 10 minutes et Bobby lui demanda ce qu'y avait de marrant, putain, en s'installant dans le chariot, le chariot qui bascula et Bobby qui se rétama sur le sol en ciment, et Moishe se tordit de rire à en pleurer et cala la roue avec son pied et aida Bobby à se relever et à se remettre dans le chariot. Moishe le regarda en réprimant ses rires, mais en souriant quand même, puis souleva les jambes de Bobby et les casa dans le chariot et voilà Bobby bien assis qui se faisait l'effet d'un mioche là-dedans, qui se sentait con, mais qui avait trop mal pour râler. Moishe le regarda encore un moment, tout content, puis attrapa la poignée, Bon… on va faire un tour, ya ? Bobby réussit à lever la tête, un petit sourire dans les yeux, T/as intérêt à conduire prudemment ou je t'en colle une – et Moishe se marra en douce et Bobby entendit un petit rire traverser sa tête et peut-être même produire un son.

Quand le docteur eut fini d'examiner Maria, de soigner ses brûlures et de refaire les pansements, il rédigea une ordonnance, puis emmena les 2 femmes dans le hall pour leur expliquer ce qu'on allait faire pour Maria et le pronostic.

La grand-mère serra les bras de sa fille, en la regardant dans les yeux pendant qu'elle écoutait le docteur. Il leur dit que les brûlures étaient sérieuses, mais il était presque sûr que les yeux de Maria étaient intacts, et en entendant ça les 2 femmes se signèrent et remercièrent la Sainte Vierge, la vieille en pleurant un peu et la mère en acquiesçant, *Si, si, muchas gracias* ; puis le docteur s'empressa de préciser qu'il ne pouvait pas, à ce stade, dire exactement comment les plaies allaient évoluer, qu'il fallait encore attendre avant de se prononcer sur un traitement, dissimulant mal son impatience quand la mère lui faisait répéter les termes qu'elle ne comprenait pas avant de les traduire pour la grand-mère, s'efforçant de leur sourire avec bienveillance quand il les voyait perdre les pédales, écarquiller les yeux, affolées, se regarder l'une l'autre, puis essayant de leur expliquer ce qu'était une greffe de peau, mais plus il parlait plus elles semblaient paniquer, plus fort elles se serraient l'une contre l'autre, avec de la terreur dans le regard, des sanglots dans la gorge, et il s'employait à les rassurer avec des sourires et de petites tapes sur les bras, regrettant de ne pas avoir la baguette magique qu'elles auraient voulu le voir brandir pour tout arranger instantanément et pensant aux dizaines d'autres patients qu'il avait encore à voir cet après-midi, à toutes ces autres familles qui se rongeaient les sangs et voulaient savoir ce qui n'allait pas et s'entendre dire que tout allait bien, et comme il s'apprêtait à partir les femmes le remercièrent et le bénirent encore et encore, Que le bon Dieu donne la force et la santé à tous vos enfants – et il commença à s'éloigner, Merci, merci – en hochant la tête, en marchant à reculons, cherchant à se dépêtrer de leur gratitude, et réussit enfin à disparaître au coin du couloir pour foncer vers le patient suivant.

Maria dormait. Ses pansements neufs, propres et antiseptiques, étaient une promesse de rémission, de guérison, cachaient la réalité de son état aux yeux des femmes qui n'avaient aucune idée de l'épouvantable horreur de ses brûlures, ne voulaient pas y penser, voulaient seulement pouvoir se dire que leur petite fille allait survivre. Effarées, assommées par la panique et l'effroi, elles se tenaient mutuellement la main, priaient chacune à sa façon Jésus et la Sainte Vierge pour que leur enfant n'ait plus mal et que sa beauté illumine à jamais la maison qu'elle habitait et soudain la tête de la grand-mère tomba en avant, des larmes inondèrent sa vieille peau et sa fille lui prit la main et la serra en regardant les larmes dégoutter de ses joues sur le drap… et la vieille finit par redresser la tête et dire à sa fille qui épongeait ses pleurs avec un mouchoir en papier Merci… mais comment est-ce possible ? Est-ce que je suis venue dans cet étrange pays de glace et de froidures, avec sa langue incompréhensible, pour que cette petite connaisse la souffrance ? Est-ce que Dieu m'a placée ici pour que je meure à cause d'elle ? Je sais que c'est une souffrance d'avoir des enfants, mais est-ce là la vraie souffrance d'une mère, une qui a donné la vie à 2 générations d'enfants ? Si oui pourquoi n'ai-je pas connu cette souffrance dans le pays de ma naissance… le pays de ta naissance… et de la sienne, notre bébé chéri ? Pourquoi suis-je ici dans la folie d'un monde où les gens ne parlent que pour blasphémer ? Ô Mère de Dieu qu'ai-je fait pour diriger ta colère sur cet enfant ? ? ? ? Qu'ai-je… Oh mon Dieu… mon Dieu… mon Dieu…

et la vieille femme pencha la tête, toute tremblante, faisant pleuvoir des larmes sur les mains de sa fille, puis les portant à ses lèvres pour les baiser, Tu n'as rien fait de mal mère, Maria n'a rien fait de mal non plus. Alors qui ? ? ? Qui ? ? ? Pourquoi la colère de Dieu est-elle sur ma tête et sur le visage de notre bébé ? ? ? Ô doux Seigneur, pourquoi ? ? ? ?

Je ne sais pas. Je sais que ma petite est innocente et je sais que tu n'as rien fait de mal. Que pouvons-nous faire d'autre que prier ?

Prier ? Comment pourrais-je prier… ici ? Est-ce que je prie dans une langue étrangère qui m'est inconnue ? Est-ce que je prie le Dieu de cette ville ? ? ? de cet hôpital où ils enroulent des bandages autour d'un petit visage et enfoncent des aiguilles dans des bras ? Est-ce ici que je prie ? Le Dieu des voitures et des camions et des gangs peut-il entendre le bruit de mon chapelet ? Et elle, est-ce qu'elle le peut ? ? ? ?

elles contemplèrent un instant en silence la tête bandée de Maria…

Oui… son cœur entend nos voix… et le

chapelet. Dieu la protégera… comme toujours. Si elle n'est pas à l'abri dans les bras de Dieu où pourrait-elle l'être ???? Où pourrions-nous l'être ????

Je ne sais pas. Je ne peux pas répondre à ça… je ne peux répondre à rien. Je prie parce que je prie… Que puis-je faire d'autre… même ici ????

La mère de Bobby montait l'escalier, avec un gros sac d'épicerie et son petit dernier et sa fille sur ses talons, quand deux voisines commencèrent à lui raconter ce qui était arrivé à Bobby, et elle s'arrêtait par instants pour rajuster sa prise sur le sac et dire à sa fille qui grimpait cahin-caha à côté d'elle, Arrête dem tirer comme ça, tu veux que jem casse la figure – et qu'esssé sthisssoire de police, y en ont après mon garçon ? Han han, paraît qu'y s'était djà taillé quand y sont arrivés – Oh fille, lâche-moi… Elle s'arrêta et soupira, Comme si j'avais que ça à faire – secouant la tête et reprenant son souffle – bon sang, ces mioches vont mtuer à force dem tirer comme ça, bon sang, les enfants, lâchez-moi – secouant la tête et regardant en bas dans l'escalier – allez ouf y a encore des marches à grimper – se forçant à monter, suivie par les enfants et les femmes. Paraît que la fille est gravement blessée, vous la connaissez ? Elle ? La copine de Bobby ? Comment que je connaîtrais sa copine ? Tu parles.

Elles atteignirent son palier et elle fit une pause devant sa porte pour reprendre son souffle avant d'ouvrir, avec les petits qui couraient derrière. Elle planta ses emplettes sur la table de la cuisine et se laissa tomber sur une chaise. Jte jure cessscaliers auront ma peau un de ces quat. Alors qu'ess vous racontez ? Bobby s'est fait attaquer ? Y sort avec une porto – et ces ptits salauds l'ont arrangé – zavaient l'air pas d'accord qu'y sort avec elle. Hein quoi ? Sa copine est une porto ? Enfin, paraît qu'elle a la peau claire, voyez.

Y auraient jeté dla soude dans la figure à ce qu'on dit – Y ont quoi ? – Comme je vous ldis. Toute une bande qu'y étaient – Si, si, c'est vrai, Bobby y a rien pu faire – De la soude dans la figure, pour de bon ? À ce qu'on dit. Mais qui ça on ? Y a Helen qu/était là qu/a tout vu et Tom aussi de l'aut côté de la rue, et qui y avait encore ? – Tina et – Ouais, c'est ça, Tina…

La mère de Bobby hochait la tête, entendait moins leurs paroles que leurs voix, semblait s'enfoncer dans sa chaise, comme aspirée par un siphon pour se dissoudre dans le sol…

Y a une ambulance qu/est venue chercher la fille – zont dit kc'était grave et qu'a sera ptêt aveug – Aveug ? ! ! ! ! – Possib, qu'y disent. Elle criait c'était affreux – Bobby y a reçu dla soude aussi ? Y est pas aveug ? Han han, pas lui – Mais y ont sauté dessus en bande à jsais pas combien qu'y étaient – Paraît qu'y avaient des chaînes et des battes de base-ball – La mère de Bobby renversa la tête en arrière et dévisagea les femmes un moment, assimilant peu à peu ce qu'elle refusait encore de croire, Qu'esss y ont fait à mon garçon ? Ym l'ont tué. Non, pas tué. Y a eu ltemps dse tailler avant que la police elle arrive – Paraît qu'y pissait le sang, on pouvait le suiv à la trace – Pourquoi que vous disez ça ? hein – Parce que c'est la vérité. Vous aurez qu'à voir vous-même – Méchante (la mère de Bobby leur lança un regard mauvais, battant des paupières, secouant la tête, donna une tape sur la petite main qui tiraillait sa robe)… L'écoutez pas vous aut, elle dit n'importe quoi – Comment ça jdis n'importe quoi, je l'ai vu dmes yeux pauv conne – Commencez pas à la traiter dpauv conne, pauv conne vous-même, elle est déjà assez embêtée, c'est pas la peine de dire qu'y avait des traces de sang comme si on avait égorgé un poulet – N'empêche qu'y l'ont pas raté et y pissait le sang – Ah sûr qu'y saignait (la mère de Bobby continuait à donner distraitement de petites tapes sur les mains qui la tiraillaient, sourde à la plainte des enfants, n'entendant que les 2 femmes, dont les voix devenaient floues, brumeuses, et confuse elle se mit à se balancer d'avant en arrière, avec un bourdonnement dans la tête, un bourdonnement qui s'adoucissait à mesure qu'elle se reployait en elle-même, s'emmitouflait dans un refuge intérieur, le temps d'un répit qui ne dura pas, car le bourdonnement se changea bientôt en gémissement, les voix des femmes revinrent à la charge, et elle prit la main qui la tiraillait et laissa l'enfant grimper sur ses genoux)... Vous avec vot grande gueule – Vous pensez qu'il est mort ?

Les 2 femmes se turent, tournèrent simultanément la tête, la regardèrent, Hein quoi ? Vous pensez qu'il est mort... vous pensez que mon Bobby est mort ?

Les femmes se regardèrent à la dérobée, le visage grave... Oh ben euh – Non sûr que non sgarçon est pas mort. Faut pas vous en faire allez, y va bien. Ouais, y va rvenir bientôt...

Les femmes la regardèrent hocher la tête, elle semblait fixer des yeux un point vague au-dessus d'elles, le silence entre deux mots était soudain pesant, les femmes soudain conscientes de leur propre respiration, la gosse qui gigotait sur ses genoux.

Mais il est gravement blessé ???? Les femmes continuaient à la regarder et à se regarder en douce... puis acquiescèrent, À ce qu'on dit.

La fillette sur ses genoux cessa de gigoter et leva les yeux vers sa mère qui la tenait tendrement à deux mains, sans pourtant paraître se rendre compte de sa présence...

Comment je peux savoir s'y va bien ? Je devrais ptêt demander à la police.

Non oh là faut pas faire ça.

Pourquoi ? Mon garçon a pas la conscience tranquille ?

Han han, y a rien fait de mal, en tout cas pour ce qu'on est au courant – se regardant mutuellement en opinant de la tête, Mais faut pas avoir d'histoires avec la police – Ça c'est sûr. Vous savez comment y sont avec les gens comme nous ? ? ? ? – elle acquiesça, continua à contempler le vide au-dessus d'elles – Y lèveraient pas le ptit doigt pour nous aut. Y seraient capab d'aller le dire à la caisse et y vous retiendraient ça sur vos allocs, vous savez bien qu'y font toujours tout ce qu'y peuvent pour prende nos sous…

Elle cligna des yeux et les regarda, Comment jpeux savoir s'y va bien ?

Y vous fera savoir. Ouais, ses copains y sauront vite. Ça l'avancera à rien que vous allez à la police. Ça c'est sûr, ça peut attirer que des embêtements à tout le monde…

Elle approuva de la tête, l'air absente, puis ses épaules s'affaissèrent soudain et elle serra la fillette contre elle, J'ai djà assez d'embêtements comme ça.

Ça, c'est sûr…

Pas la peine d'en chercher en plus.

Moishe tirait le chariot très prudemment, en jetant un œil sur Bobby de temps en temps, évitant soigneusement les débris ou les repoussant du pied pour que Bobby ne soit pas trop cahoté, marquant toujours une pause avant de bifurquer, puis tournant très lentement le chariot et reprenant leur périple à travers les ténèbres de la cave. Bobby était complètement perdu, ne savait même plus s'il était toujours dans le Bronx ou s'ils avaient traversé le fleuve pour trimarder sur l'autre rive, ne voyait qu'à quelques mètres devant lui alors que le vieux avançait sans hésiter, sachant toujours exactement où il allait, où il devait tourner, comme s'il était capable de voir dans le noir comme un chat, ou un rat, ou autre chose. Deux ou trois fois il s'arrêta pour demander à Bobby, Comment tu te sens, ça va ? Bobby hochait vaguement la tête et le vieux le regardait, puis hochait la tête à son tour. Bon… puis il se remettait à balader Bobby dans l'obscurité, Bobby qui pensait surtout à sa douleur mais qui de temps à autre tressaillait de peur en se demandant tout à coup quelles menaces recelaient les ténèbres devant lui et quel genre de cinglé était ce vieux tordu… si c'était un de ces enfoirés de pédoc qui s'amusent à découper les jeunes garçons, y en avait une flopée qui zonaient en liberté, de ces empaffés… et Bobby scrutait les ténèbres en songeant que c'était peut-être le moment de se remuer, de sauter du chariot et de décarrer en vitesse, mais alors la douleur se rappelait à lui, pour un temps, puis s'estompait à nouveau et c'était la peur qui reprenait le dessus et ainsi de suite, alternativement, jusqu'au dernier tournant. Bobby aperçut une lumière au loin puis, sans transition, les voilà dans ce qui ressemblait à l'appartement de Moishe et Moishe s'arrêta et désigna l'endroit d'un geste circulaire, Voilà… c'est ici que j'habite. Qu'est-ce que t/en penses ? en souriant à Bobby.

Bobby cligna des yeux et secoua la tête. L'étonnement avait momentanément oblitéré sa peur et sa douleur. La vache… jamais vu une crèche aussi chiadée… la vache… c'est d'enfer… ptain à mort.

Moishe l'observa un moment, J'ai regardé un peu ta bobine avant que tu ronfles. Tu dégustes ? Bobby haussa les épaules, juste ce qu'il fallait, connaissant désormais ses limites et sachant jusqu'à quel point il pouvait forcer avant d'être terrassé par la douleur. T/as mal dans le reste du corps aussi ? Bobby parut tout à coup dégonflé et juste un peu plus petit assis dans le chariot rouge vif. Moishe tira le chariot près d'une chaise dans la cuisine, puis tâta doucement les bras de Bobby jusqu'à ce qu'il trouve un endroit pas trop sensible, puis l'aida à s'extirper et à se poser sur une chaise, sans le quitter des yeux, attentif aux signes de souffrance qui s'imprimaient sur son visage, aux mouvements de sa bouche qui voulait se plaindre ou gémir et se figeait sans un bruit, voyant bien que Bobby voulait se forcer à garder les yeux ouverts mais les refermait toujours, incapable de résister longtemps à la douleur malgré sa volonté. Quand il fut assis Moishe mit un oreiller derrière son dos et lentement Bobby se cala contre. Moishe le regarda encore un moment... puis prit sa boîte à pharmacie et son matériel et posa le tout sur la table. Il fixa des loupes par-dessus ses lunettes et enfila des gants en latex avant d'examiner soigneusement le visage de Bobby, palpant délicatement ici et là. Bobby grimaçait, sursautait mais ne se plaignait pas et Moishe tamponna par endroits avec du coton et de l'eau oxygénée, nettoya les petites croûtes qui bordaient les plaies plus profondes, s'arrêtant de temps en temps et se redressant pour laisser Bobby reprendre son souffle et quand il voyait à sa mine que le pire de la douleur était passé recommençait à nettoyer les plaies. Quand il eut fini de tout recouvrir avec de l'antiseptique, il se redressa de nouveau et regarda Bobby une seconde... T/as 2 coupures très profondes. Une sur la joue que je peux refermer avec du pansement spécial et t/auras peut-être pas de cicatrice... mais sur la peau à vif ça va faire très mal. Meeerde, je me fous pas mal d'avoir une cicatrice. Tu dis ça maintenant, mais un jour tu penseras peut-être pas pareil. L'autre sur ta mâchoire faut la recoudre. Elle est très profonde. Pas sûr qu'elle se refermera avec un simple pansement. Bobby se rembrunit, Tu peux rien faire ? Moishe haussa les épaules, Plombier, peintre, charpentier, manœuvre, tout ce que tu veux... mais pas docteur. Faudrait que t/ailles à l'hosto pour te faire recoudre ça par un toubib. Bobby secouait la tête, Mais merde jte dis que jpeux pas aller à l'hosto. Puutain c'est padbol quand même, obligé dlaisser un vieux fromage blanc nommé Mushie me raccommoder la gueule comme s'y sprenait pour le Dr Frankenstein. Salauds de bics ! ! ! !

Moishe lui sourit gentiment, sensible à son dilemme et à sa souffrance.

Eh putain, j'ai pas le choix.

Bon... je vais surveiller que le Dr Frankenstein te transforme pas en monstre.

Bobby zieuta Moishe avec ses loupes par-dessus ses lorgnons qui lui faisaient des châsses énormes. Merde, tu ressemb plutôt au Dr Cyclope.

Moishe se marra, Et alors... un docteur est un docteur, ya ?

Bobby le bigla par en dessous et voulut hausser les épaules, mais n'insista pas, ferma les yeux et Moishe se remit à le soigner. Il appliqua les pansements avec douceur et habileté, et quand ce fut fait il inspecta méticuleusement son œuvre et approuva, Gut... gut. Ça irait ptêt mieux si je gardais les yeux ouverts – regardant Bobby d'un air sérieux, Bobby qui haussa les sourcils, qui le dévisagea un moment, puis qui sourit et Moishe rigola. Bon... tu vas te reposer une minute et on va regarder le reste. Pis je vais te donner quelque chose pour la douleur et tu vas te reposer, ya ?

Moishe sépara les objets nécessitant une stérilisation, puis avec beaucoup de précautions entreprit de découper la chemise de Bobby – Eh oh qu'esstu fais mec ? ! Moishe s'interrompit, C'est le meilleur moyen de pas te faire mal – Bobby qui arrondissait les yeux – Et n'importe comment elle est toute déchirée – avec un sourire rassurant – tu peux plus la mettre. Mais qu'est-ce que je vais mett mec ? Moishe agita la main, J'ai plein de chemises... toutes belles toutes propres, ya ? Bobby regarda sa chemise, Ouais... si tu veux.

Moishe acheva de découper la chemise de Bobby, puis examina son torse et bien qu'il n'y eût pas de coupures et que la peau noire de Bobby empêchât de distinguer vraiment les bleus il était clair que son corps tout entier n'était qu'une gigantesque ecchymose aux marbrures plus ou moins malignes. Il palpa doucement ici et là, posa les mains sur la cage thoracique en disant à Bobby de respirer à fond, tâta les contusions les plus sérieuses, recula d'un pas et sourit, Bon... beaucoup de coquards mais pas de fractures. T/as du pot. Du pot ? ! ! ! ! Tu dis que j'ai du pot moi avec ces enculés q – et la douleur le fit rapidement taire.

Ya – Moishe opinait énergiquement de la tête – du pot.

Merde tiens...

Moishe laissa dire et continua à regarder Bobby qui payait maintenant le prix de ses exclamations trop vives, de sa réaction trop brusque, Ya, du pot. Pas d'œil crevé, pas de commotion, pas de fracture du crâne, pas d'os cassés, pas de dents cassées, tout m'a l'air oké à l'intérieur... Ya, t/es beaucoup amoché mais bientôt tu seras sur pied, pas mort, pas estropié... Moishe sourit jusqu'aux oreilles, tendrement, avec une sorte d'intime gratitude... Ya, du pot... beaucoup de pot. Bobby le regarda et parla posément, tranquillement, Ptêt que oui, mais y vont mle payer ces enculés – avec une violence glacée, tangible – y s'en relèveront pas mec. Le lumineux visage de Moishe s'assombrit soudain (une tristesse intense venue de si loin au fond de lui-même qu'il craignit de s'évanouir et dut s'appuyer sur le dossier de sa chaise pour se ressaisir et fermer les yeux un instant, luttant contre des ténèbres qui menaçaient non seulement de lui bloquer la respiration mais de le consumer entièrement et de le recracher comme une petite boule de douleur hurlante)... Moishe ne sut pas combien de temps dura la lutte, mais à la longue il sentit que le souffle lui revenait et que ses yeux se rouvraient et il regarda les lieux familiers autour de lui, battit des paupières puis regarda Bobby avec amour et compassion et une envie de le serrer dans ses bras tout contre sa poitrine, de lui caresser la tête, d'effacer complètement sa douleur, mais il n'avait plus de force et attendit encore un peu avant de parler. Je vais te donner un truc pour la douleur et tu vas te reposer... Ouais, repose-toi. Moishe tendit à Bobby deux gélules et deux cachets et un verre d'eau. Bobby les regarda puis regarda Moishe, Qu'ess tum donnes mec ? Des antibiotiques et des calmants. Où que t/as dégotté ça ? Bobby lorgnant Moishe de travers. Un ami à moi... un docteur. T'inquiète – ils s'observèrent un moment, puis Moishe haussa les épaules et son sourire s'élargit, Si tu te méfies, t/as qu'à pas les prendre... mais ce serait con que tu chopes une infection, très con. Si la douleur te gêne pas, prends pas les cachets. Toute façon, on pourra toujours aller à l'hôpital si ça s'aggrave, alors les prends pas – en tendant la main et Bobby s'enfila les cachets dans la bouche et avala une lampée de flotte. Moishe se sentit profondément soulagé et approuva, Là, c'est mieux.

Moishe prépara un lit pour Bobby avec un matelas de rechange sur une sorte de plate-forme basse pour qu'il ne se fasse pas mal au cas où il tomberait dans son sommeil. En revenant dans la cuisine, il reluqua Bobby qui luttait pour garder les yeux ouverts. T/arriveras à marcher jusqu'à la chambre ou y te faut le chariot ? Jpeux marcher. Bobby commença à se lever en flageolant et Moishe lui attrapa vite les coudes pour le soutenir. Ils clopinèrent lentement vers la chambre. Quand Bobby vit le lit avec les draps propres et l'oreiller, il prit mieux la mesure de son exténuation, de la profondeur de sa douleur et de son état d'épuisement. Moishe l'aida à se coucher, lui retira ses godasses, son froc et le borda. Si t/as froid je te filerai d'autres couvertures. Bobby acquiesça mollement et s'étira, se laissa envahir par la douceur des draps et l'engourdissement de la fatigue. Il avait longtemps lutté pour garder les yeux ouverts et maintenant il les fermait,

les gardait fermés et

s'endormait... et sans se le dire se sentait bien, en sécurité, malgré tout ce qu'il avait enduré aujourd'hui, se sentait peinard avec ce vieux timbré qui vivait dans cet apparte vraiment cool dans les profondeurs souterraines du coin le plus pourri de New York City et probablement du pays tout entier. En quelques secondes il s'endormit.

Moishe observait Bobby en souriant, debout, voyait sa respiration s'apaiser avec le sommeil, croyait même voir à l'œil nu la tension se vider de son corps meurtri, soulagé de constater qu'il respirait presque normalement… vu les circonstances. Après quelques minutes il se rendit compte que d'autres pensées essayaient de s'insinuer dans son esprit, alors il se força à se concentrer sur Bobby mais rien à faire les pensées insistaient et il quitta la chambre pour aller dans le living et s'asseoir dans son fauteuil,

regarder le bout de ses doigts, les motifs du tapis, suivre leurs complexes entrelacs et arabesques du centre vers les côtés puis tout autour du rebord, essayer de compter les cristaux du lustre, contempler les reflets de la lumière, tenter d'apercevoir des formes cachées dans les nuages d'un paysage sur le mur du fond… mais il ne pouvait ignorer plus longtemps la question qui tournait dans sa tête… dans tout son être… À quoi ça rime ? Est-ce une simple coïncidence si Bobby est arrivé jusqu'ici ? Je ne crois pas aux coïncidences. Faut-il à toute force y chercher un sens ? Ahhh, la journée a été si longue. Je suis dans le brouillard. Tout comme Bobby… Bobby. Pourquoi est-il ici ? Dis-le-moi. Sors de ton mutisme. Pourquoi fais-tu toujours tant de mystères ? Dis-moi un peu, est-il une malédiction ou une bénédiction ? Sera-t-il parti demain ? Est-ce… moi… l'étape sur son chemin de là à… là ? Pourquoi est-ce que je crois en lui ? Pourquoi je lui fais confiance ? Pourquoi suis-je si sûr qu'il n'est pas un voleur, une petite frappe, un drogué ou un dealer ? Bah, qu'est-ce que ça change. Est-ce que ça vaut vraiment le coup de se poser toutes ces questions sans fin et sans réponse ? Elles mènent toujours à la folie. Un jour je saurai, mais pas maintenant. Ce n'est jamais maintenant mais toujours plus tard que j'apprends ces choses. Maintenant il est ici. Maintenant je prends soin de lui. Maintenant on est bien tous les deux. Là ici, là maintenant... on est peinards. Demain ? ? ? qui sait ? ? ? ? Si demain vient. Peut-être qu'il n'y aura même pas de demain et aujourd'hui je me fais du mouron. Allez va oublie ça. Il est ici. Je l'ai un peu soigné et il va bien... Maintenant. Et je vais bien... Maintenant !

Moishe se leva et alla dans la cuisine et se remplit un bol de crème glacée et la recouvrit de sauce au chocolat, puis retourna dans son fauteuil.

Mais demain vient toujours. Jusqu'ici du moins ç'a toujours été le cas. Qui sait, il va peut-être partir et je me tracasse aujourd'hui. Partir ? Comment pourrait-il ? Les lendemains de tabassage sont toujours pires. On n'est plus protégé par l'état de choc. On sent vraiment la douleur. On reste assis et on souffre. Ya... assis et on souffre. Alors quoi, je suis quoi moi, un magicien ? Qu'est-ce que tu veux de moi ? que je le guérisse ? Si tu veux qu'il guérisse soigne-le toi-même. Je suis trop vieux pour ça. C'est fini. Combien de jours il me reste ? Qu'ils soient paisibles... Oui, paisibles. C'est pas trop demander. La paix. Et lui là-dedans ? Je serais le seul capable de l'aider ? Y a des millions de gens ici et je serais le seul ? Qui peut croire ça ? Oui, oui, je sais, c'est pour ma pomme. Alors qu'est-ce qu'il va m'apprendre ? ? ? ? Oui, oui, j'ai pigé... je suppose que je vais découvrir ça aussi, mais pas maintenant.

Moishe remarqua que le bol était vide et sentit un sourire se former sur ses lèvres, Vivre devrait être aussi facile que bouffer une glace... Mais je me rappelle pas l'avoir mangée. Je suis sûr qu'elle était délicieuse, mais j'étais où quand je l'ai mangée ? Donc... la vie est un bol de glace... on se rappelle l'avoir vécue – Moishe secoua la tête – Si seulement on pouvait oublier… mais même si tu oublies tu te souviens, non, non, non, pas de philosophie aujourd'hui…

Mais je croyais que le temps qui me restait serait paisible… Je m'assois, je bouquine, j'écoute de la musique, je vais me promener, je me balade dans Prospect Park et je m'assois sous le Saule, je me souviens, j'oublie, je regarde des images, je fais ci, je fais ça, je fais quelque chose… ou je fais rien, mais c'est paisible… tout seul… sans souci.

Moishe se leva et alla dans la cuisine et commença à laver son bol, Ça m'est égal que le temps passe inaperçu pendant que je fais la vaisselle, mais combien de temps ça prend de laver 2 bols, 2 bols ? ? ? depuis quand n'ai-je plus lavé quelque chose en double ? ? ? ?

Il nettoya l'évier avec une éponge, regarda distraitement l'émail, puis le bol dans l'égouttoir, soupira pesamment puis retourna dans le living et s'assit dans son fauteuil. La chatte vint se pelotonner à ses pieds un instant, leva les yeux puis lui gratta la jambe et Moishe la regarda puis hocha la tête et tapa sur ses genoux et la chatte sauta dessus et prit ses aises, tournant sur elle-même d'abord puis se nichant finalement à l'endroit qu'elle avait choisi, fit onduler sa queue et ferma les yeux et Moishe lui caressa la tête et la gratta derrière les oreilles, Pour toi j'ai pas de souci à me faire, une caresse, un câlin, une pâtée et de l'eau… et de l'amour, je risque pas d'oublier ça, hein ? Je t'aime mais j'ai pas à m'en faire, c'est si facile de te donner tout ce qu'il te faut… et tu me donnes tellement de réconfort, hein dis – lui caressant la tête à deux mains et se penchant pour lui faire une bise sur le nez, la chatte rouvrant les yeux un instant et regardant Moishe, se frottant le museau avec une patte, puis refermant les yeux et se blottissant sur les genoux de Moishe… Oh, c'est de la folie. Dans quelques jours… ou un peu plus longtemps mettons… il sera parti. Qu'est-ce que j'ai à faire d'un jeune garçon, et qu'est-ce qu'il a à faire de moi ? Bientôt, bientôt il ira mieux et il partira et je suis assis là à me tracasser… Oh, oublie ça… oublie ça et bientôt t/auras plus de souci. Comme avant. T/auras la paix.

Moishe regarda la chatte, un cercle de fourrure presque parfait, et sourit en la caressant sur la tête, sur le flanc, tout le long du corps dont les muscles tressaillaient par réflexe, ondulant sous la caresse comme un bouchon dérivant sur une eau calme, puis la chatte se leva, fit le dos rond, s'étira, tourna sur elle-même, puis se roula de nouveau en boule sur les genoux de Moishe.

Maria se réveilla progressivement pendant la nuit, gémissant dans un halo narcotique, souffrant, ouvrant et fermant les yeux par intermittence au gré de ses allées et venues entre sommeil et veille, tiraillée alternativement dans les deux directions jusqu'à ce qu'ils restent ouverts et lui montrent la chambre inconnue autour d'elle, qu'elle regarda en bougeant la tête autant que le lui permettaient sa peur et son état physique. Elle percevait une lueur dans le couloir mais ne se rappelait pas ce qui s'était passé et, paralysée par l'effroi, comprenait seulement qu'elle n'était pas chez elle, ne comprenait que cela, or jamais encore elle ne s'était réveillée loin de chez elle et pensait qu'elle était peut-être morte et, muette dans sa gorge, criait maman dans sa tête. À mesure qu'elle s'éveillait, son corps se raidissait, alors elle se figea, essaya de ne plus respirer, espérant se rendre invisible pour s'abstraire de tout ce qui l'entourait et peut-être s'évader, mais s'évader où et s'évader d'où ? Un gémissement terrifié venu des profondeurs de son cœur montait, montait, et elle le sentait s'amplifier et jaillir d'une région inconnue qui lui pinçait le cœur, lui serrait la gorge, lui tordait la trachée-artère et l'étranglait comme la pire épouvante de la plus noire des nuits, la plus atroce des peurs de l'âme humaine, la nuit où les diables vont en liberté pour terroriser tous les promeneurs de la planète, des diables plus puissants que tous les anges du ciel, qui drapaient cette petite fille dans leurs affreuses capes de ténèbres, enfonçaient leurs dents pourries et leurs griffes dans sa chair brûlée pour lentement, vicieusement, l'arracher de son corps lambeau par lambeau et jeter ce corps qui ne voulait pas mourir dans les limbes du feu éternel où l'eau fraîche de l'apaisement était versée sur des rochers brûlants pour qu'elle voie son salut sans jamais pouvoir l'atteindre, cernée par des serpents de flammes dardant des langues de feu tout près d'elle mais sans jamais la toucher, sans jamais lui apporter le réconfort de la mort… et elle continuait à crier maman maman et sa peur augmenta encore jusqu'à vaincre la paralysie et

un faible gémissement sortit de sa gorge et ça l'effraya et elle frémit et cligna des yeux, plusieurs fois, et très prudemment, très, très lentement, roula la tête de côté et simultanément le souvenir de la journée lui revint, peu à peu elle se rappela avoir été placée sur une civière et soignée et mise au lit, puis elle cria presque en se rappelant que sa mère et sa grand-mère étaient venues ici et finalement elle se rappela qu'elle était dans un hôpital mais ne savait toujours pas quoi faire ni où était sa mère et elle bougea un peu plus en prenant conscience de la douleur et le gémissement s'amplifia et des sons rauques gargouillèrent dans sa gorge et maintenant que la paralysie était rompue elle bougea son corps se tourna dans le lit en veillant à garder la tête presque immobile et toute la peur qui se concentrait en elle semblait l'aider à supporter le crescendo de la douleur mais plus elle bougeait plus elle se réveillait plus elle prenait conscience de la douleur et ses gémissements et ses râles s'amplifièrent encore et alors elle se mit à pleurer et put réellement entendre le mot maman sortir de sa bouche et elle serra les poings de plus en plus fort et bientôt son agitation et ses plaintes

réveillèrent la femme dans le lit d'à côté, qui attendit, guetta, tendit l'oreille puis demanda si elle avait besoin de quelque chose, mais Maria incapable de parler continuait à geindre et à sangloter, à entendre le mot maman, toujours, toujours, et la femme la regarda un moment, puis lui demanda si elle voulait l'infirmière et comme Maria ne savait que pleurer elle appuya sur le bouton et

très vite l'infirmière arriva dans la chambre et la femme lui dit de s'occuper de cette petite fille, Elle a pas l'air bien, et l'infirmière regarda Maria, les ongles profondément incrustés dans les paumes, les bras rigides, le corps tremblant, qui sanglotait et gémissait et regardait le plafond, Tu as mal ? et Maria essaya de dire quelque chose, n'importe quoi, mais sa gorge aussi était raide et tout ce qu'elle put faire fut gémir plus fort et l'infirmière l'observa de plus près et vit des larmes dans ses yeux, Tu as mal ? et la femme dans le lit d'à côté se hissa sur un coude, Elle est terrifiée… terrifiée, et l'infirmière acquiesça et observa encore Maria, puis prit sa tension, puis quitta la chambre, puis revint au bout d'un moment, lui fit une piqûre, attendit que le produit fasse son effet et Maria desserra lentement les poings et l'infirmière lui caressa les mains et les jambes jusqu'à ce qu'elle cesse de trembler et que ses muscles se relâchent et qu'elle s'endorme.

Maria survécut à sa première nuit d'hôpital, sa première nuit loin de la maison.

Bobby se réveilla tard dans la matinée, groggy et confus sur le moment, puis se rappela ce qui était arrivé et où il était. Sur le moment il lui avait semblé que quelque chose manquait, il était là à tendre l'oreille et ne comprenait pas, puis il se marra en silence en comprenant que c'étaient les grattements des rats qui manquaient, mais Mushie avait pas de rats dans son mur. Doit y en avoir plein des rats par ici, mais y peuvent pas rentrer. Merde, c'est une vraie forteresse et personne sait que c'est là... me dmande pourquoi y vit dans ce trou ? Vieux louf... sûr que c'est cool comme squat... mais sûrement qu'y maquille une embrouille... j'ai intérêt à mett les bouts en vitesse dès que jpeux – essayant de se lever et retombant sur le lit, torturé dans chaque centimètre carré de son corps, respirant avec une grimace, Meeerde, ptain ce qui se passe ? c'est pire qu'hier – testant ses abattis en se bougeant, contractant un muscle ici, palpant là... puis se redressant lentement et regardant ses mains, ses bras et le reste de son corps – comme y dit lvieux louf, jsuis noir et bleu mais lnoir on peut pas lvoir – et il essaya de rigoler, mais à peine, et se recoucha – qu'ess j'ai à me marrer, j'ai mal partout... mais quand jpense à svieux louf faut que jem marre... ptain qu'est-ce quim prend. Probab que c'est sa folie qui déteint sur moi – Bobby sourit et leva lentement les bras au-dessus de sa tête et tapa dans le mur et sourit encore plus en entendant qu'il n'y avait pas de réaction. Il baissait lentement les bras quand Moishe entra dans la chambre.

Bon... Bobby plissa les yeux pour accommoder sa vision et sentit qu'il avait la gueule encore plus enflée qu'il ne le croyait. Moishe lui tâta le front et acquiesça, Bien, bien. T/as dormi longtemps. C'est bien. Moishe lui tendit un thermomètre, Mets ça sous ta langue. Bobby prit le thermomètre, Comment ça sfait que t/as pas drats ici – en glissant le thermomètre sous sa langue sans quitter Moishe des yeux. Moishe sourit, Y veut pas savoir quelle heure y est, combien de temps y a dormi, ce qui va se passer – le sourire de Moishe s'élargit et il haussa les épaules, Y veut juste savoir s'y a des rats. T/as un rat de compagnie chez toi peut-être ? T/as peur de t'embêter si t/as pas de rats pour jouer avec ? et Moishe se marra plus fort et regarda Bobby avec curiosité et affection – Eh mec normalement ça dvrait grouiller ici ces crevures – Moishe toucha gentiment les épaules de Bobby, Remets ça sous ta langue… ya, ya, bien… Moishe se leva et continua à sourire à Bobby, C'était juste pour te charrier. T/es pas beau à voir mais t/as l'air d'aller bien, cow-boy – et il rigola en douce et quand Bobby ouvrit la bouche pour répondre il leva une main et secoua la tête, Garde ça sous ta langue. Core une tite minute – souriant de voir Bobby râler mais remettre quand même le thermomètre sous sa langue et refermer la bouche. Bien… Les chats. Des tas de chats. Des centaines peut-être. Ici j'en ai juste quatre… pour les souris – et il se fendit la pêche et Bobby en fit autant, sans savoir pourquoi, parce qu'il y avait chez ce vieux quelque chose qui le faisait craquer, mais il cessa vite de rire quand Moishe leva la main et que la douleur lui poignarda la figure, Ya… ça marche pour les souris comme pour les tigres – Hein quoi quesssé ces conneries – Chhh, en retirant le thermomètre et en le lisant, Bien – avec un signe affirmatif de la tête, *Prima* – en le secouant et en le replaçant dans le petit récipient avec de l'alcool. Moishe posa doucement les mains sur les épaules de Bobby, T/es solide… t/as la santé. Ouais, c'est tous les rats que jbouffe – Bobby rigola puis à nouveau la douleur l'arrêta net, Ptain ça fait mal quand jris – et il sourit et Moishe rit, en hochant la tête, tout chatouillé de joie. Alors quesssé ces conneries sur les tig. Ya… c'est la vérité. Tu vois des tig ici ? ? ? ? Bobby l'observa un moment, en réprimant un sourire, puis secoua la tête en se marrant, Jvois pas non pu d'hip-poputaindtamère mais – Ya, ya, j'avais jamais remarqué, t/as raison, ils éloignent pas seulement les souris et les tigres mais aussi les hippopotames… ya… c'est bien. Bobby hocha la tête et sourit autant qu'il pouvait se le permettre, puis plus franchement, et pouffa, T/es rin qu'un enfoiré dvieux bouffon Mushie... putain – et il continua à secouer la tête en se marrant, puis il tendit la main gauche, Tope là Mush. Moishe le regarda sans comprendre – Tape dans ma main, d'où que tu sors ? les tig et les hippoputains c'est tout ce que tu connais ? – et Bobby se marra de plus en plus fort, au bord de l'hystérie, relâchant d'un coup sa tension, et Moishe qui le regardait toujours posa doucement sa main sur la sienne – Maintenant retourne ta main – et Bobby lui frappa dans la paume et secoua la tête – Tu regardes jamais le basket – Moishe haussa les épaules – Bobby rigolant toujours, Faut rfaire ton éducation vieux – et ils se regardèrent un moment, en souriant, chacun se chauffant au sourire de l'autre et à l'affection qui circulait entre eux. Bobby fronça soudain les sourcils, Qui c'est qui leur donne à bouffer à tous ces chats que tu dis ? Les souris et les rats. Bobby l'observa un instant, Sûr, y vont leur acheter du Kitekat au magasin... et qu'esss vous voudrez comme dessert ? Ya, ya, ils ont une carte de crédit pour les aliments pour chats – et Moishe rit si fort et si spontanément qu'il en trembla et dut s'asseoir sur une chaise et à nouveau Bobby et lui se regardèrent, en riant, en secouant la tête, sans trop savoir pourquoi ils riaient, certains que ce qu'ils disaient n'était pas drôle à ce point, mais sentant que le rire leur faisait du bien, le rire de l'un encourageant le rire de l'autre comme un soulagement mutuel... et quand ils s'arrêtèrent enfin Moishe s'essuya les yeux... Mais c'est la vérité. Les chats tuent les rats et les souris et les mangent – Moishe haussa les épaules – et des fois les rats tuent les chats et les mangent. Donc... y a jamais trop de rats et jamais trop de chats. Et y a toujours des ordures. Partout sur des kilomètres, plein d'ordures pour les chats et les rats et les souris et – avec un geste autour de lui – pour tout le reste.

Ils demeurèrent silencieux un moment, puis Moishe se

leva, Assieds-toi sur la chaise, que je t'examine. Bobby se leva, lentement et prudemment, pas gêné désormais d'être en slip devant le vieux. Il se leva lentement, prudemment, et s'assit sur la chaise et renversa la tête en arrière pour que Moishe puisse regarder. Moishe inspecta les blessures, approuva avec soulagement, appliqua une pommade antibactérienne, tâta méticuleusement les diverses coupures et lacérations pour sonder l'importance de l'enflement. Bobby grimaçait encore de temps en temps mais sans rien dire et Moishe ressentit une pointe de fierté en voyant qu'il se laissait docilement examiner. Quand il eut terminé il sourit, Bon... ça va. *Prima*. Du noir et du bleu, ya, mais – Ouais, mais y a du noir partout, je sais... merde, t/es vraiment un vieux cinglé Mushie. Bon... mais le vieux cinglé fait de la bonne soupe, Oh et j'ai acheté des habits neufs. Moishe tendit à Bobby un pantalon de coton et une chemise de coton, C'est doux, ça grattera pas sur les plaies – et il lui passa aussi une paire de godasses genre pantoufles. Bobby les enfila et s'approcha de la glace, Oh putain comment qu'y m'ont arrangé ces enculés, ma parole y voulaient mtuer. PUTAIN !!!! rgade ça... et y croivent qu'y vont s'en tirer comme ça ces enculés de bics. Mais jvais les crever – Bon... mais comment tu trouves les habits ? Hein ???? Qu'est-ce t/en penses ? Bobby se regarda un moment, puis secoua la tête. Heureusement qu'y a personne quim voit fringué comme ça. Alors ??? ça te va bien. Bobby sourit à Moishe, Si tu penses que ça mva bien, alors je sais que j'ai l'air d'un con.

Bobby suivit Moishe dans la cuisine, d'un pas d'abord hésitant et mesuré, puis plus détendu en sentant que ses jambes le portaient, mais en faisant toujours gaffe à ne pas buter contre quelque chose pour ne pas relancer la douleur. Moishe tira une chaise devant la table et Bobby s'assit et regarda autour de lui pendant que Moishe réchauffait la soupe et la servait, en posant une boîte de biscuits et une miche de pain noir et un pot de beurre sur la table. Moishe coupa une tranche de pain et la tartina. Bobby le regarda faire une minute, Pourquoi kc'est si dur – en désignant le beurre d'un signe de tête. Moishe le bigla sans comprendre pourquoi il posait cette question, Le beurre est toujours dur en sortant du frigo – Bobby l'observa et hocha lentement la tête, Ah… c'est du beurre – Bobby mordit dans le pain et mastiqua lentement, d'abord avec méfiance, puis avec enthousiasme, J'avais jamais vu du pain comme ça… et jamais bouffé du beurre… Meeerde, c'est bon mec – souriant à Moishe qui coupa vite une autre tranche et se mit à la beurrer pendant que Bobby attaquait la soupe avec une cuiller dans une main et le pain dans l'autre. Ptain, elle est bonne ta soupe Mush, où que t/achètes ça ? Où je l'achète ? je l'achète pas, je la fais, pardi. Quel magasin ferait une soupe comme ça, echhh. Ptain t/as raison, c'est aut chose. Moishe sourit, Soupe de poulet aux nouilles… quelques bols de ça et tes bleus vont disparaître et tu seras de nouveau tout noir. Moishe rit et Bobby secoua la tête et sourit, puis rigola, Spèce d'enfoiré de Mush… tope là – tendant la paume, Moishe tapant dessus puis retournant la sienne et Bobby tapant dessus, et ils se marrèrent pendant plusieurs merveilleuses minutes, Bobby avec la cuiller dans une main et le pain dans l'autre.

La grand-mère et la mère de Maria étaient là quand elle revint à elle, les mains sur les jambes et sur les bras de leur petite fille comme avant. Le souvenir de la nuit assaillit aussitôt Maria et avant d'ouvrir les yeux elle se raidit, et son petit corps devint dur comme du béton.

Maria – en la serrant plus fort – nous sommes ici… Maria, Maria – se levant et se penchant vers elle, voyant les larmes dans ses yeux, voyant la douleur la prendre à la gorge, sentant son corps près de se craqueler sous la tension... puis voyant sa tête bouger légèrement et ses yeux s'ouvrir pour regarder, et soudain son petit corps sembla s'effriter et la tension se vider quand sa mère la prit dans ses bras et à nouveau absorba la souffrance de sa petite fille, et sa mère et sa grand-mère la tranquillisèrent au fur et à mesure qu'elle prenait conscience de leur présence et de leur toucher, prenait conscience de la lumière dans la chambre, comprenait que ce qu'elle voyait et sentait maintenant était la réalité, qu'avant c'était un cauchemar, un affreux cauchemar, mais elle était réveillée maintenant et il y avait de la lumière partout et elle sentait la présence de sa mère et de sa grand-mère et entendait leurs voix et même d'autres sons et elle savait qu'elle était sauve, que sa mère était là pour lui redonner la vie, qu'elle était sauve et que la lumière devait être réelle parce qu'il faisait sûrement jour maintenant et Maman... Maman – des larmes éclosaient et palpitaient dans tout son petit corps, sourdaient dans sa gorge et sa tête et sa poitrine, balayaient toutes ses pensées sur leur passage et

sortirent en un mince filet de ses yeux quand elle tendit les bras pour toucher sa maman, la serrer, sentir son souffle, sentir sa gorge, entendit sa grand-mère marmonner des prières, et sa voix sortit aussi comme un mince filet qui grossissait en même temps que les larmes et se mêlait à la voix de sa mère et aux prières de sa grand-mère, et chantait en elle, à travers elle, autour d'elle, une voix rassurante, un chant qui prenait gentiment la place de sa peur, qu'elle avait entendu toute sa vie même si la mélodie était différente, un chant venu de tant de lieux différents mais qui toujours bouillonnait dans son cœur et maintenant émanait de sa mère et de sa grand-mère et elle serra sa maman si fort qu'elle en eut mal dans la figure et dans la poitrine mais elle serra et serra et s'accrocha et écouta le chant et voulut embrasser sa maman mais elle avait un truc entortillé autour de la figure et maman lui dit d'être sage et patiente, qu'elle était blessée mais qu'elle allait guérir, et ses paroles se confondaient avec le chant et son cœur devint si léger qu'il décolla presque de sa poitrine pour flotter dans l'air et maman la recoucha sur le lit et la cajola et lissa ses cheveux autour de son visage comme elle faisait quand elle était petite fille, et elle s'allongea sur le lit et laissa le chant apaiser son corps et peu à peu le rythme de sa respiration diminua pour s'accorder avec le chant et bientôt, avec le temps, elle renonça à la lutte et resta tranquille pendant que sa mère tamponnait doucement ses larmes avec un mouchoir en papier, en lui disant que tout allait bien, qu'elle serait bientôt guérie, et Maria se laissa faire, tranquille, paisible, silencieuse, bercée, caressée par le chant…

et à nouveau mère et grand-mère veillèrent leur petite fille, s'efforçant de la calmer et de chasser son mal par des prières, toutes 2 assises à côté du lit, chacune à sa manière soupirant de soulagement à chaque respiration, incapables de voir le visage de leur petite fille mais sentant qu'elle se détendait sous leur toucher, sentant qu'elle était rassurée maintenant, remerciant Dieu qu'elle soit en vie et bientôt guérie, incapables de comprendre ce qu'avait dit le docteur, mais sachant que les docteurs trouveraient le moyen de tout arranger pour leur petite, que les docteurs avaient de grandes connaissances et toutes sortes d'appareils pour venir en aide aux malades, et bien que ce soit pour elles un grand mystère elles savaient que quelque part dans ce monstrueux hôpital, cet hôpital si grand qu'on n'aurait pas pu en faire le tour en plusieurs jours de marche, si grand que même ceux qui y travaillaient ne pourraient jamais se connaître…

la vieille femme, en tenant les jambes frêles de sa petite-fille, savait que ses prières seraient exaucées par quelque force inconnue cachée quelque part dans l'hôpital, cet endroit qui la désorientait et l'intriguait tellement, elle une femme qui avait vécu tant d'années mais n'avait jamais encore été dans un hôpital, avait donné naissance à tous ses enfants dans un village plus petit que ce monde peuplé de gens en uniforme qui poussaient des machines et portaient des plateaux chargés de flacons et de coupelles et d'aiguilles, de gens qui se promenaient en tirant des sortes de portemanteaux avec des bouteilles et des tubes et des aiguilles dans les bras, et tout cela dépassait son entendement mais elle savait que ça aiderait sa petite-fille et elle restait assise à prier et regardait la figure emmaillotée avec 2 petites fentes pour les yeux et 1 pour la bouche, et il y avait Maria en dessous, qui se sentait respirer, respirer, respirer, maman est là, maman est là…

et ainsi passèrent les minutes et les heures de la matinée, les allées et venues, les claquements de porte et les ferraillements de matériel, les gémissements et les pleurs, calmement assises, sans un mot…

jusqu'à ce qu'enfin arrive le chariot-repas. La fille de salle posa le plateau de Maria sur la table de chevet et comme les 2 femmes l'interrogeaient du regard elle leur montra comment faire pivoter le plateau sur le lit et comment relever le matelas pour que Maria puisse s'asseoir et manger, Mais tfais pas d'illusions ma belle y a rien dfameux làddans, juss du bouillon et dla gelée… et du lait – Elle regarda la tête bandée de Maria – Tu dois pas avoir beaucoup d'appétit ttfaçon – se tourna vers les 2 femmes et baissant la voix, Zavez intérêt à y rapporter des trucs à manger. Si on compte sur ce qu'y vous donnent ici on a vite fait dcrever dfaim – et elle cligna de l'œil et continua à distribuer les plateaux. La femme dans le lit d'à côté les regarda, Ça c'est sûr – en touillant dans la nourriture sur son plateau, en secouant la tête, en fermant les yeux, en soupirant – Si vous pouvez surviv à cette tambouille vous pouvez surviv à n'importe quoi – Elle leur sourit – C'est pour que les gens ayent pas envie de prende racine ici – et elle rit et se pinça le nez en piochant un morceau avec sa fourchette. La mère de Maria sourit et opina de la tête et dit à sa mère que demain elles apporteraient de la soupe pour Maria et que plus tard elle irait lui chercher quelque chose qu'elle aime bien. Elle et Maria regardèrent le bouillon, le reniflèrent, se regardèrent et sourirent et la grand-mère se leva et se pencha pour voir le plateau, puis les regarda, puis se rassit et se signa et recommença à prier.

La mère de Maria regarda sa fille un moment, se forçant à sourire, Tu es bien comme ça ? Tu veux que je relève ton lit ? Maria acquiesça et la mère releva le haut du lit et la femme d'à côté dit, Relevez-y les pieds aussi, pour pas glisser en avant, vous comprenez ? Elle regarda la femme, puis approuva, *Si, si* – et releva le bas du lit pour que Maria soit plus à l'aise. Sa mère bénit le repas et se mit à donner la becquée à Maria et la femme dans le lit d'à côté rigola, Y lui en faut plus que ça – et la mère de Maria introduisit délicatement la cuiller dans la bouche de Maria, la regarda déglutir, regarda ses yeux se plisser et les pansements bouger, Qu'est-ce que c'est ? La voix de Maria était presque inaudible, tremblante de peur et de douleur. Ils disent que c'est de la soupe – elle haussa les épaules, Je t'apporterai quelque chose de la maison… demain. Tout à l'heure je peux aller t'acheter ce que tu veux… une glace, ça te ferait plaisir une glace ? ? ? ? – et elle sourit à sa fille et approcha une autre cuillerée de sa bouche. Maria détourna légèrement la tête, Je peux pas manger maman… Je me sens pas bien. Je sais, mais la soupe te redonnera des forces… allons, encore une cuillerée… Maria se tourna lentement vers sa mère et ouvrit la bouche, juste assez pour laisser passer la cuiller, et avala en serrant les poings et secoua la tête,

J'en veux plus maman… j'ai mal au ventre – et elle posa les mains sur son abdomen et sa mère la regarda, puis reposa la cuiller et ouvrit la brique de lait et mit la paille dedans, puis l'approcha de Maria et introduisit la paille dans sa bouche. Elle but quelques gorgées de lait, puis se radossa et se reposa, en serrant à nouveau les poings sous l'œil attentif de sa mère, Ça a meilleur goût ? – souriant – Oui… mais ça fait mal aussi – en se tenant à nouveau l'abdomen. Un peu de gelée peut-être ? Peut-être… une minute.

Soudain une voix maugréa de l'autre côté de la pièce, une voix exaspérée mais inintelligible. La grand-mère se leva et marcha vers le lit et parla en espagnol à la femme qui la bigla en continuant à tâtonner vers sa table de chevet, J'arrive pas à attraper ce foutu pot à pisse, jsais pas pourquoi y le mettent toujours si loin, Ouh que ça fait mal – La vieille femme l'observa un moment puis ramassa divers objets sur la table, Non… Non… bon sang, comment qu'on dit pot à pisse en espagnol – et continua jusqu'à ce qu'elle mette la main sur l'urinal et la femme fit signe que oui avec enthousiasme, C'est ça ma belle, Oh merci mon Dieu – glissant prestement l'urinal sous les draps, Font tout de travers ici, c'est moi qui vous le dis. La vieille dame vit un grand soulagement se dessiner sur le visage de la femme, sourit, puis retourna à sa chaise et à ses prières.

De temps en temps Maria avalait quelques petites gorgées de lait ou une bouchée de gelée, serrant chaque fois les poings, et chaque fois qu'elle avalait sa mère remerciait Dieu de nourrir son bébé, lui demandant d'apaiser ses maux d'estomac pour qu'elle puisse manger et se sentir bien et forcir et quitter l'hôpital et rentrer à la maison où elle pourrait prendre soin d'elle comme il fallait et

de temps en temps, Maria tournait péniblement la tête vers sa mère et lui disait, J'ai mal maman – d'une voix pleine de larmes et sa mère acquiesçait, Oui, mais ce sera bientôt fini et tu pourras rentrer à la maison – et elle frottait doucement son estomac, ne s'interrompant que pour lui proposer un peu de gelée ou de lait et, si le temps semblait s'être arrêté pour Maria, il s'écoulait trop vite pour sa mère qui se raidissait chaque fois que quelqu'un entrait dans la chambre, craignant que ce ne soit une infirmière venue lui dire que c'était l'heure de partir. Elle soupira intérieurement quand la petite brique de lait fut vide et elle prit les mains de Maria et lui dit, C'est très bien. Le lait est bon pour la santé – en serrant les mains de sa fille. Maria était épuisée, le visage si endolori qu'elle contenait difficilement ses pleurs, J'ai très mal maman – et elle se mit à gémir, Si mal – roulant la tête de droite et de gauche, Ça brûle de nouveau... fais quelque chose maman – et de nouveau les larmes suintèrent des pansements et dégouttèrent sur leurs mains et la mère de Maria la regarda avec une expression d'absolu désespoir, ne sachant que faire, ne sachant qui aller voir, regardant dans la chambre en paniquant, regardant la grand-mère, et Maria pleurait et gémissait de plus en plus fort, et la femme dans le lit d'à côté demanda ce qui se passait, T/as mal ma petite ? et Maria acquiesça et serra les mains de sa mère, serra, serra, Ça me brûle partout – et les larmes continuèrent à couler et la femme lui dit d'appuyer sur le bouton, Celui que je t'ai montré, tu te souviens ? Ça fait venir l'infirmière, enfin ça dépend qui c'est qui est de garde. Dis-lui que t/as mal. Elle va te donner quelque chose... vas-y ma petite – Maria cherchant le bouton à tâtons – Un peu plus haut... voilà – le trouvant et appuyant dessus, la femme rassurant la mère du regard, Y a une infirmière qui va venir et qui va lui donner quelque chose – la mère qui acquiesçait mais ne savait pas vraiment ce qui se passait, savait seulement que sa petite fille souffrait et avait besoin d'aide et elle serra ses mains et bientôt une aide-soignante arriva et demanda ce qui n'allait pas et Maria essaya de répondre mais les larmes noyaient sa voix et l'aide-soignante demanda si elle avait mal et Maria fit oui de la tête et essaya encore de parler mais seuls des gargouillis sortirent de sa gorge et l'aide-soignante éteignit la sonnette, L'infirmière va venir avec quelque chose – et elle s'en alla et la mère et la grand-mère se regardèrent, interdites devant le mystérieux fonctionnement de l'hôpital, déboussolées par cette langue si difficile, et prièrent pour qu'on vienne vite alléger les souffrances de leur petite fille et enfin une infirmière entra et lui fit une piqûre – sous leur regard attentif – puis repartit et les femmes savaient maintenant que bientôt les larmes cesseraient de couler des petits yeux de Maria et qu'ils se fermeraient et qu'elle trouverait le sommeil, un sommeil à l'abri de la douleur… pour un temps.

Moishe s'appuya sur le comptoir et sourit à Bobby, Bon… Tu manges, c'est bien. Comment tu te sens? Meeerde, em sens comme si tous les enculés du Bronx m'avaient bourré lcul… mais j'ai lbide quim sort par les oreilles. C'est dla bonne soupe et du bon pain. Ya… c'est bon pour tout. Moishe lui souriait toujours, puis s'éloigna du comptoir, Bon… on s'est occupé de ton ventre, maintenant le reste. Le jacuzzi va te faire du bien partout. Hein qu'ess c'est ça? Un jacuzzi??? – haussant les épaules – c'est comme un tourbillon… une baignoire avec de l'eau qui tourne dedans – trouvant tout à coup une idée – comme au base-ball et au foot… quand ils sont blessés ils s'assoient dans le tourbillon, ya? Ah ouais pigé. D'enfer. T/as un machin comme ça ici? Moishe sourit, Ya.

Moishe emmena Bobby dans une pièce avec une baignoire à vagues et une grande cabine de douche avec une douzaine de jets. Bobby roula des yeux et secoua la tête, Ptain même dans les films y ont pas des trucs comme ça.

C'est d'enfer à mort – en faisant le tour de l'installation, ébahi, secouant la tête.

Bon, je remplis la baignoire et tu te déshabilles. Qu'ess tu veux dire, jem déshabille ? Ben je veux dire tu te déshabilles, pourquoi, tu gardes tes habits quand tu prends un bain, toi ? comment ça ce que je veux dire ? Eh mec, t/es jté, em balade pas à poil dvant des étrangers. Étranger… d'accord, jsuis un étranger. Alors t/as peur que je pelote ton *schwarzer schlung*, il est si magnifique que je pourrai pas résister ? ? ? ? Mec, t/as des mots des fois jpige que dalle. Achh, allez mets-toi dans la baignoire avec tes habits – secouant la tête avec fatalisme – à poil… étranger – et il régla les jets et la température, Tu vois ce bouton, si c'est trop chaud tu le pousses, les lumières s'éteignent… attends que je t'aide pour que tu glisses pas – tendant la main, Bobby le regardant une minute puis haussant les épaules, Ptain faut pas tvexer Mush… Jsais toujours pas ce que jfous avec un bouffon comme toi mais t/as l'air réglo – haussant encore les épaules et commençant à déboutonner sa chemise en regardant autour de lui – Où que jfous ça ? Passe-les-moi – en prenant les vêtements – Bobby mal à l'aise, debout tout penaud, cachant ses parties avec les mains – les accrochant à des patères à l'autre bout de la pièce, Attends que je t'aide. Bobby se laissa prendre par la main pour enjamber le rebord de la baignoire. Assieds-toi… là – désignant le siège, et Bobby s'assit lentement, un sourire transforma sa physionomie, un sourire qui grandit jusqu'à la béatitude, Ptain, c'est d'enfer Mush… la vaaache – bougeant légèrement les bras, les regardant, regardant ses mains, ses pieds, les remous avec étonnement et émerveillement – c'est chié Mush… ptain et ces enfoirés y s'assoyent là-dans rien que pour jouer au baseball… meeerde, et y sfont payer en plus – Moishe se marra en douce puis se bidonna franchement – Hey baby, c'est d'enfer Mush… à mort…

Moishe rigola et regarda Bobby un moment… Y a une poignée…

Ouais, j'ai vu mec.

Bien. Glisse pas. Si t/as besoin de moi t/appuies là-dessus… ça sonne. Et ça, ça coupe le chauffage.

Ouais, j'ai pigé ma poule, mais c'est le panard. Meeerde, t/imagines le mec qu/a un truc comme ça chez lui quand y scaille… ouaouh… ptain c'est un palace ta taule Mushie. Même les dealers y vivent pas aussi bien – et Bobby gloussa et se gobergea et sillonna la surface de l'eau avec sa main comme si c'était un bateau.

Moishe l'observa encore un moment, puis s'éloigna, J'ai un petit boulot à faire.

Oké mec. Je reste là pour msoigner mon ptit cul, Eh Mush, je ress le temps qu'y faut pour faire partir *tout* le noir et le bleu – et il rit si fort, se tordit tellement, qu'il faillit passer par-dessus bord – Ptain, stenfoiré y vam transformer en fromage blanc – et il rugit de rire, pleura de rire en secouant la tête à se dévisser le cou Ptain jle crois pas, ça peut pas êt le Bronx ici – et il agrippa la poignée en s'esclaffant toujours, se rassit et se laissa flotter autour de la baignoire dans le chaud tourbillon qui relaxait non seulement ses muscles mais son esprit et puis soudain toute sa vie… tout le passé et tout l'avenir, et le présent était une belle journée ensoleillée, et tout était cool et il avait pas besoin de s'emmerder, y avait rien ni personne pour l'emmerder, il était tout seul à se bananer dans les rayons du soleil et dans la belle musique qui résonnait dans sa tête, Merde, c'est lpanard d'enfer mec… à mort que c'est…

Bobby était alangui dans la baignoire, les yeux fermés, souriant aux nues malgré ses plaies et ses contusions, quand Moishe revint pour le faire sortir. Il se campa à côté de la baignoire avec un peignoir en gros tissu-éponge et ferma les robinets.

Eh mec, qu'ess tu fais ?

Fini pour aujourd'hui.

Fini ? Jcommençais juss àm sentir bien là-dans mec.

Faut pas abuser. Trop c'est mauvais. Maintenant tu vas prendre une douche froide et te détendre. Demain on remet ça. Moishe aida Bobby à sortir et l'installa dans la cabine de douche et ouvrit l'eau froide. Bobby sursauta et gueula, Eh putain oh qu'ess tu fous – et Moishe rigola, C'est comme ça que tu feras partir le noir et le bleu – et il maintint la porte fermée et Bobby continua à râler et à le traiter d'enfoiré pendant que les 12 jets dirigeaient de l'eau froide sur toutes les parties de son corps, et quand Moishe estima que ça avait assez duré il ferma l'eau et l'aida à enfiler le peignoir et rabattit gentiment la capuche sur sa tête, Là... T/essaies dem tuer Mush ? Putain !

Moishe rit, Ça fait du bien, non ? tu te sens revivre de partout, ya ?

Ouais mec, c'est – Moishe éclata de rire, D'enfer à mort, ya ? – et il rit de plus en plus fort et Bobby le regarda et se mit à rire si fort lui aussi que ça le fit souffrir mais il ne pouvait plus s'arrêter et tous 2 secouaient la tête, les larmes aux yeux, et l'écho répercutait leurs rires sur le carrelage, le plafond, le sol et dans leurs pieds et dans leurs oreilles et dans tout leur corps comme des échardes de joie, et plus ils riaient plus ils se penchaient l'un vers l'autre et bientôt Bobby se retrouva tout contre Moishe qui le tint dans ses bras jusqu'à ce qu'il ne leur reste plus assez d'énergie pour rire mais la joie était toujours là et le calme revint peu à peu, encore entrecoupé de brefs éclats, de gloussements et de pouffements contenus jusqu'à un silence relatif et ils s'essuyèrent les yeux avec les doigts et le nez avec le revers de la main. Bobby était presque affalé contre Moishe et secouait la tête, T/es qu'un enfoiré, jsais même pas pourquoi jme marre – ce qui relança les rires, puis ils se turent et s'assirent sur le banc, et finalement Bobby leva la tête et regarda autour de lui, impressionné et admiratif, Si Maria l'était ici a serait sciée. Meeerde, faut que jla préviens que jvais bien, a doit sdemander où que jsuis et tout ça.

Bientôt. Attends d'avoir repris des forces. Et t/es pas encore trop beau à voir.

Meeerde, t/as raison. N'empêche, faut que jla voye.

Moishe sourit tendrement, Ya…

La mère et la grand-mère de Maria marchèrent dans les rues, prirent le bus, puis grimpèrent l'escalier jusqu'à leur appartement. La grand-mère s'effondra dans un fauteuil, Oh mère de Dieu, j'ai les os en compote, mes jambes veulent plus me porter – pendant que la mère filait directement dans la cuisine pour préparer à manger pour tout le monde… elle-même, la vieille et ses enfants qui étaient restés à la maison avec des amis, et pour faire mijoter la soupe qu'elle apporterait à Maria le lendemain, une soupe solide avec un os à moelle et des haricots, une soupe pour lui redonner des forces. La grand-mère se détendit jusqu'à éprouver la sensation de disparaître dans les profondeurs du fauteuil, dodelinant intérieurement de la tête et essayant de comprendre le sens de cette vie qui l'avait arrachée à la tranquillité d'un petit village pour l'entraîner dans la folie d'une ville peuplée de millions de gens avec des millions d'appartements, et des gaz d'échappement qui sentaient la mort et lui brûlaient les yeux et le nez. Demain peut-être elle resterait à la maison avec les enfants, le trajet était si long jusqu'à l'hôpital… mais trois petits enfants c'était encore pire que le trajet et les horribles monstres qui soufflaient de la fumée dans les rues. Le choix qui lui restait semblait si maigre… et d'ailleurs avait-elle vraiment le choix ? Elle arriverait bien à descendre les escaliers demain, à prendre le bus et à marcher dans ces rues sans fin jusqu'à l'hôpital, mais rester assise toute la journée avec la douleur… Ô doux Jésus, Notre Sauveur béni, c'est un trop lourd fardeau pour cette vieille carcasse… je ne suis pas comme toi, je ne peux pas porter toute la misère du monde sur mes épaules… je ne porte pas ta croix, mais parfois j'ai l'impression que ta couronne d'épines est sur ma tête. Tu es Dieu et que suis-je ? ? ? ? Je ne suis qu'une vieille femme sur une terre étrangère pleine de sang et de chagrin. Ô… mère de Dieu, que dois-je faire ? Dois-je m'asseoir au pied de la croix pour essayer de prendre sur moi la peine de Maria ? ? ? et de ma fille ? ? ? la douleur d'Isabella est-elle la mienne aussi ? Je ne suis qu'une pauvre vieille… une vieille fatiguée, je ne suis pas la mère de Dieu et j'ai besoin de trouver un peu de répit pour mes vieux os, tellement plus vieux que ces démons fumants. Prends ma peine, chère mère de Dieu, chère Marie, prends ma peine et celle de nous tous…

Tiens maman – elle leva lentement la tête et regarda sa fille poser une tasse de café sur ses genoux, délicatement, en s'assurant que sa mère tenait bien la soucoupe sans trembler – une tasse de vrai café va te remonter le moral.

Me remonter le moral ?

Oui. Tu as l'air triste et épuisée – regardant sa mère un moment puis souriant et l'embrassant sur le front – c'était une journée si fatigante. Tu as besoin de te reposer et de manger. Mais d'abord – élargissant son sourire – une tasse de café, du vrai, pas de la machine.

La vieille femme sourit presque et se pencha autant que possible et porta doucement la tasse à ses lèvres et but une petite lichée, se lécha ses lèvres puis but une gorgée et ferma les yeux en avalant, puis but une plus longue gorgée et leva la tête et se blottit dans le fauteuil et soupira, Oooh, quelle bénédiction – faisant à sa fille un sourire qui estompa momentanément la tristesse toujours imprimée sur son visage. Isabella lui rendit son sourire, Repose-toi. On va bientôt se mettre à table et on parlera – souriant – quand les enfants dormiront.

La vieille femme acquiesça et finit son café et tendit la tasse à sa fille.

Bien… Une autre tasse… bien.

Sa mère s'adossa dans le fauteuil et lui sourit.

Maria est couchée sur le lit. Sans bouger. Une douleur sourde dans sa hanche droite qui irradie lentement. Empire. Pensant bouger pour arrêter la douleur. Maman partie. Grand-mère partie. Bobby parti… quelque part. Encore des sons… des bruits. De temps en temps ouvre les yeux… des lumières. De la douleur. Les yeux piquent, les jambes font mal. Peut pas bouger. Pas la volonté de bouger. Peut pas extraire un mouvement de la douleur. Fissure bougeant dans plafond… Plafond tombant, yeux fermés, corps tendu, attendant… attendant impact… écrasement… *l'horloge perd ses aiguilles…* maman… maman… seule seule seule Oh maman maman…

soudaines ténèbres, plafond évité… Ça fait mal. Très mal. Maman ça fait mal. Maman emmène-moi. Arrête la douleur. Terreur gèle corps, dur, rigide, craquant et se fissurant et petits morceaux tombant et roulant vers bouche affamée de démon dévorant, broyant, riant, gémissant, gémissant, gémissant, GÉMISSANT, GÉMISSANT

Maria. Maria. Tu as mal ?

Larmes mouillent pansements, corps éclate en mille morceaux, mille morceaux de démon éclaté, os, chair, soleil levant, tout avalé, avalé et disparaissant dans gouffre derrière ténèbres

maman… maman

Je vais dire à l'infirmière de t'apporter quelque chose – oh maman – larmes d'effroi mouillant gaze et draps – oh maman – une petite plainte sortant d'une petite bouche et une immense douleur, une petite plainte pour une infinie menace, un mince corps frêle suppliant, tendant les bras, les bras, les bras vers l'inconnu pour trouver quelque chose à toucher, quelque chose pour le serrer, pour le réconforter, essayant de forcer l'obscurité à céder un petit rayon de lumière aux ténèbres qui continuent à consumer à déchirer à torturer à dévorer à supplicier à tordre à broyer et broyer et cracher les ossements pulvérisés du petit corps dans ses yeux en pleurs – maman, maman – les feux de la peur et de la douleur qui brûlent la petite coque, les larmes chaudes et rouges – oh maman, mammmmmman par pitié... par pitié...

L'infirmière lui fit une piqûre et quitta la chambre... et des pans de douce grisaille lentement enveloppèrent le démon et absorbèrent son venin... et Maria descendit lentement dans la paix du sommeil où l'horloge sans aiguilles de la douleur recommencerait à égrener des heures sans dieu et arrêterait le mouvement de ses aiguilles invisibles jusqu'à ce que la nuit se dissipe à nouveau avec le retour de la lumière.

Isabella était assise à table avec sa mère. Les enfants étaient au lit, la vaisselle faite, et elles étaient assises, avec leur café, tandis qu'une brise soufflant de la fenêtre de la cuisine charriait les sonorités, les bruits et les odeurs de la rue.

Tu as l'air très fatiguée maman.

Je suis inquiète.. .et je suis fatiguée – haussant les épaules – je suis triste. Je ne sais pas pourquoi nous sommes ici, pourquoi nous...

S'il te plaît maman. On en a parlé cent fois. Nous sommes ici. C'est ici que nous sommes. On n'avait nulle part où aller quand Roberto est mort. Nous sommes ici maman.

Oui, oui – hochant la tête – nous sommes ici, dans ce

pays de bruit et de fumée – se tournant vers la fenêtre – ça entre, tu sens ? Écoute…

S'il te plaît maman. Arrête. Mon cœur a trop de chagrin. Moi aussi je vis dans ce même pays étrange avec cette langue qui n'est que marmonnement pour mes oreilles. Tout est si bruyant si affreux, mais nous sommes ici et…

Mais nous ne devrions pas y être. Nous devrions être là où le soleil n'est pas obligé de traverser la fumée pour atteindre ton visage.

Isabella but une gorgée de café, contempla un instant les reflets de la lumière sur le café et les bords de la tasse, puis regarda sa mère, vit les rides de l'âge sur son visage et la fatigue dans ses yeux, Tu devrais peut-être rester à la maison demain maman. Le trajet est long, ça te fatigue.

Le trajet est long. C'est vrai – acquiesçant – mais c'est très fatigant aussi de rester ici toute la journée avec les enfants et le bruit. Même plus.

Les enfants ne seront pas là. Ils peuvent aller chez des amis comme aujourd'hui. Ils sont sages.

Oui, oui, je sais, je remercie Dieu pour la gentillesse de tes enfants. Mais que voudrais-tu que je fasse, que je reste assise sous un palmier ? Que j'aille jusqu'à la plage coller mes pieds dans le sable mouillé en écoutant les vagues ? Ramasser des coquillages ? – Isabella regarda sa tasse de café en regrettant de ne pouvoir chasser tout ça… toute la douleur et tout le malheur, mais que pouvait-elle faire ? Se réveillerait-elle un matin en trouvant un sac d'or sur la table pour ramener sa famille à la maison ? Se réveillerait-elle dans un conte de fées où il lui suffirait de frotter quelque chose pour que des anges lui apportent des morceaux des cieux sur des coussins de velours ? – Que j'aille patauger dans l'eau et sentir la brise fraîche qui souffle sur la mer et dans les feuillages ? Que je fasse cuire un poulet ? Que je…

Maman – la voix et les yeux gros de tristesse – arrête maman. Ça suffit. J'ai autant de tristesse que toi. Maria est ma chair… mon sang – Et le mien – Oui maman, et le tien, et nous ferons tout ce que nous pourrons pour l'aider à guérir. Moi aussi je suis inquiète. Moi aussi j'essaie de comprendre les mystères qu'ils nous disent et je repars pleine de peur et d'ignorance. J'entends des mots… des sons… et je vois la figure de mon bébé enveloppée de pansements, avec juste de petites fentes pour voir ses yeux, une petite fente pour nourrir son corps. Toute la douleur toute la tristesse sont les mêmes pour moi maman.

La vieille femme considéra ses mains croisées sur ses genoux pendant de longues minutes silencieuses, puis acquiesça, Oui… Oui… elle soupira et leva la tête et regarda sa fille avec une grande tristesse, Demain on ira la voir et on lui apportera la soupe et on restera assises à n'en plus finir à côté de son lit et on se débattra avec son mal et leur langue et on lui donnera de la soupe, et du lait, et on la serrera et on priera la Sainte Vierge pour qu'elle la protège et la renvoie saine et sauve à la maison avec nous – elle soupira encore et retourna ses mains – On sait que c'est ce qu'on fera… qu'est-ce qu'on pourrait faire d'autre ?

Rien d'autre maman. Dieu verra clair en nous. Et on reprendra le bus et on parcourra tous ces couloirs jusqu'à son lit. Elle sera en sécurité aussi longtemps que nous pourrons la voir… la toucher – elle regarda sa mère avec un demi-sourire – et lui donner sa soupe.

Isabella continua à regarder sa mère et son sourire se résorba lentement dans son chagrin et elle entendait les enfants qui jouaient dans la rue, couraient dans les escaliers de leur immeuble, hurlaient tout à coup à cause d'un ballon échappé, se disputaient à grands cris, éclataient soudain de rire, et par instants tous ces bruits se fondaient en un brouhaha familier qui emplissait la cour de sa vie, un brouhaha si familier qu'il la réconfortait un peu, et elle fit jouer le café dans sa tasse et regarda par la fenêtre les immeubles d'en face, le linge qui séchait en travers de la ruelle, les escaliers de secours encombrés de plantes, de carpettes, de boîtes, de cageots, d'enfants, d'adultes, de chats, de chiens et dieu sait combien d'autres objets non identifiables, sirotant son café refroidi et continuant à tenir la tasse à 2 mains après l'avoir reposée sur la table, incapable d'oublier le ténia de peur qui rampait dans ses entrailles et elle battit plusieurs fois des paupières avant d'avoir la force de détourner les yeux de la fenêtre pour regarder sa mère et les rides que les années, mais des années de tristesse plus que des années de vie, imprimaient sur son visage et sa mère suivait du bout des doigts le contour de la tasse comme pour égrener un chapelet, entendait de douloureux crissements de freins, des pétarades de moteurs, des grincements de roues, fronçait les sourcils en inhalant la fumée et les gaz, un goût âcre que le café ne parvenait plus à effacer dans sa bouche, une âcreté qui lui brûlait la gorge et lui parcheminait la langue, qu'elle aurait voulu recracher, recracher dans la crasse des rues pour se libérer de son venin mais quand bien même elle pourrait cracher le poison dans les rues l'âcreté resterait pour toujours dans sa bouche et les monstres hurlants ne lâcheraient jamais ses oreilles, les monstres eux-mêmes suppliciés par la fumée et les ombres de ce terrible lieu, et chaque jour elle essayait de trouver un moyen de se barricader contre les bruits qui l'attaquaient mais même en se bouchant les oreilles à 2 mains ça ne servait à rien, alors elle s'obstina à suivre le contour de sa tasse du bout des doigts, en se demandant comment elle finirait à force de vivre si haut au-dessus du sol, et si elle pourrait jamais s'asseoir dans le clair soleil

et mère et fille demeurèrent assises au milieu de leurs peurs et de leurs chagrins réciproques tandis que le temps s'écoulait avec une lenteur si atroce qu'elles se sentaient écartelées dans l'empan des aiguilles de l'horloge, et la mère continua à palper sa tasse et regardant par la fenêtre, Et qu'est-ce qui arrivera si Maria ne guérit pas ?

Isabella resta immobile, les mains autour de la tasse de café, sans bouger, le regard fixe tandis que la brise agitait une chemise sur une corde… Il faut qu'elle guérisse… c'est mon bébé…

Oui, oui… Mais si elle guérit pas ? ? ? ?

Isabella était raide, semblait ne pas respirer.

Ces opérations vont lui redonner de la peau… qu'ils vont prendre sur d'autres parties de son corps pour cacher les cicatrices… À quoi ressemble donc notre Maria ? ? ? ? Je vois seulement des pansements. Elle a vraiment besoin de ces opérations ? Comment on sait que les docteurs ont raison ? Qu'est-ce qu'on sait d'eux ? Ils sont différents des autres… ici… dans cette… *ville ? ? ? ?*

Isabella toujours raide, la respiration inaudible et invisible, les yeux ronds, les articulations des doigts qui blanchissaient

Pourquoi on ne voit pas ce qu'il y a derrière les pansements ? Qu'est-ce qu'ils nous cachent ? Pourquoi ils ne nous parlent pas ? Pourquoi ils nous regardent et s'en vont comme si on n'existait pas ? Pourquoi ils nous regardent comme si on allait leur voler quelque chose ? On n'est pas des animaux… on n'est pas des voleuses et pourtant ils nous fuient quand on veut seulement leur demander comment va notre Maria ? ? ? ce qui va arriver à notre Maria ? ? ? Pourquoi – MAMAN – lui prenant soudain la tête entre les mains et la serrant, forçant ses yeux à se refermer sur les larmes brûlantes qui palpitaient dans sa tête, sentant la douleur de ses orteils qui poussaient contre la pointe de ses chaussures, ses mollets noueux, sa gorge brûlante – Assez maman… s'il te plaît… s'il te plaît… toutes ces questions – secouant la tête – je ne peux pas y répondre non plus. Je regarde leurs visages et j'essaie de voir… de demander… de savoir… mais je ne sais pas ce que disent leurs yeux ou leurs mots – Tu sais ce que disent leurs yeux – regardant Isabella en face, implacable – leurs yeux nous disent toujours la même chose. Oh maman… maman – des larmes suintant lentement de ses paupières – je me moque de ce que disent leurs yeux, je me soucie seulement de mon bébé – Mais leurs yeux parlent de Maria aussi, ils disent qu'ils s'en fichent, qu'elle est sans importance pour eux, qu'elle est seulement un paquet de bandages dans un lit…

Le menton d'Isabella touchait presque sa poitrine. Elle regarda les larmes tomber sur ses genoux et trouva qu'il en tombait bien peu en comparaison de toutes celles qu'elle sentait rouler dans ses yeux… Où vont-ils tous ? ? ? d'où viennent-ils tous ? ? ? ? Elle sentait son souffle sur ses poignets en parlant, Je prie pour qu'ils la considèrent comme l'une des leurs et la guérissent, qu'elle redevienne telle qu'elle était le matin où elle est partie d'ici et a descendu l'escalier avec ses livres d'école sous le bras.

Je prie aussi – haussement d'épaules – qu'y a-t-il d'autre que la prière… pour nous ?

Je prie… je prie et prie mais la Sainte Vierge ne répond pas… je prie et prie mais j'entends seulement le battement de mon cœur – Isabella leva lentement la tête de quelques centimètres – J'ai peur maman – levant la tête un peu plus et regardant sa mère en face, serrant ses mains jointes – J'ai peur pour ma petite fille. La mère regarda sa fille, avec une expression grave, dure, terrible, regarda les larmes couler sur les joues de sa fille, et son expression s'adoucissait avec chaque larme et enfin ses yeux se firent rassurants et elle tendit les mains, les posa sur sa fille, Mes prières aussi s'adressent à des oreilles sourdes… peut-être que Dieu ne peut pas entendre nos voix minuscules ici… peut-être que les monstres dans les rues… et les démons dans les cœurs de ces fous dévorent les prières avant qu'elle les entende…

elles se regardèrent dans les yeux, avec autant d'amour que possible, redoutant leur peur, chacune espérant voir ou entendre chez l'autre la réponse à ses propres peurs et à la menace qui planait sur Maria, les yeux d'Isabella se fermant finalement, trop lourdement chargés de chagrin pour rester ouverts, Peut-être que tu as raison maman. C'est peut-être comme tu dis. Mais on va quand même allumer une bougie… qu'est-ce qu'on peut faire d'autre ?

joignant les mains ensemble, se penchant lentement l'une vers l'autre dans le courant d'air de la fenêtre ouverte, qui vibrait toujours de bruit et de fumée.

Moishe mit Bobby en garde contre l'excès de dépense physique, Faut djà que tu te reposes… que tu reprennes des forces.

Eh Mush, jsuis pas un vieux comme toi – bombant le torse, puis se raidissant, transpercé de douleur, mais sans cesser de sourire.

Moishe sourit aussi et approuva de la tête, Ça fait un bail que j'ai plus ton âge. Maintenant tous les prétextes sont bons pour me reposer.

Bobby regarda autour de lui et fronça les sourcils, Comment que t/as dégotté tous ces trucs ? T/as un matos d'enfer ici Mush.

Oh ça date pas d'hier ça. M'a fallu du temps pour installer tout ça – promenant ses yeux alentour – mais j'avais du temps à revendre.

Bobby déambula dans l'appartement et Moishe tendait la main de temps à autre pour le stabiliser, mais en restant toujours en retrait pour laisser Bobby trouver lui-même son équilibre. Ils entrèrent dans une pièce remplie de chariots, de wagonnets, de diables, de caissons à roulettes, avec deux établis et des outils accrochés aux murs, Mon atelier, dit Moishe avec fierté.

Ptain, où que t'as dégotté tout ça ?

Ça fait très, très longtemps – souriant à Bobby – t/étais pas encore né.

Bobby le regarda, Tu m'étonnes.

Moishe sourit, haussa les épaules, et ils continuèrent leur tour. Bobby était époustouflé par ce qu'il voyait, n'avait jamais imaginé que quiconque puisse vivre réellement dans un tel luxe… tout cet espace pour se mouvoir, avec des lumières partout qui ne faisaient pas mal aux yeux et permettaient pourtant de voir avec netteté. Et la bouffe, un grand congélateur rempli de bouffe, un énorme réfrigérateur bourré de trucs et de crèmes glacées en quantité invraisemblable. Du moins c'était l'impression que ça lui faisait. Bobby roulait des mirettes et secouait la tête, puis se dirigea vers la porte principale, C'est la lourde par où qu'on est entrés, ça ? Moishe acquiesça et rejoignit Bobby qui essayait d'ouvrir la porte. Moishe passa devant et la déverrouilla, Tu veux que j'ouvre ? Ouais. Moishe ouvrit la porte et Bobby regarda dehors, puis secoua la tête et referma et Moishe l'interrogea des yeux, J'étais tellement schlass l'aut jour jem disais kc'était ptêt pas comme jem rappelais, mais si, c'est tout pareil – secouant la tête – Ptain, Mush, je lcrois pas, j'hallucine.

Moishe lui sourit et, remarquant les cernes de fatigue autour de ses yeux, Viens, on retourne dans la cuisine, il est temps de se refaire une soupe.

Bobby acquiesça et le suivit dans la cuisine et s'assit à table avec plaisir, fermant les yeux un instant pour digérer l'effort.

Moishe se mit à réchauffer la soupe et posa le pain sur la table, avec la planche à découper et le couteau, et sortit le beurre du frigo. Il désigna le pain et Bobby acquiesça, alors Moishe coupa deux tranches et poussa le pain et le beurre devant Bobby. Envoie, Mush.

Moishe retourna au fourneau et versa la soupe dans un bol, qu'il posa devant Bobby, et à nouveau sourit et se sentit tout chaud et tout illuminé de l'intérieur en regardant Bobby engouffrer le pain et la soupe. Bobby observa soudain le poignet de Moishe, C'est quoi ce tatouage ? levant les yeux vers Moishe.

Moishe considéra un instant les numéros sur son poignet, puis regarda Bobby, Ya… tu sais pas ce que c'est. Bobby secoua la tête et continua à observer Moishe qui inspira profondément et soupira bruyamment, Un camp de concentration… il y a si longtemps – fermant les yeux un moment – un autre monde, une autre vie…

Ah ouais, j'ai entendu parler – fronçant les sourcils – jcroyais que c'était pour les juifs. Tu ressemb pas à un juif.

Moishe sourit, Ah bon… je ressemble à quoi ?

À un vieux blanc comme les aut.

Moishe pouffa, Ya… Bah, y avait surtout des juifs, c'est vrai, mais pas seulement.

Paraît kça craignait dur comme cabane.

Moishe rumina ses paroles, Ça craignait… Ya, très dur… très dur… j'étais pas juif, mais…

Moishe se tut un instant et Bobby continua à manger en lui jetant des coups d'œil, Alors… un jour je te raconterai l'histoire – et Moishe sourit, l'esprit ailleurs. Il revint au présent quand Bobby lâcha sa cuiller dans le bol vide et s'adossa, Mec j'ai le bide tellement plein que jpeux pu bouger – en essuyant le bol avec un doigt qu'il lécha. Moishe vit le sommeil alourdir les paupières de Bobby et sourit, T/aurais peut-être intérêt à te coucher pour dormir un peu.

Ouais… jsuis cassé.

Moishe laissa Bobby se lever tout seul et l'escorta jusqu'à la chambre. Quand Bobby fut couché, Moishe alla dans le living et s'assit dans son fauteuil. Après quelques instants il regarda son poignet, vit les numéros qu'il ne pourrait jamais oublier...

Alors...

c'est quoi ce tatouage???? Il y a si longtemps que je laisse ce souvenir dormir loin de moi. Les numéros sont toujours sur mon poignet... et dans ma tête, mais le souvenir... j'ai tellement lutté pour l'effacer... effacer le cauchemar. Je sais que je ne pourrai jamais oublier, jamais me libérer de ces années, mais faut-il réveiller le cauchemar? Maintenant? Combien d'années me reste-t-il? Ne peuvent-elles pas être paisibles? Est-il ici pour réveiller les démons? Ou est-ce toi le démon qui ne peut supporter de me voir l'esprit en paix???? Oh, qu'est-il pour moi, ce garçon? Je l'aide parce que c'est ma tâche, simplement parce que ça doit être fait et que je suis capable de le faire... il a besoin d'aide et je peux la lui donner... il a besoin de pansements et j'ai des pansements. C'est suffisant. Il a faim et je lui donne à manger. Simple. Nous sommes tous frères dans la faim. Assez Werner, assez... assez. T/es un plombier, un électricien, un homme de peine, pas un philosophe. Oui, je suis un homme de grande peine, un homme qui a très peur... oui peur. J'ai peur. Donc... c'est très simple, j'ai peur de m'attacher à ce garçon... un petit-fils (oui, le petit-fils que j'ai jamais eu) et de le voir s'en aller et d'avoir à nouveau le cœur brisé... on me l'a brisé tant de fois, oui, oui, il a été chaque fois raccommodé, mais fini le chagrin, je ne pourrai pas survivre à un nouveau coup au cœur... le chagrin, la peine... je n'ai plus assez de lendemains pour guérir, je les ai tous dépensés depuis longtemps... Oui, oui, je sais, quand mon cœur se brise il s'ouvre, chaque fois davantage... et il y entre plus de lumière et il en sort plus d'amour, mais si j'ai pu jadis supporter la douleur, c'est fini, je n'ai plus d'endurance...

mon cœur ne tient plus qu'à un fil, il bat, mais comme un vieux tambour. Ma douleur m'appartient et ne vaut rien à personne, de même que ma folie m'appartenait et personne ne pouvait écarter les barreaux pour moi. J'ai vécu... je suis mort... j'ai fait de mon mieux et me voici, vieil homme prêt à mourir, et me voici avec une vie... une vie blessée, un animal des rues au-dessus de ma tête qui entre dans ma vie et apporte avec lui mon passé...

Moishe

se pencha en avant et enfouit son visage dans ses mains,

Je ne

peux pas retourner là-bas... je ne peux plus. Les camps sont finis, que les souvenirs dorment dans leurs cendres. Je suis vieux et faible et mon cœur n'est là que pour maintenir ce corps en vie, pas pour revivre les horreurs de l'enfer – Moishe s'ébroua pour se ressaisir – Ahhh, à quoi bon. Je ferai ce que je ferai, et toute cette folie, et tout ce blabla, ces mots, ces mots, ces mots qui tournent dans l'air et dans ma tête et toujours je fais ce que je fais – Moishe secoua la tête et sourit et remplit un bol de crème glacée et versa dessus de la sauce au chocolat – Mieux vaut manger de la glace que me torturer, allez, de toute façon je ferai ce que je ferai... quoi d'autre ?

Isabella et sa mère avaient l'impression que les docteurs étaient perpétuellement en train de courir dans les couloirs et les infirmières de sauter d'un lit à l'autre et qu'elles ne pourraient jamais poser les questions qui leur minaient l'esprit et le cœur. Mais un jour une infirmière leur sourit après avoir fait une piqûre à Maria et vit la peur et la confusion dans leurs yeux et leurs visages et les rassura, leur dit que Maria allait guérir, que la vie de leur petite fille n'était pas en danger – Elle vivra ? Oh oui, aucun doute là-dessus. Il n'y a pas d'infection et elle réagit très bien au traitement. Elle soupira intérieurement en voyant qu'elles comprenaient ses mots, en voyant le soulagement et la gratitude rayonner sur le visage des deux femmes qui s'accrochaient fermement à ce qu'elle venait de dire, croyaient de toutes leurs forces que Maria survivrait et, peu importait tout le reste, c'était la seule chose qui comptait et elles terminèrent cette journée le cœur léger comme jamais encore depuis le début de ce terrible drame. La brise qui les frôla quand elles quittèrent l'hôpital leur parut accueillante et caressante comme un message de Dieu leur annonçant qu'Il veillait sur Maria et prendrait soin d'elle, qu'en faisant entrer Son amour dans le petit cœur de Maria Il faisait entrer Maria dans Son cœur et que rien ne pourrait lui arriver… oui, oui, c'était le message de la brise, la promesse de la brise, et elles prirent le bus, marchèrent dans la rue et grimpèrent l'escalier de leur immeuble en sachant que Maria était sauvée et que bientôt ses peines seraient finies et qu'elle rentrerait à la maison, avec elles, saine et sauve dans leurs bras. Isabella rassembla ses enfants et commença à préparer le repas, mais fit d'abord du café. Elle posa une tasse sur la table devant sa mère, qui se pencha en fermant les yeux pour inhaler l'arôme, oublieuse des rumeurs lointaines de la ville.

Et ainsi les allers et retours entre l'hôpital et l'appartement devinrent plus faciles, moins épuisants pour la vieille femme et moins effrayants pour Isabella. Maria gémissait et sanglotait toujours mais maintenant elles savaient que la douleur ne signifiait pas sa mort prochaine. Elles voyaient que le mal était profond, très profond, mais il passerait tandis que sa vie demeurerait, alors elles faisaient ce qu'elles pouvaient pour l'apaiser, la rassurer, la nourrir de bonne soupe et cesser de se tourmenter pour leur petit bébé puisque l'infirmière avait dit qu'elle vivrait.

Un jour elles trouvèrent le lit de Maria vide à leur arrivée et la panique leur coupa la parole. Elles se regardèrent, se signèrent, la grand-mère marmonna des prières, Isabella inspecta les alentours avec frénésie et la patiente dans le lit d'à côté leur dit que Maria était dans la salle de soins, et les 2 femmes se replièrent sur des chaises et attendirent sans bouger, craignant presque de respirer, puis bougèrent légèrement, assimilèrent lentement l'information, se détendirent un peu et attendirent encore, en silence, échangeant des regards furtifs, comptant chaque respiration, attendirent que Maria revienne pour qu'elles puissent voir par elles-mêmes qu'elle était en vie, puissent lui donner sa soupe et la toucher et la regarder respirer et sentir le battement de son cœur dans sa poitrine.

Enfin Maria apparut de l'autre côté du lit dans une chaise roulante et ce fut un tel choc qu'elles étouffèrent un cri, Maria dans une

chaise roulante, le visage enveloppé de bandages avec toujours 2 fentes pour les yeux 1 pour la bouche mais comment pouvait-elle respirer par ce petit trou d'air ? elle allait suffoquer, mourir d'un instant à l'autre, et pourquoi était-elle dans une chaise roulante ? seuls les mourants ou les très vieux étaient dans une chaise roulante, l'infirmière s'était trompée, Maria était à l'article de la mort et Isabella se leva d'un bond quand l'aide-soignante bloqua la chaise roulante et aida Maria à se lever, Eh ben t/en as dla chance ma cocotte, y a ta maman qui t'apporte dla soupe – rigolant doucement et secouant la tête – ça c'est une bonne surprise hein dis – aidant Maria à se recoucher puis souriant à Isabella et à sa mère, Elle va bien, allez, vot tite cocotte – les regardant toujours et remarquant leurs visages paniqués, se rembrunissant, se demandant ce qui les perturbait puis, comprenant que c'était la chaise roulante qui les affolait, sourit à nouveau, Non… non, tout va bien. Quand y a un malade qui se déplace, n'importe où, y faut toujours la chaise roulante, c'est le règlement… dis-leur, petite.

Maria s'adossa contre le traversin relevé et leur expliqua lentement, en quelques mots avec difficulté mais clairement, qu'on avait renouvelé ses pansements dans la salle de soins et qu'il fallait une chaise roulante pour y aller, et aussitôt leurs expressions changèrent, elles étaient soulagées et un soupir silencieux s'échappa de leurs corps. Maria resta assise, tranquille et muette, longuement, puis l'aide-soignante lui demanda si elle voulait quelque chose et Maria secoua la tête et l'aide-soignante sourit et lui souhaita bon appétit et roula la chaise dans le couloir.

Les femmes regardèrent Maria un moment, virent les bandages propres, les fentes un peu plus larges pour les yeux et la bouche, y virent un nouveau signe d'amélioration et un présage de guérison définitive.

La mère de Bobby, assise sur le bord du lit de Bobby, faisait sauter son dernier-né sur un genou, indifférente aux grattements et aux couinements derrière le mur. L'enfant s'était tu mais ses brailleries résonnaient encore dans ses oreilles, dans sa tête, vibraient encore dans tout son corps. Elle but une gorgée de Coca, fit tourner la boîte entre ses doigts pour les rafraîchir, puis la posa par terre. Elle entendit le Coca descendre dans son gosier, entendit la boîte toucher le sol, entendit les bruits de la maison, des rues, des murs, mais c'était comme l'air qui l'entourait… c'était là, sans existence. L'enfant se mit à geindre et distraitement elle accéléra le rythme de son genou jusqu'à ce que le bébé s'apaise et elle continua à contempler les murs, l'embrasure de la porte, la fenêtre en face, hermétique à toute conscience autre que la douleur de son cœur, une douleur si ancienne qu'elle lui était aussi coutumière que son battement, si ancienne qu'elle n'y prêtait même plus réellement attention, sentait confusément un manque à l'intérieur d'elle-même, un manque qui serait toujours là quoi qu'il arrive et qui de temps en temps se rappelait à elle par cette douleur, et alors elle ouvrait une autre boîte de Coca ou allumait une cigarette ou engueulait un de ses moutards, ou regardait dans le vide...

ou parfois se penchait à la fenêtre et interpellait ses amies assises sur le perron, ou frappait à leur porte, et elles s'asseyaient et tchatchaient et riaient et se lançaient des vannes et buvaient du soda et fumaient des clopes et le temps passait comme ça, elle oubliait la douleur, son insatisfaction vague, mais toujours, tôt ou tard, ça la reprenait, le sentiment d'inutilité infusait, ce désespoir qui l'emprisonnait dans une vie sans avenir, et elle se balançait d'avant en arrière jusqu'à ce que tout disparaisse... l'appartement, le bruit, les mômes, les rats, son corps, son esprit et toutes ses émotions et elle repensait à tout ce qui manquait et puis se disait qu'au fond c'était bien comme ça... mais ça ne durait jamais, elle ne pouvait pas rester en permanence dans cet état, alors elle entrait à nouveau dans son esprit et dans son corps, et dans sa vie, et ouvrait une boîte de Coca, changeait éventuellement les couches du bébé et laissait s'effriter la digue, la digue qu'elle avait bâtie sa vie durant et arrivait péniblement à maintenir en état, la digue qui l'empêchait de se noyer dans ses émotions et la coupait du monde extérieur, de la réalité de sa vie, et elle calait le bébé sur sa hanche et criait aux gosses de la fermer ou allait voir ses amies pour rigoler.

L'enfant était toujours silencieux, caracolait paisiblement sur son genou, la tête blottie contre le bras et le flanc de sa mère, douillettement, en sécurité, libre. Elle termina le soda et fronça les sourcils, essayant de se rappeler depuis quand exactement elle n'avait plus vu Bobby. Parfois il lui semblait que c'était tout récent, quelques heures peut-être... parfois il lui semblait que ça faisait une éternité. C'était bizarre. Il y avait 13 ans qu'elle le voyait tous les jours, et maintenant il était ailleurs et elle ne savait pas où, ne savait pas comment il allait, savait seulement qu'il était blessé et n'arrivait pas à se souvenir depuis quand et puis d'abord quelle différence ça faisait ? il était pas là, un point c'est tout, mais quand même elle avait l'impression que c'était pas si vieux... peut-être 2 jours et pourtant y avait quelque chose qui manquait, c'est sûr... quelque chose qui avait disparu comme si elle avait perdu un bras ou... quelque chose... mais pas de quoi sfaire du mouron, y est parti, y est parti, rviendra ben mvoir un jour... oui, sûr qu'y viendra voir sa maman dès qu'y peut et alors les gosses arrêteront dem tanner pour savoir où qu'y est ? ? ? ? et Bobby par-ci et Bobby par-là ? ? ? ? même que jem tue à leur dire que jsais pas où qu'y est...

et c'est la vérité vraie... jsais pas où qu'y est mais sûrement qu'y va bien ou j'aurais eu des nouvelles

ouais, ouais, sûrement qu'y va bien

Ramassa la boîte de soda vide et secoua une ou deux gouttes dans sa bouche, regarda la boîte un moment, cligna des yeux puis regarda dans la pièce, vit les lits, les draps et les couvertures, les habits, la poignée du placard, la peinture écaillée et les fissures dans le mur et le plafond, entendit les rats et le grincement du sommier quand elle se leva et sortit lentement, Ptêt ce serait mieux dmett Jesse dans llit à Bobby, pour lmoment toujours... ça y fera plaisir. Y dit tout ltemps qu'y aime tellement Bobby et y arrête pas ddemander où qu'y est. Ptêt c'est ce qu'y a dmieux à faire, mett Jesse dans llit à Bobby... pour lmoment toujours.

De temps en temps Moishe regardait les yeux de Bobby pour voir comment il se sentait. Quand il lui posait la question Bobby répondait toujours qu'il allait bien, mais Moishe savait que la vérité était dans ses yeux. Alors de temps en temps il lui donnait deux aspirines et lui suggérait de se reposer un petit moment et Bobby haussait les épaules et disait, Jveux bien si tu penses qu'y faut. C'est toi ldocteur Mush – et Bobby rigolait et s'étirait sur le lit et Moishe voyait dans ses yeux de la gratitude et un profond soulagement de pouvoir s'allonger et ne plus avoir à feindre de ne pas souffrir quand il contraignait son corps meurtri et douloureux à se mouvoir.

Moishe ne tenait pas compte des heures de repas, il se contentait de poser des bols de soupe au poulet devant Bobby, avec du pain et du beurre que Bobby boulottait avec une joie qui faisait presque pleurer Moishe. Il lui donnait aussi des bols de glace avec de la sauce au chocolat en disant que c'était encore meilleur pour sa santé que la soupe et la pénicilline réunies, Ça fait chanter les anges dans ton cœur et ton estomac devient ton meilleur copain.

Les yeux de Bobby n'étaient pas les seuls indicateurs de son amélioration physique, Moishe la mesurait aussi à ses propos quand Bobby se mettait à lui expliquer comment il allait défoncer ces enculés de bics et leur faire la tête au carré. Quand Bobby parlait de ça ses yeux s'allumaient et tout son corps se tendait et Moishe sentait en lui le froid de la mort et observait Bobby un moment, puis s'éloignait et s'affairait à quelque chose pour ne pas répliquer, et pour s'empêcher de chialer.

Même quand il s'éloignait de Bobby il sentait la tension et le venin, et quand il commençait à se détendre Moishe le sentait aussi et savait que Bobby allait alors se mettre à parler de Maria, et de sa mère, Doivent se dmander où jsuis toutes les 2. Ptain faut que jme tire Mush, faut que je voye ma meuf et ma mère. Bobby se regarda dans un miroir, puis palpa doucement sa cage thoracique, puis regarda Moishe, Mais t/as raison Mush si jme pointe avec une tronche comme ça a vont smett à lever les bras au ciel en gueulant. Vaut mieux que j'attende… Combien qu'y faut attende tu crois avant que j'aie une tronche potab ?

Moishe plissa le front et fit la moue, prenant le temps de la réflexion avant de répondre, essayant désespérément de se libérer de la froide anxiété qui lui nouait les boyaux, Faut voir comment ça évolue – haussant les épaules – Les plaies ont l'air de guérir assez bien, mais les escarres… qui sait ? On verra. Encore une semaine peut-être et – Une semaine ? Ptain une semaine tu débloques ça va pas ! Faut que je rtourne dans lquartier Mush, jpeux pas rester ici une semaine, je – Bobby – en lui touchant gentiment les épaules – Faut toujours au moins une semaine pour qu'une plaie cicatrise… et des plaies aussi profondes… peut-être plus – regardant Bobby dans les yeux avec gentillesse et compassion – Tu veux avoir une belle gueule quand tu les verras… encore quelques jours c'est pas beaucoup…

ils se regardèrent…

puis les épaules de Bobby s'affaissèrent brusquement quand il relâcha sa tension et sa méfiance, Meeerde… Meeerde – faisant quelques pas et s'asseyant à la table de la cuisine, Moishe le regardant un moment, désireux de lui laisser tout le temps nécessaire pour digérer sa déception, dissiper sa colère…

puis remplit deux bols de crème glacée et s'assit à table avec lui. Moishe regarda Bobby jouer avec la cuiller un instant, puis commencer à manger distraitement, puis quand il eut à moitié fini se concentrer enfin sur ce qu'il faisait. Moishe se mit à manger sa glace aussi, Je suis à court de sauce au chocolat… c'est terrible je sais, mais j'irai en racheter plus tard. Je vais peut-être en acheter un paquet de six – en souriant à Bobby qui réprima un rire, puis sourit aussi, T/es vraiment un enfoiré Mush – souriant et léchant sa cuiller – mais t/es un mec au poil. Ils continuèrent à se sourire et Bobby essuya le bol avec son doigt.

Les peurs de Maria s'estompaient quand elle prenait les mains de sa mère et sentait la chaleur de celles de sa grand-mère sur ses jambes, entendait le ronron à peine audible des prières, mais parfois, la nuit, surtout dans le noir quand le silence tombait soudain, un silence complet et total, même de courte durée, elle frissonnait de panique et empoignait le drap et l'entortillait et le serrait jusqu'à sentir ses ongles lui percer les paumes, et des sueurs froides l'inondaient et son visage hurlait de douleur et elle essayait de se souvenir comment appeler l'infirmière, comment obtenir un calmant, mais elle ne pouvait que se raidir, se raidir encore au point d'éclater, la tête tremblant si fort qu'elle menaçait de se détacher de son cou et alors finalement elle entendait quelque chose, un bruit dans le hall ou le gémissement de douleur d'une autre patiente ou une conversation d'employés quelque part au loin et tout aussi soudainement elle relâchait le drap et avait l'impression que son corps s'effritait en un tas de miettes sur le lit et elle entendait et sentait l'air s'engouffrer dans ses poumons et des flashes et des traits de lumière transperçaient ses yeux fermés et elle s'abandonnait aux sons, aux bruits de l'hôpital et quelque chose en elle lui rappelait où elle était,

lui rappelait que sa mère et sa grand-mère étaient ici peu de temps avant et reviendraient le lendemain et passeraient la journée assises à lui parler, à lui dire qu'elle était en sécurité ici, qu'elle allait guérir et ne devait pas s'en faire, qu'elles prendraient soin d'elle et qu'elle vivrait longtemps,

lui rappelait que les femmes qui travaillaient ici étaient gentilles et lui souriaient et la rassuraient et que chaque matin à son réveil elle voyait bien que les gnomes de la nuit ne l'avaient pas mangée et que tôt ou tard on rallumait les lumières et tôt ou tard il faisait jour derrière la fenêtre et tôt ou tard on lui donnait quelque chose et la douleur s'en allait et tôt ou tard sa maman et sa grand-mère seraient assises à côté de son lit et elle saurait qu'elle avait survécu à une nuit de plus dans ce lieu étranger, loin de chez elle, loin de sa famille et, bien qu'elle n'arrive toujours pas à comprendre ce qui s'était passé ni pourquoi, elle acceptait lentement la fatalité, comme disait sa maman, et bientôt elle pourrait partir et rentrer à la maison, mais pour l'instant il fallait qu'elle reste là et ils la soigneraient, et peut-être qu'elle commencerait à y voir plus clair, à remettre de l'ordre dans ses idées,

se demandait comment Raul avait pu lui faire une chose pareille et pourquoi Bobby ne venait pas la voir, mais peut-être que personne n'était autorisé à la voir à part sa mère et sa grand-mère, oui, ça devait être pour ça sinon Bobby serait venu, et elle contemplait les ténèbres, celles de ses yeux fermés et pincés, puis celles de la chambre, et la chambre semblait s'éclaircir, et bientôt elle pourrait distinguer le pied de son lit, la porte, le mur, et le petit tas de miettes sur le lit deviendrait « elle », et elle attendrait couchée là en plissant les yeux sous le bord du bandage, et bientôt l'infirmière entrerait et lui ferait une piqûre et éteindrait sa lumière et elle comprendrait qu'elle avait appuyé sur le bouton et elle attendrait les yeux fermés, réconfortée, et oublierait tout jusqu'à son réveil le lendemain et recommencerait la routine quotidienne, impatiente de voir arriver sa maman et sa grand-mère.

Maria put aussi échanger quelques mots avec la femme dans le lit d'à côté qui avait des brûlures sur le dos et devait rester couchée sur le côté face à Maria. Elle demanda à Maria quel âge elle avait et elle lui répondit 13 ans et demi presque 14.

Mon Dieu, t/es qu'une gosse, hein ? Dur d'être ici, hein ?

Maria acquiesça timidement, J'aime pas ici, je veux rentrer chez moi.

Ouais, jte crois. C'est ta mère et ta grand-mère qui viennent ici tous les jours ?

Oui – Maria que l'effort de parler épuisait déjà.

Ça fait mal quand tu parles, hein ?

Maria fit oui de la tête.

Jm'en doute. T/es une porto ?

Hein ?

Une porto… Portoricaine ?

Elle fit encore oui de la tête.

Ouais, jm'en doutais. Ta façon de parler, tu vois ? Je rmarque toujours ça – Elle jeta un œil vers la porte, puis baissa la voix – Tu vois cette infirmière qu/est de garde la nuit des fois, la blonde, là ? ? ? t/as intérêt à tméfier d'elle, c'est une salope… le genre qui sprend pas pour dla merde, tu vois. Y en a plein des comme ça ici. Mais y en a qui sont bien. Des gentilles. J'étais djà venue une fois pour l'appendice. Ce coup-ci j'ai été brûlée au boulot. Tu peux êt sûre que jvais leur foute un procès au cul. Histoire de sfaire un peu de fric, quoi. Et toi qu'est-ce qui t'est arrivé, on dirait que t/as la figure tout amochée.

Y a quelqu'un qui m'a jeté quelque chose dans la figure.

Ooooh là, c'est méchant. C'était quoi ?

Maria souffrait mais se sentait obligée de répondre et ses mots sortirent péniblement, presque inaudibles, De la soude, y disent.

Dla soude ? Malheur, c'est dégueulasse de faire ça. J'espère qu'y vont tuer lsalaud qui t'a fait ça.

Maria essaya de continuer la conversation mais en fut incapable et ferma les yeux. Elle entendait toujours la voix de la femme mais ne pouvait plus répondre. À la longue la femme remarqua que Maria dormait et se tut et recommença à regarder le temps passer en silence, en attendant que quelque chose vienne rompre la monotonie.

Bobby inspectait son visage deux fois par jour, l'examinait soigneusement, essayait de se persuader qu'il était suffisamment retapé pour aller voir Maria et sa famille, mais quand il le touchait il devait s'avouer qu'il se mentait et allait se recoucher. Il ne restait levé que quelques heures et la conversation avec Moishe le fatiguait.

Moishe l'épiait quand il s'observait dans la glace et souriait, Si tu te regardes trop tu pourras pas remarquer les différences.

T/inquiète mec, jverrai bien quand jserai prêt.

Ya... mais en attendant tu te fais du mouron. Que tu regardes ou que tu regardes pas, ça guérit quand même.

Bobby réfléchit un moment... Tu veux dire, comme pour mon ptit frère, jel vois pas grandir mais jvois ses sapes qui deviennent trop ptites.

Moishe rit, Ya, ya, comme les enfants qui grandissent.

Mais quand y a des mômes dans la maison comment tu fais pour pas les regarder ?

Moishe rit plus fort et hocha la tête, Alors ne pense pas au petit singe blanc, ya, ya –

Au ptit singe blanc ?

Moishe secoua la tête, Rien, rien, laisse tomber. Regarde-toi. Je vais te trouver un miroir plus grand, à trois faces pour que tu puisses voir aussi l'arrière de ta tête – Moishe s'esclaffa – Comment on fait pour pas voir sa propre figure ? c'est simple, suffit de pas regarder – s'esclaffant toujours, les larmes aux yeux – Donc... des fois je vois pas – et il continua à rire et Bobby le lorgnait en secouant la tête et en souriant. Moishe secouait la tête aussi, énergiquement, pleurait de rire, se gondolait dans tout son corps, et Bobby ouvrait des yeux ronds, souriait, secouait la tête et bientôt se marra aussi fort que Moishe.

Bobby restait levé un peu plus longtemps chaque jour, et Moishe se réjouissait chaque jour davantage de la rapidité de sa convalescence. Bobby adorait la baignoire à vagues et y passait de plus en plus de temps, puis criait et râlait quand Moishe le forçait à passer sous la douche froide, le traitant de bourreau, d'enfoiré, de sadique, de malade… et Moishe riait tellement qu'il se pliait en deux… Je croyais que t/étais un homme… pourquoi tu pleurniches comme un petit garçon ? ? ? ? Mais putain Mush ça caille à mort là-dans – Ah faut ce qu'y faut si tu veux guérir pour pouvoir rentrer chez toi. Ptain tu vas pam laisser cailler là-dans jusqu'à tant que jressemb à un enculé de père Noël – Moishe appuyé contre la porte, transi de rire – chaque fois que Bobby répétait enculé de père Noël il se bidonnait à se faire éclater la rate, sans savoir pourquoi, mais c'était tout à coup la chose la plus drôle qu'il ait jamais entendue, enculé de père Noël, et quand Bobby sortit de la douche il était plié en deux et dut lever les bras au-dessus de sa tête pour l'aider à enfiler le peignoir et Bobby s'échinait à passer les manches en grelottant, Bordel Mush, tu peux pal tenir droit smachin, que jpeux l'enfiler, et il regardait Moishe plié en deux, qui tenait le peignoir au-dessus de sa tête, les yeux inondés de larmes…

Finalement Moishe se redressa et Bobby passa les bras dans les manches et s'emmitoufla dans le peignoir et attacha la ceinture et ils regagnèrent la cuisine en chancelant et s'affalèrent devant la table et durent attendre que le fou rire s'apaise pour que Moishe puisse chauffer la soupe.

Moishe avait installé une table dans le living pour assembler des puzzles. Il déposa les pièces d'un puzzle de 1000 pièces sur la table, Ptain Mush, comment qu'on va mett tout ça en place ?

Moishe sourit et haussa les épaules, Une pièce à la fois… et bientôt on aura cette image – désignant l'image sur le couvercle de la boîte.

Meeerde… par où on commence, c'est vachement grand.

T/as jamais fait un puzzle ?

Meeerde, où tu veux que jtrouve un puzzle ?

Bon. Alors… d'abord on retourne toutes les pièces, face vers le haut, comme ça – en en retournant quelques-unes – et on range les pièces extérieures par ici, ya ?

Extérieures ?

Comme celle-là, avec le bord droit.

Ah ouais… oké, alors on va rester assis là comme 2 tarés à rtourner des ptits bouts dcarton… mec jte suis pas.

Moishe sourit, Ça fait passer le temps… des fois, on peut plus s'arrêter.

Ptain la prise de tête, faut êt malade, mais – haussant les épaules – puisqu'on a rien d'aut à fout.

Le temps passa en effet et bientôt Bobby se prit au jeu, se sentit défié par l'apparente impossibilité de trouver une place adéquate pour chaque pièce de carton dans l'immense tas qui jonchait la table. Moishe riait en silence, de joie, en voyant Bobby s'impliquer de plus en plus dans la reconstitution du puzzle, en observant sa physionomie, son excitation grandissante quand il trouvait des pièces qui s'adaptaient, Ptain rgarde ça, elles ont pas l'air d'aller ensemb mais ça colle.

Ya, faut avoir l'œil.

Ces enfoirés y zessayent dnous embrouiller Mush, mais on les aura – tendant sa main ouverte et Moishe tapant dedans et retournant sa paume, hilare, et Bobby, ricanant, tapant dans sa paume, On les aura Mush tu vas voir.

Ils continuèrent et bientôt Bobby fut complètement accro et s'immergea totalement dans la reconstitution du puzzle. De temps en temps il casait une pièce et se reculait, contemplatif, Tu vois ça Mush, c'est une pièce capitale ça, mainnant on va foncer – et ils continuaient comme ça, observaient les pièces, en choisissaient une ici ou là, et le temps avançait beaucoup plus vite que la reconstitution du puzzle, et aussitôt Bobby se remettait à examiner les pièces, à les comparer méticuleusement, et pour la plus grande joie de Moishe logeait soudain une pièce et l'emboîtait dans une autre et se reculait et regardait Moishe avec un sourire jusqu'aux oreilles, Tu vois Mush jte l'avais dit, c'est fastoche maintenant qu'on a cette pièce capitale… ptain Mush jpeux pas tout faire tout seul, faut que tu m'aides un peu – et Bobby tapait Moishe sur l'épaule, Jcrois que t/as pu les yeux en face des trous vieux louf – et il se marrait de bon cœur et recommençait à scruter les pièces et Moishe se réjouissait dans tout son être, le chaleureux visage de Bobby le remplissait de bonheur.

Maria passait toujours le plus clair de son temps étendue rigide dans son lit. Elle se concentrait principalement sur sa peur et sa douleur, les allées et venues des gens, le ferraillement des chariots et des civières et des brancards, les éclats de voix, le couinement des semelles sur le linoléum qui lui rappelait le brouhaha des rues, lui rappelait ce qu'elle connaissait, parce que toute sa vie avait été entourée de bruit, du bruit qui était presque une distraction dans son environnement, de même que le bruit infini de l'hôpital semblait amoindrir sa douleur et sa peur, la réconforter par sa présence familière.

Le personnel, aussi, était un reflet de la rue, de son quartier. L'une des femmes qui la véhiculait vers la salle de soins était très gentille, mais il y en avait une autre qui ne voulait pas tenir la chaise quand elle se levait et la laissait attendre longtemps dans le hall avant de la reconduire dans sa chambre. Et il y en avait qui refusaient d'aider quiconque à faire quoi que ce soit, qui vous regardaient quand vous leur demandiez de l'aide puis s'en allaient et Maria les regardait et se demandait pourquoi elles étaient comme ça, et quand ça lui arrivait à elle elle se demandait ce qu'elle leur avait fait pour qu'elles soient comme ça.

Chaque fois qu'elle était dans la salle de soins elle essayait de se forcer à leur demander comment elle allait, si tout se passait bien, mais elle n'y arrivait pas, glacée de silence par le regard méchant de l'infirmière qui défaisait ses bandages et aidait le docteur quand il entrait. Une aide-soignante, qui récupérait les pansements sales et les jetait, remarqua que Maria grimaçait quand l'infirmière arrachait sèchement les derniers pansements, Tu vas bien ?

L'infirmière la toisa, Elle va très bien – en regardant Maria avec mépris.

Maria essayait de répondre mais elle était complètement pétrifiée devant l'attitude de l'infirmière et tremblait de peur.

L'aide-soignante observa le visage de Maria et frissonna, la chair était rouge vif, crevassée et boursouflée, lui couvrait presque les yeux, la gravité des brûlures donnait l'impression qu'on lui avait arraché plusieurs couches de peau pour dénuder sa chair et que sa figure avait été remodelée à coups de râpe pour y dessiner un hurlement permanent. Maria lorgna vers l'aide-soignante qui, s'apercevant qu'elle la fixait des yeux, détourna le regard, cherchant désespérément à dire ou faire quelque chose, mais rien ne sortit de sa bouche jusqu'à ce que finalement elle touche l'épaule de Maria et dise, Ça va aller – puis elle tourna vite le dos pour ne pas vomir.

L'infirmière remarqua le manège de l'aide-soignante et lui lança une œillade de reproche avant d'appliquer la pommade, T'inquiète pas, y vont la retaper… à nos frais bien sûr – enveloppant la figure de Maria dans des bandages – toutes des droguées et des putes et Dieu sait quoi encore, même pas majeures… pendant que les honnêtes gens doivent travailler dur pour payer tout ça. À se demander s'y a une justice dans ce monde. Si j'avais mon mot à dire…

De retour dans son lit, Maria resta immobile des heures durant. Elle voyait la tête de l'infirmière, l'entendait parler. Elle comprenait les mots, mais ne savait pas ce que l'infirmière voulait dire, mais savait très bien ce que voulaient dire son ton et l'expression de son visage. De temps en temps un frisson parcourait Maria quand le visage de l'infirmière se penchait sur elle et qu'elle lui riait à la figure et Maria sentait un gémissement dans sa poitrine mais tout était silencieux même quand les mots de l'infirmière continuaient à lui tourner dans la tête, à longueur de temps, longueur de temps et le visage restait devant elle, menaçant parfois de l'étouffer, et tout disparaissait, il n'y avait plus que Maria et le visage et les mots de l'infirmière, et Maria essayait de comprendre ce qu'elle avait fait, pourquoi l'infirmière disait ces choses et ce que ça signifiait pour son visage à elle, Maria… est-ce qu'elle guérirait ? Le docteur avait dit qu'elle irait bien, qu'elle ne mourrait pas… horrible… une traînée… pas réparable… et Maria se demandait à quoi elle ressemblait, depuis que c'était arrivé elle ne cessait de se demander à quoi elle ressemblait, mais maintenant la peur la glaçait, personne n'avait rien dit mais elle disait, Horrib, horrib, horrib… Horrib comment ? Elle était horrible comme quoi ? Comme la vieille de la bodega avec tous ses boutons noirs et ses poils et ses verrues ? ? ? ? Mais elle était vieille. Plus vieille même que le Bario, comment pourrait-elle être aussi affreuse ? ? ? ? Elle était une grande fille, mais ne serait jamais si vieille et si affreuse…

et

les pensées de Maria tournaient et tournaient dans une ronde de terreur, elle se demandait ce que l'infirmière voulait dire quand elle disait qu'elle était une putain, elle était pas une putain, pas une traînée, elle vivait dans un appartement avec sa maman et tout le monde. Qu'est-ce qu'elle lui avait fait à l'infirmière ????

et elle continuait à pleurer en dedans, de plus en plus fort, en essayant de résister à l'assaut des pensées et des images qui la torturaient et se tuait à appeler sa maman ou dieu ou quelque chose, n'importe quoi, appeler à l'aide et peu à peu elle prit conscience d'un autre bruit dans la pièce, un bruit inhabituel, qu'elle n'avait pas encore remarqué, et tandis qu'elle se débattait avec la douleur pour se libérer des images et des mots, le bruit s'affirma et la força finalement à réagir et elle se tourna légèrement et vit la femme dans le lit d'à côté qui se démenait, gémissait, s'efforçait d'atteindre quelque chose et Maria plissa les yeux pour régler sa vision sur elle, la discerner à travers l'image obsédante de l'infirmière et finalement elle vit qu'elle essayait d'atteindre la carafe d'eau et souffrait chaque fois qu'elle tendait la main. Maria observa la scène un moment, l'esprit toujours ennuagé, ne sachant que faire, incertaine d'avoir le droit de sortir du lit, craignant de se faire gronder si elle se levait, mais plus elle regardait la femme s'échiner plus ses craintes et ses incertitudes retombaient et elle se leva lentement et resta un instant appuyée sur son lit, puis s'approcha du lit de la femme et prit la carafe d'eau, C'est ça que vous voulez ? Ouais. Maria versa de l'eau dans le verre de la femme et le lui tendit, et posa la carafe à un endroit où elle pouvait l'atteindre. La femme prit le comprimé dans la soucoupe sur la table et l'avala avec l'eau puis se recoucha et ferma les yeux. Maria la regarda un moment puis regagna vite son lit pour qu'on ne la voie pas debout.

La femme resta allongée en silence, les yeux fermés, puis les ouvrit finalement et regarda Maria en esquissant un sourire et la remercia. Cette salope d'infirmière elle a juste posé le cachet et elle a même pas approché la carafe pour que je peux l'attraper… et elle sait bien comme çam fait mal de tende la main… çam déchire le dos… la salope – Maria sentit sa tête acquiescer légèrement mais sans vraiment prêter attention à ce que disait la femme, comme si son esprit n'enregistrait rien – Si jpouvais lui griller lbout des seins avec un briquet à cette salope, elle verrait ce que ça fait… jésus… À quoi ça sert d'être aimab avec les gens, jdevrais plutôt lui dire ses 4 vérités …

la femme se tut un instant, se bougea un peu pour essayer de trouver une position plus confortable, puis regarda Maria, Comment tu vas ptite ?

Maria se demanda comment elle allait ? ne se rendait pas bien compte. Elle avait très peur, comme si quelque chose de terrible allait lui tomber dessus, mais elle ne savait pas quoi, juste une terrible angoisse dans l'estomac comme quand elle n'avait pas fait ses devoirs mais en pire. Elle essaya de répondre mais ne savait pas quoi dire, comme déconnectée d'avec elle-même, et son environnement désormais familier lui semblait étranger et elle était complètement perdue, ne savait même plus où étaient les W.-C. Elle regarda la femme, plissant les yeux, Jsais pas.

Comment tu te sens ?

Mal au vente.

Ouais ?

L'est tout comme du coton.

Oh… T/as peur petite ?

Jveux rentrer à la maison.

Y s'est passé quelque chose… hein ? Y t'ont fait mal en changeant tes pansements ? Des fois y zont la main dure, tsais.

C'est quoi la chirurgie plastique ? Un jour le docteur y a dit qu'ym feraient dla chirurgie plastique.

Oh, c'est quand y te réparent la peau, si tu veux, quand elle est brûlée, tsais, ou n'importe, comme pour toi… tu vois, pour que ça soye beau. Comme les stars de cinéma ess font toujours faire ça pour avoir l'air jeunes.

Avec du plastique ?

Hein ? Du plastique ? – regardant Maria sans comprendre, regrettant de ne pouvoir apercevoir l'expression de son visage pour se faire une idée de ce qu'elle voulait dire – Oh, tu veux dire comme des sacs en plastique et des trucs comme ça ?

*Si.*

Naan – la femme sourit et pouffa – Naan, pas du plastique comme ça. C'est comme… comment… comme un truc qu'y tmettent dans la peau et des fois yt prennent dla peau queq part et yt la collent aut part… comme qui dirait qu'y prennent à Pierre pour donner à Paul, si tu préfères mieux. Dans le genre. Mais y font pas ça avec du plastique.

Je sais pas à quoi ressemb ma figure. Vous croyez qu'elle est affreuse ? Peut-être qu'elle est horrib à voir.

T/en fais pas ma ptite. Cette salope t'a dit queq chose dans la salle de soins ?

Elle me regarde drôlement – Maria sentit des pincements et des coups de lame dans son visage quand elle fronça les sourcils pour tenter de surmonter son trouble et sa peur et toutes ces choses invisibles et inconnues qui s'enroulaient autour d'elle – jsuis pas une mauvaise fille… maman me dit que je suis une gentille fille – Maria secoua la tête – je sais pas ce que j'ai fait pour êt aussi affreuse.

La femme devinait que Maria était au bord des larmes, Eh faut pas t'en faire, t/es une brave gosse. Y vont t'arranger ça impeccab. Vraiment, tu verras, tu seras comme neuve.

Je sais pas pourquoi jsuis si mauvaise. Ma maman elle pleure, ma grand-mère elle pleure… y ont cassé la figure à mon copain et – C'est pas ta faute, t/as rien fait, jt'assure. Jsais bien juger la nature humaine moi et jsais que t/as rien fait.

Mais tout le monde pleure –

Eh, qu'ess tu crois, c'est sûr ça, une mère ça pleure quand ses gosses y sont à l'hôpital. Sûr qu'elle pleure. Y a deux ans mon dernier y a eu les amygdales, juste ici, l'étage en dessous, tu crois que j'ai pas pleuré ? Et comment que j'ai pleuré. C'est normal petite.

Je dois êt mauvaise si –

Eh, dis pas dbêtises. Crois-moi – regardant Maria, le cœur serré, cherchant ses mots – je sais que t/es une bonne fille, une brave gosse.

Non, non, pour êt si affreuse faut êt mauvaise… très mauvaise. Maria se coucha sur le dos et ferma les yeux, le corps parcouru de gémissements, les mains crispées, les ongles incrustés dans ses paumes, entrecoupant de sanglots ses prières à jésus et à la vierge Marie, essayant de se rappeler son acte de contrition mais ne se rappelant que Pardonnez-moi parce que j'ai péché, puis essayant de parler à Marie et de lui dire combien elle aimait l'enfant jésus, toute ma vie j'ai aimé l'enfant jésus, et vous sainte mère de dieu, soyez bénie Oh je suis mauvaise… si mauvaise que ma maman pleure et je suis affreuse affreuse comme la saleté des rues, comme toutes ces ordures partout, partout et les rats qui mangent les ordures qui sentent le pourri et je dois êt pourrie aussi pour êt punie comme ça Oh jveux pas aller en enfer, j'ai peur de mourir et d'aller en enfer et de brûler dans les flammes mais jsuis si mauvaise que jdoim cacher la figure pour pas faire vomir les gens Ô sainte vierge aidez-moi j'ai toujours aimé l'enfant jésus, aidez-moi aidez-moi…

Sa mère et sa grand-mère entrèrent dans la chambre et Maria se tourna de côté et tendit la main vers la main de sa mère et aussitôt un grand chagrin effaça le sourire de sa mère et alourdit son cœur, Maman, maman – et à nouveau Isabella vit les larmes suinter des fentes dans les bandages, les yeux de sa fille qui avaient toujours pétillé de vie depuis sa naissance 13 ans avant, ces merveilleux yeux noisette qui toujours la regardaient avec tant d'amour et qui maintenant n'étaient plus que des fentes dans de la gaze blanche et à nouveau les larmes affluèrent comme affluait la douleur dans son petit bébé et toute la joie, l'espoir du jour s'écoulèrent avec les larmes, absorbés par les pansements.

Isabella et sa mère ce matin se sentaient mieux que jamais encore depuis le jour où elles avaient appris le drame. La veille au soir elles souriaient devant le café, se répétaient de toutes les manières possibles que leur petit bébé était sauf, qu'elle vivrait, que bientôt les docteurs raccommoderaient tout et la renverraient à la maison et qu'elle serait de nouveau comme avant. L'air du dehors venu de la fenêtre semblait plus frais et moins bruyant que d'habitude. Et ce matin encore la lumière avait semblé plus claire et plus joyeuse que les autres matins brumeux et humides et odorants et pleins de hurlements, ce matin l'odeur du café avait tout embaumé et les enfants avaient descendu l'escalier en poussant des cris pour aller à l'école, et la mère et la grand-mère avaient préparé la soupe à emporter à l'hôpital, et elles avaient trouvé qu'elles avaient plus de force dans les jambes, surtout celles de la vieille femme, et la traversée de la ville, les rues, le bus, puis l'hôpital, tout s'était bien passé et elles s'étaient réjouies de pouvoir s'asseoir près du lit de leur bébé, de leur Maria, or

à peine étaient-elles entrées dans la chambre qu'elles avaient senti la douleur, la douleur tout autour d'elles comme un linge mouillé en marchant vers le lit, vers le petit corps immobile qui paraissait crier et qui, quand il eut conscience de leur présence, roula de côté et le supplice de Maria passa dans sa voix quand elle appela sa maman, tendit les bras vers les femmes effrayées, éperdues, qui mettaient une éternité à atteindre le lit, comme s'il y avait une vague qui les empêchait d'avancer et plus Maria tendait les bras plus elle semblait refluer et plus elles semblaient s'éloigner et soudain le temps s'arrêta

et Maria avait beau se pencher sur le bord du lit elles n'arrivaient pas à l'atteindre malgré l'arrêt du temps

et elles entendirent sa petite voix plaintive gémir comme le vent sur les vagues, Maman... maman, maman, maman, maman, et Isabella appela son bébé par-dessus les prières de la grand-mère et la femme dans le lit d'à côté écarquillait les yeux devant ces corps mouvants qui avaient besoin d'une éternité pour parcourir une si courte distance, comme dans un film au ralenti, avec de l'effroi dans la voix même si elle ne comprenait pas les mots, mais elle observait, observait et secouait la tête et

soudain la mère serrait la gosse dans ses bras et la vieille femme les embrassait toutes les deux à la fois et marmonnait et puis la gosse se recoucha au milieu du lit et les femmes s'assirent et ça recommença comme les autres jours, sauf que maintenant elles parlaient toutes en même temps et que la gosse pleurait mais bientôt elles ralentirent leur débit et ça se calma et la femme referma les yeux et avala le comprimé de calmant et se mit à somnoler.

Maria s'accrochait aux bras de sa mère, sanglotait, lui disait qu'elle regrettait, qu'elle ne ferait plus jamais ça et sa mère la serrait et lui disait qu'elle n'avait rien fait, troublée, décontenancée par la peur et la souffrance de Maria, ne comprenait pas ce qui avait changé chez sa fille et avait peur qu'elle ne meure et Maria ne cessait de lui répéter combien elle était affreuse et qu'elle avait dû faire quelque chose de mal et Isabella lui disait que non, que le docteur avait dit qu'elle allait guérir, le docteur a dit que tu redeviendras comme tu as toujours été, qu'ils te referont belle quand tes brûlures seront guéries. C'est ce qu'il a dit ? Oui – se tournant vers sa mère – C'est pas vrai maman ? La vieille femme confirma, Oui c'est vrai. Tu vois bien, il a dit que tu vas guérir. Et je suis pas affreuse ? Non, mon petit cœur. Tu es mon trésor. Maria serrait les mains de sa mère et battait des cils pour chasser ses larmes, et sa mère la cajolait, la réconfortait, la rassurait, se détendait elle-même en répétant à Maria, encore et encore, qu'elle allait guérir, que le docteur avait dit qu'ils arrangeraient tout et…

plus tard une infirmière vint faire une piqûre à Maria et bientôt ses yeux se fermèrent, elle se tranquillisa, en marmonnant de temps en temps, frissonnant à l'occasion quand des larmes inutilisées et des terreurs perdues se libéraient de leur carcan ; et Isabella et sa mère restèrent assises, touchant Maria et priant, dissipant le choc en s'assurant mutuellement que leur petite fille allait bien et rentrerait bientôt à la maison avec elles, tout comme dans ce film à la télévision où quelqu'un avait jeté quelque chose au visage d'une femme et que la femme était redevenue aussi jolie qu'avant.

Moishe examina soigneusement et complètement la figure de Bobby, puis retira adroitement le pansement de la plus petite coupure. Il tâta doucement le pourtour de la plaie… Mouais – avec une légère moue – ça s'annonce bien, ça devrait guérir sans cicatrice… enfin, peut-être une petite pour te donner un air mystérieux.

Bobby se marra, Mystérieux ? Mush t/es vraiment un mec à part.

Moishe se marra aussi, gagné par le sourire de Bobby et l'inflexion rieuse de sa voix, Ouais, comme une balafre de duel disons… très important.

Une balaf de duel, qu'ess tu racontes ?

Moishe répondit par un autre éclat de rire et secoua la tête, Laisse tomber. Un truc d'un vieux pays.

Bobby secoua la tête, souriant. Moishe cessa de rire et inspira profondément. Bon… maintenant la plus grave. Moishe décolla un coin du pansement, puis se mit à détacher lentement le sparadrap. Il savait que ce serait plus facile de tirer d'un coup sec, mais il voulait être certain de ne faire aucun dégât. Quand il eut fini il nettoya les deux plaies, les frotta avec du baume, puis regarda Bobby et sourit, Bon… ça pourrait pas être mieux si je savais ce que je fais – et il rit avec joie et soulagement et gratitude de voir que les coupures avaient guéri, que ses soins rudimentaires étaient efficaces et que Bobby n'avait pas d'infections sérieuses parce qu'il se demandait ce qu'il aurait fait sachant que Bobby refusait d'aller à l'hôpital et il aurait été incapable de l'aider et maintenant toute la tension qui s'était accumulée au cours de ces journées, 7, 8, peu importait combien, s'échappait soudain avec des rires et ses jambes flageolaient de soulagement, mais c'était pas grave parce que les plaies guérissaient bien, juste comme il fallait, et le baume faciliterait encore la guérison et Bobby n'aurait pas de balafre sur la joue, à peine une petite cicatrice de rien, et il avait envie de chanter ou de danser ou de faire quelque chose pour fêter ça, alors il leva la main droite et dit, Tope là, et Bobby et lui topèrent et Bobby secoua la tête et rigola tellement que des larmes roulèrent de ses yeux, Ptain t/es vraiment lmec le plus louf que j'aie jamais vu – secouant la tête – Ptain… et le rire se perpétua jusqu'à ce que la douleur force Bobby à s'arrêter, alors Moishe s'arrêta aussi et ils allèrent dans la cuisine.

Moishe finit par se calmer pendant qu'ils mangeaient de la glace, et quand ils eurent fini Bobby se leva pour se regarder dans le miroir. Il examina son visage aussi soigneusement que possible, sous l'œil attentif de Moishe par-dessus son épaule, de plus en plus épaté par ce qu'il voyait, Ptain Mush, t/es un vrai toubib. C'est super ce que t/as fait. Jcrois que jvais pouvoir aller voir ma mère et Maria. Bien sûr avant jvoyais pas comment que c'était, mais je sens la différence. On dirait kça va tenir hein... ptain, t/es un mec au poil Mush.

Le sourire de Moishe était comme une ampoule de 250 watts, Ya... Dr Werner Schultz.

Bobby se tourna et le regarda, Qui c'est ?

Moishe se tapa sur la poitrine, Moi... je m'appelle Werner Schultz.

Alors qu'esssé ces conneries de Mushie ?

Moishe inspira profondément et soudain son radieux sourire céda la place à la nostalgie et au chagrin, C'est comme tu dirais un surnom... ahh... un titre honorifique.

Werner Schultz. Meeerde, jvois pas dMushie là-dans.

Moishe sourit gentiment et resta silencieux un instant... Tu veux te reposer ?

Naan, jcrois pas Mush.

Ils s'assirent autour de la table avec un grand puzzle à moitié reconstitué. Presque instantanément Bobby attrapa une pièce et l'emboîta dans une autre, Tu vois Mush, une pièce capitale, même toi tu peul finir mainnant – et Bobby continua à regarder les pièces en rigolant doucement, puis regarda Moishe, avec une expression de profond respect, Alors comment t/es devnu Mushie ? ? ? avec le tatouage ?

Moishe cligna de l'œil malgré lui et considéra longuement Bobby, Ya... ya – hochant la tête – Le tatouage... Comment tu sais ?

Oh, jt'ai observé Mush – haussant les épaules – jvois comment t/es des fois, jvois ta tête. Pas dur à dviner.

Moishe sourit de plaisir, émerveillé de voir combien Bobby était éveillé ou, comme il aurait dit, hip.

T/avais dit que tum parlerais de sthistoire de camp dconstration là – un doux sourire accompagna un nouveau haussement d'épaules – pourquoi pas mainnant ? Qu'ess t/en penses ? ? ? ?

Moishe contempla le plafond en se demandant s'il

aurait le courage de revivre ça, de faire face à l'horreur qui resurgirait du passé, mais il y avait déjà maintes fois réfléchi et maintenant le moment était venu et il ne voyait aucune raison de refuser de raconter son histoire à Bobby. Ça lui semblait presque naturel de lui raconter ça maintenant, et c'était bien comme ça, et au fond il n'avait rien à lui cacher. Pourtant il s'obstinait à essayer de trouver une raison, n'importe laquelle, bonne ou mauvaise, acceptable ou non, mais rien ne lui venait à l'esprit et tout ce qu'il voyait, même en regardant le plafond, même en fermant les yeux, c'était le visage souriant de Bobby, sa gentillesse et son regard confiant, la sincérité simple de son sourire. Finalement il soupira, exhala lentement et bruyamment, et regarda Bobby, Bon... on va dans le living.

Maria se sentit broyée par le calme soudain. Maman et grand-mère étaient parties, les plateaux-repas avaient été ramassés, le personnel avait tourné, et le ralentissement de l'activité s'accompagnait d'un silence qui broyait les cellules de son corps et elle avait l'impression de disparaître à l'intérieur du lit, de n'être plus qu'un contour vide et à peine discernable, plus tactile que visible sous le drap. Le silence et la pression étaient comme une réprimande pour elle, un cri qui lui intimait de dire pourquoi elle était une traînée, d'avouer ce qu'elle avait fait, et les questions se bousculaient et se contordaient dans son esprit comme pour écoper tout le contenu de son crâne et ne laisser que de l'os, racler toute la chair toute la cervelle tout le sang et ne laisser qu'une fine couche d'os qui virerait tout de suite au noir et bientôt il ne resterait d'elle que du noir, et si elle se regardait dans la glace, et avait encore des yeux, elle ne verrait que du noir dans son crâne et son corps tout entier. Le noir derrière la fenêtre semblait s'approfondir à chacune de ses respirations, semblait sourdre de la fenêtre pour dégouliner sur le mur, ramper sur le sol et disparaître sous le lit, mais sans disparaître vraiment parce qu'elle savait que ça remontait le long du lit et que le noir la consumerait de l'extérieur comme de l'intérieur

(la femme d'à côté plissa les yeux et fronça les sourcils en se demandant si Maria était vraiment dans son lit, tant sa forme devenait vague, tant elle semblait se fondre dans le matelas, et elle scruta longuement l'obscurité avant de distinguer les bandages de Maria et, voyant qu'elle était bien là, se rendormit)

et Maria observa les lignes du plafond qui bougeaient et voletaient et s'étalaient et s'entrelaçaient et semblaient disparaître l'une dans l'autre et elle sentit ses bras trembler quand elle agrippa les couvertures en regardant les ténèbres descendre sur la chambre et sur elle, en essayant par la force de sa volonté de faire entrer la lumière du hall pour qu'elle repousse les ténèbres parce qu'elle savait qu'avec les ténèbres venaient toujours l'atroce douleur et cette voix terrifiante au fond de son être qui lui répétait qu'elle était une mauvaise fille et peu importait ce qu'elle se disait à elle-même la voix la persuadait toujours qu'elle était mauvaise, mauvaise parce qu'il fallait être mauvaise pour être aussi affreuse, pour qu'une chose aussi terrible lui soit arrivée, parce que des choses pareilles n'arrivent pas aux gentils… aux honnêtes gens… et elle ne savait pas pourquoi dieu ne l'aidait pas et pourquoi l'enfant jésus ne lui disait pas ce qu'elle avait fait de mal pour qu'elle puisse se confesser et réciter son acte de contrition mais avec le temps les ténèbres allaient s'alourdir, s'alourdir tellement qu'elle ne pourrait plus respirer et se sentirait broyée et alors elle saurait, vraiment et pour de bon, qu'elle était mauvaise et maman ne serait pas là pour l'aider et elle serait toute seule, suspendue dans le noir et attendant d'être jetée dans un trou encore plus noir mais elle ne saurait jamais quand ça arriverait, ça arriverait comme ça, c'est tout, et elle serra la couverture de plus en plus fort jusqu'à ce que ses muscles épuisés la contraignent à se détendre, du moins un peu, et elle savait que si elle était assez gentille elle guérirait, que l'enfant jésus et Marie la sauveraient mais elle ne savait pas comment faire pour être assez gentille et maintenant le lit sous son dos commençait à presser contre son échine et les innombrables petits picotis et tressautements qui venaient avec la nuit commencèrent à s'insinuer dans son dos et sa gorge gargouilla de gémissements mais ses lèvres restaient collées ensemble, ses dents et ses mâchoires serrées à se rompre, mais peut-être que l'infirmière viendrait bientôt et lui injecterait ce produit dans le bras et elle dormirait ou peut-être elle devrait appuyer sur la sonnette et demander mais elle ne pouvait pas desserrer les poings, ne pouvait pas lâcher la couverture, ne pouvait pas bouger un doigt, encore moins le bras, pour atteindre le bouton, peut-être qu'elle était punie pour la fois où elle avait poussé son petit frère qui s'était un peu entaillé la lèvre et avait pleuré, pleuré, et maman s'était fâchée et s'était mise à crier mais elle n'avait pas voulu lui faire mal, pas vraiment lui faire *du mal*, elle avait seulement voulu récupérer son crayon pour pouvoir finir de colorier son livre et elle était vraiment désolée de lui avoir fait si peur et de l'avoir fait saigner mais je suis désolée, enfant jésus, je regrette, je promets que je ferai plus jamais ça, juré, je promets, je sais que j'ai fait ça au chat, je sais qu'il a crié quand je lui ai tiré la queue et je regrette d'être si méchante Oh s'il vous plaît pardonnez-moi, s'il vous plaît ne m'envoyez pas en enfer je veux pas brûler, Ô enfant jésus où est ma maman Oh je sais que c'est trop tard pour maman, qu'il faut attendre la fin de la nuit mais je ne veux pas être brûlée, s'il vous plaît, s'il vous plaît ne m'envoyez pas dans le feu... mais je suis vraiment désolée, je le jure devant dieu, main sur le cœur si je mens je vais en enfer… mais je serai gentille, vraiment, je serai gentille… oui, oui, j'irai à confesse et je réciterai des je vous salue marie tous les soirs et je serai gentille – son visage s'échauffait, brûlait comme si on y avait versé de l'huile bouillante, les vapeurs de sa chair en feu lui piquaient le nez, et l'infirmière qui ne venait toujours pas, et elle pensa de nouveau lever la main pour sonner mais sa main refusait de bouger, elle était comme clouée sur le lit et elle avait beau essayer elle n'arrivait pas à la déclouer, n'avait même pas la force de demander à la femme d'à côté de sonner pour elle, pas la force de crier, elle se laissait lentement avaler par les ténèbres et broyer et broyer jusqu'à sentir ses os se fendiller et claquer et son visage était de plus en plus brûlant et maintenant tout son corps était brûlant et elle pleurait de plus en plus fort mais aucun son ne sortait de sa bouche, ses larmes ne hurlaient que dans sa tête et semblaient alimenter le feu qui lui brûlait le visage et le reste du corps et elle promit de ne plus jamais faire ça avec Bobby mais les flammes continuaient quand même à la consumer et c'était comme si tout son corps était secoué de pleurs et de gémissements et elle était si brûlante qu'elle avait l'impression d'être au-dessus d'un feu et que sa peau allait éclater comme une pomme de terre et pourtant aucun son ne sortait de sa bouche et tout à coup elle se remit à respirer et la première goulée d'air lui donna le tournis et l'infirmière ne venait toujours pas et son visage et son corps se consumaient dans les flammes, ne seraient bientôt plus qu'un tas de poussière calcinée et ça lui coupait le souffle à nouveau et elle ne pouvait même plus supplier, même plus demander pitié et ses yeux s'écarquillaient comme de grands cercles, apercevaient le bord du bandage qui surlignait les ténèbres de la chambre et, de loin, de très loin, elle entendit sa voix lui dire qu'elle ne savait pas pourquoi elle était si mauvaise mais qu'elle serait gentille maintenant, qu'elle jurait devant dieu d'être une bonne fille et promettait main sur le cœur qu'elle serait toujours et toujours une bonne fille et elle sentit une légère brise fraîche sur sa figure et ce fut comme si son corps s'élevait et flottait au-dessus du lit quand elle se laissa glisser sur le côté et resta debout un moment appuyée contre le lit, le corps toujours raide,

mais maintenant elle savait comment le rafraîchir, comment s'échapper des flammes qui la tourmentaient

et elle traversa la chambre sans bruit à l'aveuglette marchant avec raideur mais sans peine sans rien heurter sans trébucher les yeux souvent fermés jusqu'à la fenêtre ouverte,

où elle s'arrêta un moment, juste un moment, releva la vitre le plus haut possible, pleurant presque de soulagement en sentant l'air frais pénétrer ses bandages, rafraîchir son visage et tout son corps presque instantanément et il n'y eut plus de flammes plus du tout de flammes et sa chair ne sentait plus le brûlé il n'y avait que l'air frais et pur et l'odeur des arbres et des fleurs et elle resta là un moment respirant par à-coups puis s'assit sur le rebord et tendit les mains en avant et baigna ses bras et son visage dans l'air frais, onduleux... tendit les mains de plus en plus loin dans l'air si frais si doux si merveilleux

se pencha par-dessus le rebord en brassant l'air sentit un flot de bonheur oublié parcourir son esprit et son corps comme une petite fille tourbillonnant dans une averse d'été comme tous les baisers tous les câlins du monde se pencha encore plus loin plus loin dans le confort de l'air qui lui communiquait une telle sensation de revivre

et son corps roula lentement par-dessus l'appui de fenêtre...

puis commença sa descente à

travers l'air frais, flottant dans une exquise extase, libéré des flammes et de la laideur…

et tout était tranquille, même l'air qui la frôlait était silencieux, les rues en dessous étaient paisibles, mais le calme le plus sublime était dans sa tête… pas de cris de douleur et d'angoisse, pas de lutte contre des démons trop supérieurs en nombre et en furie pour être repoussés, rien que le calme, la paix, le bonheur de savoir que les flammes étaient éteintes, qu'elle ne passerait pas l'éternité en enfer, que l'enfant jésus lui avait pardonné d'être si affreuse et mauvaise comme une traînée des rues et elle lui chanterait une chanson, elle le promit, elle lui chanterait une chanson, elle ne voulait plus que chanter et chanter et chanter… maintenant et à jamais…

Moishe, assis dans son fauteuil, les mains plantées sur les hanches, regardait fixement le vide devant lui. Bobby, assis à quelques pas, tranquille, observait, attendait. Puis Moishe tapota sa bouche avec ses mains, puis les reposa, puis ajusta sa posture, Bon – regardant Bobby – le tatouage… ya, le tatouage… Ils continuèrent à se regarder mutuellement, mais Moishe regardait aussi au-delà de Bobby, au-delà de son appartement, au-delà du Bronx… Bobby observait le visage de Moishe, surtout ses yeux, devinant que Moishe mettait de l'ordre dans ses pensées, comme il faisait toujours, et, penché en avant, les bras sur les cuisses, il le regardait, en plissant les yeux de temps à autre, ne voulait pas le précipiter, lui laissait le temps de la réflexion…

Finalement Moishe baissa les yeux et regarda Bobby un moment, puisant du courage dans son expression amicale et compréhensive, puis sourit doucement, tendrement, du fond du cœur, un sourire si lourd de résignation qu'il ne pouvait être que l'effet d'une grande peine surmontée. Bon... le tatouage – il attendit un peu, puis se pencha en avant et lui parla en face – Tu sais ce que c'est un Camp de Concentration ?

Bobby haussa les épaules, J'ai vu des trucs à la télé, des films, des trucs comme ça.

Moishe acquiesça, Ya – il roula des yeux – Y avait toujours l'odeur de la mort... toujours dans le nez, même quand tu marchais dans la neige, toujours l'odeur de la mort – Bobby regardait et Moishe secoua la tête – tout le monde a un tatouage, tu deviens un numéro... c'est tout, rien qu'un numéro... pas un nom, pas une personne, pas de cœur, pas de souvenirs, pas de vie... pas toi... rien qu'un numéro sur ton poignet... et aussi une case sur un bout de papier et donc t/es comme un papier qu'on jette aux ordures, rien de plus, c'est qu'un numéro qui brûle avec le reste des ordures et – Moishe secoua la tête et effaça ses paroles d'un geste de la main – Assez, assez – puis à nouveau braqua ses yeux sur Bobby pour focaliser son attention, Tu sais ce que c'est la Deuxième Guerre mondiale et les nazis ?

Ouais – hochant la tête – comme jte dis, les films.

Ya... Mais mon pays a pas toujours été comme ça. Mais j'ai pas remarqué le changement. J'entends dire que les nazis progressent, mais – haussant les épaules – dans ma ville y a pas tellement de changement. Moi et mon associé – Moishe hésita soudain et ses yeux s'assombrirent – mon associé Klaus a une petite affaire... comme tu dirais... une entreprise... plomberie, électricité, on fait des petits boulots... chez les gens, mais on a aussi une camionnette, enfin c'est une affaire qui tourne, tu vois. Ça marche bien. J'ai une jolie femme et un fils et Klaus et... et puis tout d'un coup ils se pointent en uniforme, toute une bande armée, et ils m'arrêtent. Jsais pas pourquoi. Puis ils me disent que jsuis un juif – Moishe secoue la tête, ébahi, hausse les épaules – Comme ça du jour au lendemain je suis un juif, un ennemi de mon pays. Je leur dis, à tous, je suis un Allemand, j'aime mon pays, comment je peux être juif, mais ils me cognent, ils me foutent par terre et ils me traînent et après ils me fourrent dans un wagon à bestiaux – Bobby plissa les yeux et se pencha un peu plus en voyant que Moishe se repliait à nouveau en lui-même, renversait la tête en arrière, fermait les yeux... On est restés des jours et des jours dans ce train, avec à peine de quoi bouffer... et on crevait de chaud et y avait pas d'eau et à la longue ça puait tellement que ça te brûlait la gorge et y avait pas de place, même les morts avaient pas la place pour tomber – Moishe ouvrit lentement les yeux et contempla le mur derrière Bobby comme pour y enfouir l'horreur et vider son esprit – alors ils restent debout, les yeux ouverts comme s'ils étaient vivants, mais y a pas de larmes dedans... de la merde, de la pisse, mais pas de larmes Ô Seigneur et ça dure des jours et des jours, rien à bouffer, rien à boire, pas d'air, rien que des corps entassés et serrés qui se dégueulent les uns sur les autres – Moishe secoua la tête, horrifié, incrédule – pendant jsais pas combien de temps ça a duré. Quand le train s'arrête, on le sait même pas, on est toujours écrasés les uns contre les autres – Moishe se tut un instant – Bobby fasciné, bouche bée – ça fait si longtemps qu'on est là... et tout d'un coup ils ouvrent la porte, enfin, et la lumière nous crève les yeux comme du fil barbelé... on essaie de lever les mains pour se protéger les yeux mais on peut pas bouger on est trop serrés et même quand tu fermes les yeux ça fait encore mal ach si mal... si mal – la voix faible, la voix étranglée – la lumière, t/imagines pas comme ça faisait mal, et quand ils nous ont tirés dehors, les morts ont commencé à tomber... un, deux à la fois comme des piquets... lentement comme si le corps voulait nier qu'il est mort et rester debout pour faire croire... Moishe fit silence, comme pour porter le deuil - puis on nous a foutus dans des camions et les hommes ont recommencé à se dégueuler dessus, t/avais le vomi qui te dégoulinait dans le cou, et ça faisait mal, mal, tellement on était secoués là-dedans comme des petits chats dans une cage en fer… Moishe s'affaissa dans son fauteuil, contempla le sol entre ses pieds

Ô seigneur et on n'était même pas encore arrivés au camp… le camp – Bobby ouvrait des yeux ronds, n'en croyait pas ses oreilles, horrifié par ce que disait Moishe et l'expression de son visage, Et tu dis que t/as jamais été juif ? Y t'ont juste ratonné à l'embrouille ? ? ? ? Moishe regarda Bobby un moment, Je comprends pas ratonner à l'embrouille – secouant la tête. Jveux dire tu t'es fait doubler, y t'ont niqué – Moishe ne comprenait toujours pas – mais si, comme… mettons y a un mec qui peut pas t'encaisser, y te balance y dit que t/as fait un truc que t/as pas fait et tu vas en taule. Moishe regardait toujours Bobby, puis se mit à hocher lentement la tête, Ya… ya, c'étaient des mensonges. Bobby secouait la tête, Puutain… puutain ! Bande d'enflés ! ! ! ! Y t'ont embarqué comme ça direc et y t'ont essoré ? Moishe acquiesça… Ils m'ont tout pris… ma maison, mon affaire… tout… et ils ont chassé ma femme et mon fils. Elle avait un frère qui les a recueillis – le visage de Moishe se ratatine tout à coup – Pendant toutes ces années je savais pas s'ils étaient en vie… pendant 8 ans j'ai cru qu'ils étaient morts. Ouah ! les enculés. Ptain ! Et t/es resté coffré pendant tout stemps. Moishe acquiesça encore. Bobby secouait toujours la tête avec incrédulité, Ptain, les enculés Mush. Yt foutent en cabane et yt piquent tout… ptain ! ! ! ! Moishe inspira profondément, Klaus avait un cousin au Parti et ils voulaient l'affaire pour eux tout seuls, alors… Ils restèrent silencieux un moment, Moishe submergé par ses souvenirs, Bobby par la monstruosité de l'injustice… tout perdre parce que quelqu'un dit que t/es un juif. Il regardait Moishe à la dérobée, de temps en temps, s'ébahissait intérieurement, peinant à croire qu'une chose pareille puisse arriver à un blanc, même s'il était juif. Bobby était désorienté mais il savait que Moishe était régulier, qu'il racontait pas de bobards. Enfin Moishe redressa légèrement la tête et regarda Bobby, Donc j'ai survécu au voyage et je suis devenu un numéro, un numéro bleu sur de la peau blanche. Bobby mata les numéros en plissant les yeux, Ouais, ptain les mecs tu tdemandes… sur dla peau blanche…

Le cercueil de Maria était fermé. Scellé. Dedans il y avait ses restes… les os, les cheveux, la chair brûlée, emballés dans sa plus belle robe, un chapelet enroulé autour de ses doigts. Impossible de savoir si elle était encore en train de chanter.

Isabella regardait le bois, elle savait que son bébé était à l'intérieur mais ne le croyait toujours pas… pas totalement, le fait brut de la mort ne suffit pas à faire croire à une mort, même attendue. Le sang délave le savoir… Combien de faits sont purgés par les reins et le foie… et le temps… l'impitoyable longueur, l'interminable torture du temps ???? Une mère, ou n'importe qui, peut-elle en regardant un morceau de bois se dire que sa fille de 13 ans est dedans et jamais plus ne criera, ne rira ou… ou… Qu'est-ce que la chair de la chair quand la chair est scellée à l'abri des regards ??? empaquetée dans une caisse en bois étriquée qui reflète la lumière tamisée de la pièce mais ignore tout de son contenu ? Os, chair, os-chair… Oui, les os et la chair de Maria, mais les rêves… les rêves d'Isabella… les rêves de Maria… ces petites bulles faites de virées en métro, d'images de télé, d'intimité avec Bobby et d'un vague lendemain qui arrangerait tout et rendrait tout le monde heureux… la vie comme un arbre de noël avec une éternelle guirlande et des lumières et des décorations multicolores qui chatoient et scintillent, et l'Ange sur la cime, tout en haut sur la pointe, qui contemple les alentours... voit tout... l'arbre, les cadeaux, les gens, l'Enfant Jésus et sa Sainte Mère Marie, le petit jésus qui arrangerait tout et même les flocons de neige tombant du ciel comme des éclats de noix de coco chanteraient et Maria chanterait et danserait et chanterait et danserait et danserait et danserait, mais sa chanson est assourdie, étouffée par la caisse qu'Isabella et sa mère observent en y cherchant leur bébé et Isabella observe, paralysée, à quelques pas de la caisse, de la boîte de Maria, mais pas la boîte à laquelle Isabella pensait quand elle pensait offrir un cadeau à Maria pour son noël, pour le prochain noël peut-être elle lui aurait acheté une petite chaîne hi-fi qu'elle aurait mise aussi dans une boîte et Maria n'aurait pas su ce qu'il y avait dedans, mais Isabella savait ce qu'il y avait dans cette boîte-là mais

comment peut-elle croire, comment peut-elle croire qu'elle va enterrer son bébé ? Comment est-ce possible ? ? ? ? J'ai enterré mon jeune mari, n'est-ce pas assez pour une vie – elle ferma les yeux un moment, sentit les larmes, essaya de voir la Sainte Vierge qui savait ce que ça faisait de voir son propre enfant mort... mais le vôtre est revenu, vous n'êtes restée seule que trois jours sans enfant pour s'accrocher à vos mains... seulement trois jours alors que savez-vous de ma douleur ? ? ? que pouvez-vous savoir de moi ? ? ? et de la vieille qui ne marmonne plus les prières de toute une vie. Nous n'avons même pas vu notre Maria une dernière fois, et nous ne la verrons plus. Nous avons veillé de si longues heures, de si longs jours dans cet endroit étrange avec toute cette agitation et tout ce bruit à tenir ses petites mains, à sentir sa chair sous ma chair, à écouter ses pleurs et ses plaintes, mais en ne voyant que des bandages. Je regarde la boîte et je pense, je pense très fort à Maria, mais je ne me souviens plus de la dernière fois où j'ai vu ses yeux… où j'ai vu son sourire. Qu'ai-je fait pour enterrer ma propre enfant… pour ne l'avoir pas vue une dernière fois telle qu'elle était, n'avoir pas le souvenir de son sourire, de ses yeux pétillants ? ? ? pour ne voir que des bandages entortillés autour de ce doux visage Ô mon Dieu, mon Dieu, mon Dieu, mon Dieu, mon Dieu… – finalement Isabella se mit à pencher, pencher et avança les pieds de sorte qu'elle tomba en travers de la caisse, la lava avec ses larmes, la serra avec ses bras et la chauffa avec son sein, entendit ses sanglots tambouriner contre le bois, sentit l'humidité de sa joue, essaya d'entendre sa fille, de sentir sa fille, de se convaincre que Maria était dans cette caisse, ce morceau de bois qui se moquait de savoir qui gisait enfermé en lui et ne servait qu'à séparer une mère de sa fille… à jamais… pour toute éternité… sans

un dernier mot, un dernier regard, un dernier contact, l'est juste partie mon DIEU, MON DIEU, MON DIEU, MON DIEU COMMENT ÇA SE PEUT… comment ça se peut ? ? ? et les mots d'Isabella étaient bâillonnés par le bois parce qu'elle essayait d'y enfouir sa tête, voulant désespérément croire que si elle serrait assez fort le bois dur son bébé le sentirait, son bébé saurait que sa maman était là comme toujours, que sa maman l'aimait… Oh mon Dieu, elle aimait son bébé, mais je ne sais pas ce que je vous ai fait pour que vous me la preniez comme ça… que peut avoir fait une mère pour que son bébé lui soit arraché des bras par la folie des enfants puis par la malédiction de la mort ? Dois-je être punie pour toute éternité parce que j'étais incapable de nourrir mes enfants et que je suis venue ici pour pouvoir vivre… pour avoir au moins de quoi manger ? C'est ça mon crime aux yeux de Dieu ? Est-ce que la vieille a donc raison de me dire tout le temps, On n'aurait jamais dû venir dans ce pays de viles paroles et de folie ? Est-ce que Maria paie pour mes péchés ? ? ? ? Ô Sainte Vierge faites que mon enfant vive comme le vôtre a vécu. Ne me laissez pas toute seule, abandonnée dans une jungle de bruit et de fureur. Rendez-moi Maria. Ce n'est qu'un bébé. Elle a besoin de sa maman Ô Dieu chéri... DIEU, DIEU ! ! ! ! – tambourinant contre la caisse, éclaboussant le vernis de ses larmes qui chatoyaient dans la lumière, dégouttaient sur les côtés et sur le sol comme des perles minuscules,

sa mère debout, raide, bouche serrée, hermétique à tout ce qui pouvait y entrer et tout ce qui pouvait en sortir, approfondissant toujours plus le silence dans le tréfonds de son cœur et en deça, le silence glacé qui la transperçait. Elle écoutait les cris de sa fille, regardait ses spasmes sur la caisse, entendait les larmes pleuvoir sur le bois et restait impassible, immobile, se reployait de plus en plus profondément en elle, se consumait dans le silence. À la longue des amis éloignèrent Isabella du cercueil et l'emmenèrent dehors et bientôt la vieille femme fut seule, toujours debout à la même place, vaguement consciente d'un murmure, d'une voix, d'un sanglot étouffé au loin mais seulement attentive au froid et profond silence qui était en elle, un silence qu'elle jura de ne jamais rompre.

Bobby debout devant la glace inspectait soigneusement son visage, un peu hésitant, tâtait doucement les bleus et les entailles d'une main qui sursautait comme au contact d'un poêle brûlant chaque fois qu'il touchait un endroit particulièrement sensible (en épiant Moishe dans le miroir pour voir s'il le remarquait), et quand il eut fini ses palpations se regarda en tournant la tête de trois quarts, dans un sens et dans l'autre, puis de profil, un côté, l'autre côté, puis approuva et fit face à Moishe, La tronche m'a l'air correc Mush. Jsuis d'attaque pour aller voir ma meuf et ma mère.

Moishe le regarda une minute, puis s'approcha de lui, scruta minutieusement son visage, le tourna, l'inclina, l'examina sous différents angles et sourit, Le Dr Schultz fait du bon boulot, ya ?

T/es super, Mush.

Ça guérit bien… ya, très bien – Bobby souriant jusqu'aux oreilles, tout content – Mais t/as encore des coquards et c'est encore enflé par endroits… vilaines marques, ya ?

Bobby élargit son sourire, l'œil pétillant, Mais jsuis trop mignon, y a pas un coquard qui peut m'ôter ça – Moishe le regardant, acquiesçant légèrement – et faut que je voye ma meuf et que je préviens ma mère que jvais bien.

Moishe continua à regarder dans les yeux de Bobby, avec un sourire forcé, leva la main et avec gentillesse, tendresse… amour toucha la joue de Bobby, juste un instant, juste le soupir d'un instant, et acquiesça brièvement, Ya – puis soudain se tourna et se dirigea vers la cuisine, regardant par-dessus son épaule, Viens… faut qu'on cause d'abord. Il s'assit devant la table de la cuisine et Bobby le rejoignit. Moishe le regarda… Bon… tu reviendras ?

Bobby plissa les yeux… Meeerde, j'y avais même pas pensé Mush – Moishe regardant Bobby, avec une expression douce qui ne laissait rien passer du terrible tourment qui le remuait – Jcrois que jsais pas… tvois ce que jveux dire, jsais pas comment ça se passe là-bas… avec ma mère et Maria et les keufs et ces enculés de bics – haussement d'épaules – jsais pas, quoi… C'est marrant, dpuis tout stemps j'ai même pas réfléchi à ça. Probab que jem disais… quand jserai parti jserai parti, mais mainnant… Meeerde Mush, jsais pas – il se pencha tout à coup et sourit – mais je rviendrai ttfaçon pour tvoir, comme on va au docteur, tu vois ? Moishe acquiesça et se força à sourire, Ya… Tu reviendras pour que je te donne la facture, ya ? Tout juss Mush – Bobby riant et topant avec

Moishe. Moishe ne dit rien pendant un moment, puis inspira profondément et soupira bruyamment, T/as besoin d'un plan pour revenir. Ça, c'est vrai. Y a personne qui peut trouver stendroit à part toi, meeerde, jsais même pas où que jsuis. Moishe pouffa, T/es ici – puis rigola en voyant la tête de Bobby, Ptain Mush, des fois t/es un vrai bouffon. Ya, ya – prenant du papier et un crayon – des fois je me fais rire tout seul. Je dessine un plan. Un plan, ya ? Pour rentrer chez toi… et revenir ici quand tu reviendras.

Ça marche.

Moishe traça des parallèles et des perpendiculaires sur l'un des bouts de papier, un grand X pour l'entrée de la cave. Puis il dessina un plan pour indiquer à Bobby comment aller de l'entrée à l'appartement. Il lui montra le plan, Je t'accompagne jusqu'à l'entrée pour te montrer les repères, ya ? On emporte une lampe de poche et on va la cacher pour quand tu reviendras. Bobby approuva et Moishe lui montra l'autre plan, lui montra comment regagner son quartier. Ptain, j'ai fait tout ce chemin à pinces ? Ptain jem rappelle pas… faut dire jem rappelle presque rien après la baston avec ces enculés – durcissant tout à coup l'expression de son visage, Moishe l'observant les yeux mi-clos. Mais t'inquiète, je les aurai. Un dces jours, jvais leur trouer lcul – regardant Moishe et souriant – mais pas sssoir Mush, là mainnant jvais juss voir ma meuf et ma mère, oké Mush ? Moishe haussa les épaules, Et si t/oubliais tout ça hein… va voir ta copine et ta mère… et laisse tomber, profite de la vie. Mush – en le toisant avec une totale incompréhension – Ça sfait pas Mush. Ym butent la gueule jleur bute la gueule, c'est comme ça Mush, faut que jleur mette la tête dans lcul, Eh, jsais même pas s'y fait jour ou s'y fait nuit dehors. Il fait nuit – lorgnant sa montre – 20 :23. T/as rien à craindre – avec un sourire malicieux – ils peuvent pas te voir dans le noir, on voit que les bleus – et Moishe rit et Bobby secoua la tête, souriant, C'est pour ça qu'on a gagné la guerre Mush, on est des guerriers nocturnes de naissance. Moishe cessa de rire et s'adossa, les paumes sur la table, Bon… Ouaip, on y va mec. Ça fait longtemps que j'ai pas vu ma meuf.

Ils franchirent la porte de l'appartement de Moishe, puis Moishe ferma à clé et, dans l'obscurité du sous-sol, Moishe ouvrit une porte dérobée derrière un tas de vieux bois et de débris. Quand ils eurent franchi cette deuxième porte, Bobby regarda autour de lui, les yeux exorbités, Ptain Mush, on peut pas voir ton apparte d'ici, tout squ'on voit c'est ste vieille camelote – Bobby dodelinait de la tête, émerveillé par l'ingéniosité de la cachette : personne ne pouvait deviner qu'il y avait quelque chose derrière ce fourbi et pourtant il venait de quitter l'apparte le plus hip qu'il eût jamais vu, et il resta planté comme deux ronds de flan, secouant la tête, effaré, incrédule. Quand enfin il se retourna, il ne vit que du noir, un noir si épais qu'il croyait le toucher. Ptain Mush, comment que tu fais pour voir queqchose ? Jvois que du noir – allumant une lampe torche dont le faisceau détrancha l'obscurité. Ouah, puuutain.

Moishe guida lentement Bobby dans les ténèbres infinies des caves, lui montrant divers repères avec les marques correspondantes sur le plan, marchant très lentement pour que Bobby puisse se familiariser avec les lieux, le plan et la direction à suivre. Bobby secouait toujours la tête, se demandait quand ils atteindraient la rue, avait l'impression de marcher depuis des heures. Moishe lui demandait de temps en temps comment il se sentait, T/es pas fatigué ? Non mec, ça gaze, et ils continuèrent à marcher, Moishe s'assurant régulièrement que Bobby identifiait bien le repère à chaque bifurcation et peu à peu ils sentirent une différence dans l'air et bientôt arrivèrent au pied de l'escalier menant à la rue. Bon… la lampe est ici, derrière ce pilier et sous ce tas, là, comme ça. Pigé. Quand tu reviens sois prudent, vérifie bien que personne te voit. Ouais, pigé Mush. Et marche pas trop vite, ya, t/es encore un peu faiblard. Jvais bien Mush, mais je ferai gaffe. Jvais pas faire la course, t'inquiète. Bon – mettant la main dans sa poche – t/as besoin d'un peu de monnaie. Eh mec, jpeux pas prende ton blé. Moishe haussa les épaules et Bobby discerna son sourire dans l'obscurité presque totale, T/as mangé mon pain et tu peux pas prendre mon blé ? – et il rigola, sachant d'avance que Bobby allait secouer la tête et sourire. Bobby empocha l'argent, Oké Mush, à plus. Bobby posa le pied sur la première marche, puis s'arrêta, se retourna et tapa Moishe sur l'épaule, T/es un mec super Mush – levant la paume droite, Moishe tapant dedans, et ils se serrèrent la main. Bobby grimpa l'escalier, s'arrêta avant le sommet, regarda prudemment à droite et à gauche, attendit que ses yeux s'habituent à la rue, puis se retourna et regarda en bas, On est les meilleurs guerriers de la nuit, hein Mush – puis se marra, redressa la tête, gravit les dernières marches, prit à gauche et disparut de la vue de Moishe, et Moishe resta là quelques secondes, puis regagna lentement son appartement.

Bien qu'il n'y eût personne en vue, Bobby ne cessait de regarder à droite, à gauche et derrière lui. Il ne savait pas combien de temps il était resté chez Moishe, mais il savait que ça ne pouvait pas être très long et pourtant il avait la sensation de marcher dans les rues pour la première fois depuis des années, surtout dans ce quartier inconnu. Mais il continuait à marcher. Il entendait des voitures au loin et peu à peu, après quelques rues, il ralentit le pas, puis s'appuya contre un mur, surpris, Ptain y a raison lvieux Mush, jsuis pas si fort que jcroyais. Ste baston m'a rétamé lcul. Il reprit sa déambulation dans la zone, entre des immeubles abandonnés et presque en ruine, un coin qui ressemblait à ces films de guerre qu'il disait avoir vus. Il se reposa à nouveau, puis continua en s'appliquant à marcher plus lentement et bientôt commença à voir quelque voiture solitaire, quelque passant occasionnel, surtout des paumés, des poivrots et des zonards, et les réverbères parurent avoir des lueurs étranges, comme s'il y avait quelque chose sous chaque caillou, sous chaque papier gras, sous chaque détritus, quelque chose qu'il ne voulait pas voir et dont il ne voulait pas être vu de peur que ça le suive à la trace et s'insinue comme de la vermine dans ses os ou son cerveau sans qu'il s'en rende compte et que ça finisse par le tuer, par lui attaquer la gorge ou le crâne ou lui becter l'estom de l'intérieur et qu'il s'étale dans les ordures et pourrisse là comme un tas de peau desséchée et chaque fois qu'il détournait les yeux du sol il rencontrait cette lueur, cette étrange lueur presque solidifiée qui semblait provenir non du réverbère mais d'un trou noir et même l'air qui l'entourait, l'air qu'il sillonnait devenait menaçant comme un danger invisible capable de lui faire la peau avant qu'il ait le temps de dire ouf et il aurait bien voulu avoir sous la pogne cette maousse lampe torche de Moishe pour pouvoir la braquer sur ste ptain dsalté dtruc invisible qui voulait pas lui lâcher la grappe…

mais les rumeurs de la ville s'amplifiaient, il y avait de la circulation, il y avait du monde pas loin, et plus ça s'amplifiait moins il avait peur et il voyait que les immeubles étaient habités maintenant, qu'ils avaient des carreaux aux fenêtres et tous leurs murs, et les rues étaient jonchées de leurs déchets habituels et il y avait des gens sur les trottoirs et des mômes qui couraient et du coup les réverbères avaient des lueurs moins étranges et son esprit se détendit, son corps se détendit et il se sentit plus à l'aise parce que tout redevenait familier. Il y avait aussi des magasins et des odeurs et il eut faim et, se rappelant que Moishe lui avait donné de l'argent, il s'arrêta pour acheter un hamburger et une tasse de café et une grosse part de patate douce en croûte. Mushie était un cuistot de première mais il avait pas de patates douces et ça faisait envie à Bobby et il mordit dedans avec un grand sourire et l'avala avec le reste de son caoua, savourant les odeurs et le répit, heureux de savoir qu'il n'avait plus que quelques rues à franchir avant de revoir les gars de son quartier.

Ouais, il allait revoir les copains, mais il pouvait aussi bien revoir ces bicots et là maintenant tout de suite il était pas en état de leur buter la gueule. S'il les rencontrait maintenant il était foutu, ces enculés le crèveraient, il avait pas l'ombre d'une chance. Il avait envie de faire un tour dans le quartier, de sentir l'animation, de voir du mouvement, d'entendre les engueulades et les injures, mais il savait que c'était pas le moment, qu'il avait intérêt à se tenir à carreau s'il voulait rester en vie. Il se rendit compte soudain qu'il n'avait pas pensé comme ça pendant tout le temps où il était chez Mushie. Il s'en faisait pas, il restait au pieu à rien foutre, calmos, sans s'inquiéter de rien, en tout cas pas de rester en vie... Ouais, c'est vrai, j'ai su toussuite qu'ym fera jamais dmal... ptain tu lcrois ça ? Ptain... Mainnant jsuis de retour et ça y est faut dnouveau que jfais gaffe pour rester en vie. Putain ste merde ! Lui y a dû apprende à rester en vie dans scamp dconstration, y sait ce que c'est. Meeerde, qu'ess jvais foute mainnant ? Jpourrais mcoucher là et pioncer... ptêt toute la nuit. Ça doit êt à cause de tout stair frais – et il se moqua de lui-même et secoua la tête et continua à marcher, gaffant chaque pékin qu/était pas noir, totalement noir, chaque porche, chaque escalier de secours, chaque fenêtre, chaque voiture, rasant les murs, arpentant à pas mesurés le quartier où il savait que traînait son frère, s'arrêtant de temps à autre pour se reposer, reprendre son souffle, et regarder partout avec circonspection... et alors il aperçut son frère Jesse qui marchait dans la rue et il eut envie de courir vers lui, mais se ravisa, attendit qu'il soit tout près et l'appela. Jesse le regarda un moment, surpris, plissa les yeux, puis l'enlaça, Bobby, la vache… où que t/étais ? Comment tu vas Jess ? Bobby, où que t/étais, ce qui s'est passé ? Je suis dans ton lit mainnant. Personne savait où que t/étais. On savait pas si t/étais mort ou s'y t'avaient fait comme à Maria et – Maria ? Qu'ess y est arrivé à Maria ? T/es pas au courant ? Bobby secoua la tête, les yeux ronds, déboussolé, Qu'ess y est arrivé ? Elle est morte Bobby. Ptain jcroyais que tu savais… ou que t/étais mort aussi. Oh meeerde, désolé, Bobby – voyant son frère changer de couleur, pencher en avant, soudain tout faible, malade, chancelant, s'appuyer contre le mur derrière lui sans lâcher les épaules de son frère, les yeux vitreux, Comment ça morte, elle peut pas êt morte… comment elle est morte ? ? ? ? Elle s'est tuée. Qu'esssé ces conneries, pourquoi qu'ess srait tuée ? Jesse observa son frère un instant, Tu sais pas ce qui s'est passé avec les bics ? Juss qu'y m'ont raclé la gueule avec une putain de chaîne. Jessie arrondit les yeux, Meeerde, sans dec, avec une chaîne ? Bobby acquiesça puis dodelina de la tête, hagard, Mais ptain qu'ess y est arrivé Jesse – secouant son frère – qu'ess tu racontes ? ? ? ? Faut que tu t'assoyes Bobby. Viens on va chez Jimmy. Ils entrèrent dans le coffee-shop, s'assirent à une table du fond et Bobby commanda un café et dit à Jesse de prendre ce qu'il voulait, une glace ou n'importe. Jesse regarda Bobby en plissant les yeux dans la lumière crue de la salle, T/as pas l'air bien frangin. Où que t/étais pendant tout ce temps ? Bobby cligna des yeux et secoua la tête, paumé, Chez un vieux, qu'ess tu racontes Jess, comment Maria esssé tuée – secouant toujours la tête, sous le choc, remué dans tout son corps. Jesse le regarda un moment, Ptain frangin, t/as l'air complètement h.s. Bobby éluda ses commentaires d'un geste de la main, la mine dévastée. Tu sais pas qu'y ont balancé dla soude à la figure ? Bobby, bouche bée, écarquilla les yeux et fit non de la tête, lentement, J'ai rien vu que ces enculés quim défonçaient avec leur chaîne. Ouais, jcomprends. Ouais, y ont balancé dla soude à la figure et pis y ont emmenée à l'hôpital. On croyait qu'a se rmettait et pis une nuit a s'est foutue par la fnêt – regardant Bobby, voyant ses bleus s'assombrir – 9 étages qu/y avait – les yeux de Bobby se fermèrent et il se pencha en avant et gémit comme s'il allait se plier en deux pour vomir ou gueuler ou faire quelque chose mais il resta comme ça (et Jesse qui l'observait en se demandant ce qui se passait), puis il se redressa lentement, en se tenant toujours le ventre, et le barman leur demanda de loin ce qu'ils voulaient et Jesse dit qu'il voulait une glace à la fraise, puis se tourna vers Bobby et le regarda et Bobby acquiesça, Deux. Ils restèrent silencieux un moment, puis Bobby demanda, Pourquoi qu'elle s'est tuée ? Jesse secoua la tête, Personne le sait frangin. S'est tuée, c'est tout. Le barman leur cria de venir chercher leurs glaces et Jesse les apporta à la table. Bobby considéra la sienne un instant comme s'il voyait quelque chose à travers, puis se mit à piocher dedans comme dans un état second et Jesse le regarda engloutir d'énormes bouchées. Maria qui tombe de 9 étages… ptain – la voix basse et plaintive, anéanti, ravagé de tristesse. Ptain, je… Il secoua la tête et contempla un point sur la table entre son frère et lui, Où qu'y sont mainnant ces enculés ? Qui ça ? Stenculé de Raul et les auts… Jesse regarda son frère… On les voit pas beaucoup frangin. Y montent pas trop leurs bobines dans lcoin. Bobby contemplait toujours le vide, l'esprit ailleurs. Qu'ess tu vas faire mainnant frangin ? Bobby secoua la tête, engouffra un autre morceau de glace dans sa bouche, Jsais pas. Rtourner chez lvieux ptêt. Faut que jréfléchis. 9 étages. Secouait toujours la tête, referma soudain les yeux, se pencha en arrière, Jpeux rien faire encore Jess, jsuis encore sonné. Tu vas vnir voir la maman ? Bobby secoua la tête, Non…

non… jpréfère pas. Tu lui diras que jvais bien, t/entends ? Jesse acquiesça, se sentant investi d'une responsabilité, se sentant bien plus vieux que ses 9 ans, Compte sur moi. Et pour msieu Franklin à l'école ? Y veulent savoir où que t/es. Bobby secoua la tête, Laisse tomber. Y m'oublieront assez vite. Jesse rigola, Ça c'est sûr. Comment jpeux ttrouver si y a besoin ? Tu peux pas Jess. Jserai pas loin. Je rviendrai bientôt et jserai dans lcoin. Dis juss que jsuis pas loin. Que ces enculés de bics y aient ltemps de réfléchir à ces 9 étages – contemplant à nouveau ce point sur la table jusqu'à ce que ses yeux rougissent, puis regardant son frère, Y ont vraiment balancé ste merde dans la figure – Jesse confirmant – dans la figure… Maria…

Bobby regarda le point sur la table et Jesse regarda son frère, en silence, puis Jesse se mit à racler sa coupe et à lécher la cuiller. Bobby s'adossa et poussa sa glace vers Jesse. Il semblait toujours hébété mais avait retrouvé sa couleur et ses ecchymoses luisaient comme des taches de colère. Il se leva brusquement, Bon jme casse, faut que je réfléchis à tout ça Jess, Oh – sortant quelques billets de sa poche et les tendant à Jesse – Tiens. Jesse paya la glace et accompagna son frère jusqu'au coin, et eut vraiment la sensation d'être une grande personne quand Bobby posa sa main sur son épaule, Et tu dis pas à mman la tête que j'ai, hein ? Pigé frangin. J'y dis juss que tu vas bien et que t/as des trucs à faire. Jesse sourit en coin, topa avec Bobby et lui serra la main, Cool frangin.

Jesse regarda Bobby s'éloigner dans la rue, puis tourna les talons et courut à la maison dire à sa mère, et à tout le monde, qu'il avait vu Bobby.

D'instinct Bobby continua à raser les murs, comme une ombre, sur le qui-vive, surveillant tout ce qui passait dans les rues, une routine pour lui en temps normal mais ce soir il avait devant les yeux en permanence l'image de Maria dégringolant ces 9 étages, une image qui le torturait et le faisait gémir et l'affolait tout à coup quand il entendait le choc d'une balle contre un mur ou une poubelle renversée par terre et ça le paralysait et il s'appuyait contre le mur un moment… rigide… puis se forçait à respirer et continuait à marcher et tout redevenait tranquille, à part le ronron de la circulation au loin, qui finissait par s'estomper aussi et s'espacer mais toujours l'image de Maria en chute libre le hantait et il n'arrivait pas à s'en défaire mais ça l'empêchait pas de continuer à gaffer les recoins de porte et les ombres même s'il savait que Raul et les autres enculés n'étaient pas dans les parages, parce que n'importe qui pouvait le suivre, attendre de le coincer seul dans une rue déserte, un de ces gangs qui ratissaient le secteur à la recherche d'un paumé à tabasser rien que pour le plaisir, alors il filait doux dans les artères sombres et vides, vers le champ de bataille saccagé qu'était le Bronx sud, carburant à l'adrénaline et ouvrant l'œil même si toute sa vision était parasitée par l'image de Maria flottant dans l'air et s'étalant sur le macadam 9 étages plus bas, et il secouait la tête pour chasser cette image de son esprit et la secoua, secoua jusqu'à ce qu'il se retrouve devant l'entrée du sous-sol de Moishe, sans comprendre comment il avait pu faire tout le trajet depuis chez Jimmy jusqu'ici, comment il avait pu se souvenir des tournants, des carrefours, des bifurcations pour arriver en haut de ces marches et contempler les ténèbres en contrebas, totales, tangibles…

Et toujours l'image de Maria tombant lui taraudait la tête.

Moishe aussi était hanté, hanté par des souvenirs qu'il croyait enterrés et qui ressuscitaient maintenant comme une créature du passé restée inanimée pendant des siècles et se réveillant dans un nouveau monde, un monde dont elle ignorait l'existence quand elle s'était endormie et auquel elle offrait à présent sa peur et son poison. Il veut savoir pour le tatouage et au lieu de lui dire, C'est rien, c'est une blague, je parle de ce train… Ô Dieu par pitié, est-ce qu'il a vraiment besoin de savoir ça ? ? ? ? C'est vrai, c'est vrai, je ne sais pas de quoi il a besoin, de quoi j'ai besoin, de quoi les gens ont besoin Oh Werner, assez, assez. Pas de philosophie. À moins que ce soit Moishe qui rumine et ressasse ? ? ? ? Qui sait ? Et qu'est-ce que ça change ? Ils sont à moi ces souvenirs… Elle est à moi cette douleur… C'est moi qui suis pris entre Werner et Moishe… C'est à moi que parle ce gosse… Et c'est moi qui me ronge les sangs pour un jeune *schwartzer*… Oui… Oui… c'est vrai, c'est moi qui le vois comme le petit-fils que j'ai jamais eu parce que mon fils a été tué dans un pays dont j'avais jamais entendu parler… à se battre pour une nation où il n'avait vécu que quelques années… Un port d'accueil… une terre d'espoir… oui, d'espoir. Sur les cendres de la mort… oui, littéralement, les cendres de la mort, nous voilà réunis, Gertrude, Karl-Heinz et moi… nous nous retrouvons après toutes ces années… et ces cendres… et nous pleurons de bonheur après toutes ces années à nous croire morts l'un pour l'autre, nos cœurs sont si lourds de chagrin et de mort, gros de rêves simples comme un bol de soupe chaude, n'osant rêver que les portes de l'enfer brûlent un jour et puis nous voilà réunis… Oh mon Dieu tant de joie. Quand on me dit qu'ils sont vivants j'ai peur de le croire, peur d'espérer, et Gertrude a la même peur et nous nous revoyons… 7 ans, 3 mois, 16 jours… Je suis si maigre que mes os s'entrechoquent, encore longtemps après ma libération, mais nous nous reconnaissons et nous nous noyons dans nos larmes de bonheur et Karl-Heinz se demande qui est cet homme qui embrasse sa mère et pourquoi nous pleurons et nous nous asseyons et déjeunons ensemble après tout ce temps, nous sommes assis et nous mangeons et rions et pleurons…

Et puis ils nous disent que nous pouvons aller en Amérique et nous pleurons de gratitude et laissons derrière nous les ruines, la souffrance, la faim, les constants rappels de la hideur hurlante du passé et nous recommençons tout… oui, tout… et puis c'est le Viêt-nam et soudain je suis seul avec Gertrude… comme au début… seul… On n'avait jamais entendu parler du Viêt-nam. Comment un pays dont tu ignorais l'existence peut prendre la vie de ton fils, de ton fils unique ? ? ? une terre d'espoir… une nouvelle vie, Alors c'est quoi statouage Mush ? Des numéros, de simples numéros… des numéros qu'on ne peut pas effacer, un pont vers le passé qu'on ne peut pas faire sauter… pas de pont, non, pas le passé, non, nooon, folie – se penchant en avant, se tenant la tête, regardant le sol entre ses pieds puis fermant les yeux, le crâne envahi par des images de gargouilles ricanantes… puis ouvrant les yeux, battant des paupières, se redressant, inspirant profondément… J'y suis entré Werner Schultz et j'en suis sorti Moishe… mais j'en suis sorti. C'est déjà pas mal… mettons que ce soit déjà pas mal…

Quand Jesse raconta à sa mère qu'il avait vu Bobby et qu'il allait bien elle s'assit et se mit à se balancer d'avant en arrière très doucement… Qu'ess y a dit ?

Qu'y allait bien et qu'y faut pas t'en faire.

Elle continua à se balancer d'avant en arrière, Et tout va bien et y faut pas s'en faire. Eh ben voilà, comme ça tout le monde va bien. Pas de souci… pu de problèmes.

Jesse souriait toujours, comme un grand, comme quelqu'un… d'important.

Y a dit quand y va rentrer ?

Han han. Y se bile pour ces bics. Veut d'abord s'occuper d'eux, qu'y a dit.

Elle acquiesça en se balançant, Y sbile pour les bics et

jem bile pour lui. Comme s'y avait rien d'aut à faire qu'à se biler – se balançant, observant distraitement un cafard.

Ben ouais… Y savait pas pour Maria. Y croyait qu'y avaient seulement cogné sur lui et – Elle releva soudain la tête et regarda Jesse, Y est blessé ?

Jesse se redressa, bomba le torse, Y va bien. Les bics y ont rien fait. Y ont un peu tapé dessus avec une chaîne, mais y va bien, y a rien.

Elle parut se rendre compte tout à coup de la présence de ses jeunes qui braillaient et pleuraient, Qu'ess y a encore ? Toujours à brailler et pleurer y a personne qui peut dormir avec des brailleurs comme vous – et Jesse s'éclipsa en douce, sachant que la conversation était terminée et puis de toute manière il avait transmis son message et y avait plus rien à dire et si elle voulait lui parler encore elle savait où le trouver – Voum frez mourir à ptit feu – se balançant plus vite, plus fort, la petite fille entrant dans la pièce en se dandinant, Moman, moman, Billy y pleure – tirant sur sa jambe – Billy y pleure – et elle tapa sur sa menotte comme on chasse une mouche et continua à se balancer – Y va très bien – Non, y pleure – Laisse-moi fille, bon sang tu vois pas que jsuis occupée, et Jesse debout sur le pas de la porte sourit et s'en alla en courant raconter à ses copains qu'il avait vu son grand frère et comment il allait régler leur compte aux bicots qui lui avaient cassé la gueule, et la mère continua à se balancer et se balancer jusqu'à ce que les jérémiades et les pleurnicheries soient absorbées par les bruits ambiants de l'appartement, de l'immeuble, de la rue… et bientôt ceux-là aussi furent absorbés par le silence et elle se pelotonna dans ses bras, en se balançant, d'avant en arrière, les yeux fermés, et bientôt elle s'apaisa et enfin Billy se tut et l'un des mioches pointa le nez dans la pièce, jaugea la situation et alla rapporter aux autres mômes que tout allait bien et ils reprirent leurs jeux et leurs rires, leurs pouffements, leurs criailleries, leurs chamailleries, en prêtant une attention distraite à la voix de leur mère, mais dans l'immédiat elle ne bronchait pas, ils étaient libres et comptaient en profiter.

Bobby s'assit un moment sur la plus haute marche pour reprendre son souffle. Il avait l'impression d'avoir couru des kilomètres… non, même pire que ça. La douleur creuse de l'épuisement lui nouait les tripes, il avait les muscles et les os des jambes en caramel mou. Il essaya de s'éclaircir les idées, mais il avait beau faire, il avait beau plisser les yeux et secouer la tête, respirer à fond, il n'arrivait pas à comprendre ce qui lui arrivait, à comprendre pourquoi il pantelait puisqu'il savait qu'il n'avait pas couru… à moins que si ? et quand il inspirait trop fort une douleur au côté l'arrêtait. Maintenant qu'il y pensait il se demandait si quand il était arrivé dans la zone il ne s'était pas mis à trottiner un peu et même à courir… n'en était pas sûr mais c'était bien possible et c'était peut-être pour ça qu'il était essoufflé et d'ailleurs il commençait déjà à respirer un peu mieux, même qu'il aurait peut-être la force de lever son cul et d'aller rejoindre Mushie… mais la cave était vraiment sombre et il n'était pas certain de pouvoir retrouver son chemin, même avec le plan et la lampe torche, ouais la lampe torche, meeerde, faut pas oublier la lampe, ptain j'ai failli l'oublier, un coup de pot que ça m'est revenu sinon j'aurais jamais pu rtrouver lvieux Mush… mais ptain qu'y fait noir là-dans, t/énerve pas t/énerve pas… Bobby regarda soudain autour de lui, attentivement, observa les ombres lointaines comme les plus proches, guettant le moindre mouvement, attendit d'être absolument sûr que personne ne le verrait descendre les marches et ne pas remonter, que personne ne viendrait fureter dans ce sous-sol au risque de découvrir le squat de Mushie… Meeerde, jsais même pas si j'arriverai à ltrouver moi-même avec une lampe et un plan

alors comment qu'un pauv con pourrait ltrouver ? ? ? ?
Bon j'y vais…

Bobby se leva et regarda encore autour de lui, puis descendit. Il chercha la lampe à tâtons, ne la trouva pas, se mit à paniquer, Ptain c'est quoi stembrouille, y a quelqu'un qui l'a piquée, meeerde, doit y avoir un embusqué qui mate et qui vam sauter au cul Oh bordel comment qu'y peuvent savoir qu'y a un mec qui crèche ici et où qu'elle est passée ste putain d – sa main toucha la lampe et il faillit tomber dans les vapes tellement il était soulagé et dut s'appuyer un moment contre le mur humide et crasseux qui lui poissa la main mais il s'en foutait tellement il était soulagé d'avoir trouvé la lampe et de se rendre compte que personne n'était tapi dans l'ombre pour l'alpaguer et lui chourer ses sapes ou le buter juste pour le principe… Enfin il s'écarta du mur, attendit que ses tremblements cessent et commença à marcher très lentement.

Il attendit le plus longtemps possible avant d'allumer la lampe torche, il ne voulait pas risquer d'être vu de la rue. Il marcha sans penser pendant un moment, prit machinalement les deux premiers tournants, puis s'arrêta, s'aperçut qu'il ne savait pas ce qu'il faisait, se mit à baliser, tourna en rond plusieurs fois, complètement désorienté, s'arrêta encore, plissa les yeux pour vaincre la terreur et l'obscurité et l'image de Maria tombant qui réapparut soudain et opacifiait sa vision, et s'efforça malgré la douleur d'inspirer lentement, profondément comme le lui avait dit Mushie, et se rappela qu'il avait déjà été ici, que tout allait bien, qu'il avait un plan dans sa poche et que c'était le moment de le sortir pour le consulter, et il le sortit et le consulta, puis promena le faisceau lumineux pour éloigner le noir et la peur du noir, et bientôt il reconnut un repère sur le plan et attendit un petit instant, le temps de gamberger, de se remémorer, puis prit la direction indiquée, à pas lents, balayant l'espace avec sa lampe de temps en temps pour repousser les démons, puis continua, trébuchant ici ou là sur un décombre, un obstacle redoutable comme une capsule de bouteille qui n'était peut-être pas une capsule, qui pouvait très bien être un roc de granit, un danger mortel, une mine, tiens, c'était comme un champ de mines, s'agissait de faire très gaffe où il mettait les pieds parce qu'il faut pas rigoler avec ça, tu sais jamais sur quoi tu marches... alors il vérifiait encore sur le plan, deux fois, trois fois, paniquait quand il ne voyait pas de repère clairement indiqué, puis se rappelait que Moishe lui avait dit de s'arrêter de temps en temps pour respirer et se détendre, alors il regardait de nouveau et c'était là, la marque était bien là, juste à l'endroit où il avait déjà regardé, comme si quelqu'un l'avait dessinée en loucedé pendant qu'il reprenait son souffle et

la transpiration commençait à lui piquer les yeux, à lui mouiller les flancs, le dos, même les jambes, et il continua à marcher lentement, prudemment, en attaquant l'obscurité de front avec son faisceau lumineux et...

et il crut distinguer une autre lumière au loin, éteignit vite la sienne, regarda encore mais ne vit rien, pensa que c'était peut-être un rat aperçu au détour d'un mur... mais pourquoi n'avait-il vu qu'1 œil? Si c'est un rat, y a 2 yeux, pas 1... et ttfaçon c'est trop gros pour êt un rat, si c'est un rat y est plus gros qu'un tig et il continua à regarder devant lui et l'image de Maria miroita soudain dans l'obscurité, mais elle avait la figure toute brûlée et la bouche ouverte dans un cri muet et la terreur le glaça et...

et merde, cette lumière, de nouveau il venait de voir cette lumière, mais en plus grand cette fois, en plus brillant, et elle bougeait de bas en haut, de haut en bas, un peu de côté aussi, et ça signifiait qu'il y avait quelqu'un par là-bas avec une lampe mais bordel qui ça pouvait être ? ptain qui c'est que ça peut êt et qu'ess y veut bordel et il chercha une planque, un endroit d'où il pourrait voir sans être vu mais pour ça il fallait qu'il rallume sa lampe et s'il rallumait on le verrait et stenfoiré lui sauterait à la gueule et il – Bobby… Bobby…

Bobby faillit s'évanouir de soulagement. C'était Mushie, stenfoiré dMushie, et Bobby essaya de répondre mais il avait la bouche sèche et rien n'en sortit jusqu'à ce qu'il salive de nouveau et se lèche les lèvres, Mushie ! MUSHIE MUSHIE ! ! ! ! Il y avait de la panique dans sa voix, il le sentait mais il s'en foutait, il était si heureux d'avoir reconnu la voix de Mushie qu'il faillit en chier dans son froc et tomber à genoux, MUSHIE, PAR ICI, PAR ICI ! ! ! ! Allume ta lampe. Oh meeerde, ouais – allumant sa lampe et sentant un sourire idiot s'imprimer sur sa face – Jsuis là Mush. Bobby regarda la lumière s'approcher, s'approcher, sentait que sa lèvre tremblotait encore de trouille mais s'en foutait, savait que ses cannes flageolaient mais s'en foutait… avait envie de pisser tellement il avait eu les jetons mais s'en foutait… trop content qu'il était, trop content de voir Mushie… oh putain tellement joisse qu'il avait envie de lui sauter au cou et de l'embrasser sur la tête… et là, ça y est, voilà Moishe debout devant lui, Bon… Et Bobby qui le regarde, riant, grelottant, et Moishe qui sourit en comprenant qu'il rit jaune et grelotte de peur, T/as l'air d'aller. Ouais… jvais bien Mush. Moishe souriait, Bien… bien – un sourire chaud, Bien – soulagé… Soulagement de l'un et de l'autre, debout dans le noir, lampes pointées vers le sol, tous 2 présents. Soulagement. Silence momentané qu'aucun bruit ne venait rompre… Puis Moishe sourit encore, Bon… on rentre à la maison, ya ? Oh ptain ouais, Mush !

Ils hâtèrent le pas, les 2 lumières faisant comme un soleil vespéral dans l'ombre épaisse, Bobby derrière Moishe, dont la lumineuse présence absorbait ses peurs.

Jsuis vachement content dte voir Mush. Qu'ess tu foutais là ? T/allais queq part ? Moishe haussa les épaules, J'ai pensé tout d'un coup que t/avais peut-être besoin de moi, alors... Sans charre ? Ptain tum scies... alors là jsuis scié merde. T/as vraiment pensé ça ? Ptain... çam scie... je – Bobby s'interrompit brusquement, coi, l'œil fixe : une image de Maria tombant venait de passer dans sa tête puis de disparaître, furtive, un flash. Moishe l'observa, Tu vas bien ? Bobby acquiesça, se pencha légèrement en avant (Moishe qui tend la main pour le retenir) puis se mit à marcher et Moishe l'accompagna en le surveillant du coin de l'œil, rythmant son pas sur le sien, Bobby encore dans l'euphorie du soulagement mais toujours muet...

Quand ils entrèrent dans l'appartement de Moishe Bobby alla directement dans la cuisine, hagard, et s'assit devant la table. Silence pesant, yeux plissés, regardant la table, puis ses mains, puis le sol, puis la cuisine alentour comme pour retrouver ses marques mais sans rien voir. Enfin il inspira profondément, en grimaçant de douleur, puis expira lentement, comme le lui avait appris Moishe (discrètement satisfait de voir qu'il suivait son conseil), Ptain Mush, tu tdemandes vraiment si jvais bien ? Moishe acquiesça. Y a jamais personne qui s'est dmandé ça avant, jsuis sûr. Ptain ! Tu tdemandes vraiment... Y a pas, t/es un mec super Mush. Bobby observa Moishe, qui lui sembla avoir plus de lumière en lui que la lumière des appliques, surtout dans le regard, et tenta de sourire mais ses yeux se mouillèrent, une douleur qui remonta de ses tripes lui noua la gorge, et il regarda encore Moishe, bouche ouverte, puis secoua la tête et regarda ses pieds... Elle est morte Mush... quelques larmes roulèrent sur ses joues et s'écrasèrent sur ses baskets, Oh Mush, elle est morte, par la fnêt Mush, par la fnêt, 9 étages de haut, Mush, de 9 étages qu'elle s'est rétamée sul trottoir Mush Oh Mush enfouit son visage dans ses mains, des larmes suintèrent entre ses doigts… puis regarda Moishe, la figure délavée par les larmes qui semblaient mêler le bleu des ecchymoses au noir de sa peau et aux reflets mouillés de la lumière et c'était comme s'il luisait de l'intérieur et dans ses yeux brillait toute la misère de sa vie, toute la misère de son monde, et il regardait Moishe, Qu'ess jvais faire Mush ? ? ? ? Elle est morte – secouant la tête – Elle se relèvera jamais de strottoir Mush – secouant la tête et marmonnant, Oh jésus marie, y la sortiront jamais dlà-dans Mush, tu sais ça ? sortiront jamais complètement Maria de strottoir, 9 étages Mush, y aura toujours une partie d'elle enfoncée dansss saloperie dtrottoir et t/as tous les gens qui lui marcheront dessus, sur des ptits bouts dMaria et y la connaissent même pas – secouant la tête comme un bloc de stupeur – tu sais ça Mush, y savent même pas qu'y a des ptits bouts d'elle dansss putain dmacadam, y verront même pas qu'y a une différence de couleur à stendroit et qu'ess y en ont à fout de Maria c'est pas leur cul qui s'enfonce de plus en plus dans sputaind mmmacadam, c'est pas la putaindpeaudleurputaindcul, qu'ess y en ont à fout – Moishe obligé de plisser les yeux pour ne pas être aveuglé par le désespoir de Bobby, Moishe qui sentait la douleur de Bobby lui moudre les boyaux et relancer sa propre douleur tout à l'heure réveillée par ces souvenirs revécus, et son cœur qui faisait mal et pleurait en voyant Bobby enrager, éventré par la colère, par la bestialité totale, insensée de la mort de Maria, une petite fille qui pour une raison inconnue s'était jetée dans la mort et dont Bobby recherchait les morceaux épars, et personne ne pourrait expliquer pourquoi ça s'était passé, personne ne pourrait avancer un argument rationnel, dire Eh bien voici la cause, nous avons compris, ça ne se produira plus… personne… pas Bobby, pas Moishe, pas la mère ou le père de Maria… personne, mais tout le monde souffrira et se morfondra et se noiera dans le chagrin et le regret et l'incompréhension comme Bobby maintenant – Pis ttfaçon y nous marchent dessus toultemps y en ont rien à fout de nous c'est tous des enfoirés qui vont toujours nous marcher sul cul et elle était si douce Mush, t/imagines pas, comme si tu trempes ton doigt dans le sucrier, et mainnant elle est pu qu'une tache sur le trottoir et toulmonde y vont y viennent y font squ'y ont à faire – Bobby s'agrippa la tête et s'arc-bouta, les coudes sur la table, et Moishe silencieux l'écoutait respirer, voyait des spasmes secouer son dos par instants, écoutait son propre cœur et se sentait pris de vertige devant l'abîme de son impuissance, voulait serrer Bobby dans ses bras mais savait qu'il fallait respecter la dignité de son chagrin, lui laisser le temps de vidanger le cambouis de son cœur, attendre encore un instant même éphémère mais absolument nécessaire, alors il attendait, regardait, compatissait, se noyait avec lui.

Finalement Bobby leva la tête, lentement, et regarda Moishe, la figure mouillée, les yeux rouges, puis secoua la tête, ferma les yeux, puis les yeux mi-clos regarda le plafond, Jvais m'occuper dces enculés dbics c'est comme s'y étaient djà morts – Moishe sentit un coup de poignard dans son cœur, sa bouche s'ouvrit, mais se referma vite – S'en sortiront pas vivants après ce qu'y ont fait – regardant tout à coup Moishe en face, un regard de glace, un regard de verre – Pendant qu'y m'astiquaient lcul y ont balancé dla soude à la gueule… voilà ce qu'y ont fait… y ont brûlé la gueule… les gens qu/étaient là y ont dit qu'elle était toute brûlée – Bobby regardant toujours Moishe qui réprimait ses larmes, voulait serrer Bobby dans ses bras, dire quelque chose – y ont brûlé la gueule et elle s'est foutue par la fnêt, dans le vide, 9 étages dans le vide pour s'étaler par terre Oh Mush – regardant Moishe avec un visage hébété, éperdu, hébété à l'intérieur de lui-même, éperdu dans la soudaineté du retournement de sa vie, pataugeant comme le noyé qu'il était dans l'immensité de sa douleur et de sa rage, avait cent questions à poser mais ne savait pas lesquelles, voulait lui demander quelque chose mais les mots n'étaient pas là et Moishe n'aurait pas eu de mots non plus pour lui répondre – Jte ldis Mush, jvais les crever ces enculés. Maria est morte, y ont pas ldroit dviv – et le cœur de Moishe se tordit de douleur et il sentit sa tête dodeliner pour approuver, s'entendit lui-même répondre, Ya, je sais Bobby… Ya, je sais… et ils continuèrent à se regarder, interdits, l'œil fixe, et s'il y avait eu une horloge dans la pièce ils n'auraient pas davantage entendu son tic-tac que le ronronnement et les cliquetis du réfrigérateur

et à la longue Bobby se leva avec lenteur, une extrême lenteur, une lenteur d'agonisant, et marcha dans un état second, sans but, vers le living peut-être,

s'assit devant la table du puzzle, manipula quelques pièces, et Moishe le suivit, joua aussi avec quelques pièces, en posa une, C'est une pièce capitale ? – Bobby acquiesçant, continuant à manipuler les pièces qui lui tombaient des doigts, Moishe essayant de sourire, C'est facile maintenant – mais Bobby regardait dans le vide et Moishe renonça à essayer de lui arracher un sourire et ils s'amarrèrent dans le silence, Bobby contemplant la table, Moishe l'épiant du coin de l'œil, Bobby dont les paupières tombaient mais qu'il s'efforçait de garder ouvertes de peur de voir à nouveau défiler l'image de Maria tombant dans le vide, et de temps en temps Moishe se disait que c'était peut-être le moment d'aller chercher 2 bols de crème glacée mais l'inertie était trop lourde et dans son cœur il savait que Bobby ne s'en apercevrait même pas, alors il restait muet et jouait au puzzle en se disant que ça passerait… oui, ça passerait comme tout le reste… mais après ? Ce n'était pas le présent qui l'inquiétait le plus, c'était la suite. La douleur présente passerait, Bobby survivrait à ça, même à son indignation, même à l'énormité de son indignation, Moishe le savait, Bobby était fort, résistant, mais survivrait-il à la haine qui empoisonnait son cœur ? Comment survivre à la haine, au cancer de la vengeance quand les faits les justifient ? Qui dira à Bobby que sa vengeance n'est pas juste ? Ses amis ? ? ? sa famille ? Qui lui dira ça ? ? ? ? Oh oui bien sûr... Sol me l'avait dit, mais combien de temps m'a-t-il fallu pour l'entendre ? ? ? pour le croire ? ? ? ? Et... combien de temps pour que j'accepte de tourner la page ? Bobby a-t-il autant de temps devant lui ? Alors quoi je vais lui taper sur l'épaule, comme ça, je vais lui dire Écoute Bobby faut que je te parle, faut oublier ta haine, elle te détruira... Absurde. Je dois attendre, en silence, sans rien dire et... et quoi ? Qu'est-ce que tu vas faire Werner ? ? ? ? Rien, tiens, cette bonne blague. Rien, simplement espérer. Peut-être que les mots me seront dictés ? Oui, quel autre espoir aurais-je, sinon espérer que ma langue sache se taire pour que mon cœur puisse parler.

Isabella était soulagée que sa mère, assise avec elle devant la table, ne dise rien. Un jour peut-être elle aurait envie d'entendre sa voix, lui demanderait de lui parler, la supplierait peut-être même de parler, mais pour l'instant son silence était une bénédiction, une grande bénédiction... un grand réconfort. Depuis la mort de Maria il y avait eu des questions... beaucoup de questions et toujours un peu les mêmes, encore et encore, de ses enfants, des autres enfants, des amis, des voisins, des commerçants... des questions infinies et des réponses douloureuses, qui chaque fois retournaient le couteau dans la plaie et élargissaient la faille de son cœur... mais jamais d'explications. Parfois elle voulait crier mais où pouvait-elle aller ! ? Pouvait-elle verrouiller toutes les portes pour se retrancher du monde et crier sa peine jusqu'à épuisement ? Et quand bien même, à quoi bon ? Ses suppliques, ses prières ne servaient à rien. Ses larmes ne servaient à rien. Maria est morte… et enterrée… et rien ne changera ça… non rien jamais ne changera ça. Elle ne pouvait que prier la Sainte Mère de lui apporter le réconfort, le répit, de la laisser respirer sans souffrir le martyre à chaque souffle, à chaque mot prononcé… un petit moment de paix pour avoir moins mal et pouvoir dormir… juste dormir… sans cauchemars, sans rêves, simplement dormir et avoir la force de se lever le matin pour affronter la journée et entendre les enfants courir et crier et rechigner mais sans entendre Maria, sans voir Maria. Une nouvelle journée de lessive, de ménage, de cuisine, de vaisselle, de courses, d'allées et venues dans l'escalier… et de pleurs, sans larmes parce qu'il ne lui restait plus de larmes à verser, parce qu'elle pleurait seulement dans son cœur, et la tristesse lui remuait le ventre et tout le corps et la prenait à la gorge, lui coupait l'appétit, lui coupait le souffle, ne la quittait jamais, compagne de tous les instants, et même s'il lui arrivait de désirer dormir à jamais pour ne plus se réveiller, elle savait qu'elle se lèverait vaille que vaille le lendemain et s'occuperait de sa famille, de sa famille sans Maria, qu'elle continuerait à faire ce qu'elle avait toujours fait même si tout cela semblait vain aujourd'hui, même si peut-être la vieille avait raison et si tous ses enfants allaient partir comme Maria, un par un, mais elle ne pouvait pas croire ça, ne pouvait pas croire que ses enfants seraient arrachés à son sein comme l'avait été Maria. Non. La Sainte Mère ne permettrait pas ça. Elle connaît trop bien le chagrin d'une mère à la mort de son enfant.

Ainsi Isabella se satisfaisait du silence, savait que sa mère était là mais ne la regardait pas, remerciant la fatigue qui grandissait dans son corps. Bientôt elle arriverait à dormir. Bientôt, un jour de plus se serait écoulé depuis la mort de sa Maria.

La mère de Bobby s'agrippait au corps qui s'activait sur elle et qui suait, puait le vin rance et la clope et dont le cou lui renvoyait sa propre haleine à la figure. Elle s'entendait vaguement gémir dans sa gorge mais sa voix lui semblait lointaine et presque déconnectée, elle pétrissait ce corps chaud qui la désirait, lui disait les choses qu'il fallait lui dire pour qu'elle se sente importante, spéciale, absorbait un peu la solitude et la langueur de sa vie, emplissait son obscure vacuité intérieure ne fût-ce qu'un moment et pourtant la voix lui semblait lointaine comme un grognement dans la brume, et elle se demandait s'il lui réparerait vraiment sa télé comme il l'avait promis et combien de temps ça durerait, elle voulait voir son émission et les gosses râlaient parce qu'ils avaient pas leurs dessins animés et de toute façon ils râlaient toujours mais la télé ça les calmait et elle se demande ce que Bobby est en train de faire en ce moment, s'il va vraiment bien comme l'a dit Jesse et s'il va vraiment essayer de tuer ces bics et ce qui va se passer s'il le fait, surtout s'il est tout seul comment il va faire et peut-être que la police va l'arrêter et alors qu'est-ce qu'il fera, oh seigneur, elle ne savait pas ce qui arrivait à son garçon et

– le mec cessa ses ahans et s'affala sur elle en respirant poussivement et en disant quelque chose comme, Oh baby, Oh baby, et elle le serrait dans ses bras et lui disait qu'il était super, T/es lmeilleur homme que j'aie jamais eu. Il sourit dans le noir, Ouais baby – et suppose qu'y les tue vraiment qu'ess y va lui arriver ? Suppose que mon garçon y va en prison qu'ess y va dvenir là-bas avec tous ces méchants ? ? ? y vont faire du mal à mon garçon et y pourra pas sdéfendre, c'est qu'un gosse, c'est pas encore un homme et y ont pas ldroit d'envoyer mon garçon avec ces méchants y a rien fait dmal, y s'est seulement défendu, y ont pas ldroit del taper avec une chaîne et dfaire du mal à sa copine pour qu'elle se tue, pourquoi qu'y ont fait ça ? mon Bobby y en a assez bavé comme ça, faut qu'y va à l'école et qu'y strouve un travail y a pas bsoin dse faire encore arranger par ces bics et ttfaçon y avaient pas à faire ça à mon garçon…

et ses yeux s'humectèrent et deux larmes mouillèrent ses joues, se mêlèrent à l'haleine avinée, et l'haleine parla, Tu l'aimes ma grosse bite hein baby – et l'haleine gloussa – Elle est toute pour toi baby, prends-en tant que t/en veux, hahaha… Tu vas réparer ma télé hein baby ? Hmm ? Tu vas réparer ma télé ? ? ? ?

Bobby dormait. Moishe était assis sur sa chaise. Quand Bobby s'était finalement levé de la table pour aller dans sa chambre, Moishe avait vu que les démons hantaient encore ses yeux. Moishe avait voulu se lever, mais quelque chose l'avait retenu sur sa chaise et il s'était contenté de regarder Bobby marcher vers la chambre comme un automate sans autre animation que celle de ses mouvements, le corps saturé de non-vie et l'esprit perclus de haine.

Moishe écouta Bobby se déshabiller, puis se mettre au lit, mais il manquait des bruits, ceux qu'on fait pour ajuster sa position dans les draps, et Moishe attendit de les entendre, attendit longtemps, ne perçut que le silence… et resta assis devant la table, indifférent au temps, attentif seulement à la douleur de son cœur. À la longue il chercha le réconfort dans son fauteuil qui s'était imprégné de tous les petits bonheurs et toutes les satisfactions des années passées, mais en vain, il n'arrivait pas à se libérer des horreurs d'avant le fauteuil, des souffrances et des peurs que l'arrivée de Bobby avait fait resurgir… Oui… c'est vrai, il est revenu. Est-ce que je suis content, dis voir un peu ? Est-ce que je vais sauter de joie parce que j'ai près de moi un garçon qui souffre ? Arrête, Werner. Tu ferais mieux d'aller dormir, va. Tu te fais du mal. Tu vois bien qu'il est hanté par des images… des démons, ça suffit pour un seul foyer… Oui, oui, c'est un foyer ici et il en fait partie et son tourment suffit, pas besoin d'ajouter le mien… le mien vient du passé, il est réel, d'accord, mais… mais l'avenir… pourquoi je devrais souffrir aujourd'hui pour quelque chose qui ne s'est pas encore produit ? Tu trouves que je n'ai pas eu mon comptant de souffrances pour la journée, il faut que j'emprunte au lendemain ? Ahhh… il n'est pas mon fils… ni le fils de mon fils. J'ai accepté ma perte… mes nombreuses pertes, et chaque fois je suis mort un peu plus et pourtant je suis encore en vie. Oui… je reste toujours avec cette chair et ces os… pour quoi faire ? Pour souffrir ? J'enterre mon fils… j'enterre ma femme, juste pour souffrir plus longtemps ? Ça se peut pas… non, ça se peut pas. Je vis parce que je vis. Pas de quoi en faire un fromage Werner. Ne philosophe pas. Rappelle-toi qui tu es. Oui, qui je suis. Je suis ici, il est ici, parce qu'on est ici. Oh, que ça me fatigue… ce trac, ces bavardages. Quand j'aurai besoin de savoir je saurai, comme toujours… Je saurai. Et maintenant je sais que je dois arrêter. Me détendre pour pouvoir dormir. Allez Werner, on y va… laisse tomber, ça finira bien par s'effriter, par devenir une petite boulette qui flotte dans l'air, un petit flocon de lumière qui se contente d'être sans penser, qui brille et sourit et rit et bouge dans l'air, à travers l'air… juste un petit point lumineux qui ignore l'obscurité… n'a pas de rêves, pas d'espoirs, juste toute la lumière des étoiles ici et maintenant… pas de passé, pas d'avenir, juste le clair et paisible maintenant… l'éternel maintenant…

et Moishe resta assis dans son fauteuil, respirant à peine, comme si l'air entrait de force dans son corps, mains sur les genoux, totalement immobile, les yeux fermés sur la paix du repos…

avec le temps il finit par rouvrir lentement les yeux, battit des paupières, regarda autour de lui pendant plusieurs minutes, puis se leva lentement et alla dans la chambre. Il regarda Bobby un moment, espérant qu'il connaissait un sommeil sans rêves, puis haussa les épaules, se déshabilla, se mit au lit, resta couché sur le dos quelque temps, se laissa faire par l'apaisante douceur de l'obscurité, puis ferma les yeux et s'endormit.

Bobby était toujours hagard le lendemain matin, comme s'il cherchait quelque chose, cherchait à faire quelque chose mais en était toujours empêché par une force qui le maintenait où il était contre son gré. Il répondit par de vagues signes de tête et bougonnements à Moishe qui lui demandait s'il voulait une tasse de café… un jus de fruits… des œufs, du pain grillé, et garda le silence pendant le petit déjeuner, et quand ils eurent fini contempla le vide en tenant sa tasse à 2 mains, avant d'arrêter son regard sur le poignet tatoué de Moishe, et sentant que ses yeux étaient fixés sur les numéros Moishe voulut cacher son poignet avec son autre main, puis se ravisa, laissa sa main où elle était et fit comme s'il n'avait pas remarqué que Bobby le regardait. Enfin il entendit Bobby lui dire, avec une élocution claire bien qu'il ne vît pas ses lèvres bouger, Si t/es pas juif Mush comment que tu peux avoir des numéros juifs et un nom juif ?

Moishe regarda un moment son poignet, puis Bobby qui n'avait toujours pas bougé, T/as le chic pour me poser des questions que je veux pas entendre. Bobby cligna des yeux et les leva lentement vers Moishe qui essaya de sourire et finit par y parvenir en regardant Bobby en face, Les questions c'est facile, mais les réponses… les réponses ça demande du temps. Bobby cligna encore des yeux et acquiesça, Prends ton temps… Pourquoi tu veux savoir ça ? Bobby regarda Moishe un moment, puis haussa les épaules, Jsais pas. Mettons que j'ai envie dsavoir. Ils se regardèrent un moment, puis Moishe se pencha en avant et laissa ses avant-bras posés sur la table, ignorant délibérément le tatouage,

Les premiers jours qu'on est au camp je décolère pas. Comment ils ont pu m'enfermer avec des juifs, je suis un bon Allemand… comment Klaus a pu me faire ça juste pour me piquer l'affaire… comment une chose pareille a pu se produire ? ? ? ? C'est pas possible, ça peut pas m'arriver à moi… Et pendant tout ce temps je pense à ma femme et à mon fils, est-ce qu'ils sont en vie et dans mon cœur je les imagine déjà morts… sans arrêt, toute la journée, toute la nuit, je pense à eux… je ferme les yeux et je les vois, j'ouvre les yeux et je les vois, partout où je suis je vois ma femme et mon fils… et je les vois morts… je sais pas comment ils sont morts mais ils sont morts… et même sans voir je sais… ils sont morts et je veux tuer, tuer, mais je peux rien faire. Si j'avais Klaus devant moi, sûr que je le tuerais, mais y a pas de Klaus alors qui je vais tuer, les gardes ? Je vais leur prendre leurs fusils et leur tirer dessus ? Je pense qu'à ça, tuer, j'y pense jusqu'à l'écœurement mais je peux pas arrêter d'y penser, je l'aurai, je le tuerai – Moishe s'adossa – Et j'ai pensé à tuer les juifs… Je me disais, si les gardes voient que je hais les juifs ils me laisseront rentrer chez moi et si je tue les juifs ils verront que je les hais, alors je pensais : je vais les tuer, tous ceux de mon baraquement c'est leur faute si je suis là, et tous les jours je leur dis que je les hais, que c'est tous des pouilleux, que s'ils étaient pas là y aurait pas de camps et je serais dans ma famille. Et chaque jour le travail nous affaiblit et on n'a presque rien à croûter, une espèce de bouillon de patates avec surtout des pelures... un peu de pain. Et le froid, il fait de plus en plus froid... le vent d'hiver, la neige, la glace et faut qu'on marche dans le froid pour aller bosser et pour revenir au camp, tous les jours et... Ach... Moishe soupira et son corps s'affaissa, On rentre du boulot, le ciel est lourd et gris comme du plomb sale, le vent te pique comme des lames de rasoir. Je regarde ces juifs autour de moi et ils sont si sales, si mal fagotés... Et ils sentent... et je me dis, y a forcément quelque chose qui va pas chez ces gens sinon ça leur serait pas arrivé... un truc pareil ça arrive pas à des gens bien – et Moishe et Bobby se regardèrent longuement dans les yeux – Ya – acquiesçant – J'étais là aussi, avec eux... moi un bon Allemand... ya, un bon Allemand qui aime sa Patrie, qui aime sa femme et son fils et a fondé un foyer pour eux... un bon foyer... chaud l'hiver avec des plantes vertes et des pots de fleurs à la fenêtre et un jardin. Une bonne table. On est contents, on rit souvent, on fait un grand sapin à Noël... des honnêtes gens, des gens bien. Donc – regardant toujours Bobby dans les yeux et haussant les épaules et retournant ses paumes – Donc... même quand je dors j'ai mal au ventre, j'ai des nœuds dans les tripes et je crie dans ma tête que je les aurai, que je tuerai les juifs, et je pense de plus en plus à tuer Klaus et son cousin, à les forcer à vivre dans un camp, à porter ces uniformes, à sentir la merde et la mort jour et nuit – Ya, c'est peut-être la haine qui m'a permis de survivre au début – Bobby hocha la tête pour approuver – ya... au début ça m'aide à survivre. Mais après ça commence à me tuer, la douleur, le poison, ya, le poison, je le sens couler dans mes veines, un poison terrible, pire que le bouillon et le froid... et je l'entends crier en moi – lançant un regard perçant à Bobby, puis acquiesçant et soupirant – Ya, j'ai que de la haine et c'est de pire en pire je tiens même plus debout – Moishe se détendit soudain, son corps parut fléchir légèrement et un flot d'affection et de tendresse parut émaner de lui quand il prit les mains de Bobby pour les serrer un moment dans les siennes – C'était ça le pire, la haine... ça menait à rien, ça restait en moi et ça me bouffait en dedans... comme un cancer, j'étais dévoré par ma propre haine – Moishe regarda encore Bobby, puis lui lâcha les mains et se radossa... Donc... on rentre du boulot, tout est comme du plomb sale, même les arbres sont comme du plomb sale... Ahhccchh il fait si froid, si froid... ça gèle... et voilà ce vieux qui tombe, non, il tombait pas, il s'écroulait... je le vois encore comme si c'était hier et ça fait si longtemps... Oh... si longtemps... et je nous revois si clairement en train de marcher et là tout d'un coup ce vieux qui s'écroule par terre et je sais, quelque chose en moi sait qu'il bougera plus, que même si le sergent se pointe et lui dit de se relever il répondra pas et bougera pas, qu'il a plus rien en dedans et le sergent lui mettra une balle dans la tête et nous gueulera dessus pour qu'on continue à avancer et on marchera en trébuchant et en essayant de nous convaincre nous-mêmes qu'il s'est rien passé, que c'était aussi bien comme ça, qu'il était vieux et serait mort bientôt de toute façon, et qu'il connaîtra plus le froid, la faim, mais y a quelque chose au fond de moi qui refuse de le croire et tout d'un coup je ramasse ce vieux type – regardant Bobby avec une expression de surprise et d'émerveillement – je réfléchis pas à ce que je fais, ça se fait tout seul et me vlà avec un bras autour de lui et j'essaie de le traîner et un garde arrive vers moi et il me chuchote à l'oreille, effrayé, Vite, avant que le sergent le voie, vite ! ! ! et il reste debout derrière nous pour barrer la vue et les autres font un cercle et j'arrive je sais pas comment à le traîner/porter, il a un bras sur mon épaule et je m'y accroche, j'ai l'autre bras autour de sa taille et je sais pas comment je respire mais je respire. C'est un petit vieux tout maigre, mais il se croit encore fort et je le tiens, on continue à avancer, j'ai les mains et les bras raides, glacés, la douleur est encore plus forte que la haine et on finit par atteindre le baraquement et je le mets sur sa paillasse et les autres se couchent sur lui pour le réchauffer et il respire, son cœur bat toujours, et je suis incapable d'ouvrir mes mains ou de bouger mes bras, c'est comme si on m'avait arrosé de ciment, je suis tout raide et je reste planté là et je regarde le vieux et quelqu'un me met une couverture sur les épaules, et quelqu'un d'autre me frotte et bientôt je commence à sentir mes bras et mes mains et la douleur me fait pleurer... oui, oui, le sang afflue dans mes mains et mes bras et j'en chiale tellement ça fait mal – Moishe leva les yeux au plafond, tout remué de souvenirs et de pensées, puis abaissa son regard et observa de nouveau Bobby, mais cette fois avec une expression douce, radieuse, débordante de compassion – et Bobby regarda Moishe, fasciné, ébahi, sans voix, avec des hochements de tête pour seule réaction – Et je comprends pas encore moi-même ce que j'ai fait. On marche, je m'aperçois que je soutiens ce vieux alors je continue à marcher – Moishe lève les bras, se radosse, secoue la tête – j'y comprends rien mais ça se passe comme ça. Et il est vivant. Il vit encore un an et puis, comme des millions d'autres, il meurt – Moishe hausse les épaules – Mais peut-être que moi je suis vivant parce que je l'ai porté, peut-être que ma haine m'aurait tué avant le camp – hausse encore les épaules – enfin bref ils me frottent les bras et c'est tout juste si je hurle pas de douleur, mais ça passe et ma haine passe aussi, Oh, pas pour tous, pas pour Klaus, mais je vois les autres prisonniers différemment, quelque chose change dans ma façon de les voir. Et ils se réunissent entre eux dans le baraquement, ils chuchotent un bon bout de temps dans le coin, et y en a 1 qui vient vers moi et il me dit qu'ils m'ont fait juif honoraire et il me donne le nom de Moishe, et que ce nom soit le mien et que je sois béni – Moishe écarte les bras et sourit – Je les maudis, je les hais et maintenant ils font de moi l'un d'eux et du coup je suis intégré au monde qui m'entoure et je ressens… je sais pas… un sentiment nouveau – Moishe avait du mal à trouver ses mots – une proximité avec eux, que j'avais jamais éprouvée avant, comme si j'étais vraiment l'un d'eux, tu comprends, que je sois juif ou pas juif c'est pareil, on est tous des *hommes*, tous ensemble. Si Klaus est devant moi je le tue, c'est sûr, je l'étrangle à mains nues, mais… maintenant quelque chose a changé… quelque chose s'est déplacé à l'intérieur. Avant je leur parlais pas, je suppliais les gardes de m'éloigner des juifs, je suis pas un juif je devrais pas être ici, et ils se moquent alors je me tais, mais je refuse toujours de parler à ces hommes et maintenant je suis l'un d'eux, je suis avec eux, je suis eux et ils sont moi – Moishe se pencha en arrière et ferma brièvement les yeux, joyeux et complètement détaché l'espace d'un instant, puis rouvrit les yeux, regarda Bobby et écarta les bras – Et voilà comment je suis devenu Moishe. Bobby sourit et secoua la tête, Y a pas t/en as chié Mush – et ils continuèrent à se sourire jusqu'à ce que Moishe se lève, Je crois qu'une petite glace nous ferait pas de mal maintenant. Eh, oublie pas la sauce au chocolat Mush – et Bobby se marra et Moishe acquiesça et rigola.

Quand Moishe eut fini de nettoyer les bols Bobby se leva de table et demanda à Moishe de lui montrer comment se servir du rameur, Y est temps que jfais un peu de gym, que jreprends des forces. Aussitôt Moishe sentit ses boyaux se nouer et son sourire s'effaça. Il regarda Bobby un moment… Jsuis trop faib mec… Moishe acquiesça et suivit Bobby, qui s'installa dans l'appareil et tira sur les rames avec difficulté, Ptain, c'est vachement dur Mush. T/arrives, toi ? Moishe fit oui de la tête et Bobby secoua la sienne avec admiration, Ptain t/es balèze pour un vieux, Mush.

Moishe lui montra comment régler la tension et s'asseoir convenablement. Mais faut que t/ailles doucement au départ, que tu prennes le temps. T/as les muscles encore trop mous. Faut y aller très, très doucement. C'est très important.

Jpeux pas attende Mush. Faut que je rprends des forces en vitesse. Ces enculés de bics vont pas mlaisser ltemps dem refaire, ça tu peux êt sûr Mush.

Mais si tu fais trop d'efforts d'un coup tu vas mollir, et si t/abîmes tes muscles t/auras peut-être jamais de force. Fais comme ça – Moishe réduisit la tension et Bobby se mit à ramer lentement – là comme ça tu commences par assouplir tes muscles. C'est mieux.

Quand il estima que Bobby savait utiliser correctement l'appareil, Moishe approuva puis alla dans le living et s'assit dans son fauteuil.

Bon... je descends dans la tombe pour déterrer le passé, et il veut retrouver sa force pour tuer – Moishe ferma les yeux, Moishe triste et défait secoua la tête – et maintenant je me tracasse pour ce garçon... J'en étais sûr et tu le savais aussi et maintenant je sens de nouveau le sel qui frotte dans mes plaies ouvertes. Il y a une loi qui interdit à un vieil homme de vivre en paix ? Oh mon Dieu – se tenant la tête, les coudes sur les genoux – pourquoi je lui dis pas simplement de partir ? Pourquoi je lui dis pas qu'il est temps pour lui d'aller rejoindre sa famille ? Je suis pas son père, je suis pas son gardien. Pourquoi je fais ça ? Pourquoi suis-je incapable de nourrir simplement une bouche affamée sans me mettre à l'aimer et à m'impliquer dans son cœur ? Pourquoi faut-il que je donne mon cœur et mon âme avec mon pain ? Il se construit des forces pour tuer ceux qu'il croit responsables de la mort de son amie et fautifs de sa douleur. C'est toujours la même histoire. C'est ainsi que va le monde ? Bon, très bien, ainsi soit-il. Je ne suis pas ici pour changer le monde. Pourquoi ne pas le laisser faire ce qu'il a à faire simplement sans crève-cœur sans avoir toujours encore le cœur crevé ? ? ? C'est pas mon affaire… c'est pas la chair de ma chair, pas le sang de mon sang… Il est libre de faire ce qu'il doit faire, je ne lui conteste pas ce droit-là, mais pourquoi devrais-je mourir avec ses ennemis ? Pourquoi dois-je toujours mourir pour renaître et mourir encore ? Ça suffit ! Ça s… Oh ça crie si fort dans ma tête ! Oh je sais bien comment ça va se passer, va, je vais mariner dans ma souffrance et je serai mort mille fois avant même qu'il soit parti à leur recherche… je le sais… oh, comme je le sais ! Alors aide-moi juste à accepter au moins ça, laisse-moi au moins me faire à l'idée de cette attente, bras et cœur ouverts… comme toujours… Qu'y a-t-il d'autre pour moi que l'attente ?

Bobby tirait sur les rames avec pondération, attentif à la douloureuse ankylose de ses muscles, mais peu à peu, imperceptiblement, il accéléra le rythme jusqu'à ce que l'effort l'oblige à s'arrêter net et à lâcher les rames pour reprendre son souffle, Ptain, y vam tuer stengin… j'ai intérêt à faire comme dit Mushie, y a eu raison pour toul reste, jsuppose qu'y a raison pour struc aussi. Bobby se reposa quelques minutes, puis recommença, lentement, puis se laissa de nouveau entraîner à ramer trop vite et dut s'arrêter encore, Ptain, y accélère tout seul stenfoiré, y a pas moyen dfaire comme Moishe y dit. Il se reposa, remit ça et continua jusqu'à ne plus pouvoir tenir les rames… Il pensa faire quelques pompes, mais n'avait plus de jus dans les bras, renonça, s'allongea par terre pour faire des abdos jusqu'à l'épuisement, termina pantelant, recroquevillé sur ses genoux repliés, la tête dans les bras, attendit que cesse le vertige et alla dans la baignoire à vagues, puis sous la douche. Ça le détendit, ça le ravigota, mais une sourde déprime lui déformait encore les traits. Il s'enveloppa dans le peignoir, regagna le living et regarda Moishe un moment.

Moishe regardait un chat qu'il caressait, puis sentant la présence de Bobby leva les yeux et vit tout de suite qu'un trouble nouveau le travaillait, autre que Maria... ou peut-être complémentaire. Moishe continua à caresser le chat en attendant que Bobby lui dise ce qui n'allait pas...

J'ai mal Mush – Moishe ouvrit de grands yeux et s'alarma en silence – jveux dire, y a rien qui cloche, mais ça mfait mal... vraiment mal – Bobby avait quelque chose sur le cœur et Moishe l'encourageait du regard à s'exprimer – J'arrive tout juss à faire bouger stengin Mush – un linceul de tristesse sembla descendre sur lui – Jsuis vraiment lessivé Mush... T/as raison... vam falloir du temps pour reprende des forces, mais jvais continuer à tirer dessus ptain, jvais pam laisser faire bordel, ça non. – Moishe approuva, plein de fierté et de satisfaction devant l'attitude de Bobby, son courage, même s'il redoutait ce que Bobby voulait faire de cette force – Ça prend du temps, mais ça vient – et le visage de Moishe était si compréhensif, si approbateur, si empathique que Bobby le regarda longuement dans les yeux avant de sourire, d'acquiescer et d'aller s'habiller.

Moishe le regarda sortir de la pièce, puis mûrit une décision et trancha avec un signe affirmatif de la tête. Quand Bobby revint, il posa le chat par terre et se leva, Bon, t/es assez fort pour faire un tour dehors ?

Bobby acquiesça et redressa les épaules.

Bon – approuvant – Ya... c'est bien.

Ils marchèrent lentement vers le métro, silencieux la plupart du temps. Bobby matait le décor avec étonnement : tout semblait différent en plein jour. Par certains côtés, c'était encore plus moche que la nuit, parce que la lumière faisait reluire chaque tesson et chaque éclat de bouteille, faisait ressortir chaque lézarde dans les murs écaillés, chaque carreau cassé, mais ça te filait pas le trac parce que tu voyais qu'y avait personne tapi dans l'ombre, t/avais pas les muscles noués par la trouille chaque fois que tu tournais un coin. C'était la zone, c'était affreux, mais au moins t/y voyais clair.

Comme toujours, le quartier rappela à Moishe ses dernières années en Europe, au temps où le continent tout entier était un champ de ruines, où on voyait des murs sans maison qu'on finissait par abattre et peu à peu on déblayait les décombres et l'herbe commençait à repousser et puis un nouvel immeuble prenait la place de celui qui avait été bombardé. Sauf qu'ici les décombres n'étaient jamais déblayés, ils s'additionnaient, se surajoutaient, et les plus récents défiaient les plus anciens dans une vaine rivalité et chaque jour en contemplant la laideur Moishe se rappelait ces années d'antan… mais ici au moins il n'y avait pas l'odeur des camps, pas la puanteur des fours, pas de raison de souffrir puisqu'il n'y cherchait plus ceux qu'il aimait, n'avait plus à désespérer sur le passé ou à espérer dans l'avenir, n'avait qu'à cheminer clopin-clopant avec Bobby dans le Bronx sud dévasté, et bientôt ils seraient dans le métro parmi les gens et le bruit.

En attendant le train sur le quai Bobby demanda à Moishe où ils allaient ?

Brooklyn.

Brooklyn ? Sans dec ? J'ai jamais été à Brooklyn.

Moishe le regarda et sourit, Depuis tout ce temps t/as jamais été à Brooklyn ?

Bobby haussa les épaules, Pourquoi s'emmerder ?

Moishe sourit et haussa les épaules aussi, Ya – il se mit à rire – Ya, pourquoi s'emmerder…

Plus le trajet en métro durait, plus Bobby s'énervait. De sa vie, il ne s'était jamais autant éloigné du quartier. Chez Moishe c'est déjà le bout du monde, mais au moins il se savait en sécurité là-bas, tandis qu'ici… où qu'il soit c'était trop loin de toute façon, parce qu'il était trop faible pour se battre… ou même pour décarrer, une question qui ne se posait d'ailleurs pas vu que ç'avait jamais été un dégonflé... mais quand même, il était tellement ramolli qu'il arrivait à peine à lever les bras, alors il se méfiait évidemment, il matait, il épiait les mecs louches susceptibles de lui chercher des embrouilles, mais tout avait l'air cool... du moins il l'espérait... Et même avec les soubresauts de la rame et le boucan qui lui filait des maux de tête, même en sachant qu'il était loin du quartier, il se sentait en sécurité avec Mushie et il en revenait pas lui-même parce que c'était jamais qu'un vieux, et un blanc avec ça, et pas le genre à castagner, mais on voyait tout de suite que c'était pas une mauviette, pas bagarreur d'accord, ça se voyait aussi, mais Bobby se sentait parfaitement en sécurité avec Mushie, plus que jamais auparavant dans sa vie, et il regarda Moishe un moment et se demanda comment c'était possible, comment un vieux comme lui pouvait lui donner un tel sentiment de sécurité, et intérieurement il secoua la tête parce que ça le dépassait, parce que ça, non, il pigeait pas.

Quand ils sortirent du métro la rue était large et claire et si différente de son quartier que Bobby s'arrêta une minute pour regarder autour de lui. Les rues étaient bondées de monde et de bagnoles et de camions, comme dans le quartier si on veut, mais c'était pas pareil quand même, tout semblait plus facile ici. Au loin il vit un immense espace à ciel ouvert avec une grande pierre, un truc qui montait très haut, et des tas d'arbres et quand ils se mirent à marcher ils allèrent dans cette direction.

Où on va Mush ?

Moishe pointa le menton vers l'avant, Au parc... Prospect Park.

Prospec Park... Bobby réfléchit une seconde... Qu'ess on va foute à Prospec Park ? On est vachement loin, on est restés longtemps dans smétro Mush ?

Moishe haussa les épaules, qui sait ? 45 minutes – Moishe pouffa, Au retour je mesurerai... chaque clic-clac c'est 1 mètre, chaque clonk 2 mètres... clic-clac, clonk, clic-clac, clonk – et Moishe rigola et Bobby le bigla de travers, surpris, puis rigola aussi, et le rire de Moishe était si communicatif qu'ils rirent pendant plusieurs minutes en clopinant vers Prospect Park.

C'était une journée de promenade : chaude, ensoleillée, avec une légère brise, le parc rempli de gens de tous âges, du nourrisson au vieillard, et sous les arbres et sur les pentes gazonnées résonnaient tous les sons humains connus. Ils marchaient le long de l'allée cavalière et Bobby s'arrêta soudain en entendant un bruit insolite, regarda vers le tournant et vit apparaître un trio de cavaliers : un homme, une femme et une jeune fille, visiblement une famille, et Bobby ouvrit des yeux effarés, subjugué surtout par la jeune fille qui portait une tenue d'équitation complète, les regarda passer cloué sur place en ne bougeant que la tête et les suivit des yeux jusque sous le couvert des arbres. Moishe s'amusa de son étonnement, T/avais jamais vu de cavaliers ?

Bobby secoua la tête, Han han. Qu'ess y foutent ?

Moishe rit, Y montent des éléphants, pardi ! T/as jamais vu quelqu'un monter un éléphant ? – Et Moishe riait sans s'arrêter, de si bon cœur que Bobby à nouveau se laissa entraîner à rire aussi en secouant la tête, T/as dû tdéfoncer à queqchose Mush, c'est pas possib. Jt'ai rien vu fumer, mais t/es shooté c'est sûr – et Bobby continua à rigoler en secouant la tête.

Au bout de quelques minutes Moishe s'arrêta et passa un bras autour de l'épaule de Bobby et le serra un peu. Bobby tressaillit légèrement, mais sans regimber, sans repousser la main de Moishe, et il se sentit tout chaud à l'intérieur et en sécurité comme si cette main était animée d'une vie propre, se sentait tellement en sécurité qu'il n'en avait même pas conscience, c'était tout naturel et la main de Moishe avait quelque chose de magique et il se sentait bien et ils souriaient tous les 2, reprirent leur marche, et Moishe dit en montrant l'allée, C'est une allée cavalière.

Les gens y font vraiment du cheval ici ?
Moishe acquiesça.
Bobby secoua la tête, Merde c'est dingue ton Brooklyn Mush.
Moishe souriait, T/avais jamais vu ?
Han han, en tout cas pas en vrai, juss à la télé.
Bon… Maintenant tu vois les cow-boys de Brooklyn.
Ils se marrèrent à nouveau. Bobby était fendu d'une oreille à l'autre, Si j'étais aussi fêlé que toi Mush, jvivrais dans sputain dparc.
Ya, ya, c'est bien. Mais les éléphants, s'y m'écrasent ?
Oh mec, t/es trop. T/es vraiment jté Mush – secouant la tête, souriant, et avec une envie de prendre Moishe dans ses bras.
Ils continuèrent leur chemin, Bobby s'arrêtant à l'occasion pour regarder un gosse lancer un cerf-volant ou un avion, ou un groupe jouer au frisbee, et son émerveillement emplissait Moishe d'un immense sentiment de gratitude et d'affection.
Bobby n'avait jamais foulé une pelouse aussi grande et de temps en temps il sautillait sur la pointe des pieds, exalté et amusé par la douceur du sol. Ils continuèrent, en évitant de se faire renverser par les galopades des mômes et des chiens, jusqu'à ce que Moishe s'arrête.
Bobby le regarda, puis regarda autour de lui, Pourquoi qu'on s'arrête Mush ?
C'est l'arbre – désignant un immense saule à une centaine de mètres au bord du lac.
L'arbre ?
Ya.
Bobby regardait toujours Moishe.
Notre arbre. À Gertrude et à moi… et à notre fils – Il regarda Bobby et sourit – Notre arbre généalogique.
Bobby le regardait sans comprendre et Moishe reprit sa marche, jusqu'au pied de l'arbre où il s'assit et s'adossa contre le tronc, et Bobby s'assit à côté de lui.

Les branches s'étiraient presque sur dix mètres de chaque côté et les extrémités plongeaient vers le sol. Des rayons de soleil dansaient sur les feuillages doucement agités par la brise où se reflétaient les eaux toutes proches. Le miroitement du lac à travers les branches, les rires des canotiers dans les barques, les jeux de lumière, la fraîcheur moite du sol, l'odeur de l'herbe et de l'humus et de l'eau, le frôlement de l'air sur son visage et le bruissement des branches, des feuilles, la présence de Moishe et le souvenir de sa main sur son épaule, le ciel pommelé de nuages entr'aperçu à travers les ramures... tout cela créait un monde nouveau pour Bobby, un monde qui semblait n'avoir ni murs ni coins ni ombres, un monde où on ne lorgnait jamais par-dessus son épaule, et Bobby avait envie de se mettre à courir parce qu'il n'avait plus d'ancrage, plus rien sur quoi s'appuyer, aucun repère connu pour délimiter un périmètre de sécurité, mais heureusement il y avait Moishe et, c'était drôle de se dire ça, mais Moishe sauvait tout, par sa seule présence et ce sourire un peu branque qui n'appartenait qu'à lui... Ouais, c'était cool, et il s'adossa contre le tronc et inspira profondément et ferma les yeux un moment, puis les rouvrit et regarda autour de lui et rien n'avait bougé, tout était resté en place, comme l'instant d'avant, et il regarda Moishe qui regardait la surface de l'eau où de temps en temps émergeait un canard, et son visage était si épanoui et si paisible que Bobby se sentit sourire aussi, et Moishe commença à parler sans cesser de regarder l'eau,

Dans mon ancien pays on avait aussi un arbre comme ça. Quand j'étais jeune homme, que je commençais juste à travailler pour M. Kreiger, je venais ici, haha je veux dire j'allais là-bas, avec Gertrude. Notre premier rendez-vous c'était un pique-nique au bord du lac. On s'assoit sous l'arbre, Gertrude et moi. Elle apporte le casse-croûte dans un panier et moi j'apporte le vin – Moishe regardait Bobby maintenant avec le doux émerveillement des souvenirs de sa jeunesse, et Bobby qui ne comprenait pas vraiment de quoi il parlait écoutait son émotion plus que ses mots – Et on est assis là et on mange et on rit et on parle et on regarde l'eau avec les canards et on rame sur le lac et on revient et on s'étend sur l'herbe…

Je l'embrasse même pas – le sourire de Moishe s'élargit, amusé par l'incrédulité de Bobby – Si, si, c'est vrai… on se tient la main un peu en parlant, un petit peu de temps en temps, mais j'ai si peur de l'embrasser et tout le temps dans ma poitrine mon cœur tambourine et mon estomac, Achhhh, j'ai l'estomac dans la gorge, Oh Bobby si t/avais vu ma Gertrude – il y avait tant d'amour et d'affection dans les yeux de Moishe qu'ils brillaient plus que le soleil sur les feuilles – et chaque jour est comme aujourd'hui… même quand un jour il pleut le lendemain on étale la couverture et elle déballe le pique-nique… Ya, tous les jours comme maintenant avec de la musique dans l'air… et elle m'aime comme l'arbre aime le soleil – Moishe eut un sourire presque gêné, mais toujours rayonnant d'amour, et Bobby l'écoutait totalement subjugué, hypnotisé, écoutait son histoire et le regardait vibrer – Ya Bobby, si tu l'avais vue avec le soleil qui jouait dans ses cheveux… ils étaient tellement blonds Bobby plus dorés que les fleurs… comme du miel et toujours quand on était là-bas y avait un papillon qui volait autour de sa tête, ya, ya, c'est vrai, toujours, je sais pas combien de fois on est allés là-bas mais toujours y avait un papillon, toujours, même la dernière fois… un papillon qui dansait dans le halo doré de ses cheveux et une danse si joyeuse Oh Bobby qui peut penser au malheur ? ? ? qui peut penser à ce qui va se passer, ya, du malheur il y en a, ya, ya, dans toute vie il y a du malheur, mais Bobby qui peut penser à ça quand t/as un papillon qui danse dans la lumière dorée, les eaux qui scintillent, les oiseaux qui chantent, quand on se serre l'un contre l'autre, en mangeant, en buvant du vin, en se disant des choses Oh Bobby des mots d'amour et que tout est sincère, que tout vient du cœur Oh Bobby qui peut penser qu'un jour les oiseaux et les papillons et même les fleurs se changeront en bêtes furieuses, en carnassiers qui dévoreront le pays ach Bobby, si t/avais vu… si t/avais vu notre petit garçon courir après les canards et les oies, il tombe et il se relève et il tombe et on rit et il trébuche et les canards qui font coin coin et qui se dandinent – Moishe, la tête renversée en arrière, qui riait et Bobby qui souriait – et y a un gros jars qui lui mord le pied et il crie et c'est si drôle… Oh Bobby… c'est si drôle… et chaque fois qu'on était là-bas, avant notre mariage et après notre mariage et avec notre fils toujours le papillon… c'est vrai Bobby, toujours y avait le papillon – et Bobby regardait fixement Moishe à qui la force du souvenir donnait un visage presque angélique, parce que ces souvenirs-là ne réveillaient pas seulement la joie d'alors mais raturaient toute la douleur des jours et des années qui avaient suivi… et Bobby le regardait en s'ébahissant, jamais auparavant il ne s'était trouvé avec quelqu'un comme Moishe, jamais ne s'était senti comme maintenant, rien dans sa vie n'était comparable à ce que Moishe racontait là parce que Bobby voyait bien à sa tête que c'était différent de tout ce qu'il connaissait ou avait pu connaître, pour sûr qu'il avait jamais vu sa mère avec un visage comme celui de Moishe maintenant… et pourtant, tout à coup, Bobby se rappela quelque chose lui aussi, quelque chose de sympa qui lui fit du bien pendant tout le temps que dura le souvenir, c'était quand il était môme et il faisait une chaleur d'enfer, c'était un de ces étés torrides et ils avaient ouvert la bouche d'incendie et tous les mômes couraient dans le jet d'eau en criant et en hurlant… c'était la première fois que Bobby était devant une bouche d'incendie ouverte et brusquement le monde avait changé. Il avait déjà vu des bouches d'incendie, surtout celle-là qui était dans sa rue, il avait déjà entendu le mot bouche d'incendie mais n'avait jamais vraiment su à quoi ça servait et maintenant tout à coup au lieu de suffoquer dans le cagnard il faisait frais et il courait et criait avec les autres et la fontaine était comme une baguette magique qui transformait la rue surchauffée en un merveilleux pays de fraîcheur et ils oubliaient la puanteur des ordures, oubliaient les grands qui gueulaient après les petits, les petits qui gueulaient après les plus petits, et y avait même une de ces vieilles pouffiasses qui rigolait quand les mômes traversaient le jet d'eau en criant, jouaient à tous les jeux qu'ils pouvaient imaginer avec l'eau, bondissaient en tout sens sur la chaussée mouillée en faisant crisser et chuinter leurs semelles de caoutchouc, et les aînés poussaient les plus jeunes dans le jet, et les plus jeunes crânaient devant les aînés, « rgade-moi, rgade-moi ! ! ! ! », et t/avais les bagnoles qu/étaient obligées de freiner, les chauffeurs qui fermaient les vitres en râlant à cause des éclaboussures et qui gueulaient après les gosses, pas tous, seulement quelques-uns, mais de toute façon Bobby les entendait même pas ceux qui renaudaient, il était trop accaparé par la rigolade pour faire attention aux pisse-vinaigre, et ils étaient bien obligés de ralentir de toute manière, de rouler au pas pour franchir l'averse, avec les essuie-glaces à fond, et le chauffeur balisait ferme parce qu'il avait peur de renverser les mômes qui couraient sans regarder où ils allaient, mais il finissait par passer mais tôt ou tard y avait une autre bagnole qui se pointait et les mômes criaient au mec de se grouiller, de se grouiller… et même après qu'on eut fermé l'eau ils ont continué à courir dans les rues mouillées, parce qu'il y avait quelque chose de changé dans l'air, une espèce de propreté encore insolite, et puis y a le marchand de glaces qu/est arrivé avec sa carriole et Bobby a eu une glace à la fraise, ouah c'était bon de la sucer, de la mâcher, de sentir le froid lui engourdir la gorge et l'estomac, et puis il s'est assis sur le trottoir à côté de la bouche d'incendie, et de temps en temps il la touchait, il pouvait pas s'en empêcher, c'était comme une amie, il aurait voulu lui parler mais il savait que tout le monde se serait foutu de lui alors il lui parla en silence, pour lui-même, et continua à lui parler dans son lit, cette nuit-là et souvent par la suite quand la chaleur et la torpeur alourdissaient trop ses gestes. Assis sur le trottoir, avec ses sapes mouillées qui lui collaient à la peau, ses baskets mouillées qui lui collaient aux pieds, le sol mouillé qui lui collait aux fesses, il venait de vivre un instant magique... la bouche d'incendie avait dissipé les odeurs, la chaleur, les aigris, les minables pour transformer son monde en une gigantesque rigolade et plus que ça, quelque chose d'indéfinissable qu'il ne comprenait pas mais qui lui avait fait du bien et qu'il n'oublierait jamais, non jamais il n'oublia comment d'une minute à l'autre l'écrasante pesanteur de la rue avait explosé dans le jaillissement de la bouche d'incendie pour devenir un vaste espace ouvert, sans murs, comme dans un conte de fées... là, d'un seul coup, tu sais pas pourquoi, tu t'y attends pas, ça vient comme ça... juste comme ça...

et c'était pareil maintenant, avec Moishe, tout à coup il se sentait bien, soudainement tout avait changé et pourtant tout était pareil, sauf que...

sauf qu'il comprenait, du moins en partie, pourquoi l'eau lui avait fait du bien ce jour-là, mais Moishe, pourquoi la présence de Moishe lui faisait le même effet???? Bobby secoua la tête en souriant, renonça à essayer de piger et regarda simplement Moishe avec cet air qu'il avait, ce drôle d'air comme il n'en avait jamais vu chez personne et qui lui faisait si doux dans le cœur, et il se disait qu'il fallait profiter de cet instant parce que tôt ou tard la rue se refermerait sur lui mais ça il voulait pas y penser maintenant, il voulait savourer l'instant, là ici sous le saule, regarder la drôle de tête de Moishe en se demandant comment quelqu'un pouvait être si content, se rappeler la bouche d'incendie, la glace à la fraise et ses baskets mouillées qui faisaient ventouses comme des coussins d'eau entre ses pieds et le macadam… et, de temps en temps, voir le soleil jouer dans les feuilles de l'arbre et miroiter sur les vaguelettes dans le sillage des barques, voir les canards s'écarter nonchalamment sur leur passage, et entendre les mômes, les mômes, les mômes qui criaient sous le soleil, et qui riaient surtout… il entendait surtout les rires, les rires de toute sorte, tous les rires…

Donc – contemplant toujours les eaux à travers les branchages pleureurs – On quitte le vieux pays pour débarquer en Amérique et un ami nous emmène ici. Ils ont un enfant aussi, une petite fille, et on arrive, on fait un tour en barque et on voit cet arbre… de là-bas, du côté de cette petite île. C'est Gertrude qui le voit en premier et elle me crie, L'arbre, l'arbre, et elle manque tomber par-dessus bord – Moishe se mit à rire, bougeant la tête pour la première fois depuis de nombreuses minutes – Comme si elle croit qu'elle peut marcher sur l'eau et courir vers l'arbre – Moishe cessa de rire et ferma les yeux, mais avec toujours cette même joie qui ressortait sur son visage – Je rame jusqu'au rivage, juste là où il y a cette petite lézarde sur le muret, et on descend et on s'assoit sous l'arbre et pendant toutes ces années on revient s'asseoir, on se promène, on fait du canot, mais toujours on s'assoit un petit moment sous l'arbre, comme maintenant, on regarde, on s'enlace et on crie à Karl-Heinz de pas s'approcher du bord, tombe pas, et Gertrude me dit toujours de pas m'inquiéter, y va bien… ya, c'était une bonne mère, tu sais… et chaque fois on s'assoit ici et je cherche un papillon mais y a jamais de papillon ici… et pourtant ses cheveux sont toujours comme du miel et brillent dans le soleil… brillent comme des lumières sur un arbre de Noël… ya, le soleil dans ses cheveux c'était toujours comme Noël…

Moishe s'appuya contre le tronc, ferma les yeux et laissa son visage refléter sa rêverie, et Bobby assis à côté du vieil homme avait l'impression d'être assis sous le soleil et que le soleil brillait dans ses cheveux tellement il se sentait bien avec Moishe, avec l'eau, avec l'odeur fraîche de la terre, avec l'arbre et aussi toujours le souvenir de la bouche d'incendie et de ses baskets spongieuses… en regardant une famille de canards flotter à la dérive vers l'endroit où les branches tombantes du saule touchaient le lac…

Enfin Moishe ouvrit les yeux et regarda Bobby avec toujours le même visage paisible et dit, Alors… il te plaît mon arbre ?

Bobby sourit et secoua la tête, Y est super Mush – lui touchant l'épaule – T/es super, mon frère – continuant à regarder Moishe, sentant un mélange de force et de douceur le parcourir tout entier, encore une sensation inconnue de lui, qui lui était complètement étrangère et cependant ne l'effrayait pas, ne lui inspirait aucune méfiance, il se contentait de la ressentir et de trouver que c'était bien comme ça, qu'il y avait rien à craindre, qu'il fallait laisser faire, et que c'était sympa de tenir Moishe par l'épaule, qu'il pouvait laisser sa main sur cette épaule, qu'il était en sécurité et que tout ça faisait partie de l'instant, qu'il avait plus besoin de penser à rien, pouvait s'abandonner au plaisir d'être avec Moishe, de le toucher, et tout allait bien, tout allait bien… ouais, c'était ça, tout allait bien

et Moishe regarda Bobby dans les yeux, remarqua le changement, mesura mieux l'importance de Bobby dans ce qui se produisait en ce moment, sentit à son tour quelque chose de spécial émaner de Bobby, comprit que lui Moishe faisait partie de l'expérience de Bobby et s'en réjouissait comme mille alléluias, se réjouissait de voir Bobby réjoui et de sentir que l'ancien bonheur pouvait être revécu, bien sûr, c'était dans l'ordre des choses : si en ressuscitant le passé il avait à nouveau senti l'oppression du camp et l'odeur de la mort, alors il devait pouvoir aussi sentir la joie de l'amour, le vivifiant bonheur de leur amour sous le saule et partout ailleurs parce que cette joie-là ils l'emportaient avec eux partout où ils allaient… même dans un immeuble, couché dans la crasse pour réparer un tuyau… oh bien sûr à l'époque il avait aussi des soucis, il avait d'autres préoccupations, alors peut-être qu'il n'était pas toujours conscient de porter cet amour en lui, peut-être qu'il ne pensait pas toujours au papillon, mais toujours l'amour était là…

Ya Bobby, on est mariés depuis 25 ans et des fois je rentre du travail, je commence à monter les escaliers et déjà je pense à Gertrude tellement je suis impatient de la voir… des fois c'est le chagrin qui me remue d'abord, mais toujours il y a l'amour… toujours… Oh Bobby – posant la main par-dessus la main de Bobby sur son épaule – des fois je lui en veux tellement de m'avoir laissé seul, mais à la fin je me rappelle les 53 ans qu'on a vécus ensemble et, d'accord, c'était pas toujours tout beau tout rose, après tout, c'était une femme – souriant – même maintenant faut que je fasse une blague idiote… mais toujours l'amour Bobby… toujours – tapotant la main de Bobby, puis s'appuyant en arrière contre l'arbre et contemplant le ciel à travers les branchages… et Bobby regarda un mioche que son père retenait par le bras jeter des miettes de pain aux canards, et le mioche criait, sursautait et les canards nageaient en rond et gobaient les miettes, plongeant quelquefois sous la surface pour happer celles qui sombraient lentement.

Ils restèrent sous le feuillage jusqu'à ce que le soleil décline assez bas à l'ouest pour laisser un froid dans l'ombrage humide du saule. Quand ils sortirent en plein soleil, la différence de température les incita à s'arrêter un moment pour se réaccoutumer à la tiédeur caressante de l'air.

Ils continuèrent à déambuler dans le parc mais Moishe évita délibérément le zoo où les animaux étaient enfermés dans de petites cages odorantes et fétides pour rester sur la pelouse ondoyante où les enfants couraient en liberté, où les flâneurs alanguis sur l'herbe s'enlaçaient et s'embrassaient dans le brouhaha de mille et une radios toutes branchées sur des stations différentes, cacophonie tapageuse qui faisait sourire Moishe, bien content néanmoins de se dire qu'il n'aurait pas à la supporter en permanence et que sitôt rentré chez lui il pourrait écouter ce qu'il voulait mais, pour l'heure, libre à eux de faire rocker leur folie.

Ils s'arrêtèrent devant la roulotte d'un marchand ambulant, Moishe souriant toujours, Bon, peut-être que t/aurais envie d'un hot-dog ?

Oh Mush, ptain comment que t/as dviné ? quel enfoiré, tu dvines tout… ptain je veux Mush – levant la main droite et attendant que Moishe comprenne, lève la sienne à son tour et tope avec Bobby, paume en dessus, paume en dessous, en riant.

Ils restèrent devant la roulotte plusieurs minutes, et quand Bobby eut fini son deuxième hot-dog, et son Pepsi, ils reprirent leur chemin.

Mush, tu dvrais aller chercher ton chariot pour me ramner à la maison, jress sur la touche, han han, pas question que jme rtape tout la route à pinces – secouant la tête et rigolant, et Moishe sourit avec une drôle de sensation dans la poitrine parce qu'il avait entendu Bobby dire « à la maison », une sensation de bonheur absolu et pourtant mêlé d'angoisse, la peur de perdre un autre fils, une autre personne qu'il aimait et chérissait, mais il décida de reporter le chagrin à plus tard et de profiter de l'instant présent, de profiter… de profiter. Il regarda Bobby, Ça fait longtemps que j'étais plus venu ici.

Ouais ?

Ya… longtemps… Et t/es le premier à qui je montre mon arbre.

Bobby tomba en arrêt, Sans charrier ? Jsuis lpremier que t/amènes voir ton saule ?

Ya… le numéro 1… c'est vrai.

Bobby souriait et ricanait et sautillait sur la pointe des pieds, rebondissant, rebondissant sur l'herbe, Ptain… là tum scies… Ptain… lprem… Ptain jle crois pas… moi… lpremier. Ptain Mush t/es un mec à part – et Bobby se mit à marcher, secouant la tête, rayonnant, rayonnant, rayonnant et rebondissant sur l'herbe qui semblait caoutchouteuse… comme des coussins d'eau sous ses baskets spongieuses. Il s'arrêta et regarda Moishe, tous 2 béats de bonheur, secoua la tête, Ptain Mush, jsais sque t/es mainnant. T/es un mec supeeer ! ! ! !

Ils continuèrent à se balader dans le parc, chacun refermé sur soi-même mais tellement conscient de la présence de l'autre, du soleil, du ciel, des gens, des bruits, des oiseaux, de l'herbe. Ils ne parlèrent pas pendant le trajet de retour, chacun revivait la journée à sa manière, intériorisait sa joie le plus profondément possible.

Ils ne parlèrent pas non plus en mangeant ce soir-là, quelques mots à peine entre deux rêveries. Quand ils eurent fini ils s'adossèrent tous les 2 en échangeant des regards rieurs, puis Bobby se leva et dit qu'il allait au lit, Jsuis crevé Mush. Avec tout stair frais et stherbe jsuis h.s. – souriant et rigolant – et j'avais jamais été à Brooklyn avant… ça fait beaucoup pour un vieux ptit gars du Bronx – et tous 2 se marrèrent en douce, surtout Moishe qui ne s'était plus senti aussi joyeux depuis une éternité – et faut que jbosse à mort demain… que jdeviens aussi fort que toi Mush – Bobby soudain songeur, qui ne souriait plus du tout – Jvais les faire payer… c'est eux qu/ont tué Maria… elle est morte… morte Mush et y vont payer pour squ'y ont fait… tu peum croire – regardant le sol, affirmant et réaffirmant intérieurement sa conviction et son engagement – tu peum croire qu'y vont payer pour ça… jm'en charge… perso… c'est mon taf – regardant toujours le sol et confirmant d'un hochement de tête avant de s'en aller vers la chambre.

Moishe mourut mille morts en entendant Bobby, en voyant sa figure changer, en voyant et en entendant la conviction dans sa voix. Il le regarda sortir de la pièce et sentit un flot de larmes sans fin pousser derrière ses yeux. Longtemps après que Bobby fut parti il regardait encore le seuil et l'encadrement vide de la porte semblait contenir une sorte de substance, un message… un présage que Moishe déchiffrait clairement mais refusait d'accepter… ou de croire… Il se dit qu'il ferait peut-être mieux d'aller dans le living, s'asseoir dans son fauteuil, que peut-être la chatte sauterait sur ses genoux et qu'il pourrait se changer les idées en la caressant ; ou qu'un bol de crème glacée l'apaiserait ou qu'un peu de vaisselle et de ménage l'aiderait à oublier sa peine… il pourrait nettoyer la cuisine, mettre de l'ordre… récurer l'évier… faire quelque chose, mais non, il resta devant la table immobilisé par un mal térébrant et le sentiment d'avoir été trahi… trahi non par Bobby mais par lui-même pour avoir laissé Bobby entrer dans son cœur, pour avoir à nouveau cherché son bonheur chez un autre être humain… trahi par ses souvenirs… trahi par l'espoir qu'il pourrait changer l'état d'esprit de Bobby. Comment pouvait-il laisser faire ça ? ? ? ? Oh Seigneur – se tenant la tête – comment pouvait-il laisser faire ça ? ? ? ? Se tenant toujours la tête, il regardait la table, sentait la cuisine rapetisser, rapetisser, puis se redressa brusquement, regarda autour de lui et décida de sortir. Il laissa un mot pour le cas où Bobby réveillé s'inquiéterait de son absence, et quitta l'appartement en silence.

Le ciel était limpide, la lune claire, la lumière étrange vers le loin comme une roseur de feu grégeois. Il rôda dans l'immense quartier désert, dans l'enfilade des ruines, écrasant sous ses pas les débris râpeux qui avaient pris la place de la pelouse de tantôt. Il entendait des éclats de verre craquer et parfois claquer comme des coups de feu, et finit par s'asseoir sur un tas de briques à l'ombre d'un mur écaillé… fut presque saisi de convulsions en sentant ses boyaux remoudre d'anciens cris, des râles de douleur, de désolation et de désespoir, les ténèbres de plomb, l'odeur paralysante de la mort, la suffocante agonie de la vie

– des spasmes secouèrent son corps et il enroula ses bras

autour de sa tête NON NON ! ! ! ! AHHHRRRR la première nuit au camp hideuse interminable debout dans l'air plombé criant

avec les cris des autres les cris des torturés qui les avaient précédés debout dans le jour de plomb jusqu'à l'interminable nuit de plomb quand tout à coup les projecteurs leur poignardent les yeux comme le soleil et les hommes rancis putrides qui luttent pour rester debout et éviter la schlague le fossé et la crémation, leurs cris qui tournent dans leurs cerveaux et raclent l'intérieur de leurs crânes tout au long de la nuit et continueront à les hanter à les tourmenter dans les nuits les plus noires et les jours les plus clairs pendant tout le reste de leur vie sur terre et peut-être l'éternité…

Moishe plié en deux sur son tas de briques, presque roulé en boule… Ya, la première nuit a passé et tant d'autres nuits, et de jours encore à vivre. Achhhh – Moishe se leva, regarda le ciel, vit une étoile ou deux et les lumières de quelques avions. Dans la lumière des réverbères les bâtiments délabrés sont de sinistres silhouettes fantomatiques et des ombres se meuvent dans les gravats des rues, des terrains vagues, le silence est de plomb, rompu seulement par le cri intermittent d'un rat, d'un chat. Il ne peut rien faire. Bobby est là, donc Moishe doit l'aider… doit faire ce qu'il doit faire. Autrement dit souffrir ? C'est ça que je suis censé faire ? Regarder, les bras croisés, la haine dévorer une vie si jeune… encore… comme toujours ? Oh qu'est-ce que ça signifie ? Oh à quoi ça sert ? Il n'y a jamais de réponse… seulement des questions… mais on fait ce qu'on fait – et Moishe secoua la tête et reprit le chemin des caves.

Bobby consacra autant de temps que possible à ses exercices de musculation. Il savait exactement à quelle tension Moishe réglait l'appareil pour lui-même et voulait être capable d'enchaîner au moins 25 tractions avec ce réglage et 50 pompes à toute vitesse, les doigts dans le nez, avant d'aller provoquer les bics. Il avait le corps tendu à craquer et la tête sous pression, mais il savait qu'il se ferait étendre sur le carreau s'il n'était pas assez affûté, alors il s'échinait sur les rames, travaillait ses bras et ses jambes.

Bobby termina ses exercices, se doucha et s'assit à la table de la cuisine. Moishe apporta 2 bols de crème glacée avec de la sauce au chocolat et se força à sourire malgré ses peines et ses angoisses parce que c'était quand même une joie de voir Bobby savourer les cuillerées en fermant les yeux, puis se lécher les lèvres en faisant hmmmmm, saucer le bol avec son doigt et le sucer.

Moishe se pencha en avant et examina le visage de Bobby, T/as l'air en pleine forme, même les bleus sont presque partis.

Tu veux dire que jsuis mignon comme avant ?

Mignon ? – Moishe haussa les épaules et sourit (d'un vrai sourire) – Me fais pas dire ce que j'ai pas dit.

Bobby se fendit d'une risette, puis replongea dans sa glace. Quand il eut fini il s'adossa et prit un air songeur,

Et t/es resté 4 ans dans scamp dconstration ?

Ya… plus.

Bobby secoua la tête, Ptain, t/as dû en chier – regarda son bol un moment, puis leva les yeux, Tu rentes t/es allemand et tu rsors t/es juif… ptain.

Moishe acquiesça.

Pour moi jvais tdire c'est pas un cadeau d'êt juif Mush. D'abord t/es serré comme une sardine et pis y tfont crever dfaim – secouant la tête et souriant – Mais après ça tleur fais pu la gueule, tu tchatches avec et tout ?

Ya, ya. Avant je reste dans mon coin, je les déteste... je leur parle pas. Après c'est fini, je suis – souriant – leur frère... je suis de la famille.

Mais t/as encore la haine cont les Allemands, hein Mush ?

Les gardes... les nazis... et Klaus, je hais toujours Klaus, ya... Oh ya, j'ai encore la haine, Bobby, et ça me tue.

Mais ces enculés y comptent pas sur la haine pour ttuer, y ont pas bsoin dça, vu comment qu'yt cognent et qu'yt font crever dfaim.

Sourire doux et compréhensif de Moishe, Ya mais c'est la haine qui tue, ça j'ai appris, le vrai tueur c'est la haine.

Meeerde, des clous, la haine ça aide à viv, mec, c'est ça qui tfait bouger, qui tfait respirer, tant que t/as la haine tu restes en vie, sinon tu l'as dans lcul, han han, tu peux pas t'en sortir dans sputain dmonde si t/as pas la haine cont quelque chose... cont quelqu'un... han han, rien à faire.

Mille vies de douleur passèrent dans le cœur et l'esprit de Moishe, un million de souvenirs de rêves éclatés, d'espoirs décimés, mille et une désillusions percèrent et ravagèrent son corps supplicié, son âme, chaque cellule de son être hurla sous la torture du souvenir... et la tristesse pesait si lourd qu'il eut l'impression de s'enfoncer dans le sol... dans les entrailles de la terre qui lui avait donné naissance... non pas tant à cause des paroles mêmes de Bobby, des émotions, des rêves gauchis et cassés qu'elles représentaient, mais à cause de la façon dont il les avait prononcées, sans colère... simplement, avec une froide et calme affirmation, comme une évidence, une vérité immuable inscrite dans la moelle de ses os, il avait dit ça comme il aurait dit qu'il faut s'arrêter quand le feu est rouge et passer quand il est vert, et pendant un moment d'effroi Moishe se crut mort, l'âme déjà détachée du corps, mais le corps tenait, fixé au sol par toute une vie d'épreuves, le corps le ramena sur terre et il s'humecta les lèvres et déglutit plusieurs fois en regardant Bobby qui souriait toujours comme si de rien n'était, comme si le monde ne venait pas de s'arrêter à l'instant pour les laisser tous 2 en suspension dans un temps intermédiaire entre l'éternité et le purgatoire, et il puisa dans le présent la force de sourire aussi… Ya – acquiesçant – Ya, c'est vrai. La haine te contracte les muscles… te fait croire que tu peux survivre à tout… ya… Mais Bobby… à la fin Bobby on survit pas à sa haine – fermant les paupières comme un coup de gomme sur le passé – On meurt Bobby… même quand on reste en vie on meurt.

Bobby haussa les épaules, Pas d'accord Mush – fronça les sourcils et lança un regard dur à Moishe – T/as pas la haine Mush ? Dis la vérité Mush, t/as pas la haine cont ces enculés ?

Moishe soutint le regard de Bobby, les yeux dans les yeux, C'est la vérité Bobby, je n'ai pas de haine maintenant.

Bobby ne dévia pas son regard… D'un seul coup t/avais pu la haine cont ces enculés ?

Moishe secoua la tête et sourit, Pas d'un seul coup, non. Je les hais si fort que j'ai des biceps dans les tripes – et il se mit rire et Bobby le regarda, puis se mit à rire aussi. Moishe inspira profondément, Y a là-bas un nommé Sol. Je suis debout, les bras raides… comme ça… Y en a qui réchauffent le vieux, d'autres qui me réchauffent moi. Donc… je suis debout au milieu du baraquement, tout raide, comme ça… et je commence à trembler, et alors y a un homme qui me prend dans ses bras… ya, comme ça il me prend dans ses bras… et puis quelqu'un m'enveloppe dans des couvertures et l'homme continue à me serrer, à faire doucement pression sur mes bras, et je sens encore le grattement des couvertures et la chaleur de cet homme qui me serre et, je sais pas, je commence à supporter la douleur alors que… en même temps je sens que je craque… Ya, je craque morceau par morceau comme de la glace pilée mais bientôt je me calme… et j'ai chaud, et il recule et il me regarde mais en me tenant toujours par les épaules. Et voilà, on reste debout comme ça et puis il m'aide à marcher jusqu'à sa paillasse et on s'assoit – La voix de Moishe s'éteignit et Bobby continua à le regarder, plissant les yeux de temps en temps, croyant dire quelque chose mais aucun mot ne sortait de sa bouche et le silence dura, comme ça, jusqu'à ce que Moishe reprenne la parole, Et alors il me parle et – Moishe sourit en écartant les mains – et on parle pendant des années.

Et t/es toujours là – d'une voix pleine de stupeur et d'admiration.

Ya… toujours là – Moishe souriant à Bobby, puis tranchant tout à coup, Bon, tu veux avoir des muscles… alors d'accord allez hop tu t'habilles et on va faire des courses.

Où ça ?

On va acheter des haltères.

Des haltères ? Comment qu'on va les ramner ici ?

Le chariot rouge, ya ? S'il a pu transporter une cloche, il peut bien transporter des haltères.

Mush arrête avec tes vannes, c'est ça qui va ttuer… ptain.

Quand ils rentrèrent avec les poids Bobby se mit à les manipuler maladroitement et Moishe rigola, puis lui expliqua comment s'en servir, lui montra quelques exercices, et une fois de plus Bobby fut impressionné par la force de Moishe en le voyant faire sans effort des mouvements qui étaient pour lui des prouesses. Ça le déprima et Moishe le rassura, T/es encore faible et tu manques d'entraînement, c'est pour ça. Mais bientôt, tu verras, tu soulèveras ces machins-là comme des plumes.

Tout juss Mush… Et bientôt jsoulèverai les têtes de ces bics comme des merdes qu'y sont – et instantanément Moishe revécut son crève-cœur. La respiration lui manqua. Il regarda Bobby encore quelques minutes, mais le voyait-il réellement ? puis le laissa seul continuer les exercices, alla trouver la chatte, s'assit dans son fauteuil, avec la chatte sur ses genoux, mais elle était nerveuse et sauta à terre dès qu'il la lâcha. Il l'observa un moment, puis ferma les yeux et s'enfonça dans le fauteuil en se demandant s'il serait jamais libéré de son fardeau, en se demandant pourquoi, alors qu'il espérait finir ses jours paisiblement, pourquoi il avait fallu que Bobby entre dans sa vie, pourquoi il fallait que les fantômes le hantent jusqu'à la fin, pourquoi le martyre recommençait chaque fois qu'il croyait avoir assez souffert.

Mais toujours cette chose impalpable, invisible, ce merveilleux sentiment d'amour qu'il conservait en lui répondait à ses questions bien avant qu'il ne les pose, bien avant qu'il n'y pense, toujours. Et il s'y fiait… oh oui, absolument. Oui. Il s'y fiait. Alors quand il voyait Bobby accepter la haine comme une nécessité vitale il se rendait compte, dans ses tripes (ou était-ce dans son cœur…) qu'il devait l'aider à devenir fort, devait lui donner ce qu'il avait. N'était-ce pas la réponse que Sol lui avait faite et que réaffirmait constamment son cœur ? Partager ce que j'ai. Bobby a besoin d'être fortifié dans son corps et je sais comment faire ça… donc je le fais. C'est bien ça, non ? J'ai tort ? Quelqu'un a besoin de quelque chose que j'ai alors je le lui donne… Mais pourquoi justement ça ? ? ? ? Comment savoir ? Je réfléchis pas plus loin. Je demande pas pourquoi ? POURQUOI ? parce qu'à la fin ça reste toujours sans réponse, et plus je pose la question plus je m'enfonce dans la folie. Je me demande pas pourquoi, je me demande juste comment. Donc je l'aide à retrouver la force dont il a besoin pour tuer ces jeunes garçons, Oh Werner… jeunes ? Est-ce qu'il y a des jeunes dans ces rues Werner ? Est-ce qu'il y avait encore des jeunes dans les camps ? Jeunes. Accepter la haine comme une évidence, haïr comme on respire, c'est ça être jeune ? Werner, arrête de faire le raisonneur. S'il te plaît, assez de folie. Laisse simplement ton cœur s'ouvrir. Ne lutte pas contre la douleur d'aimer ce gosse, contre la peur de l'arrachement… comme par le passé… comme avec Karl-Heinz… oh mon dieu… notre petit Heinz. Comment a-t-il pu survivre à ces années d'enfer et puis… laisse ton cœur embrasser ce garçon, pleinement et totalement. Donne-lui tout. Ne lutte pas contre la douleur Werner. Si ça doit venir ça viendra. Mais laisse venir en son temps… pas maintenant… Oh Werner, quelle foliiie. Tu ne pourrais pas fermer ton cœur même si tu le voulais. Déjà c'est comme si tu l'avais connu toute ta vie. Il est dans ton cœur et dans ton âme… dans chaque cellule de ton corps… dans tes gènes Werner, dans tes gènes. Ne lutte pas contre la douleur. Si elle vient elle vient. Si elle vient tu auras la réponse. Tu le sais. Tu as toujours la réponse. Fais comme tu fais. Combien d'années il te reste Werner ? Tu veux compter ? – souriant, hochant la tête – Cœur et bras ouverts Werner… toujours, cœur et bras ouverts… et, sentant quelque chose gratter contre sa cheville, entendant un miaulement, il ouvrit les yeux, regarda la chatte, sourit, tapa sur ses genoux, Viens – et la chatte sauta sur ses genoux et se frotta contre lui quelques minutes, puis tourna en rond plusieurs fois avant de se rouler en pelote, la queue lovée autour du corps, une patte sur les yeux, pour soupirer de contentement et s'endormir au rythme de la caresse de Moishe sur sa tête et derrière ses oreilles. Moishe la caressa longuement en souriant, en écoutant son ronronnement et les ahans de Bobby qui s'échinait avec les haltères.

Les jours et les semaines suivants se déroulèrent selon le programme que Moishe établit pour Bobby et que Bobby respecta rigoureusement. Il s'entraînait le matin avant de manger, puis se douchait et avalait une boisson spéciale pour culturistes préparée par Moishe. La première fois que Moishe versa le contenu du mixer dans un verre, Bobby fronça le sourcil, l'œil méfiant, puis jeta un regard malicieux à Moishe, Qu'ess ça vam faire Mush ?

Moishe haussa les épaules, Peut-être que ça te fera des muscles gros comme la tête – avec son drôle de rire.

Bobby secoua la tête et sourit, Mush t/es un empaffé.

Moishe haussa les épaules, rigolard, Peut-être aussi que ça te rajoutera 3 centimètres à la ziquette, ya ?

Oh ptain t/es trop tum scies ! – secouant la tête et souriant jusqu'aux oreilles – À la ziquette, y dit ! ! ! ! Y est fou smec… Ouééé une ziquette d'enfer, héhéhé. Mush… t/es malade… ptain t/es quand même un tordu.

Bobby goûta le breuvage, puis ouvrit grands les yeux et regarda le verre, puis Moishe, Eh, c'est pas dégueu Mush. Bobby but une longue gorgée, regarda encore le verre, puis le vida et se lécha les lèvres, C'est bon hé… Ptain et en plus ça vam rallonger la gaule ! Meeerde, t/es super Mush.

Ils se regardèrent, souriant joyeusement, Bobby s'essuyant la bouche avec le dos de la main, Jvoulais tdemander Mush quessyé arrivé au mec qui t'a frotté ?

Moishe regarda Bobby sans comprendre, Hein ? ? ? ?

Tsais lmec dans lcamp qui t'a frotté les bras après que t/as…

Oh ya, ya… Sol.

Sol ? C'est son nom ?

Ya, Sol – Le visage de Moishe se fit rêveur et respectueux – Ya… Sol…

Bobby examina la figure de Moishe, il aimait bien

quand il faisait cette tête, ça le mettait en joie et, malgré ce qu'elle avait de mystérieux, malgré les pensées secrètes qui semblaient habiter Moishe dans ces moments-là, il sentait que quelque chose d'important se jouait alors pour le vieil homme et il était content de le voir si heureux, de le voir bicher en douce, c'était vraiment bonnard, Y a assuré ?

Hein ? ? ? ?

Jveux dire y est resté en vie ?

Oh ya, ya. Sol a survécu. Qui sait, il est peut-être encore en vie. J'espère.

Tu l'as revu après quand vous avez mis les bouts ?

Quand on a… ? Ah… non. Non, la dernière fois que j'ai vu Sol, c'était quelques jours après notre libération.

Bobby était toujours sous le charme, il ne se lassait pas de voir cette expression sur le visage de Moishe, ça lui remontait le moral, C'était ton poteau, hein ?

Poteau ? – la mine perplexe.

Bobby éclata de rire, Mec, tum fais trop marrer quand tu tires cette tronche.

Alors ?

Bobby était radieux, Jveux dire vous 2 c'était… comment… t/étais son meilleur ami.

Oh ya, ah… c'est ça… oh meilleur ami je sais pas. Sol était… oh, si important… comme – haussant les épaules, cherchant ses mots – comme dieu, comme l'air que je respirais.

C'est lui qui t'a branché, tveux dire… qui t'a appris les combines, comment assurer et tout.

Moishe observa longuement Bobby, le visage toujours empreint de ce respect nostalgique, et Bobby se sentit enveloppé de tant de tendresse, de tant d'amour qu'il en eut les genoux qui flageolaient… Les combines, je comprends pas, mais ya, Sol m'a appris à survivre… pas seulement à rester en vie… à survivre – tapotant doucement sa poitrine – dans le cœur.

Les yeux de Bobby posèrent la question informulée, Comment ?

Oh Sol, un homme si simple… un employé de bureau ou un comptable – haussant les épaules – je sais pas, mais c'était quelqu'un – À nouveau ce regard lointain passa sur le visage de Moishe comme s'il était ailleurs – Tu sais Bobby, des fois je me demande si Sol a vraiment existé, s'il était vraiment là ou si j'ai rêvé – sourire amusé – Des fois même je me dis que c'était un ange et qu'il me parle encore… et je me dis, si je rencontrais les autres aujourd'hui, ceux qui étaient dans le baraquement, je leur demanderais s'ils voient Sol eux aussi. Est-ce qu'ils l'entendent encore comme moi ?

Bobby le fixait des yeux, souriant… Lmec y t'a sauvé la vie, quoi, c'est sûr.

Ya – riant – c'est sûr… c'est sûr.

Qu'ess y fsait, yt montrait comment avoir du rab, comment tplanquer des enculés de matons ?

Matons ? – à nouveau perplexe et souriant.

Bobby hocha la tête en rigolant, il adorait vraiment quand Moishe avait cette drôle de bobine, Ptain Mush, mais t/entraves rien, ma parole ! Les gardes.

Oh ya… ya, les gardes. Non… tu pouvais pas te cacher, pas moyen. Non. Sol m'a appris à ne pas haïr.

Pas haïr ? Dans ste taule pourrie ? C'est des conneries, ça.

Ya, ya, je lui disais la même chose.

Non là jdécroche Mush – secouant la tête – jte suis pas, c'est des grosses conneries. N'importe comment, y est temps que jme fringue.

Et Moishe se retrouva seul dans la cuisine, à regarder la porte, à écouter les allées et venues de Bobby dans la chambre. Finalement il se leva de table, lava le verre et le mixer, et resta un moment au-dessus de l'évier. Il se souvenait. Sol était toujours si patient avec lui, le laissait toujours gueuler et maudire Klaus, et les nazis, et Moishe s'échauffait, sentait qu'il devenait de plus en plus rouge mais s'en foutait, voulait seulement crier sa haine haut et fort dans l'air fétide, aurait voulu la crier directement dans la cervelle des gardes puis leur vider le crâne pour crier dedans jusqu'à l'oubli… mais toujours venait le moment où le cri s'étranglait, où une boule d'étoupe lui obturait la gorge, lui éraillait la voix et toujours… toujours, systématiquement, il finissait sur la paillasse de Sol, les bras enroulés autour de la tête, gémissant et pleurant du plus profond de son âme, de confins ignorés de son être qu'il découvrait soudain, qu'il ne pouvait connaître encore parce que jamais encore la vie ne l'avait ainsi violenté… ainsi écartelé… jamais il n'avait imaginé qu'exister serait un jour cette épouvante… et toujours Sol lui laissait la dignité de sa peine…

et quand la tempête s'apaisait Sol posait la main sur son épaule et le rassurait, lui disait que c'était une réaction normale, un sentiment normal. Contente-toi de ressentir Moishe… ne juge pas. Tu es un homme d'amour Moishe, tu ne peux pas mettre fin à l'amour, il est plus puissant que le camp.

Sol – les larmes aux yeux – Comment tu peux dire ça ? Regarde autour de toi, comment tu peux dire ça ? Y a que de la haine ici. Y a que de la haine stupide et aveugle ici et tu veux que j'aime ces… ces… bêtes furieuses ?

Je veux seulement que tu te respectes toi-même. Tu le dois, parce que eux ne le feront pas. Tu comprends ?

Des mots Sol… des mots. Y a que la haine qui me garde en vie.

Vraiment ? Peut-être, mais je ne crois pas.

Je vis seulement pour pouvoir un jour me venger de Klaus et de tous ceux-là – avec un grand geste circulaire.

Moishe mon ami, nous avons tous besoin d'une raison pour vivre. Si la tienne est la haine, le meurtre, libre à toi – haussant les épaules et posant sur Moishe un regard profondément compréhensif – mais qu'est-ce qui te restera au bout du compte ? un cœur amer et une haine qui finira par te tuer.

Me tuer ? La haine me tuera pas. Je resterai en vie pour… pour… Ô mon dieu…

Sol resta muet un moment… Mon ami, nous avons plus de chances de survivre à ce camp qu'à notre haine. La haine détruit toujours le haineux, tu n'y peux rien. Mais certains d'entre nous survivront à ce camp, c'est toujours comme ça. Je ne sais pas pourquoi, mais il y a toujours des survivants. C'est peut-être la vie qui nous le demande, pour qu'on puisse raconter aux autres ce qui s'est passé et que ça ne se reproduise pas.

Tu restes planté là, dans ce misérable enfer putride et tu trouves rien de mieux à me dire que ces… ces… conneries, ces indécrottables CONNERIES ! ! ! !

Il y eut un léger sourire sur le visage de Sol, Où veux-tu que j'aille mon ami ? Oui je reste planté là et je dis ce que je dis.

Mais comment tu peux sortir des conneries pareilles ? !

Comment ? Parce que personne plus que moi n'a souffert de la haine. La haine m'a tué, mon ami, alors je le sais.

Ahhhhhhh… Moishe se leva avec un geste de dépit et rejoignit sa propre paillasse où il s'assit, reployé sur lui-même, la tête dans les bras…

Combien de fois j'ai fui Sol ? – Moishe sourit – jusqu'à ce que je meure. Oui, Sol l'avait dit, la haine m'a tué. Alors Werner, qu'est-ce qu'on fait, hein ? On laisse Bobby mourir pour qu'il puisse vivre ? On verra. Je ne peux pas aller contre la vie… Ya, c'est comme ça – souriant et secouant la tête – c'est comme ça.

La nuit ils allaient se promener. Moishe achetait quelques fruits, ils les mangeaient en déambulant dans les rues et finissaient toujours, tôt ou tard, par s'arrêter devant une baraque à hot-dogs pour Bobby.

La plupart du temps ils gardaient le silence en marchant dans le quartier désert et crasseux, non par un choix délibéré mais parce que l'endroit les déprimait tellement tous les 2, chacun à sa façon et pour des raisons différentes, que la conversation devenait impossible... Moishe se rappelait les années qu'il avait vécues ici, d'abord avec sa femme et son fils, puis seulement avec Gertrude, se rappelait les habitants du quartier quand il y avait encore des familles ici, des enfants qui couraient dans les rues, des femmes qui poussaient des landaus... Par une nuit comme celle-ci, tout le monde sortait en ce temps-là, pour prendre le frais, se balader ou simplement bavarder entre voisins, faire des sourires aux enfants et des compliments aux mères : Comme il a de bonnes joues, dites, on en mangerait – et leur pincer les joues et hocher la tête en les regardant... Oui, tant de gens... et tant d'odeurs, les odeurs de la vie comme la soupe aux choux, le poulet rôti, la fricassée, le pastrami, les bagels, les petits pains aux oignons, toutes les odeurs et tous les gens et tous les magasins... les uns derrière les autres, tous émouvants... on trouvait tout ce qu'on voulait, alimentation, habits, quincaillerie, glace. Et pendant toutes ces années ils avaient vécu dans le même appartement au-dessus de l'épicerie... avec le soleil qui entrait le matin dans la cuisine comme un canari... ya, c'est ce que disait Gertrude, comme un canari. Pourquoi un canari ? il ne savait pas mais c'était comme ça, il était là, devant la fenêtre qu'on pouvait ouvrir et fermer comme toutes les fenêtres et toutes les portes, ouvrir, fermer, ouvrir, fermer, et quand Moishe devait partir de bonne heure certains jours il buvait son café devant la table en regardant le soleil se lever et ça le mettait en joie de savoir qu'il se lèverait encore le lendemain pour pénétrer et absorber les ténèbres, et ces matins-là il comptait ses respirations depuis le premier rayon de lumière jusqu'à la dernière trace de nuit, regardait le jour s'éclaircir un peu plus à chaque inspiration comme si c'était son souffle qui faisait monter le soleil, et ça illuminait un peu ses souvenirs sombres du camp, lorsqu'il croyait sa famille morte. C'étaient de beaux matins, oui, de très beaux matins. Maintenant ces mêmes immeubles s'effritaient, s'écroulaient, les rues naguère animées étaient jonchées de boîtes de conserve, de bouteilles cassées, de briques, de cailloux, de rats et il avait l'impression, en entendant les débris crépiter sous sa semelle, de broyer à chaque pas les restes d'un million de vies. Oui, de vies : autrefois il y avait du vivant ici, à la place de ces ombres, de cette mort… de cette agonie. Moishe avait besoin de silence quand il errait dans les symboles de sa vie… et n'y voyait que la décrépitude de la mort, car chaque fois qu'il regardait le soleil se lever c'était son déclin qu'il guettait… Mais même ça c'était beau autrefois, même son déclin quand ils s'asseyaient dans le living de leur appartement, leurs 3 pièces en enfilade sans couloir, et regardaient le crépuscule… ils ne voyaient pas vraiment le soleil descendre mais ils devinaient sa trajectoire aux lueurs changeantes du ciel entre les immeubles, fascinés par les reflets qui jouaient sur les façades aux contours peu à peu estompés. Chaque fois qu'il se promenait ici avec Bobby il avait envie de lui montrer où il avait vécu, où se trouvaient tel magasin, l'école, le parc, le terrain de jeux mais toujours le craquement sous sa semelle le rendait muet et ils marchaient en silence, en attendant de retrouver la vie au détour d'une rue plus animée et de laisser les décombres derrière eux.

Bobby ne s'éloignait jamais de Moishe, il avait besoin de sa proximité pour se sentir en sécurité. Ce n'était pas un besoin raisonné, un sentiment qu'il essayait de comprendre, c'était juste une intuition, un instinct, car dans les rues il avait appris à n'écouter que son instinct pour survivre. Alors il restait près de Moishe, mais sans baisser la garde, en guettant chaque mouvement, chaque bruit, en anticipant le danger avant de tourner à l'angle d'une rue, avec des regards obliques vers tous les recoins d'où pouvait surgir un rôdeur. Personne ne savait qu'il était ici, mais dans ce genre de no man's land tout était possible, c'était une terre inconnue sauf peut-être pour Moishe, et encore, même lui pouvait se faire surprendre par un dingue planqué derrière un mur avec une hachette ou un couteau de boucherie, et il y en avait des murs ! sur des kilomètres, même Moishe ne pouvait pas savoir ce qui se tramait derrière parce qu'on n'était jamais sûr, tout pouvait changer d'une minute à l'autre, non, Bobby n'était pas chez lui ici. C'était presque un autre pays, une autre langue, il était paumé dans cette zone. Il connaissait son quartier, connaissait les têtes, les portes, les bagnoles, les quelques rues qui délimitaient son territoire, et c'était suffisant pour lui assurer un semblant de sécurité et c'était pourquoi les gars du quartier ne s'éloignaient jamais. On vivait, on naissait, on mourait dans le même périmètre. Tu te méfiais de tout, surtout des gens, alors tu marchais sur la pointe des pieds avec un air mauvais, mais ça impressionnait pas toujours, y avait toujours des tordus qui cherchaient des crosses. Bobby savait ça. Ce qui se passait là-bas pouvait se passer ici, c'était partout pareil, il avait vu à la télé comment les indiens se cachaient dans la neige ou sous des feuillages… et pendant la guerre t/avais des mecs en embuscade dans des trous qui bondissaient d'un seul coup pour t'attraper la tête par-derrière et te couper la gorge, alors t/avais intérêt à ouvrir l'œil ici, dans cette zone avec tous ces tas d'ordures qui étaient des planques idéales, et même que ça pouvait très bien être un champ de mines ici, il avait vu ça aussi à la télé, ça te pète dans les guibolles ou dans le slip et ça t'arrache le zob et Bobby était pas client pour ça, oh non, alors il faisait gaffe, ne s'écartait jamais de Moishe, parce que Moishe avait l'air de savoir exactement où il allait, de savoir toujours à quel endroit bifurquer dans les décombres, de savoir toujours ce qu'il faisait, où il posait le pied, et toujours en confiance, sans jamais baliser comme Bobby, en suivant simplement son chemin, sans s'arrêter avant de tourner, sans redouter ce qu'il y avait derrière, il tournait quand il tournait, c'est tout, et Bobby suivait en essayant de graver la topographie dans sa tête, de mémoriser les itinéraires, d'identifier les immeubles, de fixer des points de repère, ici on a pris à gauche, ici à droite, pour essayer de comprendre où il était et être capable de reconnaître le secteur de jour comme de nuit.

Puis, comme toujours, il arrivait un moment où les rues s'animaient, on commençait à voir des bagnoles, puis des gens, de la circulation et alors, quoique toujours sur le qui-vive, Bobby se détendait un peu et Moishe paraissait plus à l'aise, plus confiant, et il passait le sac de fruits à Bobby qui piochait une pêche et mordait dedans, T/as djà tué quelqu'un Mush ?

Moishe s'arrêta pour le regarder, ouvrant des yeux étonnés, Tué ? ? ? ? Tué quelqu'un ?

Ouais Mush, tué quelqu'un.

Moishe secoua la tête, Non… Pendant longtemps j'ai voulu… mais non, j'ai jamais tué personne.

Ils étaient plantés au milieu du trottoir, entre les passants, parmi l'effervescence habituelle des soirs d'été, et Moishe observait fixement Bobby dont le regard se perdait au loin, en pleine cogitation. Finalement il se tourna vers Moishe, Jme dmande l'effet kça fait. J'ai vu des mecs sfaire buter, et à la télé y arrêtent pas dse flinguer, mais jsais pas sque ça fait, qu'ess t/en penses Mush ?

Moishe ne répondit pas tout de suite, hocha la tête, Je sais pas. J'y ai souvent pensé… des fois j'ai l'impression d'avoir la gorge de Klaus entre mes mains et ça fait du bien de serrer et de voir ses yeux qui ressortent – Moishe ferma les paupières, inspira profondément, soupira, rouvrit les paupières et hocha encore la tête – Non, je sais pas l'effet que ça fait.

Bobby acquiesça et ils reprirent leur marche, Jme dmandais c'est tout. Jem disais qu'un mec qu/en a chié comme toi y a dû en dessouder un ptêt un jour.

Ils continuèrent à marcher. Bobby, visiblement préoccupé, mâchonnait distraitement sa pêche. Après quelques pâtés d'immeubles ils atteignirent un terrain de jeux bordé d'un jardin où ils s'assirent sur un banc. Des enfants criaient tout autour mais ça ne les gênait pas, Bobby était perdu dans ses pensées et Moishe attendait la question suivante, mais Bobby mastiquait en silence. Quand il ne lui resta plus que le noyau, il le jeta dans le sac, regarda les passants et demanda à Moishe, Comment tu crois que jdois les prende les bics ?

La première réaction de Moishe fut de dire à Bobby qu'il ne fallait pas les attaquer, qu'il devait renoncer à la vengeance, mais il savait que ce n'était pas la bonne façon de répondre, que ça renforcerait au contraire la détermination de Bobby et l'éloignerait de lui. Il secoua la tête, Qu'est-ce que j'en sais. La plomberie, l'électricité, je connais. Tuer, je sais pas – Il sourit, T/as qu'à regarder comment ils font à la télé. Ils tuent tout le temps, ya ?

Bobby était trop préoccupé pour percevoir l'humour dans la voix de Moishe, il rumina ce que Moishe venait de dire, puis secoua la tête, La télé c'est bidon Mush. Là c'est du sérieux. Jpeux pas les prende tous en même temps, c'est sûr, faut que jem les fais un après l'aut… c'est lseul moyen. Bobby pinça les lèvres, puis se frotta le menton, Le mieux jcrois c'est dleur mett la pression, hein Mush ? – Moishe haussa les épaules – Faut qu'y savent que jsuis après eux. Ouais… vont faire dans leur froc en sdemandant où que jsuis. Jvais dire à Jesse dpasser lmot, comme ça y sauront. Ouais, j'aurai qu'à aller voir Jesse dtemps en temps et y mtiendra au jus.

Quand jserai au point, j'irai voir sque ça donne et un moment ou un aut j'arriverai à les choper un à un ces enfoirés. Ouais, c'est le plan, leur foute le trac à mort. Pour l'instant je ress avec toi Mush. Moishe regarda Bobby réfléchir en penchant la tête de côté, puis acquiescer, Jcrois kc'est lbon plan Mush. Faut leur mett la trouille au cul. Eh Mush, si on allait staper des hot-dogs, j'ai la dalle.

Moishe sourit et se leva, Hot-dog pour toi, pour moi brûlure d'estomac. Non merci.

Mush, des fois t/es pas un vrai Américain.

Bobby continua ses exercices, forçant au maximum, forçant tellement parfois qu'il n'arrivait plus à bouger pendant une minute, mais recommençait toujours. Bientôt il se mit à sortir la nuit, retournait dans le quartier. Les 2 premières nuits il ne trouva pas son frère, mais il ratissa le secteur avec prudence, fondu dans l'ombre, évitant les endroits dégagés et les visages connus. Il scruta les rues familières, essaya de regarder différemment tout ce qu'il avait toujours tenu pour acquis, se méfiait des porches, vérifiait la disposition de tel escalier, de telle entrée de sous-sol, l'emplacement de tel lampadaire, se demandait à qui appartenait telle poubelle, où menait telle ruelle, si c'était une impasse ou si elle donnait dans une autre rue, si elle était fermée par une palissade facile à franchir ou par un mur et avait-il une porte ? un escalier de secours ? les toits étaient-ils accessibles ? repérait toutes les entrées d'immeuble, tous les magasins à l'intérieur des limites du quartier. Il traversait les rues en souplesse et grimpait 4 ou 5 étages à toute vitesse, restait sur le toit pantelant et sans bouger pendant plusieurs minutes, content d'avoir avalé l'escalier sans encombres mais contrarié de se trouver si faible, de se savoir vulnérable (si les bics le débusquaient maintenant, ils le balanceraient du haut du toit), alors il essayait de reprendre son souffle le plus vite possible pour pouvoir décarrer fissa en cas d'alerte et se planquer. Il ne voulait pas se faire surprendre par ces enculés. Il voulait choisir lui-même l'heure et l'endroit. Donc il inspectait le toit, jaugeait la distance entre les immeubles, histoire de voir s'il pouvait sauter en catastrophe, mais comment s'en assurer sans sauter vraiment et il se sentait pas chaud pour faire le test, alors il évaluait le coup au blair en espérant ne jamais avoir à y aller pour de bon parce que ça faisait quand même haut, merde, surtout que la rambarde l'empêchait de prendre de l'élan, mais peut-être que le problème se poserait pas, peut-être qu'il arriverait à les prendre un par un dans la rue, c'était le seul moyen de toute façon, ici seul contre tous il était foutu, fallait qu'il les prenne un par un, au moment voulu, qu'ils aient pas le temps de comprendre ce qui leur arrive avant d'avoir sa lame sur la gorge. Il avait repris son souffle et ratissé le toit, mais il s'attarda quelques minutes encore pour savourer sa vengeance par anticipation, il imaginait déjà un de ces enfoirés pendu au-dessus du vide, il le laissait gamberger comme ça, regarder en bas en pissant dans son froc, mort de trouille, et Bobby se marrait, puis lui relevait la tête pour que le mec le voie bien en face, une bonne fois, qu'il sache bien qui il était, voie bien le visage de celui qui allait lui offrir le baptême de l'air en chute libre comme Maria, mais avant il lui défoncerait la gueule comme ils avaient fait à Maria, il le charcuterait tellement que le mec le supplierait de le lâcher mais il continuerait à le démolir, ce pourri, cet enculé... ils allaient payer pour ce qu'ils avaient fait à Maria, bande de crevés, vous allez payer SALAUDS D'ENCULÉS ! Pourquoi que vous avez fait ça ? Enculés... Elle était si douce... si gentille. Elle riait et j'étais tellement bien avec elle – assis sur le bord du toit, regardant le macadam fissuré tout en bas, la tête penchée, les bras sur les cuisses – Elle était si drôle des fois. Elle rigolait pour un rien et elle aimait tellement rigoler… Ptain ! Pourquoi qu'y t'ont fait ça baby ? Pourquoi qu'y t'ont tuée ? T/étais tellement super et t/étais ma meuf y avaient pas ldroit dte baiser comme ça Oh putain ! ! ! ! Oh Maria, pourquoi que t/as sauté par ste fnêt ? Qu'ess y s'est passé baby ? Si seulement j'avais été là pour te retenir… Oh baby… Les larmes formaient des ronds noirs entre ses baskets sur le ciment, elles coulaient lentement le long de ses joues, pendaient un moment puis tombaient sur le toit à côté des autres. Bobby les regardait éclater sur le sol anthracite, se répandre et se figer jusqu'à ce que la crasse les absorbe, il savait que c'était une erreur de lanterner ici, à chialer, sans défense, incapable de voir à plus d'1 mètre à cause de la buée qu'il avait dans les yeux, mais il était collé sur place, il pouvait pas bouger parce que, s'il bougeait, s'il cessait de regarder ses larmes tomber de la hauteur vertigineuse de son visage sur le sol entre ses pieds, alors peut-être qu'il n'entendrait plus jamais la voix de Maria, et là maintenant planté sans défense au milieu du danger qu'il avait essayé d'éviter, il entendait sa voix… sa voix de gentille fille qui lui disait ces gentillesses qu'elle disait toujours, qu'elle murmurait parfois à son oreille, comme elle savait faire, et il entendait pas seulement sa voix, il sentait son souffle contre son oreille, et le bout de sa langue quand elle lui titillait l'oreille avec la langue en rigolant, et il ferma les yeux et l'écouta, et la sentit, et la vit marcher dans la rue à sa rencontre, souriante, avec un signe de la main, sautiller et se jeter dans ses bras pour se pendre à son cou, si jolie, si gentille qu'il restait cloué sur place, qu'il pouvait pas s'en aller parce qu'il reverrait peut-être jamais cette image, elle pouvait disparaître et ne jamais revenir et il voulait pas courir ce risque, alors il resta assis sur le bord du toit, les yeux fermés, pleurant, jusqu'à ce que les bruits de la rue qui montaient dans l'air et le ciel le forcent à rouvrir les yeux, et il battit des paupières, s'essuya la figure d'un revers de main, redressa la tête, regarda autour de lui, tendit l'oreille pour s'assurer qu'elle était vraiment partie, puis se leva et descendit dans la rue.

Il s'arrêta dans l'ombre de l'escalier de secours, appuyé contre le mur, encore un peu désorienté quoique sachant où il était et sachant qu'il n'avait rien à faire là, qu'il y avait des tas de gens qui le connaissaient dans ce bloc, que d'une seconde à l'autre quelqu'un pouvait passer par là et le reconnaître et aller le répéter à un copain, et pourtant il prenait racine, il arrivait pas à se décoller du mur, malgré toute sa volonté, c'était comme s'il était paralysé et

tout à coup la porte de l'immeuble s'ouvrit à la volée, juste à quelques pas, et un môme sortit en courant, tomba en arrêt, se retourna et regarda Bobby en arrondissant les mirettes, bouche bée, et Bobby commença à se maudire, il savait que Sheltin n'était pas menaçant mais il se maudissait à mort et s'il avait pu il se serait donné des coups de pied au cul tellement il se trouvait con, et il était trop tard pour se planquer alors il sourit, fit un petit signe de la main à Sheltin et décarra en espérant que Sheltin fermerait sa gueule assez longtemps pour lui laisser le temps de mettre les voiles et après avoir tourné le coin il tendit l'oreille mais n'entendit que les bruits habituels de la rue et piqua un sprint jusqu'à la rue suivante et s'enfonça dans une impasse qu'il connaissait bien, terminée par un immeuble plein d'ombres où il s'arrêta une minute pour reprendre son souffle, puis continua en marchant le plus vite possible, en rasant les murs, en suivant les ombres, en se maudissant de plus en plus de s'être laissé surprendre comme un bleu, maintenant tous les copains sauraient qu'il était de retour et, à l'heure qu'il était, même les bics devaient être au parfum et il avait intérêt à se manier le cul pour rentrer chez Mushie, et il accéléra le pas, trottina, courut jusqu'à ce que le silence l'entoure et que les sons urbains ne soient plus que de lointaines bribes. Il s'assit sur un baril cabossé, toujours dans l'ombre, et reprit son souffle, tellement furax contre lui-même que toutes ses douleurs se réveillaient, qu'il avait la poitrine en feu, ça faisait un bail qu'il avait pas couru si vite et si longtemps, une preuve de plus qu'il traînait une sérieuse méforme même s'il commençait à se remettre et qu'il fallait qu'il bosse encore au lieu de jouer au con comme ce soir, et il dodelina de la tête, piteux, incrédule jusqu'à ce que sa respiration redevienne régulière et alors soudain il comprit qu'il s'était gouré, que ce qui venait de se passer était excellent au contraire, absolument excellent. Les bics sauraient qu'il zonait dans le quartier et voulait leur faire la peau, et Sheltin était le messager idéal pour répandre la nouvelle passque toulmonde y sait kc'est pas un pote à moi, c'est qu'un voisin… ouais… ouais… Ptain ! ! ! ! C'EST LE PLAN D'ENFER ! ! ! ! SUPER ! ! ! y vont penser que jsuis un fantôme ou jsais pas quoi, lmec qu/apparaît juss pour faire un ptit sourire à Sheltin hop et qui disparaît… ouais, ptain ça va leur mett la trouille du siéc – Bobby éclata de rire et fit un bond – Jvais rôder dans lquartier dtemps en temps comme ça, faire un sourire con au premier pante qui passe et tchao jdisparais comme un fantôme. Bobby leva le poing en signe de victoire et mit le cap sur le q.g. de Moishe en roulant des mécaniques.

La mère de Maria grimpa l'escalier, les jambes lourdes, le corps las, l'angoisse en tête. Un jour de plus s'achevait, une nouvelle nuit couvait. Au travail, sa tête fonctionnait… grâce à Dieu elle avait besoin de concentration… *si*, grâce à Dieu. Mais l'esprit est toujours anxieux. Oui, la tête fonctionnait… mais la tristesse, le désespoir et le chagrin éternel lui glaçaient l'estomac et discouraient dans son cœur, Oh Maria, Maria… Sainte Mère de Dieu où est mon bébé, où sont ses yeux pétillants et – NON,

NON!!! Assez. J'accepterai ce que Dieu m'a donné. Inutile de demander plus. Il me suffit de monter les mêmes marches que mon bébé escaladait et dévalait en courant et en criant avec ses amis, en riant, en ouvrant les bras à sa maman. Ô Sacré Cœur, je monte ces mêmes marches, dans les pas de mon bébé, vous sentez ce petit ange ? vous sentez mes pas dans les siens, mon cœur qui bat dans – Isabella s'arrêta devant la porte de son appartement. Autour d'elle un bruit perpétuel. Un bruit fort ? Plus fort que la tristesse de son cœur ? Du bruit... du bruit. Le caquetage des voisins et de la télé pouvait-il étouffer les cris d'un esprit supplicié... d'un cœur supplicié ????

Sa mère était devant l'évier. Les enfants avaient mangé et vaquaient à leurs affaires. Isabella s'assit. À table. Soupira-t-elle dans le mouvement ? Peut-être... peut-être. Le tic-tac d'une horloge quelque part lui fit lever lentement le menton. Mais le tic-tac ne pouvait pas la forcer à sourire. Les enfants ont mangé... merci maman.

Tu vas bien ?

Ils font leurs devoirs ?

Oui. Et toi ?

Moi ? – l'œil fixe.

Isabella haussa presque les épaules... regarda presque sa mère.

La vieille femme s'essuya les mains et remplit une tasse de café qu'elle posa doucement devant sa fille. Isabella contempla la tasse. Sa mère s'assit.

Enfin Isabella leva la tête et regarda les mains de sa mère... Tu peux rentrer à la maison si c'est ce que tu veux maman.

À la maison ?

Dans l'Île, là où tu es née, où nous sommes nées.

Là où nous sommes nées. Oui, depuis des centaines d'années nous naissons et sommes enterrées là-bas. Nos ossements prennent de la place. Beaucoup de place.

Isabella regarda les yeux de sa mère, puis au fond de ses yeux… Il y a de l'histoire là-bas. Oui… Tu as si souvent dit que tu voulais quitter cette folie.

Oui… souvent – La femme ferma les yeux un moment, la tête inclinée – Oui, sans doute souvent j'ai dit que je voulais quitter cette folie. Mais mon sang est ici. Puis-je quitter mon sang pour des ossements, même si la brise de l'océan murmure à mon oreille ? Non, je ne pense pas Isabella. Je dois rester près de mon sang. Il y en a encore 2 à élever. Le sang passe encore… toujours… non ?

Si maman… si… toujours. Mais – les épaules d'Isabella s'affaissèrent. Silence. Finalement la vieille femme tendit les mains à travers le chagrin vers la tasse d'Isabella et la poussa gentiment devant sa fille.

Moishe se rendait compte qu'il était de plus en plus nerveux chaque fois que Bobby partait pour « repérer le territoire ». La glace, la sauce au chocolat, les câlins de la chatte, rien n'y faisait. Ça le détendait peut-être un peu, mais à la fin c'était toujours pareil, il ne tenait pas en place, s'asseyait, se levait, se rasseyait, se relevait, allait dans une pièce, revenait dans une autre, écoutait la radio, écoutait un disque, lisait, mais quoi qu'il fasse, ou ne fasse pas, c'était toujours à Bobby qu'il pensait, il avait beau essayer de s'occuper à trente-six choses, il ne pouvait pas s'empêcher de penser à Bobby, à ce qu'il faisait, à ce qu'il projetait de faire, Et c'est qu'un gosse, juste un gosse, un jeune garçon qui devrait pas avoir ces idées-là… Mais qu'y avait-il de nouveau sous le soleil ? Est-ce que toutes les générations n'avaient pas depuis toujours entraîné leurs jeunes garçons à tuer ? Et puis est-il si jeune que ça ? Est-ce si différent d'une guerre ici ? ? ? et Moishe secouait la tête d'effarement, quel monde était-ce ?

T/ES MALADE SOL

– debout tout près de lui, penché en avant, à quelques centimètres de son visage – T/ES MALADE ! ! ! ! – les yeux exorbités, la face rougeaude et boursouflée de rage, le corps tendu à craquer, les mains happant le vide à la recherche de quelque chose à serrer, à étouffer, à tordre, à étrangler à mort, congestionné, salivant, postillonnant dans les yeux de Klaus qu'il serrait de plus en plus fort, mais pas trop pour qu'il ait le temps de souffrir, de déglutir la souffrance dans son sale gosier, la souffrance qu'il lui avait fait endurer, à lui et à sa famille, alors il accentuait la pression progressivement, juste ce qu'il fallait pour voir ses yeux crier grâce, voir la supplique muette de ses lèvres tremblantes, les secousses impuissantes de ses bras ballants, entendre ses ligaments, ses muscles, ses tendons et ses os craquer, les sentir palpiter entre ses mains, et jubiler, jubiler de le voir crever lentement, pas à cause d'une maladie, de la sentence d'un tribunal ou d'un dieu vengeur, mais par sa volonté à lui, Werner Schultz, à la fois juge, jury et dieu, et bon sang que c'était jouissif de lui faire cracher son venin, c'était une fête pour toutes les fibres de son corps de donner la mort à cette pourriture, et une mort lente, Oh que cette lenteur était admirable, Oh qu'elle était douce pour lui l'agonie de cet homme haï entre tous, plus haï que les gardes frappeurs et fourbes, plus que les officiers vicelards et tueurs… même plus encore que Dieu qui avait permis ces horreurs,

et quand les yeux de Klaus se vitrifièrent, quand l'asphyxie affala ses bras, il sut qu'il tuait le diable en personne, l'incarnation du mal universel, relâcha sa gorge pour faire durer le plaisir, contempla les soubresauts de son corps flageolant secoué de spasmes par le soudain influx de l'air, écouta les râles graillonner dans sa glotte, regarda ses yeux s'agrandir dans son dernier effort pour gober de l'air, faire entrer de l'oxygène dans son sang infesté de gaz carbonique, puis lorsque sa respiration retrouva un rythme plus normal et qu'il put bouger un peu, Werner se pencha sur lui, tout près de sa figure et souriant avec toute la haine emmagasinée en lui dit d'une voix claire intelligible et sonore, Je te hais enfant de salaud… Je vais te tuer mille fois… desserrant lentement les mains, attendant le cri de Klaus, son cri rauque comme le grincement d'un tuyau écrasé, un cri sorti des tripes de la terre, puis resserra pour couper le son et jouir à nouveau du spectacle de sa terreur, de sa reddition impuissante, et Moishe riait, fort, très fort, de plus en plus fort, raillait l'impuissante résistance de Klaus, en jouait, desserrant les mains de temps en temps puis les refermant et serrant serrant – riait riait serrait riait…

FOLIE SOL… CE QUE TU ME DEMANDES EST FOLIE – reprenant conscience, immobilisé par la rage, tout près d'exploser, étranglant le vide de ses mains, penché au-dessus du visage de Sol qui le regardait avec compassion et compréhension, Moishe poussa un cri soudain et se mit à boxer le pilier de bois, puis se tut, arc-bouté sur le pilier, raide de désespoir, et sanglota, et à nouveau Sol l'étreignit en disant simplement, Tout va bien mon ami… tout va bien… lui frottant les épaules jusqu'à ce que Moishe s'effondre dans ses bras et mouille de ses larmes le tissu rayé de sa chemise et que ses propres larmes mouillent le tissu rayé de la chemise de Moishe, l'étreignant, lui répétant doucement à l'oreille, Tout va bien mon ami… tout va bien…

Bobby avançait toujours d'un pas sautillant à travers les décombres, le long des immeubles abandonnés et décrépis, contournait les trous, enjambait les tessons de bouteille et les ferrailles, évitait les fils métalliques qui pouvaient s'enrouler autour de ses chevilles ou cisailler ses baskets, et assurait assez bien dans l'ensemble, presque aussi bien que dans son quartier, sinon mieux, vu qu'il était obligé de se méfier de tout ici, et donc il tricotait des guibolles en souplesse, confiant, bien dans sa peau, parce qu'un plan prenait forme dans son esprit et qu'il pouvait désormais se fixer un programme : pointer le nez de temps en temps dans le quartier pour se montrer et laisser les bics mariner dans la sueur froide en attendant de les coincer séparément à 1 contre 1, Oh putain lpied – et il louvoya à l'aise dans les gravats, s'arrêtant à l'occasion pour collimater le périmètre mais beaucoup moins souvent, jusqu'à l'escalier menant au sous-sol de Moishe, trouva facilement la lampe torche et se fraya un chemin dans l'obscurité, mais lentement cette fois parce qu'il savait maintenant que c'était piégeux, qu'il s'agissait pas de rater un tournant parce que tu risquais de te paumer pour toujours et de finir en bifteck pour les rats et ça pas question, nourrir les rats c'était pas son genre, il préférait les voir crever, et il consultait son plan de temps en temps, juste pour vérifier après coup s'il avait pris la bonne direction et rigolait doucement en constatant qu'il avait vu juste, de plus en plus sûr de lui parce que maintenant il avait une stratégie, savait comment se sortir de ce piège et commençait à accumuler des forces, il le sentait dans ses os autant que dans ses muscles, et bientôt il prit le dernier tournant et vit une lumière mais au lieu de paniquer il sourit parce qu'il savait que c'était Moishe et il l'appela et Moishe répondit et quand il arriva à sa hauteur il lui tapa sur l'épaule, en souriant encore plus, Qu'ess tu fous là Mush ?

J'ai pensé que t/arrivais et je suis venu à ta rencontre – haussant les épaules – je sais pas, une idée comme ça.

Trop feignant pour vnir mchercher à l'entrée, hein ?

Moishe sourit, Je me dis il est temps que tu trouves le chemin tout seul.

Bobby rigola, Ah ouais et si jmétais paumé qu'ess t/aurais fait hein ?

Moishe ricana et lui tapa sur l'épaule, Je savais que tu trouverais.

Bobby acquiesça, Tout juss Mush… Mais qu'ess on fout là dbout dans lnoir ? On rente à la maison.

Moishe approuva, ouvrit le verrou et ils entrèrent. Destination : la cuisine. Direct. Bobby s'assit et Moishe remplit 2 bols de glace et de sauce au chocolat. Bobby était si excité, si euphorique que Moishe pouffa, Alors…

Je vais tdire Mush, j'arrange le coup en pro comme les mecs dlancien temps dans la montagne que j'ai vus à la télé. Je rpère toul secteur jusqu'ass je rconnais chaque centimèt les yeux fermés. Comme Wyatt Earp avec tous ces tireurs autour dla ville, tsais ?

Moishe sourit et haussa les épaules, Je suis pas un gangster moi qu'est-ce que j'en sais ? Wyatt Earp ? ? ? ?

Bobby se marra, Tvois Mush c'est ça ton problème. Tu connais pas l'histoire mec. C'est passque t/as pas la télé. Tu peux pas savoir les trucs importants si t/as pas la télé.

Moishe se mit à manger sa glace en souriant, sans rien dire, et Bobby éclusa la sienne à toute allure en faisant cliqueter sa cuiller contre le bol, Alors qu'ess t/en penses Mush, c'est pas une bonne idée… Jvais les rende fous ces bics.

Moishe avala sa tristesse avec une bouchée de glace et acquiesça, et Bobby continua à s'enthousiasmer sur son projet, Moishe approuvant d'un signe de tête à l'occasion. À la fin Bobby cessa de parler et s'adossa, à la limite de l'évanouissement, Jvais mpieuter Mush, jsuis cuit. Faut que je ress en forme. Besoin dsommeil. À dmain mon frère.

Dors bien.

Moishe resta à table après le départ de Bobby, en se répétant qu'il devait s'en tenir à l'aimer… contente-toi de l'aimer Werner… contente-toi de l'aimer.

Le lendemain Bobby se réveilla toujours aussi excité par son projet. En y réfléchissant il le trouvait même encore mieux que la veille. Une petite guerre psychologique contre ces connards, l'idée lui semblait impeccable, le mettait en confiance et lui fila un supplément de tonus quand il attaqua ses exercices… en dodelinant de la tête parfois pendant l'effort comme pour chasser une pensée.

Moishe remarqua qu'il n'entendait plus Bobby s'entraîner. Il écouta en silence, assis à table, puis reprit son petit déj. Soudain Bobby était debout devant lui, luisant de transpiration, le visage grave, Qu'ess ça veut dire ces conneries sur la haine ?

Moishe le toisa, perplexe, essayant de saisir le sens de sa question pour trouver une réponse.

Tsais bien sque jveux dire Mush, quand tu racontes que la haine at détruit toi-même.

Moishe comprit mieux, leva la tête, Ah…

Qu'essé ces conneries – de plus en plus indigné – Qu'ess tu débloques mec ?

Moishe haussa les épaules, les paumes tournées vers le haut, Ça veut dire que la haine reste toujours à l'intérieur comme… comme… comme un cancer et qu'elle te détruit.

Ouais ben moi am tuera pas. J'ai la haine cont ces enculés et rien m'empêchera d'avoir encore la haine même quand jles aurai séchés. T/as pigé mec ?

Moishe essaya de contenir sa tristesse, mais c'était impossible, Ya, je sais ce que tu ressens – hochant la tête avec respect et compréhension – je sais ce que ça fait Bobby.

Meeerde, y a personne qui sait sque je rsens – Bobby dévisagea Moishe, incapable d'achever sa phrase, incapable même d'achever sa pensée…

ils se regardèrent le temps d'un battement de cœur, de dix, de cent battements de cœur, et sur le visage de Bobby se refléta sa lutte intérieure, sa volonté désespérée de croire, d'affirmer que personne… PERSONNE ! ne savait ce qu'il ressentait, combien il en avait marre non seulement des bics mais du monde entier, comment des fois il se sentait englué dans le bitume, le macadam noir des rues, les rues couvertes de merde, de crachats, de pisse, de cambouis, de crasse, d'ordures, avec des fois un corps dessus, que PERSONNE ne savait ce que ça faisait de se faire humilier, laminer, écraser parce que t/es noir, passque t/es pauv, passque t/es… rien que passque t/es… et plus il regardait Moishe plus sa rage montait et il croyait qu'il allait exploser, n'avait aucun moyen d'évacuer l'énergie qui s'accumulait en lui et s'il n'arrivait pas à trouver les mots pour justifier ces sentiments qui le consumaient il allait exploser, et sa tête branla et des gouttes de sueur jaillirent sur son front et brusquement il s'effondra sur une chaise et ferma les yeux et s'attrapa la tête…

et pendant tout ce temps Moishe se remémora le regard compatissant de Sol, espérait avoir le même maintenant, essayait de faire taire l'atroce douleur de son cœur pour ne pas interférer dans le droit de Bobby, oui son droit de faire ce qu'il avait à faire, d'apprendre ce qu'il avait à apprendre, et comme toujours il aurait voulu tendre la main vers lui et d'un geste magique éradiquer toute souffrance de sa vie, mais il ne parvenait même pas à se rappeler un conte de fées où ça se passait comme ça. Même pas un. Il y avait toujours l'épreuve, la leçon, la victoire qu'il fallait remporter sur soi-même, alors Moishe consacrait son énergie à se remémorer le regard de Sol, à se remémorer qu'il n'y avait pas de différence entre lui et Bobby. Il avait survécu au camp, survécu à sa haine, et espérait dans le plus profond de son cœur que Bobby survivrait aussi, ferait mieux que survivre, surmonterait sa haine…

et à la longue Bobby redressa la tête et regarda Moishe, s'essuya la figure avec les mains, considéra longuement le visage de Moishe, entendit le toc-toc de son cœur, entendit chaque souffle qui entrait et sortait de son corps, se fondit dans les rythmes de son corps et l'expression du visage de Moishe…

Jdis pas ça cont toi Mush, mais j'ai la haine et si ça doit mtuer eh ben kça mtue, mais jte jure que jles aurai tués avant…

Il y eut un nouveau silence, chacun attentif à la respiration de l'autre…

Ya… acquiesçant de la tête – Ya… Toujours amis. Alors…

Enfin Bobby se leva lentement, Jvais prende une douche Mush, jveux pas kces bics ym sentent venir de loin – et il se força à sourire avant de quitter la pièce. Moishe le regarda sortir et soudain l'odeur de mort du camp lui piqua les yeux et il se redressa en sursaut et chassa ces pensées, Assez, assez. Je devrais plutôt aller lui préparer un bon breakfast et me reposer la tête. À tes fourneaux Werner… à tes fourneaux.

Bobby continua ses excursions nocturnes dans le quartier. Quelquefois il s'y rendait 3 ou 4 nuits de suite, avec quelques jours de battement, puis juste 1 nuit de temps en temps, en s'arrangeant éventuellement pour qu'un même gonze le voie 2 nuits d'affilée, des fois 3, mais le plus souvent avec au moins 1 nuit d'intervalle et en veillant toujours à varier les apparitions pour qu'on sache pas où et quand il allait se montrer la fois suivante. Il fallait jouer serrer et faire gaffe que les bics le prennent pas à son propre piège, se mettent pas à l'affût quelque part pour lui tomber sur le cul. Il savait pas exactement depuis combien de temps il créchait chez Moishe mais au jugé ça devait faire dans les 2 mois vu qu'il était en route pour le bahut le jour où ça s'était passé. Et il commençait à faire du muscle. Tous ces trucs que lui filait Moishe, ces vitamines et tout ça, et la bouffe, ça lui donnait la pêche et les exercices marchaient bien, vraiment bien, il voyait ses muscles grossir. Et il rechignait pas à la tâche. Au début ça lui avait fait tellement mal qu'il en avait chialé, mais maintenant c'était autre chose. Ça faisait toujours mal mais pas pareil et quand il terminait il pétait le feu, il s'était jamais senti aussi en forme de sa vie. C'était une sensation nouvelle, de légèreté, de force, une sensation physique de sécurité. Quand il marchait dans les rues, il était un autre homme. Et quand il avait pris sa douche et cassé la graine, il avait l'impression de sortir d'un fou rire, quelque chose dans le genre, enfin c'était l'effet que ça lui faisait, ça gazait.

Sauf quand il se mettait à penser à ces histoires de Moishe, là, ça le déphasait ce truc-là, il y avait quelque chose qui coinçait, mais il lui suffisait d'imaginer la gueule des bics quand il les saignerait l'un après l'autre pour que son moral remonte, et alors il était requinqué, il oubliait tout le reste.

De temps en temps il se surprenait à jeter des regards obliques quand il retournait dans le quartier, et il s'arrêtait net, se planquait dans l'ombre la plus proche et gaffait bien partout pour s'assurer que personne ne lui filait le train. Il restait absolument immobile pendant quelques instants, se fondait dans le mur derrière lui, dans les ombres, scrutait minutieusement les alentours, surtout les porches et les impasses d'aspect anodin, et les fenêtres, les escaliers de secours et les ombres, toujours les ombres, pour être bien sûr que personne ne le matait en loucedé dans le noir. Et chaque fois qu'il faisait ça, chaque fois qu'il se reprochait d'avoir pris les choses trop à la coule, d'avoir oublié l'enjeu, à savoir sa propre peau ! il se plaquait le dos contre le mur et se disait que s'il continuait à jouer au con il allait bientôt finir plus mort qu'une tranche de bœuf parce que les bics attendaient que ça : le surprendre en vadrouille pépère comme s'ils étaient pas là pour le tuer et lui pour les tuer. Il connaissait leur territoire, les rues où ils se croyaient peinards, et il les guettait. Ils imaginaient pas une minute qu'ils pouvaient se faire attaquer par un mec seul dans leur propre secteur, et c'était là qu'ils se gouraient. Il avait un énorme avantage... lui il savait où ils étaient, eux ils savaient pas où il était. C'était du 4 contre 1, mais il les prendrait par surprise ces pauvres pommes – et vite il chassa cette idée, fallait pas sous-estimer l'adversaire, s'il les considérait d'avance comme des nœuds, ce serait lui la pauvre pomme dans l'affaire. Han han, t/inquiète, jvais pam laisser berlurer comme un bouffon.

Une nuit il vit Raul et 2 autres devant une bodega avec leurs meufs et il décida de les espionner... en évitant de prendre trop de risques vu que c'était quand même leur turf. Il suivit la rue jusqu'au boulevard, traversa, prit par l'est et revint par le nord dans une rue parallèle à la leur, puis s'enfonça dans une ruelle étroite qu'il avait déjà repérée plusieurs fois depuis les toits et au niveau du sol. Comme toujours il rasa le mur, ici le mur sud parce qu'il n'avait pas de portes susceptibles de cacher un embusqué, elles étaient toutes dans le mur nord et il les avait toutes repérées, savait déjà lesquelles étaient généralement ouvertes, une précaution indispensable en cas de décarrade précipitée. En outre la ruelle donnait sur 2 impasses très étroites, tellement étroites qu'on pouvait pas les voir si on les connaissait pas. L'une menait à une cave avec deux issues vers la rue, nord et est, l'autre se terminait par une première palissade qu'il pouvait sauter facile, puis une deuxième pas haute non plus et enfin une cave qui avait aussi une issue sur la rue. Il marcha lentement, l'œil toujours mobile, et quand il arriva à quelques pas de la rue il entendit leurs voix puis vit Raul qui se collait contre sa meuf, qui lui caressait le dos et se marrait et soudain la rage enflamma Bobby, la sueur suinta sur sa face et son corps, il vit rouge, se laissa tomber contre le mur, souffla, essaya d'assagir sa respiration… de rester calme, de résister à l'impulsion de ses muscles, aux appels qui hurlaient dans sa tête. Il savait qu'il pouvait couper la gorge de Raul avant qu'ils aient le temps de comprendre ce qu'il leur arrivait, et peut-être en crever un autre dans la foulée, mais il se ferait courser et il aurait aucune chance et il allait pas se laisser niquer par ces enculés. Il respira lentement comme Moishe le lui avait appris et observa, en silence, en se répétant que tant qu'il gardait son sang-froid il les tenait par la peau des couilles, alors il continua à respirer lentement, profondément, jusqu'à ce qu'il retrouve son calme, puis il ramassa une bouteille de pinard vide, tourna plusieurs fois sur lui-même pour se donner le vertige et sortit de la ruelle en titubant comme un pochetron essayant de marcher droit, passa à quelques mètres de Raul et des autres et continua vers le nord, puis tourna à l'est au coin, fit le tour du bloc au pas de course et revint à l'endroit où il était quand il les avait aperçus, quelques petites minutes de trotte, pas plus, et ils étaient toujours là, à fumer, à vanner, à se marrer, à se peloter… et Bobby observa, froidement, avec toute la haine dont il était capable, mais sans oublier de faire gaffe. Il observa jusqu'à ce qu'il sente que le moment était venu de mettre les voiles, revint sur ses pas en se faufilant dans les ombres et rentra à la maison.

Il était encore tout excité le lendemain soir quand il alla se promener avec Moishe. Ils s'arrêtèrent au bord du fleuve. Il y avait suffisamment de circulation sur l'eau pour que le spectacle soit intéressant : de petits bateaux de plaisance, des remorqueurs avec et sans barges, des chalands, des vedettes et quelques autres que Moishe ne sut pas identifier. Bobby n'était venu là qu'en de très rares occasions et n'était pas familiarisé avec les noms des différents types d'embarcations, alors il écoutait les explications de Moishe sur leurs fonctions et emplois. Ça l'intéressait modérément, mais il aimait bien écouter Moishe parler, avec cet accent et ces drôles d'expressions qui le faisaient marrer. Il pouffait, l'humeur encore soûle de la veille, à cause de ce sentiment de puissance qu'il avait éprouvé en passant à côté de ces enculés, déjà impatient de retourner dans le quartier mais jugeant qu'il valait mieux laisser filer 2 nuits pour pas perdre son influx nerveux, et ne se rendait pas compte qu'il rigolait ouvertement.

Moishe se tut et le regarda, Alors… ce soir tout est drôle ?

Bobby secoua la tête, Non Mush, em sens bien, jsuis cool.

Tellement cool que tu rigoles quand je parle… Je dis bonjour, tu rigoles, je dis au revoir, tu rigoles. Je dis ce bateau va vite, tu rigoles – Moishe haussa les épaules et sourit – c'est ça être cool ?

Bobby se bidonna et secoua la tête, Non mec, mais des fois tu parles drôle, c'est tout.

Ah… je parle drôle ? Je parle pas anglais ?

Si mais… comment… c'est pas dlanglais comme nous. Ça sonne pas juss Mush.

Je parle faux ?

Ah, tsais bien, c'est staccent Mush. Tu parles pas normal comme les aut.

J'ai un accent moi ?

Ils se regardèrent, en souriant de plus en plus, puis éclatèrent de rire ensemble et Bobby secoua la tête en comprenant que Moishe le faisait marcher et il topa.

Ils restèrent assis au bord de l'eau, silencieux et mangeant des fruits, mais Bobby ne cessait de sautiller sur le banc. Au bout d'un instant Moishe lui demanda ce qu'il avait à chicoter comme ça ?

Chicoter ? Qu'esssa veut dire ?

Chicoter… comme si t/avais du poil à gratter dans le slip. Tu tiens pas en place.

Bobby rigola, Gigoter – secouant la tête – Ptain Mush tum fais trop marrer des fois.

Alors ? ? ? ?

Jvoulais traconter, j'ai vu les bics l'aut soir… et jsuis passé juss à côté, y ont vu que du bleu.

Moishe regarda Bobby, le visage complètement inexpressif, et Bobby lui parla de la nuit dernière. Moishe était fasciné par la complexité et l'ingéniosité du plan de Bobby, et il se laissait prendre par le récit, oubliant presque par instants qu'il ne s'agissait pas d'un jeu d'enfants mais d'une lutte à mort.

Donc en gros jcrois jsuis prêt Mush. Un moment ou un aut c'est sûr jvais en choper 1 tout seul dans la rue. Y a sûrment des tas dgens qu/yeur ont dit qu'y m'ont vu et y doivent se dmander sque jmaquille. Doivent faire dans leur froc… c'est sûr. Quand tu mets la pression sur un mec, y finit toujours par faire une connerie… et y ont la pression, jte ldis… Alors qu'ess t/en penses Mush, jsuis prêt ?

Moishe se sentit blêmir, le regarda, éperdu, essaya de hausser les épaules mais son corps frissonnait, ne pouvait se résoudre à prononcer les mots qui se formaient dans sa gorge, ne pouvait supplier Bobby d'oublier sa haine…, T/as l'air costaud… Ya, ya, t/as l'air costaud.

Un peu Mush. Avec tout la muscu que jfais. Merde, ça fait combien que je m'entraîne, pas loin de 2 mois, hein ?

Ya, ya, des mois.

Bobby parut surpris, puis sourit à nouveau, Ptain ça fait longtemps qu'on sconnaît Mush – regardant soudain Moishe avec sérieux, reconnaissance, sincérité – T/es un bon copain Mush. Y a pas, j'étais dans un sale état quand tu m'as trouvé, c'est sûr. Jem rappelle. Ptain j'étais tout déclavté, comme si j'avais tout qui déconnait en ddans.

Moishe eut un sourire gêné, rougit un peu, haussa les épaules, Je…

Jem rappelle comment que j'allais pas quand j'ai descendu dans ta cave. Jcroyais que j'allais crever. Jpouvais pu respirer. Pu bouger. Rétamé que j'étais. Jcroyais que j'allais crever et mfaire bouffer par ces enculés de rats. J'espérais êt mort avant qu'y commencent am bouffer.

Moishe bichait, Je vois encore comme tu étais, je me demandais quoi faire. Pas de docteur, qu'il disait. Pas d'hôpital. J'ai été un peu fou d'essayer de te retaper moi-même.

Mais t/as réussi, frère. Mieux que les urgences de l'hosto. J'ai eu du pot dmen tirer vivant. Comment que t/as appris tous ces trucs Mush ?

C'est pas sorcier. Quand j'étais petit pour Noël j'ai eu une panoplie de docteur… dans les 8 ans j'avais, et depuis j'ai toujours joué au docteur – et Moishe éclata de rire et Bobby le regarda, perplexe, puis comprit et se mit à rire avec Moishe, côte à côte sur le banc dans la fraîche tranquillité d'une nuit de fin d'été, avec peu d'étoiles dans le ciel mais sur le fleuve les lumières mouvantes des bateaux qui faisaient comme des diamants, des rubis, des émeraudes… et ils continuèrent à rire, penchant l'un vers l'autre, de plus en plus, jusqu'à s'étreindre, mutuellement imprégnés de leurs émotions réciproques, dans une proximité que Bobby n'avait jamais connue auparavant, qu'il n'avait jamais soupçonnée, une interpénétration d'amour et de gratitude de l'un à l'autre et de l'autre à l'un. Ils regardèrent le fleuve et les lumières sur la rive d'en face, habités par un sentiment d'unité qui passerait comme tout le reste mais qui pour l'instant, là maintenant, tempérait les souvenirs pénibles et faisait croire que tout était possible. C'était comme un pétillement intérieur qui les détendait, les apaisait et bientôt une envie de hot-dog trotta dans la tête de Bobby, et il pensa à la glace qu'il partagerait avec Moishe au retour à la maison et il s'étira, fit jouer son cou et ses épaules, puis regarda Moishe, Qu'ess y t'a dit lmec ?

Hmmmmm ?

Tu sais, lmec dans lcamp qui t'a aidé. Qu'ess y t'a dit ?

Oh, Sol. Ya, Sol – Moishe observa Bobby un instant, cherchant quelque chose à répondre. Il inspira profondément et s'imposa de parler avec son cœur – Pourquoi cette question maintenant ?

Bobby haussa les épaules, Jsais pas Mush. J'ai envie dsavoir ce qu'y a dit, c'est tout. J'ai pas réfléchi, ça m'est juss sorti comme ça.

Bobby s'adossa en attendant que Moishe réponde, sachant qu'il le ferait quand il aurait mis de l'ordre dans ses idées comme il en avait l'habitude avant de dire quelque chose. Donc Bobby attendait.

Sol est un homme si bon. Il fait toujours lui-même ce qu'il dit que je dois faire. Il fait jamais autrement que ce qu'il dit.

Genre il met son fric où il a la bouche, hein ?

Moishe réfléchit un instant, puis sourit, Ya, ya. Il met l'argent où il a la bouche. Ya – acquiesçant et pouffant – C'est bien dit, ya.

Bobby sourit et secoua la tête, T/es marrant mon frère – et attendit la suite.

Sol me dit que la haine me tuera plus vite que le camp. Regarde ce que la haine a fait à notre pays… ces camps ont été construits par la haine. Tu as vu les gardes mon ami, les « autorités », ils sont devenus fous, des animaux enragés… des carnassiers sanguinaires. Sol s'est tu une minute, puis il a dit, avec calme mais… tellement de force que je tremble encore quand j'y pense… il a dit : Accroche-toi à ta haine mon ami et tu deviendras ce que tu hais.

Bobby fit la moue, Là jsuis largué, mais qu'ess y a dit d'aut ?

Moishe hésita un moment, puis inspira à nouveau, Il a dit que je dois souhaiter le bonheur de Klaus, que – Bobby lorgna Moishe de travers, l'œil éteint, incrédule, regimbant – Y a dit quoi ? – avec de l'effarement dans le regard et la voix (Moishe plein de compassion sait que Bobby ne peut pas entendre ça maintenant mais sait aussi dans le fond de son cœur qu'il doit lui dire la vérité vraie, sans détour, que l'amour et le respect lui commandent de dire la vérité, que Bobby la mérite en réponse à sa question) – Il a dit tu dois – Bobby secoua la tête et

se leva d'un bond, alla jusqu'au parapet, regarda les eaux, secoua encore la tête,

essayait de gommer les paroles de Moishe, de les éradiquer de son cerveau, de son esprit, prenait de toutes ses forces la défense de sa haine et s'efforçait malgré tout, malgré lui, d'écouter ce que disait Moishe, et ça tempêtait dans son crâne,

et Moishe comprenait tout ce qu'éprouvait Bobby pour l'avoir éprouvé lui-même et s'en souvenir encore en dépit de tout le temps écoulé... s'en souvenir à chaque douleur près, à chaque souffle près... à chaque larme... mais il voulait laisser à Bobby le temps d'accomplir son propre chemin, s'appliquant seulement à effacer sa peur à force d'amour, à aimer Bobby... juste l'aimer...

Bobby se retourna en sursaut, légèrement courbé comme un lutteur guettant son adversaire sur le ring, mais les mains tendues derrière lui, accrochées à la rampe – Comment qu'y a pu dire ça ? Putaindbordel tut fous dma gueule ! L'aut enculé qui tpique ton taf et qui tfait coffrer dans un putain dcamp dconstration et qu/envoie péter tout ta famille et avec tout sque t/en as chié – montrant son tatouage – et tu dis ktu pourras jamais oublier – pivotant, s'arc-boutant à la rambarde, se balançant d'avant en arrière, secouant la tête, de haut en bas, de droite et de gauche – Ptain ! BORDELDE-MERDE ! ! ! ! BORDELDEPUTAINDMERDE ! ! ! ! – martelant la rambarde avec le tranchant de ses mains, puis tournoyant en tapant du pied comme pour enfoncer sa rage dans le pavé – Y est fou à lier smec ! ! ! ! Comment qu'y peut tdire ça Mush pendant kt/es dans ste taule pourrie ? ? ? ?

Moishe inspira profondément et dit avec toute la douceur dont il était capable, Il y était aussi Bobby. Dans le même enfer.

Mais c'était un vrai juif !

Moishe mit dans ses paroles tout l'amour de son être, Personne ne méritait d'être là Bobby. C'était le même enfer pour nous tous. Personne ne méritait d'être là… pas un homme… pas un animal… Personne sur terre Bobby.

Bobby toisa Moishe un moment, la tête vibrante de colère, la vue brouillée, Personne sur terre peut dire ces conneries ! Personne ! Toulmonde yt diront qu'y faut coincer stenculé et lui buter la gueule… et ltuer lentement. Ptain lmonde entier yt dira ça ! ! ! !

Moishe ne répondit pas tout de suite, se concentra en silence sur l'amour qu'il ressentait pour Sol et Bobby… et portait en lui… Tu es toujours d'accord avec tout le monde Bobby ? Tu penses que le monde a toujours raison ? – Bobby redressa brusquement la tête pour regarder Moishe en face – J'en ai rien à fout du monde mec ! C'est quand même des connеRIES ! ! ! ! – continuant à dévisager Moishe, mais incapable de soutenir son regard détournant finalement la tête, s'accrochant à nouveau à la rambarde pour se balancer d'avant en arrière…

Moishe l'observait toujours, en silence, puis reprit la parole avec la même tendresse, le même amour, Tu me poses une question… je te réponds. Je réponds toujours à tes questions, ya ? – Bobby se retourna et le regarda – Maintenant c'est moi qui te pose une question, Tu penses que le monde a toujours raison ?

À nouveau Bobby fut incapable de soutenir le regard de Moishe, cette expression de compassion et d'amour, et au bout d'un moment baissa les yeux vers ses pieds… puis à la longue releva la tête, considéra Moishe, haussa les épaules, secoua la tête, Non, jsais pas sil monde y a raison… n'empêche que c'est dla connerie dmerde en branches – et Moishe l'observait toujours, avec la même expression, et Bobby regardait tantôt ses pieds, tantôt Moishe… puis encore ses pieds, puis encore Moishe… puis finit par secouer la tête, Non, jpense pas que lmonde y a toujours raison. Jpense que c'est rin kdes enculés – secouant la tête avec force – une bande de salauds quim troueraient mon cul dnoir sur place rien que passque j'exiss. Non, jcrois pas que lmonde y a raison, oh putain non ! Mais c'est pas une raison pour ktu souhaites à stenculé dviv heureux ! ! ! merde ! Je lui souhaite d'en chier jusqu'au trognon moi… à mort ptain… Y a intérêt ! Le jour et la nuit que jlui souhaite ça, crève salope de pourriture ! ! ! ! – des secousses de rage parcouraient le corps de Bobby, qui se remit à tambouriner sur la rambarde, puis martela son crâne, puis encore la rambarde et finalement se laissa tomber sur le banc, abattu, la tête dans les mains.

Ils gardèrent le silence, Moishe résistant à l'envie de poser la main sur l'épaule de Bobby, sachant que ce n'était pas le moment… pas encore. Peut-être jamais. Peut-être que Bobby ne renoncerait jamais à sa haine. Peut-être qu'elle lui était venue trop tôt. Peut-être qu'il ne pouvait pas voir, pas connaître autre chose. Moishe ne savait pas. Il savait seulement que son cœur lui disait de ne pas bouger, de se taire, d'être là pour Bobby mais sans intervenir. Par désœuvrement il tripotait le sac du fruitier, dans lequel il n'y avait plus que des noyaux. Ça l'occupait, ça le détendait, ça le fit sourire, c'était dérisoire, comment pouvait-il trouver du réconfort dans le simple contact d'un banal cornet en papier brun contenant quelques noyaux de pêche ? fallait-il y voir un symbole ? le signe d'une profonde compréhension de la misère du monde ? ou au moins de celle de Bobby ? Non, il ne se laisserait pas prendre à ce jeu-là. Ce n'étaient que des noyaux de pêche, qu'ils avaient trouvées bonnes en marchant dans la rue, ils l'avaient dit et redit à chaque bouchée… et maintenant le sac vide était une agréable sensation entre ses doigts, voilà tout, fallait pas chercher plus loin. Bobby, et lui aussi, survivrait à cette nuit, à cette conversation… à cette angoisse… Et Moishe secoua la tête en soupirant intérieurement, toute cette véhémence pour quelques mots, Souhaite son bonheur… Tant de bruit pour ces quelques mots. Et pour un homme qu'il n'avait même jamais connu… Oh mon Dieu, tout ça pour un rien, parce que c'était rien, qu'y a-t-il de plus simple que ce vœu-là… ou de plus impossible ? Souhaite son bonheur… C'est à se demander… c'est fou… Je pense à Klaus et ça me fait ni chaud ni froid… Je dis que je lui souhaite d'être heureux et regarde ce qui se passe ? ? ? ? Comment veux-tu qu'on s'en sorte ? Est-ce que ça finira jamais ? On chasse, on blesse, on fait ce qu'on fait… ce qu'on a à faire. Ce que – assez, assez. Klaus est mort et morte est ma haine. Mais la haine de Bobby… elle tue à petit feu. Si jeune pour mourir de haine… Mais quel âge faut-il avoir pour mourir ? ? ? même lentement ? ? ? ?

Avec le temps Bobby ne trembla plus. Il inspira profondément, soupira, tout endolori (tout son corps lui faisait mal), commença à se détendre, se redressa lentement et contempla le fleuve pendant de longues minutes avant de prendre conscience de ce qu'il voyait, les bateaux, ou plutôt leurs lumières, glissant sur les eaux. Avec le temps il s'adossa, inspira, expira, lentement, en regardant toujours les eaux, Tu vois Mush j'ai pas oublié ton truc, là, respirer lentement.

Moishe sourit et posa une main sur l'épaule de Bobby, Ya, ça aide. Une aide c'est toujours bon à prendre, ya ?

Ouais ptêt Mush. Ouais ptêt… merde, jsais pas squi m'a pris mec – respirant profondément, renversant la tête en arrière, regardant le ciel, expirant lentement, C'est comme tout ça là-haut, c'est toultemps pareil et pourtant c'est différent… tvois sque jveux dire Mush? C'est toultemps au-dsus dta tête mais tu sais pas sque tu vois, ptain merde jsais pas sque…

Ya – souriant dans l'obscurité – Quand on regardait les étoiles, Gertrude et moi, on s'occupait pas de savoir leurs noms, ya?

Bobby acquiesça et abaissa son regard vers l'eau, content de sentir la main de Moishe sur son épaule, la proximité de Moishe, mais toujours paumé, aveuglé par la nuit peut-être, ou par son incapacité à comprendre ce qui s'était passé, essayant de reconstituer la chaîne des événements : ils arrivent là, tout baigne, il se sent bien en repensant à la nuit dernière, en pensant à ce qu'il va faire et d'un seul coup ça dérape, t/as tout qu/éclate. Bobby secoua la tête, tenta de mettre de l'ordre dans ses pensées, péniblement, tenta de se rappeler, il avait eu une vision de hot-dog, puis de glace avec de la sauce au chocolat, ouais ça il se rappelait mais ç'avait l'air si vieux déjà, mille ans en arrière, comme si c'étaient les souvenirs d'un autre. Ça fait drôle quand on rgade sur l'eau… On dirait que les lumières a gigotent, hein Mush, surtout autour des bateaux… comme si a giclaient dla flotte et qu'a smettent à danser ltwist… C'est beau à voir, hein?

Moishe avait commencé à contempler les lumières au moment où Bobby avait commencé à parler, et obnubilé il cligna des yeux pour s'arracher à l'envoûtement, Y a plus d'étoiles sur l'eau que dans le ciel… Un bon petit vent – levant la tête pour sentir le frôlement de l'air – Bientôt l'hiver. Ya… Thanksgiving… Noël. Sur l'eau de la neige et peut-être de la glace. Sur le lac ici et…

Le lac?

Ya, Prospect Park.

Ah… ouais.

Et dans mon vieux pays. Le gel. La neige sur les arbres tout autour du lac. Les patineurs. Les traîneaux. Comme ici. Plein de nez rouges. Tous emmitouflés. Des écharpes enroulées plusieurs fois, bien plus longues qu'ici – souriant – ici elles sont riquiqui les écharpes. Bobby voulut dire quelque chose mais la soudaine gravité de Moishe l'arrêta. Moishe si triste et chagrin tout à coup, qui se débattait avec un souvenir. Bobby souffle coupé, comme frappé à l'estomac, les yeux écarquillés, qui le regardait. Dans le camp y a pas de bottes, on a peur d'avoir les orteils qui se détachent alors on marche et on tape du pied, juste pour rester en mouvement, faut bouger – d'une voix qui gronde, qui gronde – faut bouger, faut bouger, faut…

Moishe se tut brusquement, yeux fermés, et Bobby sentit son propre cœur taper dans sa cage thoracique et dans ses tempes, vit la poitrine de Moishe se soulever un moment… puis Moishe rouvrit les yeux, regarda le fleuve… secoua la tête, regarda Bobby, Et puis je sais plus, j'ai oublié – hausse les épaules et se force à sourire.

Une fois jem rappelle j'ai failli avoir les pieds gelés. J'avais mes baskets qu/étaient nases et y avait dla neige et tout d'un coup y a un dces vents qui smet à souffler et… ptain, quand jsuis rentré y a fallu que jme frotte les panards pendant au moins une heure, t/aurais dû voir.

Moishe l'observa un moment, Qu'est-ce que t/as fait ?

J'ai chouré des neuves le lendemain.

Chouré ? ? ? ?

Ouais – souriant, puis rigolant – T/as vraiment un problème avec la langue Mush – Moishe souriant aussi, de bon cœur, en écoutant Bobby – J'ai volé des aut baskets mec, pis des chaussettes aussi. Meeerde, ça m'a tenu chaud tout l'hiver.

Ya… si seulement y avait eu quelque chose à voler… Bah – fataliste, oubliant les mauvais souvenirs – Y a quand même du bon dans l'hiver.

Ouais ?

Quand t/as le nez gelé et que tu rentres dans une maison chauffée.

Ouais, c'est cool.

Ils se sourirent, se turent, puis au bout de quelques minutes Bobby se tourna vers Moishe.

Et smec y marchait aussi comme toi et y t'a dit, Souhaite son bonheur ?

Moishe acquiesça, Ya.

Qu'ess t/as répondu ?

Moishe rit, Pareil que toi. Je lui ai dit qu'il était fou, que c'étaient… des conneries ! Ya, pareil que toi.

Bobby sourit et rigola doucement, Tut fous de moi ?

Moishe secoua la tête, Non. Je lui ai dit ça.

À nouveau ils se turent, souriants, savourèrent l'instant.

Qu'ess t/as fait ?

À la fin j'avais plus le choix… J'ai fait comme disait Sol.

Arrête. T/as souhaité que – Oh merde, je lcrois pas – après la crasse qu'y t'a fait stenculé ? ? ? comment ktu ? ? ? ? Bobby secoua la tête, incapable d'achever sa phrase.

Moishe attendit un moment… Je résistais… je résistais. Au fond de moi je sais que Sol a raison, mais je résiste… j'ai besoin de la haine. Et peut-être que j'ai raison – haussant les épaules – Peut-être que la haine me garde en vie, me donne une raison de vivre… mais bientôt elle me tue.

Comment ça, elle te tue ? Meeerde, smonde c'est qu'une machine à haïr mec et y a des gens partout, y ont pas l'air mourants.

Moishe inclina la tête de côté, sourit à Bobby – Bon… si t/appelles ça vivre – et se mit à rire, et Bobby finit par rire aussi – La haine est si forte qu'un jour je m'évanouis en rentrant au camp. Je me relève mais j'ai le tournis, y a des hommes qui m'aident, et au fond de moi je sais 2 choses… Moishe s'interrompit pour regarder Bobby avec une profonde tendresse – une certitude absolue – se frappant la poitrine – là dans mon cœur… Je sais que je suis en train de mourir… comme ça, tout d'un coup, comme une évidence… je comprends que je suis mourant et que demain ou après-demain je me relèverai plus, qu'avant le coucher du soleil je serai de la pâtée pour les loups. Absolument ! – Il garda le silence un moment pour laisser à Bobby le temps de bien assimiler – Et je comprends aussi, presque en même temps, que Sol a raison – s'emportant un peu – toutes les fibres de mon corps me disent SOL a raiSON… et je me mets à pleurer… Pourquoi ? ? ? – Bobby secouant la tête – Parce que je sais que les 2 choses sont vraies… et du coup je sais 2 choses de plus… Je veux pas mourir, je veux vivre… et je peux pas renoncer à ma haine, alors je commence à trembler, à transpirer, je veux vivre mais je peux pas m'empêcher de me tuer ! ! ! ! Je peux pas te dire ce que j'ai ressenti alors… c'était terrifiant… comme quand tu fais un cauchemar et tu sais que tu dois te réveiller et tu dis non, non, mais tu peux pas arrêter le rêve… tu dis non, non, non… Ya, peut-être que la haine était ma raison de vivre… peut-être même qu'elle m'a gardé en vie. Mais maintenant… Mais je peux pas me réveiller… Je meurs… Je peux plus haïr mais en même temps je peux pas ne pas haïr, tu comprends ? Ils se regardèrent, muets, sourds à la rumeur de la ville et du fleuve, n'entendant chacun que le battement de son propre cœur…

Bobby d'une voix calme, sérieuse, Alors qu'essyé arrivé Mush ?

J'arrête pas de pleurer, comme… sangloter, on dit ça ? Voilà, je sanglote… pas fort, pas beaucoup de larmes, et j'ai la tête qui tourne, tout se met à tourner, pas trop, mais j'ai le vertige. Alors Sol de nouveau me prend dans ses bras et il me raconte sa haine – Moishe dodelina de la tête et bougea les mains – Et ce qu'il a souffert c'est encore pire que moi, sa femme et ses 2 filles dénoncées par un ami, déportées dans un camp, et on lui a dit qu'elles sont mortes – toujours la rumeur de la ville et du fleuve en fond sonore pour leur rappeler que derrière leurs silences, leurs pensées, leurs émotions, la vie continuait autour d'eux comme elle continuait en eux tandis qu'ils parlaient de la mort – Et quelqu'un lui dit qu'il doit souhaiter le bonheur de cet homme – les yeux de Bobby s'élargirent et sa bouche s'ouvrit mais sans prononcer un mot – comme moi un prisonnier le prend dans ses bras et lui dit la même chose qu'à moi. Sol dit qu'il peut pas... que même s'il voulait il peut pas, et l'homme comprend mais lui dit Si tu veux renoncer à ta haine quelque chose en toi te montrera comment faire, fera ce que tu peux pas faire – Moishe regarda le fleuve et attendit que les lumières, que le mouvement des lumières estompent la douleur du souvenir...

Bobby renâclait toujours, hochant la tête, interdit, incrédule, déchiré,

finit par se lever, alla s'appuyer sur la rambarde, puis se retourna, regarda Moishe, Jsais pas Mush. Jcrois pas ktum mens, jsais kt/es réglo, frère, mais jpeux pas croire ces conneries... han han, pas possib de croire ça. C'est comme si... imagine, jsuis là tranquille, j'emmerde personne et y a un mec qui vient m'enfoncer une hache dans le crâne, et qui fait pareil à ma mère et à toulmonde, et faudrait que j'y dise joyeux noël enfoiré, qu'ess y tferait plaisir comme cadeau pour noël ? ? ? ?

Moishe sourit, puis rit doucement, hocha la tête, Peut-être pas, mais...

Comme toujours le sourire de Moishe déteignit sur Bobby, Jsais pas d'où tu viens, mais les emmerdes tu connais, pour ça y a pas à chier, t/es au parfum. Seulement pour le reste, tout tes histoires – secouant la tête – non… han, han, là je marche pas mec…

Ils restèrent silencieux quelques minutes, puis Bobby se redressa, rajusta son pantalon et sa chemise, Si on allait staper des hot-dogs Mush, jcrève la dalle. Tout ces prises de tête ça mdonne faim – souriant et attendant que Moishe se lève avant de prendre la direction de la maison.

Le lendemain Moishe eut un étrange pressentiment en s'asseyant à la table du breakfast, fronça le sourcil, chercha à comprendre puis identifia l'anomalie : d'habitude à cette heure Bobby avait fini ses exercices, or il l'entendait encore s'activer avec les haltères, ce qui voulait dire qu'il n'avait pas encore commencé sa séance de rameur. Moishe se demanda, brièvement, pourquoi il s'éternisait comme ça aujourd'hui, puis laissa tomber, se dit que c'était sans importance, que ça ne pouvait pas lui faire de mal de toute façon et que s'il commençait à réfléchir il finirait par se faire du mouron, c'était toujours pareil… dès qu'il réfléchissait trop à quelque chose, n'importe quoi, ça lui faisait tourner le sang. Alors il se servit une autre tasse de café, beurra une autre tranche de pain qu'il tartina de confiture, et repensa à la soirée de la veille, à toutes les émotions qu'ils avaient traversées. Il s'était passé tant de choses, comment faire le tri ? il était perdu, c'était encore trop récent pour tout assimiler. Mais il y avait une chose qu'il se rappelait bien et qu'il aimait se rappeler, c'était le chemin du retour, ce sentiment de paix dont la soudaineté l'avait surpris, et la joie qu'il éprouvait toujours en regardant Bobby s'empiffrer de hot-dogs, ouam, ouam, ouam, et allez donc… oignons, choucroute, piment rouge, moutarde, liquidés, ouam, ouam, ouam.

Il avait depuis longtemps fini son café et sa tartine

quand il entendit la douche. Dans quelques minutes Bobby allait faire son apparition, alors il se mit en devoir de préparer le bacon et les saucisses.

Bobby mangea tranquillement et passa tout aussi tranquillement le reste de la journée. De temps en temps Moishe essaya d'entamer une conversation, mais puisque Bobby voulait être tranquille, il le laissa tranquille et s'affaira dans son atelier. Au fil de la journée toutefois une sorte de malaise s'installa en lui. Il essaya de se raisonner, ça n'avait pas de sens, c'était un jour comme un autre… comme tous les jours… et il y a des jours comme ça où les gens sont tranquilles, c'est tout. Mais il avait du mal à croire à ses propres arguments, son malaise grandissait et, à la tombée de la nuit, ses tripes se serrèrent quand Bobby, beaucoup plus tôt que d'habitude, lui annonça qu'il sortait et ajusta plusieurs fois son blouson, vérifia le contenu de ses poches, s'assura qu'il n'avait rien oublié, approuva de la tête et enfila ses gants en disant à ttàlheure, jserai de rtour dans un ptit moment Mush.

Moishe l'observa, ravala son angoisse,

voulut dire quelque chose,

se ravisa, ferma la bouche, acquiesça et le regarda partir. Il resta longtemps assis à écouter battre son cœur, à frémir dans lc tourbillon de la peur… essayant de nier qu'il savait ce que Bobby allait faire, mais à quoi bon se mentir à soi-même, à quoi bon nier l'évidence…

La veille au soir, Bobby était allé se coucher en pleine forme… Les hot-dogs, la balade, la glace avec la sauce au chocolat, tout ça lui avait fait du bien. Mais il s'était réveillé avec l'urgence au ventre. Assez lanterné, le moment était venu. Si tout se passait bien, il se ferait son premier bic ce soir. Et sans bavure, comme dans un fauteuil, pas question de prendre des risques. Il savait ce qu'il avait à faire et il le ferait. Il attendrait que le piège soit bien en place et, alors, il frapperait, au moment voulu. Il fignolait son coup depuis trop longtemps pour tout foutre en l'air par précipitation, il prendrait son temps, mais il n'irait pas se balader avec Moishe ce soir. Fallait qu'il retourne dans le quartier. Il le sentait dans la moelle de ses os. Finies les apparitions fantômes. Cette partie du plan était terminée. Fallait passer à la suite, et il avait tout prévu : il allait les attaquer sur leur propre territoire, le seul endroit où ils ne l'attendaient pas. Jamais ils ne penseraient qu'il puisse être assez louf pour les attaquer chez eux, sur leur terrain, donc c'était ce qu'il ferait.

Il marcha assez vite pour se tenir chaud, mais pas trop pour pas se fatiguer. Le vent était frisquet et il regrettait son écharpe, mais fallait pas y songer, il était pas con au point de se balader avec un nœud coulant autour du cou. Comme toujours, il resta dans l'ombre en entrant dans le quartier et grimpa sur le toit d'une baraque de 4 étages pour faire le guet. Un des bics passait toujours par cette rue, juste à côté d'une ruelle très étroite. C'était la planque idéale pour l'alpaguer… s'il n'y avait personne autour. Vu la caillante, y avait de moins en moins de monde dans les rues, les gens restaient dans les bars ou les coffee shops, là où il faisait chaud. Bobby collimata tous azimuts, observa la circulation, les passants, interrogea son intuition… descendit dans la rue, mit le cap au sud, puis à l'ouest vers un endroit où il savait qu'il y avait une palissade franchissable et se fraya un chemin dans la ruelle près du bar. Il se tapit dans le noir, en alerte, sûr de lui, plein de jus, une vraie pile électrique, en serrant une brique dans la main et en se répétant qu'il fallait quand même être vachement gonflé pour rester planté là avec seulement une brique dans la main et un couteau dans la poche, mais c'était justement pour ça qu'il était si sûr que ça marcherait… du moins la première fois. Il jouait sur du velours, il avait tout vérifié et revérifié, ce mec passait toujours devant ce bloc, arrivait toujours de l'est, prenait par le sud et passait à côté de la ruelle, il suffisait d'attendre et forcément, une nuit, ce connard passerait juste à côté de Bobby. Évidemment on se gelait les couilles à rester debout là comme ça mais Bobby était prêt à attendre éternellement pour buter ces enfoirés, et c'était tout ce qu'il avait à faire, attendre, en gardant la tête claire, et puis s'il faisait trop froid il reviendrait la nuit suivante, mais pour l'instant il était là, il attendait, ne pensait qu'au présent, respirait lentement, en s'appliquant bien comme Moishe le lui avait appris, remuait les orteils dans ses baskets pour ne pas se faire surprendre par l'engourdissement quand il serait face à son ennemi… faisait tout ce que Moishe lui avait enseigné pour rester concentré, pour pas se laisser distraire, repassait de temps en temps son plan dans son esprit, repassait dans sa mémoire tout ce qu'il savait sur ces rues et il en connaissait un rayon, restait bien sur ses gardes, reluquait partout, conscient de son avantage parce que ses yeux accoutumés à l'obscurité lui permettaient de voir distinctement dans la ruelle alors qu'un gonze venant de la rue ne verrait qu'un étroit fossé d'ombre, et ça le rendait invisible, et sécurisé par l'excellence de sa planque il attendait… attendait…

puis il le vit traverser la rue… seul… et il se mit à compter ses pas en serrant la brique plus fort, vérifia ses mains et ses pieds, bougea les épaules, s'assura que toutes les parties de son corps fonctionnaient comme il fallait, se rappela qu'il s'entraînait depuis des mois, qu'il n'avait jamais été aussi fort et, toujours attentif à respirer normalement, sans jamais retenir son souffle, tranquille, calmos, il regarda le mec traverser la rue et disparaître momentanément de sa vue en abordant le trottoir opposé, continua à compter ses pas, focalisa son regard sur le premier tronçon de trottoir compris dans son champ de vision, sachant, d'après l'angle, que lorsque les lumières des bars projetteraient l'ombre du mec il serait exactement à 1 mètre de lui (le signal qu'il attendait pour sortir de la ruelle en chancelant, feindre de trébucher et lui tomber sur le râble), continua à compter les pas et, pile à la seconde prévue, vit l'ombre, sortit, buta contre le mec, le chopa sans lui laisser le temps de dire Eh, l'engouffra dans la ruelle, abattit la brique entre ses omoplates de toutes ses forces et le mec émit un bruit comme une bouteille qu'on débouche et Bobby le cogna encore rageusement, avec une envie de lui crier en pleine face, de le traiter de toutes les variantes imaginables du mot enculé, de l'écarteler, mais il la boucla, ne moufta pas, le cogna une troisième fois et le choc mat de la brique était la plus douce musique qu'il eût jamais entendue et à chaque coup sur l'échine il sentait le mec vaper un peu plus et Bobby éprouvait un prodigieux sentiment de puissance, certain d'avoir choisi l'endroit idéal pour frapper parce qu'un coup bien ajusté entre les omoplates ça te coupe le souffle et tu peux même pas crier ouf, et le vlà qui s'affale comme une chiffe ce connard, avec des gargouillis de tuyauterie comme s'il allait crever, il cherche de l'air, et Bobby l'entraîne vite fait derrière le coin en L où personne peut les voir, pas seulement de la rue mais même de la ruelle, il lui attrape les tifs, lui plaque un genou sur le dos, lui claque le beignet sur le sol froid et crasseux, et allez, et encore, et je t'en foutrai, ne se lasse pas de lui écraser la tronche sur le ciment à cet enculé et

… il aurait pu continuer comme ça pendant des heures, mais il se rappela les conseils de Moishe, rester concentré, ne pas s'emballer, fallait pas qu'il perde de vue son objectif, alors vite il vagua les poches du mec en l'immobilisant avec son genou, débusqua son couteau, lui attrapa le poignet, lui colla la main sur un bloc de bois et, toujours avec le genou, lui plaqua la gueule au sol puis lui transperça la main avec le couteau et la cloua dans le bois en tapant sur le manche avec la brique, enfonça la lame jusqu'à la garde, appuya sur sa nuque avec son genou comme pour lui broyer la gueule, pour que ça racle bien sur le ciment, en veillant toujours à respirer calmement à la manière de Moishe pour ne pas se laisser enivrer et se faire bêtement surprendre par un gusse venu de l'arrière, et quand il eut fini de lui clouer la pogne il sortit son propre schlass, tira le mec par les cheveux, lui montra la lame, et le mec essaya de dire quelque chose mais il pouvait pas parler, il avait la glotte en papillote tellement Bobby lui tirait la tête en arrière, et Bobby le regarda un moment, lui tordit le cou un chouïa pour orienter vers lui sa face baveuse aux yeux exorbités, et maîtrisant difficilement sa haine passa langoureusement la lame sous son pif, envisageant un instant de le lui trancher net puis de lui crever les yeux et… inspira lentement, profondément, pour retrouver son contrôle, pour se rappeler où il était, puis se pencha, approcha sa bouche de l'oreille du mec, Juss pour ton information, jsuis le nèg que t/as astiqué avec la chaîne… jsuis lnèg que t/aimes pas… jsuis lnèg à cause de qui vous avez tué Maria. J'espère ktut souviens de moi passque moi jtai jamais oublié enculé… t/entends? Zavez tué Maria bande d'enculés… Bobby le mata un moment, puis leva la main et fit tournoyer son couteau, tandis que le mec gémissait, glougloutait du gosier, J'espère ktu m'entends bien passque jveux ktout ta bande d'enculés y savent que jsuis dretour et que jvous ferai la peau à tous… jveux ktu leur répètes bien sque jte dis, c'est uniquement pour ça que jte laisse viv. Dis à Raul qu'il ira bientôt rjoinde Maria… très bientôt, tu m'entends bic – empoignant sèchement ses tifs et jouant du couteau devant ses yeux – et pour êt sûr ktoublies pas lmessage jvais couper storeille de merdeux, t/entends, juss pour êt sûr – et le mec de pisser dans son froc, blême de trouille – mais c'est qu'y pisse dans son froc, rgadez ça, une vraie gonzesse. Ptêt que t/as la bite en gelée, à force, at sert pu à rien, hein, qu'ess t/en penses, a doit tgêner ste bite de *maricone*, si jla coupais aussi ? – le regardant fixement, se délectant de la terreur qui passait dans ses yeux affolés, lui taillada lentement l'oreille en se garant de côté pour éviter les éclaboussures de sang, regarda hypnotisé la lame s'enfoncer dans la chair, entendit puis flaira la merde du pauvre type dont tous les organes se relâchaient, dont les yeux se révulsaient, sentit tout à coup que le cartilage n'offrait plus de résistance, vit que l'oreille était dans sa main, la guigna comme dans un état second, puis pensa à inspirer, expirer, lentement, plusieurs fois pour reprendre ses esprits, et reporta enfin son attention sur la gueule du mec, couverte de sang, de flotte et de crasse. Ne sachant pas s'il était encore conscient, Bobby s'approcha, agita l'oreille devant ses yeux, vit qu'ils bougeaient, J'espère qu'yt trouveront avant kt'as perdu tout ton sang, ce srait trop con, mais ptêt qu'y pigeront quand même le message, hein qu'ess t/en penses bicot ? ? ? Bobby était en verve, c'était jouissif de torturer cet enfoiré, de le charrier, de l'humilier, il avait envie de faire durer le plaisir… mais se ressaisit, s'agissait pas de prendre racine, le regarda encore un moment, puis fit une moue de dégoût, Ah vat faire enculer, tu mérites même pas dbouffer ma merde. Mais t/as ptêt envie dbouffer ton oreille, hein, on peut essayer, ptêt que tu rtrouvras ta voix avec une oreille dans la gueule – et il lui enfourna l'oreille dans la bouche, lui lâcha progressivement les cheveux, entendit des sons rauques rouler dans sa gorge, puis cligna des yeux, essuya sa lame sur la veste du mec, se releva, recula de quelques pas, s'arrêta une seconde, puis tourna les talons et disparut dans l'obscurité. Il avait parfaitement calculé son itinéraire de retour, et même prévu des itinéraires de remplacement en cas de problème. Il était tellement remonté à l'adrénaline, tellement euphorique qu'il avait l'impression de ne plus toucher le sol et il navigua à l'estime, franchit quelques palissades, quelques ruelles, cap au sud après le carrefour, puis à l'est, puis 2 rues à l'ouest, toujours dans l'ombre, toujours à la même allure que les passants, toujours inaperçu, fondu dans la masse, indétectable pour les piétons comme pour les bagnoles, simple pékin rentrant chez lui dans la nuit froide, et même si son euphorie grandissait à chaque pas, il restait maître de lui, observait tout, veillait à ne pas arriver trop vite sur quelqu'un, à ne pas le serrer de trop près, des fois qu'on le prendrait pour un méchant, jouait les innocents solitaires, accordait toujours son pas à celui des autres et quand il n'y eut plus personne en vue il trotta, de plus en plus vite, en donnant des coups de poings dans l'air devant lui, de plus en plus fort, se retournant et courant à reculons le plus vite possible, feintant, esquivant, puis pivotant et sautant très haut pour intercepter la balle et courir à l'essai, expédiant au sol tous ceux qui essayaient de le contrer, s'arrêtant parfois pour ramasser des cailloux et les lancer sur des cibles imaginaires, tapant dans le mille chaque fois, puis recommençant à courir et à boxer dans le vide et à bondir jusqu'au moment où, arrivé devant l'escalier du sous-sol, il s'arrêta, s'appuya contre la rampe un moment, puis sauta en l'air, le poing levé vers les étoiles, Niqué ! ! ! !

Moishe était toujours assis sur la même chaise. Depuis le départ de Bobby, il était dans une sorte d'abattement. Il avait essayé de prendre la chose avec légèreté, mais avait dû se rendre à l'évidence : il avait peur que ça recommence, peur de voir encore sa vie déchirée par la perte d'un être aimé. Il s'était dit Du calme, détends-toi, tu as vu sa vérité, même si lui ne sait pas ce qu'il fait. Mais on est tous comme ça, on fait ce qu'on peut, alors maintenant tu vas t'asseoir tranquillement, tu vas te détendre, lire un livre peut-être ou écouter de la musique…

mais quand Bobby rentra il était toujours sur la même chaise, dans la même position, aux prises avec le même débat intérieur, qui cessa brusquement au moment où Bobby ouvrit la porte, la verrouilla et s'appuya contre le battant, en nage, les yeux écarquillés et rivés sur Moishe, immobile et pourtant surexcité comme un sprinter éperdu courant sur place. Il émanait de lui tant d'adrénaline et d'énergie que Moishe perçut l'onde de choc dans sa propre poitrine et en resta étourdi…

Finalement Bobby vint s'asseoir près de Moishe, la figure trempée, pantelant, l'œil fixe… et Moishe se força à sourire et à se taire malgré les dizaines de questions qui se bousculaient dans sa tête, le regarda simplement, en soupirant secrètement, heureux de le voir indemne, de voir que ses vêtements n'étaient ni déchirés ni tiraillés, que sa figure n'avait d'autres traces que celles de la sueur, pas de coupures, pas de bosses, pas de bleus, que ses mains n'étaient pas écorchées, ses doigts intacts, sans fissures sur les articulations, et que s'il transpirait c'était seulement pour avoir couru, alors il resta calme et silencieux…

et finalement Bobby se mit à parler, jetant les mots en vrac, trop essoufflé d'abord pour être cohérent, puis s'appliquant à bien respirer, puis souriant, Ton truc de respiration ça marche superbien Mush. Ça m'a évité de faire des conneries – Moishe se détendit un peu, une lueur s'allumait, Bobby allait lui dire qu'il avait décidé de renoncer à sa vengeance,

mais la lueur vacilla quand Bobby entreprit de lui raconter en détail les événements de la nuit, sans rien omettre, geste par geste, en lui expliquant qu'il avait suivi ses conseils, avait toujours pensé à se relaxer, ne s'était pas emballé, et la lueur fut mouchée

par une sourde appréhension d'abord quand Bobby

lui dit qu'il avait finalement aperçu le type, l'avait patiemment attendu, puis l'appréhension se changea en peur quand Bobby lui fit le récit minutieux de ses actes, et l'idée qu'il l'avait lui-même aidé à les commettre, que les exercices simples qu'il lui avait enseignés avaient été mis à profit pour nuire à une autre personne le rendit malade, mais, bien qu'il eût envie de vomir, de se cacher, la fin de l'histoire le rassura tout de même, au moins Bobby ne l'avait pas tué, alors il écouta le récit jusqu'au bout, attentivement, et quand il eut fini Bobby se pencha en avant et lui demanda ce qu'il en pensait, Cool, hein Mush ? Jles ai niqués ces enculés et tsais stenculé dRaul y doit êt en train dchier dans son froc en smoment. Ouais... Qu'ess t/en penses Mush ?

Moishe le regarda un moment, essayant désespérément de sourire ou au moins de faire semblant, mais sans savoir quelle tête il avait, sans savoir s'il souriait ou pleurait... Si tu commençais par enlever ton blouson pour te poser un peu ?

Bobby le regarda une seconde, puis se dérida, Ouais, t/as raison – retirant son blouson et ses gants et s'essuyant la figure avec la main, puis se relevant d'un bond et marchant de long en large, quelques pas dans une direction, puis deux dans une autre – Ptain t/imagines pas comme jem sens bien, jpourrais tous les aligner et les couper en ptits morceaux ces enfoirés... mais jcrois vaut mieux attende un ptit moment, qu'ess t/en penses frère ? attende qu'y baissent la garde de nouveau, faut pas que je prends des risques, hein frère ? y savent pas où que jsuis et peuvent pas savoir quand je rviendrai les frotter, han, han, peuvent pas savoir où que jsuis et à quel moment je rpasse à l'attaque et y a personne qui peut sméfier 24 heures sur 24, pas vrai Mush ? y a toujours un moment où tu fais pas gaffe et c'est là kjel chope le mec, rlaaa, hein Mush ? j'attends qu'y m'indiquent eux-mêmes le moment, ces cons, ptain y doivent baliser à mort, se dmander si jvais rentrer par leur fnêt pour leur couper la gorge pendant qu'y dorment, ptain y peuvent pas savoir sque jmagouille, mais compte sur moi que jleur frai savoir au moment voulu, hein frère ? oh ptain ouais jleur frai savoir – Moishe ne pouvait pas supporter d'en entendre davantage. Il affichait toujours un sourire de façade, mais fermait l'oreille, vidait les mots de leur sens, essayait de penser à autre chose… et quand il s'aperçut que Bobby avait cessé de parler, il se leva, remplit des bols de glace avec de la sauce au chocolat, presque soulagé : Bobby n'avait pas tué…

Alors qu'ess t/en penses frère ? Moishe regarda Bobby engloutir une cuillerée de glace et haussa les épaules. Bobby ne remarqua rien et continua à parler, Comme jdisais, jsuis pas pressé, ltemps joue pour moi. Jvais rester ici et jsortirai dtemps en temps pour voir sky foutent, ptain y pourront jamais savoir quand ça leur tombera dsus… ptain, héhééé ! ! ! ! Bobby essaya de se calmer, de marquer des pauses, mais c'était plus fort que lui, il fallait qu'il parle, alors il parlait, sans réfléchir, juste pour parler, pour évacuer son trop-plein d'énergie et d'excitation, et Moishe opinait de la tête pour faire croire qu'il suivait, puis Bobby dit qu'il allait se décrasser et prendre une bonne douche, une très longue douche, et quand il revint il marchait plus lentement, tranquille, soudain épuisé, Ptain, ste douche a m'a pompé tout mes forces Mush. Jcrois jvais aller mpieuter. Doit sfaire tard – lorgnant l'horloge – La vache, 3 heures passées… on a tchatché longtemps – rigolant – enfin, jcrois c'est surtout moi qu/a tchatché, hein frère ? Moishe sourit et confirma. Bobby se marra, Ça mfait comme si je m'avais chanté une berceuse pour m'endormir – se levant et s'étirant – Va tpieuter aussi Mush… t/as dépassé ton heure.

Moishe sourit, De quelques minutes – acquiesçant – Ya, de quelques minutes.

Bobby disparut dans la chambre et Moishe resta assis à table. Il aurait aimé pouvoir s'endormir là et découvrir à son réveil que toutes les questions avaient une réponse ou qu'elles ne s'étaient jamais posées, mais il savait qu'il ne trouverait pas le sommeil même en allant au lit, qu'il ne pourrait pas se détendre tant que les pensées qui s'entrechoquaient dans sa tête ne se seraient pas dissipées. Il inspira et expira lentement, profondément, plusieurs fois, laissa son corps se relaxer puis regarda ses pensées rebondir sur la table et s'éloigner de lui, tenta de se convaincre qu'il ne pouvait rien faire, les choses sont ce qu'elles sont et, qu'il se creuse la cervelle ou qu'il oublie, qu'il dorme ou reste éveillé, qu'il hurle ou se taise ou mange une glace, ça n'y changerait rien.

Moishe s'étant couché plus tard que d'habitude se réveilla plus tard que d'habitude et resta assis quelques instants sur le bord du lit, un peu désorienté. Il regarda Bobby qui dormait toujours, le poing crispé sur l'ourlet de la couverture. Il se demanda brièvement à quoi il rêvait, puis essaya de se remémorer ses propres rêves, et renonça aussitôt. Il se sentait mollasson… ou plutôt, non, ce n'était pas ça, c'était plutôt de la tristesse. Les résolutions qu'il avait emportées dans son sommeil avaient été gauchies par les rêves et il manquait de courage pour se lever, se laver et commencer la journée.

Bobby s'était couché vanné mais excité, déterminé à se lever à l'heure habituelle malgré le manque de sommeil, ça n'avait aucune importance parce qu'il était regonflé à bloc et il voulait s'arracher du paddock le plus tôt possible pour attaquer les haltères et faire ses exercices. Il se réveilla plusieurs fois dans la matinée, en se disant chaque fois qu'il était trop tôt pour se lever, et se rendormit systématiquement. Finalement il se réveilla complètement, mais rechigna à se lever et se couvrit la tête de son bras, uniquement par habitude parce qu'il n'y avait pas de lumière. Il refusa de regarder l'heure, essaya de se persuader qu'il était encore trop tôt pour se lever, mais son corps ne marchait pas dans la combine, ne se rendormait pas, alors il essaya de repenser à la veille au soir, pour se réimprégner de son euphorie, de ses bonnes résolutions, mais que tchi, c'était fini, restait plus rien, au mieux un vague souvenir, c'était plus pareil, ça clochait quelque part, il savait pas où, il savait pas quoi, il avait beau gamberger il pigeait pas, une envie de feignasser, de rester pagé toute la journée malgré le besoin physique contradictoire de se lever, il aurait voulu s'enfoncer dans les couvrantes et ronfler deux jours d'affilée, mais qu'est-ce qu'il avait pour être comme ça, lui qui pétait le feu hier soir ? d'où lui venait cette drôle d'impression ? bof, t/inquiète, pas de quoi en faire une jaunisse, et pourtant… et pourtant si, quelque chose avait changé… mais pourquoi ? c'était ridicule, ce bic méritait ce qu'il lui avait fait et, n'importe comment, c'était que dalle comparé à ce qu'ils avaient fait à Maria, ils l'avaient tuée et elle resterait tout le temps morte, ça se guérissait pas, ça, y avait pas un docteur capable de soigner ça, et j'en ai rien à foute de l'aut mariole qui veut souhaiter leur bonheur, jvais pas souhaiter leur bonheur, merde, qui c'est qui souhaite le bonheur de Maria ? Hein, montrez-moi qui ! Elle est morte et enterrée et tu peux souhaiter tout lbonheur ktu veux à jsais pas qui ça la fra pas revnir

balançant les pieds par-dessus le lit, puis s'asseyant sur le bord, regardant le lit vide de Moishe, regardant l'heure d'un œil morne, se rendant compte peu à peu qu'il se faisait tard, qu'il était temps de se bouger le cul, de se colter les haltères, le rameur et le reste mais il était cuit, il avait plus d'énergie, plus de courage et dans le fond peut-être que c'était pas plus mal, peut-être qu'il pourrait s'accorder une journée de repos pour une fois, il lui semblait bien que Moishe avait dit un truc comme ça un jour, que c'était bon de laisser passer un jour de temps en temps pour permettre au corps de se refaire, alors pourquoi pas aujourd'hui, tiens, c'était pas une mauvaise idée, se la couler douce pour changer et se balader, oh et puis merde, qu'est-ce qu'il en avait à battre, et qu'il aille se faire foutre l'autre Sol avec ses histoires et ces enculés de bics aussi, qu'ils aillent se faire foutre...

et il se fringua vite fait, alla dans la cuisine, s'assit devant la table et dit à Moishe qu'il ne s'entraînerait pas aujourd'hui, Jcrois kça mfrait pad mal de rposer un peu mes musc, tsais, comme tu disais – se taisant brusquement, regardant Moishe qui arrondit les yeux puis se leva et alla chercher le café.

Ils restèrent assis en silence, Bobby tenant sa tasse à 2 mains, buvant à petites gorgées, laissant la vapeur lui chauffer le visage, fermant les yeux de temps en temps pour savourer la chaleur, hochant lentement la tête de droite et de gauche, puis reposant sa tasse pour se faire une tartine de beurre et de gelée, profil bas, sans jamais regarder Moishe en face, juste en l'épiant du coin de l'œil...

Alors... t/as bien dormi ?

Bobby acquiesça, ouvrit la bouche, la referma et acquiesça encore, incapable de redresser la tête. Il gigota sur sa chaise, avala sa tartine en quelques bouchées, puis éclusa son caoua, se leva brusquement, toujours sans regarder Moishe, Jvais prende une douche, et sortit de la pièce.

Bobby resta le plus longtemps possible dans la baignoire à vagues, essayant de visualiser quelque chose qui s'estompait... il savait pas quoi, mais ça le tracassait, ça le minait, il se sentait mollir dans la flotte mais se força à rester encore, puis s'extirpa finalement et passa sous la douche. Il se campa au milieu de la cabine, en plein à la croisée des jets d'eau, mais, à la longue, par désœuvrement, cette même impression de futilité qui l'avait incité à se lever tout à l'heure, il finit par fermer les robinets et resta planté plusieurs minutes comme deux ronds de flan avant de sortir.

Quand il revint dans la cuisine, Moishe était toujours assis à table. Il demanda à Bobby s'il voulait manger.

Bobby eut envie de lui dire d'aller se faire foutre, mais se contenta de hausser les épaules et d'acquiescer.

Quand il eut fini de manger il s'adossa, termina son café et garda le silence, pensif, devant Moishe silencieux aussi, observateur, patient.

Finalement Bobby lui demanda comment il avait fait pour souhaiter le bonheur de ce mec ? Jveux dire qu'ess tut disais ?

Moishe ne répondit pas tout de suite, regarda Bobby... Je me disais simplement ça... Je souhaite qu'il soit heureux.

Rien d'aut ?

Moishe secoua la tête, Pas au début.

Pas au début ? Et après ?

Au début je lui souhaite simplement d'être heureux... Je sais pas, pendant des mois peut-être. Et puis je souhaite... de le penser sincèrement – souriant puis éclatant de rire.

Bobby se marra, De quoi ? ? ? ? Meeerde – secouant la tête.

Ya – gloussant – Et tous les jours je répète ça et j'essaie de le penser sincèrement.

Bobby le regarda une minute, puis lui demanda ce qui s'était passé.

J'étais vivant. Bientôt j'allais partir... Ya, je suis vivant – redevenant sérieux – Mais peu à peu je commence à me sentir différent à l'intérieur... comme si les nœuds se dénouaient... du moins un peu.

Bobby le regarda avec scepticisme, Et t/as pu la haine cont cette taule ?

Oooh, je dis pas ça – secouant la tête – Non, ça je dis pas. Je peux pas rester toutes ces années sans que des fois ça me prenne là – se tenant le ventre – Mais petit à petit je n'ai plus de haine contre Klaus – confirmant d'un signe de tête – ya, petit à petit j'arrête de me tuer moi-même en arrêtant de vouloir le tuer – souriant à Bobby – mais je me mets aussi à regarder les autres hommes, les juifs que je maudissais, en pensant qu'ils ont le droit d'être heureux… qu'on a tous le droit d'être heureux, et après la haine s'en va… mais elle revient, toujours elle revient – accoudé sur la table, penché vers Bobby – seulement maintenant j'essaie plus de la retenir parce que je me sens différent quand j'y renonce… Sol a raison, ma haine me tue…

Moishe s'interrompit, contempla le plafond, tout à son souvenir… Mais je l'ai compris seulement plus tard, *après* avoir souhaité son bonheur.

Bobby continua à s'entraîner dur chaque jour, au maximum de sa résistance, essaya chaque jour d'en rajouter un peu, forçant jusqu'à la limite de l'épuisement, de l'asphyxie, jusqu'à ne plus pouvoir bouger, mais en mettant un point d'honneur à faire toujours un mouvement de plus avant de s'arrêter, sautant de joie intérieurement, levant le poing en signe de victoire alors qu'il était incapable de lever seulement le petit doigt tellement il était cuit.

Quand il retrouvait la force de bouger il s'asseyait dans la baignoire, laissait son corps s'abandonner et son esprit errer, dériver paresseusement… dériver… sous l'effet du tourbillon chaud qui l'enveloppait, avec la sensation de flotter, sans pesanteur, de léviter, de traverser le plafond, de voler dans les nuages… et il voyait les nuages en dessous de lui, sentait l'air tout autour, et perdait la notion du temps et flottait comme si le temps s'était arrêté…

Quand il avait fini il s'habillait et allait dans la cuisine et s'envoyait un caoua et quelque chose à grailler. Quand il voyait Moishe ça le mettait toujours de bonne humeur, il aimait flâner avec lui, avait l'impression d'être dans un autre monde devant cette table, à boire, à manger, à écouter Moishe parler, ça le faisait toujours marrer cette façon de parler qu'il avait, et ses histoires sur le camp et son vieux pays des fois ça le fascinait. Quand il y songeait Bobby fronçait les sourcils et secouait la tête et souriait parce que même ces puzzles idiots qu'il faisait avec Moishe, même ça il aimait bien. Il ne comprenait pas lui-même pourquoi, ça le dépassait, alors il avait renoncé à essayer de piger et restait simplement assis en buvant son café et en regardant Moishe avec son drôle de sourire, écoutait sa drôle de façon de parler, étonné par son propre contentement, stupéfait de s'en satisfaire et de ne pas avoir envie de se tailler.

Moishe faisait la vaisselle du dîner quand Bobby se leva et lui dit qu'il sortait. Il se fringua chaudement, enfila un pull à col roulé et un bonnet de laine. Comme toujours Moishe accusa le coup en silence quand Bobby dit, À plus Mush, et partit. Comme toujours Moishe contempla longuement le seuil déserté après avoir entendu le cliquetis des verrous de la porte extérieure, balaya d'un battement de cils ses idées noires et se remit à sa vaisselle.

Bobby resta dans l'ombre une minute en sortant de la cave, pour s'accoutumer à l'air froid. Le vent semblait plus frais que la nuit dernière quand il était allé se balader avec Moishe, ou peut-être tout simplement qu'il soufflait plus fort. Avant d'arriver au coin, il n'avait pas encore décidé de son itinéraire pour rallier le quartier, puis il choisit de se laisser guider par son instinct, mais sans se laisser distraire, en restant toujours maître de sa direction et en surveillant les ombres. Il repéra le territoire familier, s'assura que rien n'avait changé, se méfiant de tout, vérifiant à tout moment qu'il se souvenait bien de chaque fissure, de chaque pierre, de chaque tournant, de chaque méandre, prêt à parer à tout imprévu.

Ça faisait 2 semaines qu'il n'avait plus arpenté le quartier, depuis qu'il avait saigné le premier bic, et il était donc particulièrement prudent, sachant que les mecs devaient être à cran et sortaient sûrement groupés, qu'il était encore trop tôt pour espérer choper un autre égaré. Mais ça viendrait, fatalement, un de ces soirs, le cas se présenterait de nouveau. Ils ne pouvaient pas être toujours en bande, ils étaient seuls quand ils sortaient de chez eux ou qu'ils rentraient ou frayaient avec leur meuf, et c'était à ce moment-là qu'il les serrerait, l'un après l'autre et Raul en dernier pour qu'il ait le temps de bien mariner dans sa sueur.

Le vent soufflait de l'est et il savait qu'ils devaient tous être emmitouflés dans leurs pelures et cantonnés dans les rues nord/sud pour éviter les rafales alors il resta autant que possible dans les rues est/ouest. Il baissait la tête comme tout le monde pour lutter contre le vent, mais en apparence seulement parce qu'il tenait à voir ce qui se passait autour de lui et, si les autres ne distinguaient que le bout de leurs godasses, lui il gardait tout le périmètre dans son collimateur.

Il tourna un coin, se retrouva face au nord, ses yeux s'embuèrent légèrement et il crut apercevoir un copain de Raul qui marchait dans sa direction. Il se planqua sous un porche, s'essuya les yeux, jaugea rapidement les lieux, sut presque immédiatement ce qu'il allait faire et faillit se marrer tout seul en y pensant. Il savait qu'à une centaine de mètres au nord il y avait un passage menant à un immeuble qui avait un cagibi sous l'escalier avec un panneau branlant qu'il pouvait défoncer d'un coup de savate pour se retrouver dans une cour intérieure avec un mur bas d'un côté qu'il suffisait de franchir pour accéder à l'immeuble est en passant par la cave et déboucher une rue plus loin au sud avant que le mec ait compris ce qui se passait. De là il pourrait choisir sa direction, il y avait au moins une douzaine d'options. Il se mit à marcher plein nord, réglant son pas pour arriver à la hauteur du mec juste au sud du passage sachant que ce con serait tellement surpris qu'il le verrait même pas entrer dans le passage. Il garda la tête baissée mais sans perdre le mec de vue. Il faisait semblant de se pelotonner dans son blouson avec les mains dans les poches, mais en fait il avait les mains dehors et les assouplissait pour faire circuler le sang et comme ils approchaient l'un de l'autre il ralentit son pas pour qu'ils se rencontrent exactement où il voulait et quand ils furent presque côte à côte il redressa la tête et attrapa le mec par le colback, l'attira contre lui, tout près de sa frime pour qu'il voie bien qui il était et le dévisagea pendant plusieurs secondes, parfaitement silencieux et impassible, puis ricana, le regarda dans les yeux, droit dans les yeux, ricanant en silence, impassible, ricanant... ricanant...

puis le relâcha soudain et avant que le mec puisse réagir s'était déjà éclipsé, filait tranquillement dans le passage, sous l'escalier, défonça le panneau, sauta le petit mur, enquilla dans l'autre immeuble et dans la rue, puis tourna au nord, profita d'un ralentissement de la circulation pour traverser avant le carrefour, continua vers l'est, zigzagua entre les bagnoles et, en moins d'une minute, avait complètement largué le mec qui ruminait encore l'événement, tournait en rond, battit en retraite et courut raconter à Raul ce qui s'était passé.

Bobby raccourcit sa foulée, marcha au pas, se perdit dans la foule des passants en restant à l'ombre quand c'était possible. Il se disait que le mec allait tout raconter à Raul, il se marrait en douce en pensant à la gueule qu'il ferait et à la gueule de Raul quand il entendrait ça et qu'ils se mettraient à ratisser le secteur pour le retrouver, enfin c'est-à-dire pas vraiment, en fait il se marrait pas parce que c'était l'erreur à pas commettre, quand tu commences à te marrer tu te laisses distraire, alors il ravalait son rire et fonçait pour s'arracher du quartier fissa et bientôt il se retrouva dans les rues désertes que les immeubles abandonnés sillonnaient d'ombres affreuses, plates, sans vie, où se reflétait toute la décrépitude des murs et des gens qui créchaient derrière ou zonaient sur les trottoirs, des ombres elles-mêmes abandonnées par des êtres trop fatigués pour les traîner derrière eux et qui les laissaient là en partant à la recherche d'un autre squat, mais même dans ce paysage Bobby avait le moral en hausse, il jubilait dans l'exaltation de la victoire et pouvait enfin laisser libre cours à son euphorie maintenant qu'il se savait en sécurité, à quelques minutes de sa cave et de l'apparte de Moishe où il pourrait décompresser en se tapant une bolée de glace avec de la sauce au chocolat pendant que les enculés de bics se feraient chier à le chercher…

Et, comme toujours, Moishe sur sa chaise se demandait quand il se résignerait à accepter les choses telles qu'elles étaient et cesserait de faire semblant de croire que Bobby allait renoncer à ses idées de vengeance. Chaque fois qu'il me pose des questions et fait oui de la tête je m'imagine que j'ai changé sa façon de voir, que maintenant il va oublier sa folie et vivre heureux pour toujours… Comment je peux encore – secouant la tête – comment je peux encore croire ça ? Avec toutes les années que j'ai vécues et tous les mois qu'il a passés ici je continue à me mentir et à croire… à croire ??? à espérer… ya, à espérer que j'ai changé son état d'esprit et toujours il dit, À plus Mush. Toujours ! Et moi je continue, j'accepte. Bon eh bien acceptons, voilà, j'ai qu'à continuer à accepter le fait que je crois ce que je crois… Mais ce serait doux de vivre avec mon fils maintenant… ou près de lui. Je pourrais garder les enfants quand ils sortent. Je pourrais leur apprendre des choses.

Je pourrais serrer mon fils dans mes bras et l'embrasser sur la joue. Embrasser sa femme et leurs enfants. Acheter des cadeaux de Noël et les emballer et les déposer devant l'arbre et on allumerait les lumières et on mettrait de la musique… Oh Werner, pour l'amour de dieu arrête – essayant de retenir les larmes qui ruisselaient sur ses joues, sur son menton et tombaient sur sa chemise – laisse dormir le passé… s'il te plaît Werner, arrête de broyer du noir… de verser des larmes en vain – Il entendit la porte s'ouvrir, sentit une vague de soulagement monter en lui et son corps se raidir. Il s'adossa et sourit en voyant le visage de Bobby vivifié par le vent froid et l'excitation. Bobby retira son blouson, son bonnet, ses gants et s'assit, le souffle court, Écoute ça Mush, c'est au poil… ouais mec, c'est d'enfer. Oh mec faut que t/entendes ça – les yeux dilatés par l'excitation, sautillant autour de la chaise en racontant à Moishe comment il avait chiadé son affaire, Moishe qui acquiesçait en souriant, toujours soulagé de voir Bobby rentrer indemne de ses virées, Bobby dont les yeux jetaient des éclairs malicieux et qui, avant d'aborder le vif du récit, s'interrompit, se gratta la tête et regarda Moishe un moment, Jsuis client pour une tite glace Mush.

Moishe servit deux bols et Bobby éclusa sa glace à grandes bouchées en racontant son histoire… avec un enthousiasme de plus en plus communicatif… Enfin bon comme jdisais j'avais tout prévu dans ma tête, donc j'arrive juss devant sconnard et jel chope – joignant le geste à la parole – comme ça, tvois, et jme marre… c'est tout, jme marre comme un malade, jlui rigole dans la gueule, tvois, en pleine gueule, tvois, et pis jme casse… pfuit, disparu… tchao mec, et jme rtourne pas mais j'ai des yeux dans ldos, tvois ? et jvois lmec debout comme un con qui sdemande sky spasse et ltemps qu'y réagit jme suis djà tiré, y a pu personne, et lmec qui pige toujours pas sky s'est passé… Ptain j'aurais pu y piquer son blé direc dans la fouille tellement qu'y était paralysé, ptain, t/aurais dû voir sa gueule à smerdeux, planté qu'y était, y a dû choper un rhume à force, ce con, et y savent toujours pas où que jsuis – piochant furieusement dans la glace avec sa cuiller qui résonnait contre le bol – et y sauront jamais – et Moishe continuait à le regarder, souriant, de plus en plus soulagé de s'apercevoir que personne n'avait été blessé, que Bobby se contentait de les dominer mentalement et dévorait tranquillement de la glace devant lui à la table – y doivent êt en train dse geler les couilles am chercher partout – secouant la tête et ricanant – comme ça j'y ai fait au mec, juss comme ça... en sortant les dents, tvois... jricanais comme un malade... jtel dis Mush, si j'étais pas si mignon à voir j'y aurais tellement foutu la trouille qu'y srait mort direc stenfoiré – rigolant et récurant le bol avec la cuiller d'abord puis avec le doigt, puis se penchant en avant et ricanant encore – Comme ça j'y ai fait, frère – agrandissant les yeux, ricanant, Moishe souriant, puis riant, riant de plus en plus à mesure que sa tension se relâchait, puis secouant la tête et regardant Bobby – Pourquoi ktum regades comme ça Mush ? Comme quoi ? Comme un alcoolo qui vient de rafler une bouteille – avec une drôle de grimace et secouant la tête, Moishe un peu étonné sur le moment, puis éclatant de rire – Je me dis, s'il faisait noir il a dû voir que tes dents – claquant des dents devant Bobby – et tous 2 de se sourire mutuellement, avec Moishe qui claquait des dents de temps en temps... et ils se poilèrent si fort qu'ils en chialèrent, chacun suppliant l'autre d'arrêter... jusqu'à ce qu'ils retrouvent une respiration normale et arrivent à se regarder sans rire... puis ils se turent et reprirent leur souffle en se tenant le ventre... et enfin chacun inspira profondément et soupira, silencieux à nouveau, et peu à peu parvint à regarder l'autre en face avec juste un sourire en coin... puis Moishe ramassa les bols, les rinça, les posa dans l'évier, se rassit et au bout d'un moment rompit le silence en demandant à Bobby si ses parents savaient qu'il allait bien.

Bobby sursauta un peu, fronça les sourcils, Mes parents ????

Ya, ton père et ta mère, ils se font du souci ? Y a longtemps que t/es ici.

Y a juss ma mère et nous – Moishe acquiesçant – Et je règ ça dès que j'y rtourne, t/inquiète, et j'irai voir Jesse dtemps en temps, tvois, pour y dire kça baigne et savoir sky spasse dans lquartier… juss pour savoir.

Ya, ya – opinant de la tête, le visage grave – Ça fait longtemps et je pense que peut-être ils… elle… se fait du souci.

T/inquiète, frère. Un môme qui rente pas à la baraque c'est des choses qu/arrivent, y a pas dquoi sfrapper. Et n'importe comment la assez dgosses dans l'apparte pour lui casser la tête. 1 dmoins c'est bonnard, du moment que j'y crée pas d'emmerdes et, n'importe, c'est cool Mush – le regardant, puis souriant – Tut prends vraiment la tête pour ça ?

Moishe haussa les épaules de l'air le plus détaché du monde et lui retourna son sourire.

Ptain çam scie, tut prends vraiment la tête pour quelqu'un ktu connais même pas… Ptain – dodelinant, souriant toujours, puis se levant lentement, Jsuis lessivé Mush. Sérieux, faut que jpionce.

Ya, bonne idée.

Le vent du NE cessa le lendemain matin, suivi par un redoux et un second été indien tardif qui incita les gens à sortir de chez eux, même sans nécessité, peut-être justement parce qu'ils s'étaient déjà fait à l'idée que désormais ils ne sortiraient plus que par nécessité et resteraient calfeutrés jusqu'au dégel, alors ils voulaient profiter des derniers rayons, s'asseoir ou traîner au soleil, s'imprégner de cette douceur inhabituelle avant que le temps tourne définitivement à l'hiver.

Moishe et Bobby faisaient partie de cette population qui venait prendre l'air du dehors et s'émerveiller de la soudaine et frénétique effervescence des rues.

Ils déambulaient dans les rues, s'arrêtèrent finalement au bord du fleuve peu avant le coucher du soleil et s'assirent pour savourer la tiédeur hors saison de l'air tranquille. Après quelques minutes de silence, Bobby se tourna vers Moishe, Tu dis que t'as pas rvu Sol depuis que t/es sorti du camp ?

Moishe acquiesça et sourit, Ya. Depuis le jour de notre libération. Un jour pareil – secouant la tête – t/as jamais vu un jour pareil.

Jparie que vous étiez tous en train de sauter en l'air, hein ?

Moishe secoua la tête avec nostalgie, Non… y en avait pas beaucoup parmi nous qui tenaient debout… Un matin on voit que les gardes ont disparu et tout est ouvert, mais on peut pas bouger.

Tu veux dire que vous êtes restés là dans scamp dmerde Mush ?

Y en avait pas beaucoup qui pouvaient bouger…. Et où on serait allés ? ? ? ?

puis on entend une voiture et bientôt une jeep qui arrive avec 4 soldats américains. On regarde bêtement. Sûrement que j'ai eu envie d'aller vers eux, je suppose, de les serrer dans mes bras, je sais pas, mais personne ne bouge et moi non plus. Ils s'arrêtent au milieu du camp et ils regardent… ils regardent le tas de cadavres et on devine qu'ils en croient pas leurs yeux… ou leurs narines. Tu sais, Bobby, c'est des hommes qui se battent depuis des années et des années, qui ont l'habitude de voir du sang et des morts, et pourtant ils nous regardent et ils pleurent… ya… ils pleurent et vomissent. Des hommes qui se battent, qui tuent depuis si longtemps, et ils pleurent et ils vomissent. On est quelques-uns à se lever pour aller vers eux et ils ont peur de nous toucher.

Sans charre ? ? ? ?

Ya… Je vois qu'ils voudraient nous toucher mais ils ont peur de nous faire mal Oh Bobby, je vois encore si nettement ce jeune homme qui me regarde, la figure pleine de larmes, les bras tendus et qui pose la main sur mon épaule comme si j'étais un papillon et qu'il avait peur de m'abîmer… juste comme – avec un geste de la main, puis touchant l'épaule de Bobby – juste comme ça et moi j'ai envie de lui dire quelque chose ou de pleurer mais je le regarde, c'est tout, et je sens sa main sur mon épaule et plus jamais de toute ma vie j'oublierai son visage… fatigué, sale, jeune mais déjà vieilli par la souffrance, et les larmes rayent sa figure crasseuse et c'est comme si je voyais son cœur battre dans ses yeux mais je dis pas un mot et c'est seulement après, des jours plus tard, que je m'aperçois que j'ai plus prononcé un mot depuis… oh depuis je sais pas combien de jours, mais beaucoup. Peut-être que j'ai oublié… peut-être que ma langue ne sait plus – l'air dépité – je sais pas mais je regarde sa figure et ses yeux et il me touche si délicatement l'épaule et il dit… Komrade. Ya… il dit Komrade et mon cœur dit Komrade mais rien ne sort de ma bouche, seulement il lit dans mes yeux ce que dit mon cœur… il sait Bobby… il sait…

Moishe inspira longuement, profondément, et soupira… Je sais pas depuis combien de temps j'ai pas vu Sol. Finalement on se revoit tous les 2 et on reste comme ça, on se regarde… presque comme quand je regardais le soldat et qu'on se disait rien. Alors à la fin on se serre et on pleure et je sais pas, même encore aujourd'hui, je sais pas si on s'est dit quelque chose. Peut-être pas. On se serre et puis…

Et tu l'as pu jamais rvu ?

Moishe secoua lentement la tête, Non. Plus jamais. Bah, des fois je rêve de lui, c'est tout. Mais même en rêve ça fait bien 10 ans que je l'ai pas revu.

10 ans… meeerde, c'est long.

Ya – acquiesçant – Peut-être bien 10 ans.

Bobby regarda Moishe un moment… Et pis t/es venu ici ?

Non. Quelques années plus tard seulement. On a encore eu des années de camp… des camps de PD.

PD ? ? ?

Ya. Personnes déplacées. Des millions de gens. Dans toute l'Europe. Pas de toit, leur famille perdue – secouant la tête – c'est terrible, tu sais. Tous ces gens qui cherchent leur famille. De la folie… tant de dossiers détruits dans les bombardements et des millions de gens qui se cherchent… Je remplis des formulaires, je réponds à des questionnaires et tout le temps j'espère et j'ai peur d'espérer.

Bobby regarda Moishe un moment… Ouais, tu m'étonnes. T/espères et lmonde t'envoie péter.

Moishe se tut un instant, comme pour enregistrer les paroles de Bobby… Ya, j'ai peur d'espérer. Mais je pense, et si c'était vrai, si Gertrude et Karl-Heinz étaient encore vivants ? ? ? ? Et puis ça y est, on finit par se retrouver et nous voilà tous les 3… ensemble… Karl-Heinz sait pas qui je suis, mais Gertrude et moi on sait – riant, Bobby secouant la tête et souriant – Et finalement après toutes ces années on est ensemble… presque 9 ans.

Super ! ! ! ! Ptain Mush, c'est cool… ouais, d'enfer, mon frère.

Et dpuis ça baigne, hein ? Ta famille et toi ça roule ?

C'est ce que je pensais. Tant d'années de malheur, de souffrance comme personne peut imaginer… mais on est ensemble… on a assez souffert et…

Ça tu l'as dit frère. Sûr.

Moishe sourit faiblement et approuva, Ya, je pense que ça suffit. Et puis Karl-Heinz est mort et je me demande s'il y a vraiment un Dieu… est-ce que c'est possible tout ça????

silence…

Bobby observant Moishe… Moishe secouant la tête avec stupeur… On devient citoyens et on fête ça, maintenant on est chez nous quelque part, maintenant on a un pays, *notre* pays. On est si fiers… si heureux. Même mon travail, j'ai une petite boutique avec MAISON MOISHE sur la vitrine – sourire absent et nostalgique de Moishe, sourire jovial de Bobby – Donc j'ai de nouveau ma propre affaire… et on a même un saule…

Donc… on est devenus des Américains – souriant à Bobby, les yeux brillants – on est heureux

soudain Moishe se plia en deux, le visage enfoui dans ses mains, Oh Bobby – la voix étouffée, mouillée, le corps secoué par un sanglot, silencieux, seule son haleine bruissant entre ses doigts, le corps parcouru de spasmes, Bobby écarquillant les yeux, se penchant vers Moishe, tendant les mains, désorienté…

à la longue Moishe détacha ses mains de son visage, C'est pas que je croyais que j'aurais plus jamais d'ennuis, tout le monde a des ennuis dans la vie… de la peine. C'est la vie. Mais on se dit après tout ce qu'on a souffert maintenant on va avoir une vie normale, des peines, ya, mais…

Moishe inspira profondément et ferma les yeux et secoua la tête, Comment une chose pareille peut se produire? On connaît même pas le Viêt-nam. C'est un mot qu'on entend des fois à la radio, mais c'est où le Viêt-nam? Gertrude et moi on pense pas guerre, on pense vie, bonheur… on travaille dur. Et puis Karl-Heinz est mobilisé et pourtant on pense pas qu'il puisse lui arriver malheur. Comment ça se pourrait ? C'est le passé, tout ça. On peut pas être de nouveau dans le malheur – regardant Bobby avec une supplique dans les yeux – Mais on se trompe… on se trompe complètement et Karl-Heinz est mort. Gertrude reçoit le télégramme… à 14 h 37. À 6 heures du soir je rentre et elle est assise dans un fauteuil, elle regarde le mur et par terre y a le télégramme et elle a le bras qui pend comme ça… juste comme ça… et j'ai un nœud en dedans, tu sais, une douleur que j'ai plus ressentie depuis des années… comme si tout disparaissait… comme si le ciel et la terre disparaissaient… et l'air aussi… comme s'il y avait plus rien que du noir, de l'horreur, et je vois le télégramme par terre et je m'écroule sur une chaise et je reste assis, je regarde Gertrude… Je sais pas combien de temps je suis resté assis, mais il fait tellement noir que je vois Gertrude floue et je soulève son bras et je lui prends la main et je m'agenouille à côté d'elle… je sais pas Bobby, je suis peut-être resté des heures à genoux comme ça et je comprends pas, est-ce qu'on n'a pas assez souffert ? On nous avait tout pris et on s'est battus pour reconstruire une vie et maintenant notre seul enfant est mort… mort. Des ennuis, d'accord, mais pas enterrer notre enfant. Non. NON ! ! ! ! Oh Bobby je crie vers dieu et je lui dis Non, NON ! Mais j'ai eu beau crier on enterre quand même notre enfant et tous nos lendemains sont dans une caisse sous terre… juste une caisse sous terre – secouant la tête, contemplant le sol, et Bobby toujours penché vers lui, décontenancé, intrigué, qui voulait faire quelque chose, lui tendre la main, mais restait interdit, bouche bée – Je me dis qu'il peut pas y avoir un dieu. Je suis obligé de me dire qu'il y a pas de dieu. S'il y en a un, alors c'est quelle sorte de dieu ? ? ? ? Quelle sorte de dieu peut permettre ça… peut nous prendre notre enfant ? Et je me dis dieu a permis les camps il a permis la mort de notre fils, quelle différence ça fait ? ? ? ?

Le soleil était presque complètement couché et les

bateaux sur l'eau avaient allumé leurs feux de croisière qui se reflétaient sur le fleuve comme les lumières des buildings voisins. Le ciel était rayé de couleurs qui se fondaient dans le bleu foncé que serait bientôt le ciel du soir. Moishe inspira encore profondément et leva la tête, Je sais pas combien de temps on est restés sans parler, Gertrude et moi. Peut-être quelques mots à peine pendant des jours... qui peut savoir, peut-être des semaines – haussant les épaules – qui peut savoir. Je pense que je vais me tuer, que je supporterai pas la douleur. Impossible de vivre dans ce monde. Mais si je me tue Gertrude sera seule alors je continue à vivre. Pendant longtemps je travaille pas mais il y a des amis qui aident... apportent à manger, cajolent, parlent... Là, mange un peu de soupe – et la douleur de Moishe muselait Bobby qui pourtant voulait lui dire tant de choses.

Moishe et Bobby se regardèrent avec compassion, comme acquiesçant mutuellement avec la tête immobile...

Ya... Ya... et puis Gertrude recommence à faire la cuisine... et je reprends le travail. Pourtant on parle toujours pas beaucoup, des mots comme ça mais c'est pas parler, et je travaille et je dis rien. Je fais le boulot et je repars... Ya, je fais le boulot et je repars. Mais à l'intérieur c'est affreux, comme au camp, et je me souviens de Sol mais je dois souhaiter le bonheur de qui ? Qui je peux accuser ? qui je peux haïr ? à qui je peux souhaiter d'être heureux ? ? ? Je m'assois dans mon atelier, des mois après peut-être, je me demande combien de temps va durer la souffrance et je comprends que c'est pour toujours peut-être... Ya, peut-être pour toujours, comme avant. Alors à qui je souhaite d'être heureux ? au président ? à l'armée ? Je souhaite le bonheur du Viêt-nam ? Je me tape la tête avec les poings et je trouve personne à qui souhaiter le bonheur, je trouve personne à haïr – haussant les épaules et balayant l'air de la main – et tout ce que j'entends c'est le bruit de mes poings sur ma tête, encore et encore. Je sais pas combien de temps. J'arrête et je vois une flaque sur le sol et je comprends que je pleure. J'ai la figure mouillée et contractée et par terre y a une flaque. Des larmes. Toutes mes larmes. Achhh – se redressant et agitant les bras – De nouveau le temps s'arrête et je sais pas qu'il est tard. Je regarde la pendule sur le mur et je vois 8 heures, mais – hausse les épaules et secoue la tête – Bon, je me dis que c'est l'heure de rentrer. Au fond de moi je sais qu'il faut rentrer mais je suis comme ficelé sur la chaise, mais je me bouge, Bobby, je sais pas combien de temps il m'a fallu pour me lever de cette chaise. Aller jusqu'à la porte c'est comme un cauchemar, mais je rentre à la maison. Gertrude est tout affolée, toute tremblante, elle pleure, je comprends pas ce qu'elle dit et elle me tape et elle me prend dans ses bras et je me sens mourir et je la serre fort et elle se calme et je me demande ce qui se passe… Je cherche un télégramme, quelque chose… mais bientôt elle fait que pleurer puis elle me regarde et elle dit que je suis en retard. Ya, elle dit que je suis en retard et qu'elle a appelé la boutique et j'y étais pas et elle a pensé qu'il m'était arrivé quelque chose et qu'elle allait se retrouver seule… Oh Seigneur, c'est terrible… elle a cru que j'étais mort et qu'elle était seule dans l'appartement d'un étranger dans un pays étranger, et elle savait pas quoi faire, qui appeler, où aller, elle restait assise à trembler et à pleurer parce qu'elle était toute seule et qu'elle allait devoir m'enterrer et revenir habiter dans ce logement, et alors Bobby, alors tout d'un coup je comprends ce qu'elle ressent, comment tout en elle est du vide et de la douleur et de la terreur Oh Bobby je la serre dans mes bras et je l'embrasse et je lui dis que je l'aime et je sais dans mon cœur à qui je souhaite le bonheur. C'est seulement alors que je sais à qui je souhaite le bonheur… seulement alors quand je vois dans ses yeux la main de la mort… ya, alors je sais…

et alors de nouveau
j'ai une raison de vivre...

Donc... couci-couça on survit – incline la tête en arrière, se souvient et sourit – mais toujours je nous vois en train de nous tenir les mains... ya, on est assis dans la cuisine, peut-être le matin, peut-être le soir, et des fois on parle pas, on est juste là et on se tient les mains... et des fois on se regarde et on sourit, et un jour on rit et puis ça fait déjà 2 ans que Karl-Heinz est mort et on continue... Ya, on se débrouille Gertrude et moi, et...

Moishe sourit chaleureusement à Bobby qui le regardait avec admiration, respect et perplexité, et comme le vent se levait et fraîchissait, tous 2 s'emmitouflèrent et après être restés debout un moment commencèrent à rentrer, pelotonnés contre le vent mais chacun se réchauffant à la chaleur de l'autre.

Bobby força un peu plus sur ses exercices le lendemain matin... et assis sur le rameur, pantelant, à bout de souffle, essaya de puiser un surcroît d'énergie dans la visualisation de Maria... sa douce petite Maria qui était si cool, y en avait aucune qui lui arrivait à la cheville dans le quartier... ooooh elle était si douce et elle savait si bien le prendre, quand elle se collait contre lui ça lui faisait des frissons partout... et même plus... et rassemblant toute sa haine contre Raul il voyait en pensée son poing lui éclater la gueule encore et encore... même à bout de souffle affalé sur les avirons en attendant de récupérer il continuait à se voir démolissant la gueule de Raul.

Dans la baignoire il se détendit, s'abandonna, oublia ses visions, se laissa flotter librement, sans poids, les yeux fermés, librement, détaché de tout...

puis reprit conscience de l'endroit où il était, de l'eau chaude et tourbillonnante.

Quand Bobby s'assit à la table de la cuisine, Moishe lui trouva l'air préoccupé, pensif, comme chaque fois qu'il ruminait quelque chose. Il le regarda un moment, puis alla à son fourneau.

Bobby se mit à beurrer les petits pains frais, T/es sorti de bonne heure, eh Mush !

Ya. C'est bon les petits pains frais, ya ?

Super Mush.

Moishe s'assit à table pendant que Bobby mangeait, Le temps change. C'est l'hiver qui arrive. Il neige mais c'est tout mouillé et ça glisse.

Ouais, on dirait. Quelques jours dbeau temps et t/as le vent quit fouette le cul et la neige quit descend dans lcou.

Moishe sourit, Ya.

Ils se turent quelques instants. Moishe remarqua que le visage de Bobby était de nouveau préoccupé. Finalement Bobby regarda Moishe, Tu l'aimais vraiment ta femme, hein Mush ?

Gertrude ? Ya, on s'aimait... pendant toutes ces années on s'est aimés. Sans interruption. J'ai toujours aimé ma Gertrude et elle m'a toujours aimé.

Bobby ferma les yeux et secoua la tête, C'est cool ça Mush – il s'interrompit soudain, regarda le mur en face, puis Moishe, Tu dis qu'y neige ?

Moishe l'observa, intrigué, Ya... c'est mouillé. Tout le monde glisse.

Bobby acquiesça légèrement, regarda de nouveau le mur, acquiesça encore pour approuver quelque pensée intérieure, puis se leva soudain – Ouais – et vite quitta la pièce.

Moishe plissa les yeux, puis contempla le vide, et il était toujours dans la même position quand Bobby revint dans la pièce habillé pour sortir, avec gants et bottes.

Moishe voulut lui dire de mettre une écharpe, puis referma la bouche et déglutit en ressentant à nouveau cette terrible douleur dans les boyaux, cet horrible trou qui le rongeait jusqu'à la gorge et s'enveloppait autour de son cœur.

Faut que jsors Mush. À plus.

Et il avait disparu. Comme ça, oups, il avait disparu et Moishe resta immobile, seul, alors que quelques minutes plus tôt à peine Bobby était assis à table et ils parlaient et il ressentait un drôle de frisson dans le dos et il essayait de lui expliquer quelque chose et brusquement oups il était parti… parti sans son écharpe… aujourd'hui avec ce vent et cette neige il est encore sorti sans son écharpe… et cette fois il fait jour… grand jour… et pas d'écharpe autour du cou pour ne pas offrir de prise à l'adversaire. En plein jour.

Y m'attendront jamais en plein jour, c'est sûr. Pensent qu'à smettre le cul au chaud et au sec, ym verront même pas vnir, ces cons… Ouais, l'enculé numéro 2 va déguster aujourd'hui…

marchant vite et silencieusement dans le quartier désert, plissant les paupières pour ne pas être ébloui par la neige mais sans rien perdre de vue alentour, anticipant toujours le danger qui pouvait surgir au coin de la rue suivante, ou derrière lui ou caché quelque part, conscient que ses proies ne savaient pas qu'il était en chasse.

Il tourna soudain au sud, traversa un immeuble abandonné, puis prit par l'est jusqu'à une zone inhabitée à la lisière de son quartier, continua à louvoyer avec des virements de bord impromptus jusqu'à ce qu'il atteigne le quartier, puis s'arrangea pour rester dos au vent autant que possible, gaffant toujours autour et surtout derrière lui, s'assurant qu'en cas de rencontre à l'improviste les autres auraient le vent de face et la neige dans les yeux, baisseraient la tête et regarderaient par terre. Il vérifia tous les endroits où ils traînaient d'habitude, mais en veillant à ne jamais s'éterniser, s'éclipsant vite fait par un porche connu et ressortant par une autre porte, quelquefois à quelques rues de distance, puis revenant par un détour, sachant que tôt ou tard il en verrait un et qu'il lui suffisait de patienter pour avoir sa chance… de rester cool et d'ouvrir l'œil. Vu l'heure il y en aurait forcément un qui sortirait pour faire une course… acheter du lait, du pain, quelque chose, et tout ce qu'il avait à faire c'était de se tenir en alerte en se disant qu'ils l'apercevraient trop tard à cause de la neige alors que lui les repérerait dès qu'ils montreraient leur bobine… et à nouveau il tourna à l'ouest, enquilla dans une impasse, sauta une palissade, revint par le nord et reprit par l'ouest, avec le vent et la neige dans le dos, et après quelques heures de circumnavigation sans dévier de son objectif, il vit Luis entrer dans la bodega et alla se planquer sous un porche de l'autre côté de la rue avec le comptoir en point de mire et, quand Luis passa à la caisse, il commença à traverser la rue, le laissa faire quelques pas vers le nord puis fonça pour arriver à sa hauteur au moment où il passait à côté d'une entrée d'immeuble et le percuta, le balança dans l'entrée, lui claqua la gueule contre le mur, trois quatre fois jusqu'à ce qu'il soit à moitié dans les vapes, puis le traîna dans le couloir jusqu'à la cour, puis dans la ruelle, le cogna encore contre le mur, l'étendit sur le carreau, toujours en silence, parfaitement concentré sur ce qu'il faisait, fouilla rapidement ses poches, choura son couteau, lui retroussa son froc jusqu'aux chevilles, lui aplatit la gueule sur le sol quand le mec se mit à gémir, puis le traîna un ou deux mètres plus loin vers un endroit où il avait repéré une énorme merde bourdonnante de mouches, lui empoigna les tifs et lui enfonça la bouille dans la merde, sentit que Luis était à deux doigts de perdre connaissance et grava un message pour Raul sur le dos du blouson de Luis : TU EST MORT RAUL et se tourna pour décarrer mais sa haine qui bouillonnait encore le retint et malgré ses efforts pour résister à l'emballement il s'immobilisa une seconde, puis Luis se mit à gémir et Bobby regarda vite autour de lui pour s'assurer que personne ne se pointait et renfonça la gueule de Luis dans la merde et lui planta le schlass dans les fesses et se tailla en vitesse, sauta la palissade, fila dans l'immeuble adjacent, traversa la cave, sortit par la rue sud à l'ouest de l'impasse, sans marcher trop vite, en se fondant de nouveau dans la circulation, sachant que Luis serait incapable de bouger pendant quelques minutes et se prendrait les pieds dans son falzar en essayant de se lever et qu'à ce moment-là il serait déjà loin, tourna un coin, toujours dos au vent, s'engagea dans une ruelle orientée au sud-est qui le mena dans un terrain vague avec un grand panneau publicitaire et des tas de ferraille et des grands cartons d'emballage qui servaient d'habitation aux clodos de temps en temps, puis vira à l'ouest et bientôt la circulation ne fut plus qu'un bruit lointain et il se retrouva seul dans les rues.

La neige ne tenait pas, elle fondait en touchant le macadam mais il y avait quand même une fine couche de blanc sur le sol froid de la zone et les immeubles abandonnés avaient quelque chose de féerique sous les flocons, avec des surlignements blancs sur les reliefs, les corniches, les briques saillantes, les décombres et Bobby fonçait sous la neige, encore tout excité, suant et euphorique de son tête-à-tête avec Luis, mais toujours prudent, attentif, regardant bien partout, puis finalement ralentit le pas et s'arrêta à un bloc de chez Moishe et resta planté sous la neige qui lui caressait le visage, le rafraîchissait, se sentant de plus en plus détaché, de plus en plus spectateur du décor enneigé qui semblait le distancier du passé immédiat, rendait les choses lointaines, irréelles, comme un dessin animé pour les mômes où tout était doux et tranquille et se terminait bien, où il y avait jamais de rats dans les murs… ni maintenant ni jamais… il y avait jamais de rats dans les murs…

reprit sa marche lentement à travers les flocons qui lui caressaient les joues et s'écartaient sur son passage comme s'ils étaient tous ses copains et voulaient l'aider à faire ce qu'il avait à faire et il s'arrêta de nouveau, renversa la tête en arrière, ouvrit sa bouche à la neige qui descendait dans sa gorge ou se posait sur sa langue, les paupières mi-closes pour protéger ses yeux, et c'était comme si une musique ondoyait en lui, une musique qu'il n'entendait pas mais sentait, une musique chaleureuse comme celle des chanteurs de gospel, ces groupes vraiment super et il se mit à fredonner en marchant, il se sentait en sécurité dans ces espaces vides entre les bâtiments en ruine, parce que personne ne pouvait se cacher derrière, il y avait trop de distance pour que quelqu'un puisse lui foncer dessus sans se faire voir, et parce qu'il savait exactement quoi faire, exactement où aller. C'étaient les derniers grands espaces de la ville, il était complètement à découvert, complètement visible même avec la neige, mais personne ne pouvait le surprendre, alors il marchait lentement vers l'apparte de Moishe, en renversant la tête en arrière de temps à autre, bouche ouverte, et la neige lui dégoulinait dans le cou mais il s'en foutait parce qu'il serait bientôt au chaud et au sec, même si le froid commençait à lui transpercer les os maintenant qu'il n'était plus blindé par l'adrénaline, que le vent devenait cinglant et glaçait chaque souffle, ça l'empêchait pas de continuer à faire des haltes pour happer la neige dans sa bouche, la goûter, et le voilà déjà en haut de l'escalier de la cave. Il descendit quelques marches, s'arrêta une seconde, puis remonta pour regarder la neige et les bâtiments qu'il savait être rouge sale mais qui paraissaient roses dans le gris pâle de l'atmosphère. Il contempla la neige, les immeubles, regarda les flocons rouler sur le trottoir jusqu'à la rampe et disparaître, puis leva les yeux pour suivre la chute d'un autre flocon, fasciné par le phénomène, songeant à l'immensité du trajet parcouru par ce flocon depuis la haute altitude pour disparaître sur le sol ou tenir jusqu'au dégel et finir dans l'égout, mais en attendant c'était quand même joli à voir, si paisible, si tranquille, et ça rendait l'air doux comme une plume sur ta joue et tout était beau, tu savais que c'était pas comme ça en réalité mais sur le moment t/y pensais pas, sur le moment c'était beau… au moins sur le moment…

enfin il tourna les talons et regagna l'appartement.

Moishe était déterminé à ne plus penser à Bobby en son absence. Il alla dans son atelier et attaqua la construction d'une étagère qu'il avait promise à un ami et client, augmenta le volume de la radio pour assourdir ses pensées et se répéta qu'il devait s'appliquer, que son ami méritait le meilleur de Moishe et travailla avec soin et méthode.

Ça se passa bien pendant 2 heures puis son estomac lui rappela que le temps passait, mais il avait peur de s'interrompre pour manger, par crainte de retomber dans ses idées noires avec le désœuvrement et de ne jamais s'en relever, alors il continua à travailler,

puis lâcha brusquement la ponceuse et pivota en entendant la porte s'ouvrir.

Quand Moishe arriva dans la cuisine, Bobby avait déjà retiré et suspendu ses vêtements mouillés derrière la porte. Moishe l'entendit dans la salle de gym… puis reconnut le bruit de la baignoire à vagues. Il regarda le blouson mouillé et le bonnet un instant, puis passa dans l'autre pièce. Bobby était dans la baignoire qui se remplissait encore. Moishe remarqua immédiatement qu'il transpirait.

Tu vas bien ?

Ouais, impec Mush. En pleine forme.

Moishe le regarda un moment, acquiesçant, T/avais envie d'un bon bain, ya ?

Ouais. Faut que jme réchauffe et c'est lmeilleur moyen.

Ya – approuvant – Ya – observant Bobby sans savoir quoi dire mais avec le besoin de dire quelque chose – Je nous prépare une soupe chaude, ya ?

Bonne idée Mush. Ouais, jdis pas non.

Moishe fit chauffer la soupe en se débattant contre ses sentiments, qui pouvaient l'entraîner à dire ou à faire quelque chose qu'il n'avait ni à dire ni à faire, et en restant aussi concentré que possible sur sa popote.

Bobby se prélassait dans l'eau chaude qui montait, montait, dont la chaleur pénétrait son corps de plus en plus profondément... attendait qu'elle soit bien haute avant de brancher les jets... sentait son corps devenir de plus en plus léger... puis brancha les jets et l'eau se mit à bouillonner autour de lui et les derniers frissons résiduels quittèrent son corps en même temps qu'il se détendait, et il s'adossa et se laissa relaxer par les remous et pendant un moment ne s'intéressa qu'à l'odeur de la soupe, puis peu à peu oublia ce qui l'entourait, perdit la sensation de son corps... s'en détacha de plus en plus, se détacha de tout... c'était un état merveilleux, comme ça lui arrivait parfois quand il s'asseyait dans le tourbillon d'eau chaude, il savait qu'il était Bobby mais c'était un autre Bobby qui semblait encore plus Bobby que le premier, comme si les virées quotidiennes n'avaient jamais eu lieu, comme s'il n'y avait pas de rues, pas d'impasses, pas de rats, même pas de murs ni de ciel, comme si les choses étaient là et pas là, alors il se laissait porter par la flotte et aller à la dérive, en espérant que ça durerait le plus longtemps possible...

Mais ça ne dura pas, il finit par reprendre conscience des éléments extérieurs, de l'eau, de l'odeur de la soupe, et il commençait à avoir le postère en compote à force de tremper, et le fil de ses pensées se renoua… personne ne pouvait s'attendre à un nouveau raid de sa part ce soir même, ce serait la surprise du chef, il allait se graisser la panse à la soupe chaude, se reposer 2 bonnes heures et retourner là-bas vers le coucher du soleil… ou peut-être un peu avant, et serrer Alfredo… ouais, il était absolument sûr du coup, il choperait l'Alfredo seul quelque part dans son quartier, il le savait, il le savait dans la moelle de ses os… Ouais, aucun doute, ça pouvait pas foirer, c'était couru d'avance. Le mec aurait même pas le temps de comprendre ce qui lui tombait dessus, il avalerait sa chique et Raul commencerait à transpirer… ouais… ça pouvait pas rater. C'était parfait. Il s'adossa dans la baignoire et sourit en levant le poing droit.

Moishe regarda Bobby manger sans rien dire, en remarquant qu'il regardait constamment l'heure comme s'il avait un rendez-vous important… et vit à l'expression de son visage qu'il était préoccupé, qu'il devisait intérieurement, ruminait un projet, et Moishe devait se mordre les lèvres pour ne pas lui demander à quoi il pensait, pour garder la bouche fermée et…

Super ta soupe Mush… bonne et bien chaude.

Bien. Je suis content qu'elle te plaise – embarrassé par l'hystérie qu'il entendit dans sa propre voix.

Ça caille dehors. Jcroyais que j'arriverais jamais am réchauffer.

Ya – s'efforçant de maîtriser sa voix – T/es sorti longtemps.

Ouais – fit la moue et lorgna Moishe – Mais ça valait lcoup – souriant, étrécissant les yeux – 2 de chute… 2 enculés servis… en fait y en reste pu qu'1 et jm'occupe de Raul – observant la jointure du mur et du plafond – Y scroit pu marle que moi, mais jsais sque jfais…

Moishe regarda Bobby qui regarda la pendule et hocha la tête, Doit faire djà noir à stheure… surtout avec la neige y a pad visibilité – approuva sa conclusion et se leva lentement de table. Il enfila son blouson, son bonnet, ses gants, ouvrit la porte, À plus Mush, et sortit.

Et voilà, il s'en va et je reste ici à me ronger les sangs Oh Bobby… Bobby…

Bobby n'avait parcouru que quelques centaines de mètres quand le froid le saisit. Le vent soufflait beaucoup plus fort maintenant, la température avait chuté et des rafales croisées faisaient tournoyer la neige dans les canyons des rues. De temps en temps il se protégeait le nez derrière ses mains parce que le vent glacé lui rappelait la caillante de l'après-midi, qui l'avait pris au dépourvu sur le chemin du retour, lui avait congelé le nez et les oreilles, avait figé ses pas, lui avait coupé les pattes, alors maintenant il était prévenu et quelques minutes de trotte dans la nuit froide lui avaient suffi pour comprendre qu'il fallait pas traîner en route.

Il y avait encore une lueur dans le ciel à l'ouest et il se dit que le moment était bien choisi pour retourner sur le turf, on avait la vue basse à cette heure de la soirée, on voyait pas venir le danger et ils s'attendaient sûrement pas à ce qu'il revienne montrer sa frime quelques heures à peine après le savon qu'il avait passé à Luis et il se marra intérieurement en imaginant Luis étendu dans l'impasse, le froc baissé, avec son propre schlass planté dans le derche. Mais ça c'était déjà du passé, s'agissait pas de s'attendrir sur des souvenirs, s'agissait d'assurer le coup maintenant s'il voulait pas être transformé en charogne. Fallait rien négliger, repérer les moindres détails, tant pis pour le froid et ça promettait parce que s'il se gelait déjà les miches maintenant alors qu'est-ce que ça serait dans une demi-heure, dans une heure, voire plus s'il devait poireauter tout ce temps… mais il savait que ça se réglerait cette nuit même, c'était une certitude absolue, c'était le moment idéal pour coincer l'Alfredo, aucun doute là-dessus, alors il hâta le pas, se remua le train et activa ses mirettes, bien décidé à exploiter au maximum son avantage : celui du chasseur sur le gibier. Ouais, c'était un avantage énorme, mais qui se résumerait à peau de balle s'il faisait pas gaffe, s'il matait pas chaque ombre, chaque recoin, chaque angle.

Ce fut un peu plus relax quand il aborda le secteur habité de la ville où les immeubles coupaient le vent et où il pouvait se perdre plus facilement dans l'animation des rues, personne ne faisait attention aux corps en mouvement par ce temps-là, et il allait profiter pleinement de la circonstance. Il avait gardé Alfredo en réserve jusqu'à maintenant parce qu'il connaissait ses habitudes… toujours au bercail entre 5 et 7 les jours de semaine pour bouffer en famille. Son vieux lui filait une dérouillée maison s'il rentrait pas à l'heure pour bouffer. Une fois, il y avait quelques années de ça, quand il était encore môme, son vieux était venu le chercher dans le drugstore où il traînait et lui avait astiqué le cul en beauté devant tous ses potes et l'avait ramené en le traînant par l'oreille comme s'il avait essayé de la lui arracher et fallait voir l'Alfredo comment il gueulait, chialait, suppliait, et on l'avait pas revu dans les parages pendant une semaine tellement il était humilié. Bobby avait vérifié chaque fois qu'il était revenu dans le quartier, il savait qu'Alfredo serait chez lui jusqu'à 7 heures et savait donc exactement ce qu'il allait faire, il avait tout gambergé au petit poil, étape par étape, dix fois, vingt fois.

Il était un peu plus de 6 heures et il marchait cap à l'est sur le trottoir en face du drugstore, s'arrêta une minute sous un porche pour repérer le périmètre. Il aperçut Raul et quelques autres qui glandaient au fond, tchatchaient en agitant les mains comme des moulins, faillit se laisser hypnotiser par sa haine, mais se ressaisit vite, respira profondément, puis continua vers l'est, et au sud après le coin. Il avait largement le temps de tout inspecter. Il traversa quelques rues, toujours sur le qui-vive même s'il savait où étaient Raul et une partie de sa bande, parce que ici il était en territoire bic et n'importe qui pouvait retapisser sa frime, puis l'attaquer par-derrière ou l'attendre au coin d'une rue, et ils se feraient un plaisir de lui démolir la gueule à la première occase, mais aucune chance, il se laisserait pas surprendre, il se tenait à carreau et matait tous les enflés en vadrouille, sans rien négliger, sans qu'aucune ombre échappe à sa vigilance.

Il prit par l'ouest, entra dans le second immeuble et avala l'escalier jusqu'au toit. Là, il s'arrêta un moment pour reprendre son souffle, appuyé contre la porte, puis traversa le toit à pas de loup jusqu'à l'angle sud-ouest, qui surplombait le toit ouest distant d'1 petit mètre à peu près. Il sauta le ravin et continua vers l'ouest jusqu'à l'autre bout, puis ramassa la planche qu'il avait casée sous le parapet, la posa en porte à faux entre les 2 toits, traversa et la tira vers lui de l'autre côté. Les toits suivants étaient plus rapprochés et il put les enjamber sans problème jusqu'à l'immeuble d'Alfredo, qui habitait au dernier étage. Il se faufila sur le palier et resta en planque dans un coin sombre, sachant que personne ne remarquerait sa présence parce que personne ne regarderait par là vu que l'escalier pour descendre était dans la direction opposée. Il évalua le temps d'attente à 10 minutes, pas plus, respira lentement, profondément, pour se détendre tout en restant sur ses gardes, puis remua les orteils et les doigts pour être sûr qu'ils ne seraient pas engourdis au moment de passer à l'action, numérota ses abattis et continua ses assouplissements jusqu'à ce qu'il entende des pas derrière la porte de l'appartement d'Alfredo à moins de 2 mètres de là. La musique provenant des autres appartements était reléguée en arrière-plan dans un coin de sa tête et il entendait distinctement les pas, les voix, la voix d'Alfredo qui répondait, le tour de clenche et, quand il entendit le premier couinement des gonds il se pencha en avant, sachant qu'Alfredo ferait face à la porte en la refermant, et dès qu'il entendit le grincement de retour du battant il avança d'un pas et quand il entendit le déclic du penne il colla ses mains gantées sur la gueule d'Alfredo, lui attrapa la tête, le fit pivoter, enfonça un genou dans ses balloches de toutes ses forces, sentit plus qu'il n'entendit Alfredo étouffer un gémissement, puis lui cloqua un autre coup de genou dans le bide, et encore un autre, et encore, le laissa se plier en 2 pour respirer à travers son gant qui le bâillonnait toujours puis le traîna jusqu'au toit, lui fraisa encore un peu les couilles avec la rotule, le plaqua au sol sur la fine couche de neige, très calmement, lui racla bien la gueule sur le goudron, rafla son couteau dans sa poche, le déculotta, lui enroula son falzar autour des chevilles, lui agrippa les cheveux, lui tourna la tête et s'approcha à quelques centimètres de sa face, Tu diras à stenculé dRaul qu'il est lprochain sur la liss, puis lui taillada la joue, planta le couteau dans le sol juste à côté de son nez, puis disparut de l'autre côté du toit. Alfredo n'avait pas assez de souffle pour crier, la séance avait duré moins d'1 minute au total, et 30 secondes après Bobby lui avait déjà mis 3 toits dans la vue, dégringolait un escalier de secours, s'egouffrait dans une cave, émergeait dans la rue et fonçait nord-nord-est vers son q.g. en se mêlant à la foule des piétons, à leurs ombres, même forme, même taille, même vitesse, sans repenser à ce qu'il avait fait, sans jubiler de l'excellence de sa ruse (comment qu'il les avait niqués, ces cons), mais en parant au plus pressé, en surveillant chaque pas, chaque voiture, chaque visage, chaque chapeau, chaque paletot, se méfiant de tout jusqu'à ce qu'il n'y ait plus personne à surveiller, plus de voitures, plus d'ombres mouvantes, rien que les ombres fixes des immeubles déserts et des décombres, plus d'autres bruits que ceux des rats ou des chats, et il tourna un coin et s'appuya contre un mur, écouta sa respiration saccadée sans chercher à l'assagir, profitant du répit pour s'abandonner à l'euphorie de la réussite, il les avait feintés une fois de plus ces salauds de bics, et la dernière bille en jeu serait la tête de Raul et celle-là il la jouerait comme un champion et gagnerait la partie. Ouais, sûr qu'il gagnerait, et il avait envie de bondir à travers les décombres pour rentrer, mais sagement il apaisa sa respiration et marcha avec prudence.

Moishe était encore dans l'atelier quand il entendit la porte s'ouvrir, étonné que Bobby revienne déjà, s'étant préparé à une attente jusqu'aux petites heures du matin. Il s'obligea à finir de serrer les 4 écrous qui tenaient le socle d'un grille-pain, inspira plusieurs fois puis passa dans la cuisine.

Bobby était encore debout, soufflait dans ses mains, les frottait l'une contre l'autre et les approchait de son visage, en cornet, et respirait dedans pour se réchauffer les joues et le nez. Il avait les yeux brillants, la figure injectée de sang et semblait incapable de tenir en place, il avait retenu sa joie trop longtemps et, maintenant qu'il était en lieu sûr, les ressorts se détendaient.

Encore fourré dans l'atelier hein Mush ? Tu découches hein ? – rigolant et se frottant les mains.

Moishe le regarda un moment, puis se tranquillisa et sourit.

Qu'ess tu dirais d'un ptit chocolat chaud et d'une glace Mush ?

Ils s'assirent avec leur glace et leur chocolat chaud et Moishe devina tout de suite qu'il n'aurait pas besoin de poser de questions, que toute l'information nécessaire allait affluer d'elle-même et Bobby lui raconta comment il avait feinté ces enculés, comment il s'y était pris, comment il avait fait, comment cet enculé n'avait même pas eu le temps de réagir, n'avait même pas pu prononcer un mot, mais comment il lui avait bien fait voir qui il était, comment il lui avait coupé la joue et avait planté le couteau juste devant son pif pour lui foutre les jetons mais l'enculé avait pas moufté et Bobby avait disparu dans la nuit et avait jamais entendu cet enculé prononcer un seul mot, il se gelait les couilles là-haut, c'est sûr, et maintenant il restait plus que Raul et quand il le choperait il supplierait Bobby de l'achever parce qu'il allait le sentir passer stenculé, ouh putain il le raterait pas, il le tuerait à ptit feu, il le laisserait viv assez longtemps pour qu'y souff, il le saignerait de la gorge au cul et il le balancerait pardsus ltoit et le regarderait s'écraser par terre comme Maria et il espérait qu'y aurait de la neige pour qu'y voie bien lsang gicler dans la rue ptain et y se pencherait pour le regarder et il l'écouterait gueuler pendant toultemps qu'y dégringolerait jusqu'en bas et putain que ça lui plairait d'entendre ça ptain ça sra dla musique pour moi mec et ptêt jlenregistrerai pour que jpeux l'entende encore autant que je veux et j'aurai disparu avant kces enculés auront compris kesky spasse, y a que Raul qu/aura pigé et y pourra rien dire y sra étalé dans sputain drue à bicots et ptêt je descendrai pour y pisser dsus à smerdeux ou ptêt j'y pisserai dsus dpuis ltoit et y en prendront tous plein la gueule ces enculés dbics y suceront le jus dma bite noire ces faces de cul de macaques et…

et Moishe écoutait, sentait le sang bouillonner dans sa tête et l'angoisse lui nouer les tripes et les larmes lui obturer le gosier, et ses yeux se fermèrent pour que le monde cesse d'exister et ses oreilles se fermèrent pour ne plus entendre ce que disait Bobby et pendant qu'il voyait et entendait l'exaltation de Bobby il percevait la souffrance cachée derrière et toute sa propre souffrance resurgissait et le cramponnait et le ravageait…

finalement n'entendit plus que la cuiller de Bobby raclant contre le bol, vide à part quelques restes liquéfiés… se rendit compte qu'il regardait fixement Bobby… puis que l'attitude de Bobby avait changé, la posture de ses épaules, une sorte de dépit, de lassitude, de confusion. Il vit qu'il se forçait à sourire de temps en temps, se résignait, et de temps en temps haussait les épaules comme pour conclure un débat intérieur.

À la longue Bobby se leva, toujours en silence, s'assit à la table du puzzle et, le menton dans une main, regarda les pièces, en choisit une sans conviction, la regarda, la retourna, essaya distraitement de la caser, puis la reposa de côté, garda la main dessus quelques minutes avant d'essayer d'en placer d'autres… et ses épaules s'affaissaient de plus en plus… Il se leva, s'efforça de se tenir droit, sans y parvenir, se tourna vers Moishe, voulut dire quelque chose, se ravisa et s'en alla dans la chambre.

Moishe ne fut pas surpris d'entendre que Bobby avait un sommeil agité, marmonnait, secouait les bras en dormant, comme la première nuit où il avait attaqué un de ses ennemis. Il ne fut pas surpris non plus de le voir lambiner au lit le lendemain matin, se lever avec mollesse, rechigner à l'exercice, abréger sa séance de musculation. Il le laissa seul et s'affaira dans son atelier.

Bobby erra sans but dans l'appartement, puis s'habilla et dit à Moishe qu'il sortait. Il déambula au hasard dans la zone, souffrit du froid, s'emmitoufla dans son blouson, rajustant constamment son écharpe autour de son cou puis enfonçant profondément les mains dans les poches. De temps en temps il regardait alentour, sans avoir conscience de grand-chose sinon de la chaleur du soleil sur son visage et de l'efficacité du calfeutrage de son cou. Il alla vers le fleuve, traversa imprudemment la rue, manqua se faire renverser par une voiture qui freina en catastrophe, dérapa, s'arrêta à quelques pas de lui, et il bigla le chauffeur qui lui chantait une râlante, puis fonça sur le trottoir, déboussolé, incertain, ressentit une décharge d'adrénaline, paniqua, courut, buta contre un couple qui lui dit de regarder où il mettait les pieds, Tu t'imagines que la rue t'appartient eh connard – poussé par l'adrénaline, désemparé, titubant jusqu'à la rambarde du fleuve où il s'appuya en se demandant comment il était arrivé là et ce qu'il pouvait bien y foutre, frissonna de peur et s'écroula sur un banc,

resta tranquillement assis un moment, puis se leva quand le froid le fit grelotter, prit le chemin du retour en s'efforçant de garder l'esprit en éveil, perdit à nouveau le sens de l'orientation, se demanda dans quelle rue il était, eut peur, s'affola, se mit à transpirer à grosses gouttes, se hâta, se hâta, trotta, courut.

Quand il atteignit enfin les marches, il descendit précipitamment, trébucha, faillit tomber, s'appuya contre un mur dans l'ombre, pantelant, tremblant, redoutant l'irruption d'un intrus, se sentant trop faible pour se défendre et cependant incapable de s'enfoncer plus avant dans les ténèbres vers l'apparte... craignant aussi que Moishe commence à en avoir marre ou honte de lui s'il le trouvait affalé contre ce mur, en sueur, mou comme une chiffe, alors il s'arracha et chancela à l'aveuglette dans l'obscurité...

Quand il arriva, il se déloqua fissa et ne trouva rien de mieux à faire que de foncer direct dans le jacuzzi, il tremblait comme une feuille et quand il sentit l'eau chaude l'enrubanner de partout il commença enfin à s'apaiser, à se relaxer, à se fondre dans le courant.

Moishe continua à travailler, en soupirant bruyamment quand il entendit Bobby rentrer. Puis, quand il entendit la baignoire se vider, il regarda l'heure et se dit que c'était la faim qui lui nouait l'estomac.

Bobby resta silencieux et apathique toute la journée et les jours suivants. Il baissait la tête, voûtait les épaules, piochait sans appétit dans son assiette et la terminait rarement. Il continua à s'entraîner mais sans réel enthousiasme et sans trop se fouler.

Moishe passait le plus clair de son temps dans l'atelier, domptant ses idées noires et se taisant, concentré sur sa tâche ; secrètement soulagé, des doigts de pied à la racine des cheveux, quand Bobby s'aventurait dans l'atelier et lui demandait ce qu'il faisait. Après ces journées de silence, Moishe inclinait au bavardage mais se contenait pour rester maître de sa langue et montrait à Bobby où était le défaut et comment il allait le réparer, et Bobby acquiesçait, prenait un outil de temps en temps, puis le reposait, et Moishe résistait à la tentation de lui demander s'il voulait faire la réparation, il adorait lui apprendre le bricolage.

Bobby s'aperçut soudain qu'il maniait une tenaille, la reposa, hocha la tête et quitta lentement l'atelier.

Moishe avait espéré que Bobby était enfin sorti de sa déprime, mais il resta coi toute la journée et pendant le dîner. Bobby mangea, mais toujours sans appétit. Quand ils eurent fini, ils s'attardèrent tous 2 à table. Moishe voulut débarrasser mais, pour une raison inconnue, ne trouva pas la force de se lever, alors il resta à table en essayant de ne pas regarder Bobby, l'épiait mine de rien, l'air absent, respirait lentement puis lentement se redressa, Ça fait longtemps que t/as pas vu ta mère, ya ?

Bobby confirma, les yeux dans le vague.

Moishe le regarda encore un moment... Peut-être que tu devrais lui écrire un mot ?

Bobby battit des paupières et regarda Moishe, troublé, Hein ? ? ? ?

Juste un petit mot – Bobby toujours troublé, paumé, Moishe qui haussait les épaules en esquissant un sourire, Peut-être qu'elle s'inquiète ?

Bobby fronça les sourcils, Tu crois ?

Ya, je crois. Peut-être.

Tu crois vraiment ça Mush ?

Ya –

Bobby le toisa, puis secoua la tête, Meeerde, jveux pas qu'a s'inquiète, mais qu'ess tu veux que j'y écris – totalement désemparé.

Moishe haussa les épaules, sourit, Juste quelques mots. Pour dire que tu vas bien. Que t/es en sécurité.

Bobby toujours perturbé, Tu crois kça la frait plaisir vraiment ?

Ya – acquiesçant avec enthousiasme – Oh ya.

Bobby continua à le regarder... Jsais pas Mush... Pourquoi què voudrait une lett de moi ?

Elle veut savoir si tu vas bien.

Mais a lsait déjà Mush. J'ai vu Jesse quand jsuis allé dans lquartier et y lui a dit.

Ya, mais c'est pas la même chose. Je pense qu'elle aimerait une lettre.

Bobby était toujours perplexe, secoua la tête, Oké, si tu ldis. Mais qu'est-ce que j'écris ?

Juste un mot. Tu lui dis que tout va bien... t/es avec un ami... qu'elle s'inquiète pas – hausse les épaules – Pour qu'elle soit rassurée, c'est tout – se levant et revenant avec du papier et un stylo qu'il posa devant Bobby, C'est facile...

Mush, je... j'ai jamais écrit de lettre... je...

Ça ira... ça ira. Là, dis seulement, Chère maman, je –

Jsais pas Mush – haussant les épaules et écrivant.

Et Moishe continua à dicter. Quand Bobby eut fini d'écrire il s'adossa, regarda la courte lettre... Et voilà ltravail Mush.

Moishe lui sourit, Ya... du bon travail... excellent.

Bobby se leva plus tôt le lendemain, quoique toujours plus tard que d'habitude, sans trop lambiner au lit à essayer de se rendormir, s'entraîna avec un peu plus d'ardeur, tenta de se motiver en imaginant la tête de Raul quand il le tuerait, mais le cœur n'y était plus, il n'arrivait plus à fixer l'image. Il continua tout de même ses exercices en s'efforçant de faire le programme jusqu'au bout, mais sans trop savoir pourquoi.

Quelques jours plus tard ils se promenèrent dans le quartier, achetèrent des fruits, s'arrêtèrent devant un marchand de marrons chauds et poussèrent jusqu'au fleuve où ils regardèrent les bateaux, debout devant la rambarde, emmitouflés dans leurs habits chauds, avec des écharpes autour du cou, des casquettes de laine sur les oreilles, des gants, sans rien dire sinon pour commenter à l'occasion ce qu'ils voyaient, dans l'air froid mais sous le soleil, en ressentant une chaleur intérieure qui, elle, ne venait pas du soleil.

Bobby était perplexe, il sentait que quelque chose avait changé en lui, il ne savait pas quoi mais savait qu'il y avait du changement, que quelque chose avait bougé, même si ce n'était qu'un tout petit peu, comme le mouvement réflexe d'un supporter quand il voit une belle passe… mais quoi qu'il en soit il éprouvait un sentiment nouveau pour Moishe… pas un sentiment qui venait en remplacement d'un autre, mais quelque chose en plus, qui s'ajoutait à ce qu'il ressentait déjà… comme si Moishe et lui étaient liés par une corde et non plus par une simple ficelle… n'importe, c'était là et il se sentait bieeeen…

et en quelque sorte il voyait Moishe différemment, comme il voyait ces vieux bâtiments désaffectés. Avant il les voyait comme des tas de briques croulants, maintenant au contraire il trouvait qu'ils étaient vachement solides pour tenir debout comme ça alors que tout le monde essayait de les défoncer… ouais, fallait être fort pour rester debout comme ça… et Moishe aussi fallait qu'il soit fort pour tenir le coup comme ça. Meeerde, il était comme une montagne, ou comme ce fleuve, là, y a rien qui pouvait l'arrêter.

Un sentiment de paix envahit l'appartement les jours suivants. Bobby continuait sa routine, Moishe la sienne, Bobby passait des heures dans l'atelier avec Moishe, détendu, prenait plaisir à bricoler des trucs que Moishe réparait pour des amis. Un jour Moishe lui donna une vieille plaque chauffante à réparer et Bobby identifia la panne en moins de 2 minutes et ils topèrent et fêtèrent ça autour d'une glace avec de la sauce au chocolat.

Ce soir-là ils restèrent assis un moment à table après le dîner. Puis Bobby regarda la pendule et se leva, Je sors Mush.

Moishe fit de son mieux pour ne pas laisser paraître sur son visage le coup de froid qui lui glaça le ventre, mais sentit qu'il n'y parvenait pas, surtout quand il vit que Bobby ne mettait pas son écharpe.

Faut que jvois si jpeux trouver mon frangin Jesse et savoir sky spasse – et Moishe fut soulagé, sentit son estomac se dénouer – T/en fais pas Mush… et va pas foute le bordel dans spuzzle. Bobby rigola et s'en alla.

Moishe resta devant la table un moment à écouter les pensées qui ferraillaient sous son crâne, puis secoua la tête et se leva, Non, pas ce soir. Pas de philosophie. Ce soir on est un lecteur, un ouvrier, un assembleur de puzzle, un tout ce que tu voudras, mais pas un philosophe.

La traversée de la cave fut comme un sas de décompression, une occasion de s'habituer au froid sans le vent avant d'être fouetté, littéralement, par la rigueur de l'hiver qui se précisait.

Quand il émergea dans la rue Bobby s'arrêta un moment pour s'acclimater au vent, en se tenant droit, les épaules en arrière pour s'offrir à la gifle de l'air et s'en pénétrer le plus profondément possible avant de se mettre en mouvement. Il savait qu'il devait être sur ses gardes et on peut pas l'être si on a peur d'attraper froid, si on cherche à se protéger du vent, alors il se campa, respira profondément et lentement jusqu'à ce qu'il arrive à respirer normalement avec le zef en pleine face sans avoir à se voûter rien que pour pouvoir respirer. Peu importait ce qui adviendrait, il aurait toujours au moins une longueur d'avance sur les bics.

Il eut l'impression de marcher plus longtemps que d'habitude avant de commencer à croiser des gens dans les rues. Peut-être qu'il avait vu juste, que les seuls gens dehors par ce temps étaient ceux qui avaient de bonnes raisons d'y être… les dealers et les voleurs. Tous les autres semblaient fourrés dans les bars ou chez eux devant la télé. Mais les mômes étaient dehors. Ils étaient toujours dans la rue, ils voulaient jamais passer trop de temps à la maison, toujours dehors dans la rue à courir pour pas entendre chialer les mioches et gueuler les mouflets, chez eux ou dans l'apparte d'à côté. C'était déjà assez chiant de se fader le boucan dans sa propre taule, s'il fallait encore entendre celui des autres alors là c'était trop, et la rue était le seul endroit où on pouvait trouver un peu de calme, et un peu de liberté, au moins dans la rue y avait personne pour te commander de faire ci ou ça. Mieux valait glander sous un porche avec des potes ou dans le vent en essayant de pas trop se cailler.

Bien qu'il y eût peu de chances que les bics viennent rôder dans son quartier, il prit ses précautions habituelles et monta sur un toit pour inspecter le secteur, puis continua son périple par les toits, en zigzag mais en sachant toujours où il allait. Après avoir vérifié tout le périmètre autour de son territoire, il redescendit dans la rue et marauda dans le quartier où traînait Jesse, traversant des immeubles, des caves, des ruelles.

Quand il arriva devant le drugstore où Jesse et ses copains avaient leurs habitudes, il ne regarda pas directement dans la boutique, il jeta juste un œil en passant et marcha jusqu'au coin puis tourna au nord et continua jusqu'à un immeuble à mi-chemin du carrefour, y entra, grimpa sur le toit, revint vers le sud et s'assit sur le toit, à l'ombre d'un arc-boutant, invisible à tout observateur sauf de l'arrière, et il gaffait constamment par-dessus son épaule, attentif au moindre bruit insolite, au souffle de la brise, au comportement des pigeons qui voletaient alentour.

L'arc-boutant l'abritait du vent, mais il avait si froid qu'il devait se lever de temps en temps, s'appuyer contre l'armature ou s'accroupir, toujours dans l'ombre, se mettre les mains sur le visage pour se réchauffer le nez et les joues. Il était en train de faire quelques flexions pour se dégourdir quand il vit Tomboy, le meilleur copain de Jesse, entrer dans la boutique. Il se tint aux aguets et quelques minutes plus tard aperçut Jesse qui arrivait dans la rue. Il ne savait pas si Jesse et Tomboy avaient l'intention de rester là ou d'aller quelque part, alors il suivit son instinct et descendit illico pour le cas où ils décideraient de changer de crémerie.

Jesse était sous le porche en face du drugstore quand Bobby poussa la porte et entra. Comme tout le monde il s'arrêta net, s'appuya contre le mur et souffla dans ses mains pour se réchauffer avant de rejoindre ses copains au fond de la salle. Au moment où Jesse s'asseyait, Bobby avait déjà décroché le téléphone du magasin de spiritueux, juste à côté, pour appeler la cabine du drugstore et quand un des mômes décrocha il demanda à parler à Jesse. Jesse crut que c'était une blague et ne bougea pas, mais comme le môme insistait il rappliqua dans la cabine et rigola dans le combiné, Ouais, sûr, qu'ess tu veux bouffon ?

Bobby parla d'une voix posée, calme et claire, Crie pas mon nom Jess.

Bob…

Qu'est-ce que jviens dte dire, merde !

Ouais, d'accord – refermant la porte de la cabine, dos à ses copains.

Comment tu vas ?

Jvais bien mec. Où t/es ?

Aucune importance, Jess.

Eh, comment ktu connais snuméro ? C'est pas ton coin ici.

Eh, dans mon taf faut savoir des tas dtrucs.

Ptain t/es un malin frangin.

Tu vas bien alors, sûr ?

Ouais, cool. Toulmonde est cool.

Qu'est-ce qu'on raconte sur ces bics ?

Jesse se mit à rigoler, puis se retint mais sans pouvoir s'empêcher de pouffer, Y dviennent fous frangin. Paraît qu'y t'appellent le fantôme et qu'y pétochent à mort. Y savent pu quoi faire.

Y t'embêtent pas ?

Naaan, y viennent jamais ici, tu sais bien.

Juss pour êt sûr. Et mman, comment elle va ?

È va bien frangin, comme toujours. Mais l'a rçu une lett, eh, eh, t/as écrit une lett à mman ? Ouais, jparie kc'est toi qu/as écrit, hein ? Jme dmandais qui c'était et sûr kc'est toi jparie.

Bobby sourit jusqu'aux oreilles, gloussa mais ne répondit pas.

Elle l'a lue au moins 10 fois frangin. Écoute bien, elle le sait pas mais jlai vue la foute sous son oreiller... ptain, jme dmandais qui c'était et c'était toi, pas vrai ? Meeerde, jsais kc'est toi.

Ça l'a fait plaisir alors.

T/imagines pas, l'est restée assise pendant des heures, sans gueuler après personne, c'est pour dire.

Bobby acquiesçait, Ouais...

Sûr kça l'a fait plaisir frangin.

Bon. Dis à personne que c'est moi au téléphone, pigé ?

Eh…

Faut que jme casse.

Ptain, t/es trop frangin… le fantôme… meeerde ! d'enfer le mec !

Je rviendrai tparler Jess. T/en fais pas.

T/es trop frangin. Ptain t/es supertrop. Le fantôme… Jesse rigolait en secouant la tête quand Bobby raccrocha et sortit se mêler à la foule des passants, tourna au sud après le carrefour et rallia ses pénates en souriant tout au long du chemin.

La mère de Bobby assise à sa fenêtre regardait dans la rue comme toujours, voyait les lumières et la circulation mais ne distinguait rien. À croire qu'elle passait le plus gros de sa vie assise à regarder par cette fenêtre, toujours oisive. La plupart du temps la marmaille faisait du chahut quelque part, mais cette fois ils se tenaient tranquilles, quelques blagues en douce, rien de grave. Elle se demandait depuis combien de temps son Bobby était parti ? Ça faisait longtemps quand même. Mais Jesse lui disait toujours qu'il allait bien mais ça elle pouvait pas s'en rendre compte par elle-même mais il lui avait écrit une lettre pour dire qu'il l'aimait. Jamais personne ne lui avait écrit ça avant. Certains le lui avaient dit, mais elle savait à quoi s'en tenir là-dessus. Les petits le lui disaient aussi, mais c'était la première fois que quelqu'un l'écrivait… et c'était son Bobby qui l'avait écrit. Elle relisait la lettre dès qu'elle n'avait plus de mioche sur les bras et ça lui faisait une sensation bizarre sur le visage. Elle s'était demandé d'où ça venait jusqu'à ce qu'elle comprenne ce que c'était : elle souriait. Ça lui déplaisait pas comme sensation. C'était même agréable. La première fois ç'avait été dur à venir, comme si sa figure ignorait qu'elle pouvait sourire, comme si elle en avait peur. Mais à la longue le sourire lui était venu naturellement et elle avait trouvé que c'était agréable, ça l'apaisait, elle se sentait jolie quand elle souriait, ou du moins ça lui rappelait comment elle était dans sa jeunesse avant la naissance de Bobby, quand elle dansait et tournoyait et qu'elle voulait toujours une grande jupe comme dans les vieux films pour pouvoir tourbillonner et sentir la jupe voleter en cercle et froufrouter dans l'air... du temps de sa jeunesse... parce que oui il fut un temps où fillette elle courait dans la maison pieds nus avec ses petits orteils, libre et jolie, et parfois restait simplement assise sur une chaise, avec les pieds qui touchaient pas le sol, et remuait les orteils, Seigneur, elle avait passé des heures entières comme ça, à regarder ses doigts de pied gigoter en se demandant comment ça se faisait, comment elle arrivait à faire gigoter ses doigts de pied comme ça ? et c'était si bon de rester assise là à remuer les orteils et, tout d'un coup, c'étaient les petits orteils de Bobby qu'elle avait eus devant les yeux et alors tout avait été terminé, finie la danse, finis les tourbillons, les rêves de grandes jupes qui froufroutaient dans l'air, et c'était peut-être à ce moment-là que ses lèvres avaient désappris à sourire et ses orteils à gigoter, mais elle savait encore rester assise à rien faire et maintenant que son Bobby lui avait dit qu'il l'aimait elle souriait de nouveau et c'était bon et elle sentait ses orteils gigoter et elle avait envie de les pincer pour vérifier si c'étaient bien toujours les mêmes orteils qui gigotaient autrefois, mais sûrement que oui parce qu'elle en avait jamais eu d'autres et toutes ces pensées la faisaient sourire encore plus, c'étaient des bêtises mais justement c'était ça qui était bien, et puis d'abord tout ce qui pouvait la faire sourire c'était bien parce que c'était une bonne sensation et d'ailleurs elle avait bien le droit de penser à des bêtises, ça gênait personne, alors prenant ses aises sur le vieux divan râpé elle regardait dans la rue et sentait son sourire s'élargir en pensant que tout à l'heure, quand elle irait au lit, elle sortirait la lettre de Bobby de sous son oreiller et la relirait encore avant de s'endormir.

Moishe était dans l'atelier quand Bobby rentra. Surpris de l'entendre revenir si tôt, il essaya de se concentrer sur ce qu'il réparait, mais ses mains cessèrent de bouger et il tourna la tête vers la porte, écouta Bobby retirer son blouson et l'accrocher, tendit l'oreille pour tenter de déterminer la direction de ses pas, douta puis faillit pousser un cri en comprenant que les pas venaient dans sa direction… et une éternité s'écoula avant qu'il le sente à ses côtés, mais sans oser le regarder par peur de ce qu'il lirait sur son visage, alors il fit semblant d'avoir les mains occupées et les yeux accaparés par son travail, garda le silence quelques secondes puis, comme malgré lui, sa bouche se mit à parler, T/as vu ton frère ?

On a causé.

Alors comment il va ?

Bien.

Moishe sentit quelque chose de spécial chez Bobby, perçut quelque chose dans sa voix, se tourna, le regarda et en lui aussi quelque chose s'ouvrit et s'épanouit et il poussa un long et heureux soupir de soulagement en voyant que Bobby souriait, Alors…

Bobby le regarda un moment… Tu bosses beaucoup ces temps-ci.

Ya… ça m'évite les mauvais coups.

Bobby rigola, Ouais, faut pas tlaisser sortir dans la rue. T/es un dangereux, Mush.

Moishe sourit, de plus en plus soulagé (des vagues de soulagement), Ya, aucune femme n'est en sécurité quand je suis en liberté.

C'est sûr Mush.

Ils se turent un moment, regardèrent ensemble l'appareil que Moishe réparait.

Peu à peu le sourire de Bobby se faisait plus malicieux, Jesse y a dit que mman elle a rçu une lett.

Ah????

Ouais. Y dit kça l'a fait plaisir.

Moishe battit des paupières pour retenir ses larmes, des larmes de gratitude, et se tut, immobile un instant, puis acquiesça, le cœur serré.

Tiens-toi bien Mush, y dit qu'a s'est arrêtée dcrier et pis qu'è l'a mis sous son oreiller... la lett.

Finalement ils se regardèrent, souriant, hochant la tête, les yeux dans les yeux, ébahis, Moishe plein de chaleur, de tendresse, de gratitude, Bobby plein d'un sentiment nouveau mais qui ne l'inquiétait pas, le sentiment d'être relié à quelque chose... il était lié avec Moishe, bien sûr, mais il n'y avait pas que ça, c'était comme s'il avait grandi tout à coup, quoique sans comprendre comment. Puis quelques mots sortirent de sa bouche, Tu fais souvent des vœux, hein?

Moishe haussa les épaules, Depuis le temps, tu sais.

Tu fais des vœux pour des tas dgens, hein?

Moishe regarda Bobby un moment, souriant, Depuis toutes ces années... c'est dur à dire, j'ai pas compté.

Ils continuèrent à se regarder puis, à la longue, Bobby prit l'appareil, l'observa, le reposa, C'est pour qui?

Ohhh, un vieil ami. Comme tout le reste, ya?

Ouais – observant toujours l'objet, le tournant dans un sens puis dans l'autre.

Quelques jours plus tard Moishe et Bobby travaillaient et Moishe dit à Bobby qu'il allait revenir dans un instant. Bobby continua à bricoler le grille-pain que Moishe lui avait donné à réparer et quand Moishe revint dans l'atelier il avait un immense sourire sur la figure, pas seulement d'une oreille à l'autre, mais tout autour du cou. Il commença à dire quelque chose, puis pouffa. Bobby le regarda et sourit en secouant la tête, Ptain Mush j'ai jamais vu un sourire idiot comme tu fais – Moishe rigola, Bobby aussi et Moishe le tira par le bras et l'entraîna dans la cuisine. Quand ils tournèrent le coin et virent la table Bobby s'arrêta et roula des mirettes, effaré, et Moishe le regarda en souriant et en jubilant comme il n'avait plus jubilé depuis des années, et ses yeux brillaient plus que les bougies sur le gâteau. Enfin Bobby se tourna et regarda Moishe, C'est quoi sthissoire Mush ?

Moishe dut faire un effort pour parler, mais finalement les mots sortirent de sa bouche, J'ai pensé que bientôt ça doit être ton anniversaire, ya ?

Bobby réfléchit une seconde... Meeerde, possib. Jsaurais pas dire le combien on est dpuis ltemps que je crèche ici... pas d'école, pas de télé pour savoir la date.

Le 20 novembre... c'est bientôt thanksgiving.

Ptain allez ! Ben alors ouais... d'habitude ça tombe la smaine de thanksgiving, le 21. Meeerde, c'est dmain. Comment ktu savais frère, j'ai jamais rien dit ?

Le sourire de Moishe s'élargissait à chaque seconde. Il haussa les épaules, Une idée comme ça. Quatorze ?

Bobby reluqua Moishe, puis mata le gâteau, s'approcha de la table, compta les bougies, Tout juss Mush, 14 putaindbougies. Ptain ! – secouant la tête, éberlué – T/es...

Moishe souleva le gâteau, Alors fais un vœu.

Quel vœu ?

C'est ton secret. Tu me le dis pas.

Bobby regarda Moishe un moment, puis le gâteau, puis de l'un à l'autre plusieurs fois, puis ferma les yeux, renversa la tête en arrière et après un moment les rouvrit et regarda Moishe, Oké mec, j'ai fait un vœu.

Bon, maintenant tu souffles les bougies, ya ?

Bobby sourit, secoua la tête, lorgna Moishe, T/es comme un père Noël Mush – rigola, puis inspira et souffla toutes les bougies d'un seul coup.

Bien, le père Noël va exaucer ton vœu – posant le gâteau sur la table – Maintenant tu t'assois.

Bobby était tellement fasciné par le sourire de Moishe qu'il lui fallut quelques intants pour remarquer les cotillons sur la table. Il les regarda un moment, puis de nouveau Moishe assis avec un chapeau pointu sur la tête… arrondit les yeux puis se mit à rire, à rire si fort qu'il faillit en pleurer et manqua s'étouffer. Moishe désigna le second chapeau à côté de Bobby et lui fit signe de le mettre, et Bobby rigolait, secouait la tête, et Moishe se leva pour lui mettre le chapeau et les voilà tous 2 sous les rues désertées du Bronx sud avec des chapeaux pointus sur la tête, qui riaient, se tordaient, se tenaient les côtes, se montraient du doigt réciproquement et riaient de plus belle, soufflaient dans les turlututus en papier déroulant, se chatouillaient le nez en travers de la table, se canardaient à la sarbacane sous une pluie de serpentins et de confettis, à bout de souffle, incapables d'articuler un mot, Moishe qui montrait Bobby du doigt, qui se tordait, qui hurlait de rire et ça dura comme ça jusqu'à ce qu'ils n'aient plus d'énergie et s'affalent sur leurs chaises et quand ils retrouvèrent une attitude à peu près normale Moishe se mit à chanter joyeux anniversaire, Bobby bouche bée, effaré sur le moment, puis qui se remit à rire et sa tête tomba, littéralement, sur la table avec un PLOC sonore et ça déclencha une nouvelle tournée de rigolade et bientôt Bobby agrippa son entrejambe à deux mains et se précipita en boitant dans la salle de bains, pas sûr d'y arriver sans mouiller son slip, et quand il revint il se laissa tomber sur sa chaise et essaya de parler, mais il n'en eut pas la force et ils se regardèrent sans rien dire et après quelques minutes Moishe servit de la glace et découpa le gâteau.

Il leur fallut encore quelques minutes avant de pouvoir parler sans éclater de rire. Enfin Bobby cessa de mâcher assez longtemps pour regarder Moishe avec la plus profonde affection.

Ils se sourirent pendant quelques minutes, puis Moishe poussa un petit paquet-cadeau sur la table, Bon anniversaire.

Bobby considéra le paquet, puis Moishe, incrédule, puis prit le paquet et le regarda, se demandant ce que c'était, en épiant furtivement Moishe qui souriait d'un air mutin et sautillait sur sa chaise impatiemment, résistant à l'envie de crier à Bobby de se dépêcher d'ouvrir, se délectant de la mine de Bobby qui palpait le paquet, le guignait, lorgna Moishe puis déballa lentement, ouvrit la boîte et resta interdit devant la montre-ordinateur qu'elle contenait, la prit dans ses mains, soigneusement, amoureusement, comme une sorte d'offrande sacrificielle, la regarda avec une affection respectueuse et émerveillée comme un père regarde son enfant... un ange passa... puis il regarda Moishe puis, toujours incapable de parler, regarda de nouveau la montre blottie au creux de ses paumes comme s'il n'avait jamais rien vu d'aussi prodigieux, d'aussi miraculeux de toute sa vie... comme si toute sa vie il avait attendu ça, ce présent, et que maintenant enfin il l'avait dans les mains et que c'était encore plus merveilleux qu'en rêve de l'avoir en vrai... comme si pour la première fois de sa vie la réalité dépassait ses attentes...

finalement Bobby sortit la montre du coffret et la mit à son poignet et tourna son poignet dans un sens et dans l'autre pour la regarder, puis déplia le mode d'emploi et se mit à le lire, ébahi, et regarda Moishe, Ptain Mush, y peut tout faire struc – regarda de nouveau le mode d'emploi, de plus en plus ébahi, Comment ktu savais que je voulais ça – Moishe haussant les épaules et souriant – jel savais même pas moi-même jusqu'à mainnant... ptain. C'est la monte la plus chiadée que j'ai jamais vue. La vache frère, t/es vraim… je… Et à nouveau Bobby fut sans voix, regarda Moishe avec l'expression la plus aimante et la plus tendre que Moishe eût peut-être jamais vue…

Le jour de Thanksgiving Moishe commença à préparer le repas tôt le matin, en s'agitant beaucoup. Bobby l'observa une minute avant de manifester sa présence dans la cuisine.

Dans l'après-midi Moishe dit que tout était prêt et posa sur la table un canard qu'il entoura de garniture et de sauce dans des bols. Bobby contempla la variété de l'assortiment autour du canard brun foncé, avec une couleur différente pour chaque bol ou chaque plat, tous fumants et merveilleusement odorants.

Qu'essé Mush ?

Canard à la bavaroise… de mon vieux pays.

Bobby béa, subjugué, en voyant Moishe découper le canard et garnir son assiette, bien comme il fallait, soignant la disposition et versant délicatement la sauce avant de poser l'assiette devant lui, tout bien comme il fallait. Toujours debout, penché vers Bobby, Alors… mange… goûte au moins. Bobby sourit, empoigna son couteau et sa fourchette et attaqua le canard, reluqua le morceau qu'il avait sur sa fourchette puis l'en extirpa du bout des dents, ferma les yeux, mastiqua lentement, rouvrit les yeux, sourit, approuva de la tête, Eh Mush, c'est super – enfourna vite un autre morceau dans sa bouche et Moishe s'assit et radieux regarda Bobby mastiquer et picorer dans les crêpes aux pommes de terre et le chou, agrandissant les yeux à chaque bouchée, La *vaache* Mush, t/es un cuistot dpremière, hmmmmm… c'est super. Ça dépasse tout frère.

Ils continuèrent à bavarder en flânant à table après avoir fini le repas, puis Moishe débarrassa et dit, Bon… On va se promener, ya ?

Où on va Mush ?
Prospect Park.
Rende visite à ton arb, hein ?
Ya… rendre visite à mon arbre.
Une petite neige commençait à tomber quand ils marchèrent vers le métro et, quand ils émergèrent dans la rue à Brooklyn, le vent avait cessé mais pas la neige et de gros flocons descendaient en tournoyant et ça changeait la couleur de l'air et de tout ce qu'ils voyaient. Une fine couche tenait déjà sur le sol et ils la sentaient sous leurs pieds et croyaient même l'entendre crisser malgré le bruit de la rue, sentaient la caresse des flocons sur leurs joues, sur leurs paupières, s'arrêtaient pour renverser la tête en arrière et ouvrir la bouche pour avaler la neige… traversèrent le même secteur du parc que la dernière fois et, s'il n'y avait plus de cerfs-volants, il y avait tout de même des gosses qui couraient et chahutaient, des frisbees qui planaient comme des rêves, des oiseaux qui soulevaient de petits tourbillons de neige en s'ébattant, des branches dénudées ou à feuillage persistant qui perdaient leur identité dans le blanc indifférencié, des touffes vertes qui perçaient sous la neige, le lac et les saules au loin qui semblaient sortis d'un conte de fées, les voix et le bruit de la circulation assourdis par la neige, les contours adoucis, et plus ils approchaient de l'arbre de Moishe, plus ils le trouvaient imposant, plus il paraissait grand malgré le poids de la neige qui faisait ployer ses branches.

Ils s'appuyèrent contre le tronc et contemplèrent le lac, les arbres en bordure du rivage, les oiseaux sur les branches qui prenaient tout à coup leur essor pour se poser sur la terre déjà presque blanche. Au bout d'un moment Bobby s'accroupit et s'amusa à jeter des cailloux dans l'eau en suivant des yeux les ronds concentriques qui venaient mourir sur la berge dans des couleurs changeantes. Il attendait que la surface des eaux se calme, regardait tomber la neige, admirait le spectacle puis jetait un autre caillou, s'interrompit finalement pour laisser les canards nager en paix et se leva, Y ont du pot ktu les as pas chopés ceux-là. Sraient pas en train de stremper lcul sinon – souriant à Moishe, qui sourit aussi, posa la main sur l'épaule de Bobby et la serra, Bobby debout tranquillement qui lui souriait. Ils restèrent plantés là de longues minutes. De temps à autre un flocon voletait entre les branches du saule de Moishe et caressait une joue ou se posait sur un nez avant de fondre.

Ils quittèrent le couvert de l'arbre et déambulèrent autour du lac, s'arrêtèrent pour regarder 2 mômes tirer leurs traîneaux puis essayer de descendre la pente, mais comme la neige manquait ils devaient se contenter de courtes glissades ici et là en criant de joie, et Moishe se rappela Karl-Heinz qui dévalait la colline sur son traîneau près du saule dans son vieux pays, mais il laissa l'image s'estomper, absorbée par la neige et les années, c'était trop douloureux de s'accrocher aux souvenirs, alors il ne cherchait pas à les retenir, les savourait quand ils venaient puis les oubliait et continuait sa balade dans la neige avec Bobby, regardait, écoutait, se réjouissait...

Ils étaient tous 2 si détendus, si contents, si stimulés par le merveilleux festin qu'ils s'étaient offert, l'atmosphère de fête qui l'avait accompagné, et maintenant la neige, les voix, les rires et l'arbre, qu'ils auraient pu marcher éternellement... mais sentirent malgré tout que la fatigue les guettait. Alors, quand le soleil commença à décliner sur le parc enneigé ils prirent la direction du métro et rentrèrent.

Le lendemain soir Bobby décida de retourner dans le quartier. Il regretta presque sa décision avant même d'avoir quitté la zone déserte, mais se laissa guider par ses tripes. Il faisait froid, le vent soufflait, il remonta son blouson le plus haut possible autour de sa gorge parce que le vent engouffrait des flocons de neige fondue dans son col, mais il gardait quand même la tête droite pour voir ce qui se passait alentour. Il accomplit le dernier kilomètre sur les toits et s'arrêta à la lisière du territoire bic. Il n'avait rien de précis en tête mais, comme avant, il se disait qu'il saurait improviser en temps utile. Il s'abrita du vent derrière une cheminée et observa soigneusement la rue en contrebas. Soudain quelque chose attira son œil au loin, il regarda vers l'est à 2 ou 3 centaines de mètres, reconnut la démarche d'un des copains de Raul et dégringola l'escalier aussi sec. Il resta dans l'ombre du porche pour scruter la rue, mais une partie de son esprit se souvenait de la veille et du repas et des canards et des mômes dans le parc et de la neige et de comment il se sentait au chaud et à l'aise debout à côté de Moishe… et protégé… ouais, protégé de tout. Non qu'il y eût un danger quelconque à se balader dans Prospect Park ou à boulotter le canard, mais quand même c'était agréable de se sentir protégé, même maintenant, sauf que c'était pas le moment, il secoua la tête pour ne plus y penser et se concentra sur la démarche du mec… pas d'erreur, il le reconnaissait, sa claudication l'identifiait même de loin, et quand il fut à quelques mètres Bobby ramassa une grande brassée de neige fondue, en fit un paquet compact et barra le chemin du mec en ricanant et lui colla le glaçon dans la nuque, l'attrapa par le paletot, ricana, puis le relâcha et disparut dans l'immeuble pendant que le gars sautait sur place en renaudant, tapait du pied pour se débarrasser de la neige gelée qui lui dégoulinait dans le dos et Bobby l'entendit encore râler en grimpant l'escalier jusqu'au toit, d'où il fila vers le sud, puis cap à l'est en redescendant, et il était déjà loin quand le mec parvint enfin à mettre un nom sur le visage qui lui avait ri au nez.

Bobby raconta à Moishe ce qui s'était passé, en riant tout le temps, et Moishe sourit de bon cœur quand Bobby lui décrivit la tête effarée du type au moment où il avait senti le glaçon dans son cou.

Moishe et Bobby étaient partis se promener, et il était déjà tard dans l'après-midi quand ils prirent le chemin du retour, heureux d'avoir le vent dans le dos. L'air était lourd d'humidité, les nuages bas, le ciel chargé, et le manque de lumière ouatinait le monde, donnait à toute chose un aspect onirique qui allait bien avec les illuminations de Noël et les décorations dans les vitrines. Bobby adorait le scintillement des ampoules et le chatoiement des étalages qu'il montrait sans cesse du doigt.

Ya, c'est toujours beau à voir les illuminations et les vitrines. Oh, dans la rue suivante il y a un magasin de cartes de vœux, tu pourras acheter tes cartes.

Meeerde, y a encore des smaines avant Noël Mush.

Ya, pourquoi pas les acheter maintenant. T/attends, t/attends et chaque jour t/as un empêchement et finalement… c'est trop tard, ya ?

Bobby pouffa, Oké frère, on les achète mainnant – secouant la tête.

Quand ils quittèrent le magasin Moishe avança l'idée que peut-être Bobby voudrait acheter des cadeaux pour sa mère et ses frères et sa sœur…

J'ai pad thune Mush, comment que jpeux acheter des cadeaux ?

Je te dois de l'argent pour le travail, ya ?

Travail ? Tu veux dire la réparation dtes machins, là ? ? ? meeerde, c'est pas du travail frère.

Moishe haussa les épaules, Alors qu'est-ce que je fais de mes sous ? Tu aides donc je te paie. C'est juste.

Bobby eut un sourire en coin, Eh, jvais pas rfuser dla thune. Tu donnes, je prends.

À la fin du dîner Bobby se mit à regarder les cartes de Noël qu'il avait achetées dans la journée, Quand c'est que jdois les écrire Mush tu crois ?

Moishe haussa les épaules, Maintenant ça me semble bien.

Bobby continua à manipuler les cartes... Ouais... possib. Ça fait drôle d'envoyer des cartes à ma famille.

T/envoies pas de cartes à Noël ?

Ben, on les donne direc, tvois sque je veux dire ?

Ah... ya.

Bobby considéra les cartes un moment... Qu'est-ce que je marque ?

Moishe haussa les épaules, Comme d'habitude...

Bobby acquiesça, reluquant les cartes, Hmmmm...

Tu leur dis que tu les aimes.

Bobby continua à reluquer les cartes, fronça les sourcils, puis regarda Moishe, C'est pas pareil de lmarquer sur une carte, tvois sque jveux dire ? Jfile une carte à ma mère ou à Jesse et jleur fais une bise, comme ça, quoi... mais pour l'écrire...

Moishe le regarda une minute, souriant, puis dit, Écris juste Chère maman en haut et Avec amour, Bobby, en bas.

Bobby regarda Moishe... Ouais, mettons... Mais c'est dles envoyer à sa prop adresse qui fait drôle, tu vois –haussant les épaules – mais bon, mettons.

Quand il eut signé les cartes, rédigé les adresses et collé les timbres, Bobby regarda Moishe un moment, l'air gêné... Tu viens avec moi pour acheter les cadeaux dNoël Mush ?

Le visage de Moishe s'éclaira instantanément, Ya.. Ya, je vais avec toi.

Bobby baissait les yeux, toujours gêné, Passque c'est pas mon quartier Mush, jconnais pas les magasins, tvois sque jveux dire ?

Le sourire de Moishe fut tendre, aimant et compréhensif, Ya, je vois. C'est un plaisir pour moi d'y aller… Comme dans le temps… Ya, ya, on ira demain, peut-être qu'il y aura pas trop de monde dans les magasins.

Ce fut comme si un poids d'une tonne venait d'être ôté des épaules de Bobby, qui se redressa et sourit, Super, frère.

En fin de matinée ils sortirent pour commencer leur shopping. Moishe savait que Bobby et lui allaient passer un bon moment, et ce fut le cas. C'était différent pour Bobby cette année. Il ne savait pas bien pourquoi ni comment, mais c'était plus marrant de faire les magasins avec Moishe qui semblait s'amuser de tout, se réjouir de tout et trouver la vie si belle que Bobby se dit qu'il la trouvait belle aussi, au fond, merde c'est vrai, pourquoi pas ?

Ils écumèrent les magasins l'un après l'autre, arpentèrent les allées, consacrèrent l'essentiel de leur temps à chercher des jouets pour les frères et la sœur de Bobby. Quand la faim les titilla Bobby avait déjà acheté deux cadeaux et se sentait fier avec ses emplettes à la main.

Ils continuèrent leurs courses après le déjeuner et, bien qu'un peu calmé, Bobby se montra toujours aussi enthousiaste et heureux de fouiller dans les rayons. Après avoir acheté quelques cadeaux de plus il se rembrunit et dit à Moishe qu'il ne savait pas quoi acheter à sa mère.

Qu'est-ce que tu lui achetais avant ?

Surtout des cigarettes… une cartouche si j'avais eu assez dblé.

Moishe pinça les lèvres… Peut-être qu'elle aimerait un joli pull, pour avoir chaud.

Tu crois Mush ?

Ya. Je crois que peut-être elle aimerait un joli pull… bien chaud, ya ?

Ouais. T/as ptêt raison. A grelotte des fois, ptêt ça srait bien, un pull.

Quand ils arrivèrent dans le rayon des lainages dames Bobby tomba en arrêt, hébété devant la diversité des modèles offerts, et Moishe prit la direction des opérations, et quand il demanda à Bobby quelle était la couleur préférée de sa mère Bobby le regarda en haussant les épaules. Moishe passa le rayon en revue et sortit finalement 2 pulls de coupe et de couleur différentes et comme Bobby restait indécis Moishe les présenta à la lumière et trancha la question en disant que le mieux était de les prendre tous les 2. Il fallut une seconde à Bobby pour réagir, puis il sourit, T/as raison frère, c'est lmeilleur moyen de résoud le problème.

Maintenant que les achats importants avaient été faits, ils étaient libres de vadrouiller dans les magasins et de regarder ce qui les intéressait, de choisir à l'occasion un petit cadeau supplémentaire pour un des gosses. Le simple fait de se balader au hasard mettait Bobby en joie, parce qu'il savait que personne ne s'aviserait de le bousculer tant qu'il était avec Moishe. Il n'avait jamais vu une telle variété d'articles dans sa vie, même pas à la télé. Y en avait certains il savait même pas à quoi ils servaient, mais peu importait, c'était le pied de baguenauder comme ça, dans un autre monde, un monde si différent du sien que c'était même pas comparable, et il était en sécurité, il le savait, même si de temps en temps il jetait quelques regards obliques par principe.

Moishe laissait sa mémoire errer à sa guise, au risque parfois de déterrer un souvenir pénible. Depuis combien de temps n'avait-il plus connu le bonheur du shopping ? ? ? ? Oh… quelle importance. Le présent est le seul temps qui compte et dans l'immédiat il se régalait, c'était la période des fêtes et il attendait Noël avec impatience, ce serait peut-être la dernière fois de sa vie qu'il passerait Noël pour ainsi dire en famille.

Cette nuit-là Bobby retourna dans le quartier pour voir Jesse et lui fixer un lieu de rendez-vous où il pourrait lui donner les cadeaux pour la famille.

Le lendemain matin Bobby et Moishe se livraient à leur bavardage habituel du petit déjeuner, mais quand ils eurent fini de manger la conversation s'espaça et sombra dans le silence, et ils regardèrent leurs assiettes, puis se regardèrent, et bientôt leurs moues se changèrent en sourires quand ils comprirent qu'ils pensaient tous 2 à la même chose, et ils se levèrent, s'habillèrent et retournèrent dans les magasins.

Quelques jours avant Noël ils achetèrent un arbre. Moishe déballa très soigneusement les boules, les lumières et autres décorations qui, pour certaines, dataient de leur premier Noël en Amérique. Il vérifia les lumières, remplaça les ampoules grillées.

Ça fait longtemps que j'avais plus sorti ces décorations – souriant à Bobby – Ya, depuis que Gertrude est morte.

Bobby, fasciné, regarda Moishe déballer toutes les décorations, épousseter une grande guirlande, donner du bouffant à un ruban qu'il accrocha sur l'extérieur de la porte d'entrée. Bobby n'en croyait pas ses yeux et quand il eut fini Moishe referma la porte et interrogea Bobby du regard et haussa les épaules, Pourquoi pas ? et Bobby secoua la tête.

Bobby saisit les boules très précautionneusement, un peu gauchement d'abord puis avec plus d'assurance, mais en épiant toujours Moishe du coin de l'œil pour voir exactement comment il procédait, et bientôt se prit au jeu et les accrocha délicatement aux branches, se reculant pour repérer les espaces vides ou simplement admirer l'arbre en souriant et en hochant la tête, Ptain ça commence à avoir dla gueule, hein ?

Quand ils eurent fini avec les boules, ils attaquèrent les

paillettes. Au début, Bobby les déposa une à une sur des endroits soigneusement choisis, sous le regard amusé de Moishe, puis avec moins de parcimonie et finalement, après avoir jugé du résultat, éclata de rire et les jeta par poignées en tournant autour de l'arbre, suivi par Moishe qui l'imita joyeusement.

Les boîtes de paillettes étaient vides et Moishe alluma les lumières et ils prirent de la distance pour contempler l'arbre, sauf que Moishe regardait davantage Bobby que l'arbre, et Bobby souriait, rayonnait, secouait la tête, Ptain frère, j'ai jamais vu un arb comme ça. C'est d'enfer Mush… La vache ! ! ! ! Ptain ! ! ! !

Ils disposèrent les cadeaux au pied de l'arbre et Bobby s'assit par terre, juste devant, et regarda, souriant, secouant la tête… Ptain ! ! ! ! Y a pas, ça en jette. Si les mômes y voyaient ça y sdiraient – lorgnant Moishe avec un petit sourire en coin – y sdiraient qu'y mangeraient bien une tite glace frère.

Moishe rigola et servit des glaces et mit un disque de musique gospel. Bobby le regarda avec étonnement, Eh Mush où que t/as dégotté ça ?

Dans le même magasin où j'ai acheté les chants de Noël. Pendant que j'étais là ils jouaient ça, alors – haussant les épaules et souriant.

Bobby secoua la tête et se marra, Mate un peu – se trémoussant au rythme de la musique.

Après quelques minutes, le disque joua une autre chanson et Bobby cessa de danser, puis cessa de sourire. Quand il tendit son bol vide à Moishe, il avait le front soucieux, baissa les yeux, considéra le pied de l'arbre… fixement… et le son de sa voix fut le reflet de son regard : terne, presque atone et déconnecté, Maria aimait bien stair-là… Ça la branchait le gospel. Noël aussi elle aimait bien, è parlait toultemps du ptit jésus. Noël c'est ljour qu'è préférait le plus. Jsuppose qu'elle a pu à s'en faire pour ça mainnant.

Moishe regarda Bobby se lever, s'approcher de l'arbre, s'agenouiller devant les cadeaux, les contempler, les soulever, les reposer, dans une sorte de vertige. Moishe retira le disque et le silence soudain fut comme un cri qui transperça la pièce et creusa un trou noir et menaça de les aspirer dans un gouffre d'oubli jusqu'à ce qu'il mette un autre disque de noëls. Bobby continua à manipuler les cadeaux, lisant les étiquettes, palpant les rubans, vérifiant les faveurs, avec détachement, comme dans un rêve.

Bobby resta assis un moment, puis décrocha une boule de l'arbre, la soupesa, puis la raccrocha, l'effleura du bout de l'index, observa ses reflets, baissa la main, observa… finalement haussa les épaules, se leva, Jsuis crevé Mush. Jvaim pieuter.

Ya… il est tard et c'était une journée bien remplie – regardant Bobby se mouvoir en traînant les pieds, les épaules voûtées. Il sembla s'écouler un temps très long avant que Moishe entende Bobby se coucher, presque sans bruit, comme un alanguissement, comme s'il avait peur de respirer, comme s'il se cachait d'un gardien ivre avec une matraque qui voulait lui défoncer le crâne et lui briser les os. Moishe s'appuya sur l'évier pendant un instant d'éternité, crut voir de ses yeux la douleur physique et morale de Bobby, les boyaux noués, les yeux piquetés de larmes, la gorge serrée par cette terrible et noire tristesse cancéreuse qui lui remontait des tripes, cette tristesse qui rongeait toutes les fibres de sa carcasse et de sa cervelle, cette douleur qui le forçait à fermer les paupières et déversait sur ses joues des larmes glacées qu'elle puisait dans une lointaine contrée de froid et de ténèbres, baissant, baissant, baissant la tête, secoué par un gémissement venu du plus profond de son être qui lui déchirait les entrailles, gargouillait dans sa gorge puis sortait de sa bouche grimaçante avec le son caverneux de l'angoisse et Moishe s'écarta de l'évier et tituba jusqu'à une chaise, s'y laissa choir, accoudé à la table,

ne voyait plus l'arbre avec ses boules et ses festons qui captaient les lumières, les cadeaux semblaient avoir disparu et même s'il savait que les lumières étaient allumées, même s'il avait devant les yeux des murs familiers et tous les objets d'une vie, il ne voyait que des ténèbres, des ténèbres aussi familières que les murs, horriblement familières, si épaisses et si lourdes qu'elles menaçaient de vider son corps de toute vie en le broyant, des ténèbres dont il avait souffert tant de fois, tant d'années, habitées de démons qu'il croyait morts depuis longtemps et ensevelis dans le passé mais qui le dévoraient à nouveau morceau par morceau et ses cellules criaient grâce et Moishe pleurait sur Bobby et sa peine, sur lui-même et sa peine, sa peine qu'il n'avait pas oubliée mais pensait à jamais prisonnière du passé, une peine qu'il n'eût souhaitée à personne et qui non seulement le tenaillait à nouveau mais détruisait devant lui un jeune homme qu'il aimait comme son propre enfant et il secoua la tête et sentit des larmes tomber sur ses mains et se demanda comment le monde pouvait être si cruel et pourquoi il devait encore et encore endurer ce martyre quand il ne demandait qu'à finir ses jours en paix mais il ne pouvait pas se laisser aller au désespoir parce que ça l'achèverait et l'empêcherait d'aider Bobby et ne l'avancerait assurément à rien parce qu'il voulait vraiment quitter cette vie l'âme en paix et non sous la torture, alors il fit l'effort de se redresser, petit à petit, et de respirer profondément, lentement, jusqu'à ce qu'il entende son souffle aller et venir, aller et venir, et il renversa la tête en arrière comme il le faisait si souvent sous le soleil pour sentir les rayons sur sa peau, et il appela Gertrude, tressaillit au son de sa propre voix et secoua la tête et se souvint, encore, du jour où ils avaient appris la mort de Karl-Heinz mais désormais

Gertrude n'était plus là et c'était Bobby qui endurait l'horreur des tourments et il ne pouvait rien y faire, rien, ne pouvait rien dire à Bobby, il le savait dans ses tripes, il devait laisser Bobby souffrir seul, maintenant, et se contenter d'être là pour le réconforter quand il en avait besoin, mais Dieu du ciel pourquoi devait-il souffrir avec Bobby, n'avait-il pas assez souffert, n'était-ce pas assez pour une vie ? Et combien de fois devrait-il encore poser cette question, crier les mêmes mots à cette force invisible ? Oh assez... assez Werner on a dépassé le point de non-retour, dépassé les limites de l'inutile, des vaines angoisses sur l'avenir de Bobby. Encore et encore... on connaît, allez, on est déjà passé par là, ici même, si souvent, il n'y a rien d'autre à faire que laisser faire... que laisser faire... souhaite son bonheur Werner, que faire d'autre que laisser faire et souhaiter son bonheur et on verra ce que demain nous réserve. Aujourd'hui passera et demain viendra et c'est déjà bien assez. Oui, ça suffira bien, ça suffit toujours. Laisse aller Werner.

Bobby couché dans son lit pensait à Maria, à ses petites mains lisses quand elle se frottait contre lui et lui titillait la nuque avec ses doigts, et comment les frissons lui descendaient tout le long du dos et dans les bourses... elle pouvait le toucher n'importe où ça lui faisait toujours des frissons dans les bourses et son sexe durcissait, et il mit les mains entre ses cuisses et sentit la langue de Maria entre ses lèvres, oh et comment elle s'allongeait sur lui et même maintenant il se rappelait comment ses yeux étincelaient, comme les lumières de l'arbre de Noël reflétées sur les paillettes, et soudain il la vit

tomber

dans le vide, les yeux ronds, la bouche ouverte, mais en silence, elle tombait, tombait et il avait beau essayer de shunter l'image, de zapper sur ses yeux étincelants, de se concentrer sur sa langue, rien à faire elle tombait et maintenant elle était par terre et il était debout à côté

d'elle et elle saignait et il était désemparé mais maintenant le voilà avec Raul sur le toit, ça y est il l'a encadré ce pourri, il le force à s'agenouiller par-dessus le bord pour regarder en bas, dans la ruelle avec les ordures, les bouteilles cassées et les poivrots et il le pousse lentement et Raul se débat mais il a pas de jus cc pauvre con et Bobby lui tord le bras dans le dos et le pousse toujours un peu plus vers le vide jusqu'à mi-corps, le laisse pendouiller avec le rebord en travers du bide comme une balançoire et lui imprime un mouvement de bascule, un coup en haut, un coup en bas, et à chaque basculement le pousse un peu plus et Raul n'est plus retenu que par les jambes et il gueule tout ce qu'il peut mais ses cris se perdent dans le vent et la neige et y a personne qui peut l'entendre de toute façon, sauf Bobby et il adore ça, mais c'était l'image de Maria qu'il voulait voir, se souvenir encore de ses yeux, rester sur cette image-là mais ce ne fut qu'un flash, il était de nouveau avec Raul, lui écrasait son poing sur la gueule, le suspendait dans le vide en le tenant par les chevilles et le regardait gigoter, se cogner la tête contre le mur et Bobby resserrait sa prise, de plus en plus fort, lui tirait les genoux vers le haut et
sentait vibrer

dans sa gorge des grognements muets et des larmes roulaient de sa joue sur son oreiller et son corps se raidissait, se raidissait à mesure que le souvenir de Maria cédait la place à des visions de Raul et son oreiller était mouillé de larmes et un cri continu et silencieux lui tordait le corps et l'esprit, il était écartelé entre le souvenir de Maria et la vision de Raul, et plus ça le déchirait, plus il savait que son devoir lui commandait de tuer cet enculé, de le TUER, mais pas trop vite, fallait qu'il se voie mourir, fallait pas qu'il s'imagine s'en sortir peinard pendant que Maria croupissait dans sa tombe, oh putain non, pas question, et bientôt il ne vit plus que Raul, Maria s'était estompée dans les ombres et il était incapable de ressusciter son image, de sentir ses mains, ses lèvres, sa langue, la chaleur de son corps, il n'y avait que la haine froide qu'il enfonçait dans la tête de Raul à coups de boutoir et bon dieu que ça faisait du bien, ça défoulait, oh c'était bon… c'était encore mieux que de penser à Maria parce que l'évanescence du souvenir le frustrait, l'affolait, lui rappelait que rien ne serait jamais plus comme avant, l'est morte et a se rlèvra pu jamais dla tombe alors à quoi bon fantasmer, ça servait à rien, tandis que la perspective de tuer Raul, ça, ça le faisait vraiment goder, ça oui, ça lui refilait la pêche, ah la haine ça te nettoie le cerveau et ça le faisait planer, il se sentait tout-puissant, invincible, c'était le plus grand caïd du monde, et vas-y que je te lui claque la gueule à stenculé et il lui bourre les côtes et ça y est, enfin, il le lâche, le regarde tomber dans la ruelle, tomber, tomber… le regarda tomber aussi longtemps que dura la vision, puis son corps se recroquevilla dans les draps et il sombra dans une nuit sans images et dormit, crispé, noué, les poings si serrés que ses ongles entaillaient ses paumes et, s'il ne voyait plus les images, elles continuaient à défiler dans son sommeil et le torturèrent encore, ne lui accordant pour répit que l'inconscience de l'aveugle.

Le soir du réveillon ils décidèrent d'ouvrir leurs propres cadeaux avant que Bobby aille apporter les autres à Jesse. Ils étaient convenus de ne s'offrir qu'un cadeau chacun, mais il y en avait 4 sous l'arbre. Bobby les regarda, puis regarda Moishe, Jsais que j'en ai acheté qu'1 alors qu'essa veut dire frère ?

Moishe eut un sourire espiègle et haussa les épaules, J'ai pensé à une ou deux choses…

Bobby sourit, hocha la tête, T/es trop Mush… mais jvais pam plainde. Si tu veux m'acheter des cadeaux, jles rfuse pas, tu peux êt sûr.

Ils rirent, s'observèrent un instant, puis Moishe ramassa un cadeau et le tendit à Bobby, qui déchira le papier et en extirpa un jean, Eh, c'est super Mush… d'enfer…

J'ai pensé que t/en avais besoin alors ça compte pas vraiment comme cadeau, ya ?

Eh, si tu ldis Mush – et Moishe ramassait déjà un autre cadeau en riant, une toute petite boîte. Bobby arracha le papier, dépiauta la boîte, bigla le contenu, s'étonna, sortit la chaîne, regarda le pendentif, regarda Moishe, Quesssé frère ?

Un porte-bonheur. C'est africain – souriant – un gri-gri.

Bobby lorgna Moishe, sourit, puis gloussa, Oah la vache un gri-gri. Ouais c'est bonnard. Ptain…

Moishe souriait de plus en plus, fondait de plaisir en voyant les yeux de Bobby pétiller de reconnaissance et d'affection, et s'amusait de son étonnement. Il le regarda accrocher le talisman à son cou et rentrer le menton en baissant les yeux pour essayer de l'apercevoir sur sa gorge. Bobby se leva et alla devant la glace où il prit des poses avec son gri-gri, le retournant de temps en temps et le montrant à Moishe, Mec, c'est cool… mate un peu, c'est cool – s'admira encore, puis pivota soudain et rejoignit Moishe au pied de l'arbre, À ton tour mainnant Mush – lui tendant son cadeau, les yeux pleins d'amour. À nouveau Moishe se sentit fondre, l'emballage était chaud, presque vivant – C'est pas grand-chose frère mais jcrois ça va tplaire. Moishe éplucha lentement le paquet, tout sourire, tout à la joie de ce moment privilégié, la découverte d'un cadeau sous les yeux de celui qui l'offre et qui s'impatiente, guette votre réaction à l'expression de votre visage pour voir comment votre cœur accueille ce qu'il pense être un petit cadeau, trois fois rien, mais qui est toujours son cœur à lui enveloppé dans du joli papier – Ptain Mush, t/en mets du temps à l'ouvrir. Heureusement qu'y est pas vivant, y srait mort dpuis longtemps. Ya, ya – gloussant et déchirant le papier qu'il jeta de côté pour trouver dans ses mains une image encadrée, un paysage de lac avec des arbres au fond, des canards sur l'eau, des oiseaux dans le ciel et un saule au premier plan. Moishe le tendit à bout de bras pour le regarder, le cœur battant – Jsais comment t/aimes ton arb frère alors je msuis dit qu'y t'en faut un ici – Bobby qui sourit par anticipation, essaie d'inciter Moishe à dire quelque chose, Moishe sans voix, réduit au silence non seulement par le geste de Bobby, qui avait compris tout ce que cet arbre représentait pour lui et avait dû se donner un mal fou pour trouver cette gravure, mais par l'image elle-même, et pourtant ce n'était pas l'arbre qui retenait son regard, c'étaient les oiseaux qui volaient dans l'air, parce qu'on n'en voyait jamais dans les camps… jamais. Les oiseaux ne volaient pas au-dessus des camps…

Alors frère qu'ess t/en dis ? observant Moishe avec anxiété, craignant d'avoir fait une erreur, et Moishe se mit à sourire en grand et regarda Bobby, tout amour dehors, C'est un cadeau magnifique – secouant la tête, incapable de retenir ses larmes – Ça me plaît énormément Bobby, c'est – secouant encore la tête, haussant les épaules, ne trouvant pas les mots mais montrant par son attitude qu'il appréciait le cadeau et Bobby se dérida et serra Moishe par les épaules, J'espère kça tplaît frère – et Moishe put voir combien c'était important pour Bobby d'avoir trouvé un cadeau qui lui plaisait, qui avait vraiment un sens, une histoire que Bobby racontait avec les yeux – Ya… ya, je suis très touché – regarda Bobby un moment, tous 2 silencieux, puis lui donna le dernier cadeau, J'ai pensé que t/en avais besoin. Bobby soupesa le paquet, souriant, regardant Moishe, puis déballa lentement et sortit une écharpe brune en cachemire, la palpa, la caressa du bout des doigts, regarda Moishe avec émerveillement, C'est vachement doux, eh. Ya, c'est du cachemire. C'est très chaud aussi. Catchmire. Ptain –

enroulant l'écharpe autour de son cou, tirant dessus, la faisant coulisser, l'enroulant une seconde fois – Ptain, c'est doux ça fait une chiée sensation Mush – Moishe radieux, sautillant presque de joie – C'est dingue comme c'est doux… la frottant contre sa joue et secouant la tête… Ptain – tendit la main et Moishe tapa dedans, puis regarda sa gravure, puis les murs en se demandant où il l'accrocherait, pendant que Bobby toujours assis par terre tâtait son écharpe et regardait son gri-gri. Enfin il se tourna vers Moishe, Où ktu vas l'accrocher ? Moishe haussa les épaules, Peut-être sur ce mur pour que je la voie de mon fauteuil. C'est cool. Moishe acquiesça, Ya, je crois que c'est une bonne idée. Il enfonça un clou dans le mur et accrocha la gravure et s'assit dans son fauteuil et la regarda un moment, souriant, Ya… ya… Bobby se posta derrière le fauteuil pour regarder, Ouais ça fait bien. C'est un bon endroit frère. Ils restèrent comme ça quelques minutes, puis Moishe se leva, Bon – se tourna et regarda encore Bobby, tous 2 souriant joyeusement – Joyeux Noël Bobby. Ouais Mush, Joyeux Noël. Moishe, hésitant, tendit les bras et serra les épaules de Bobby, et après un moment Bobby fit de même à Moishe et ils restèrent comme ça, puis Moishe dit, Bon… si on ramassait le papier, ya ? riant et ramassant le papier d'emballage, en jetant des regards furtifs vers l'arbre… Bobby commença à entasser les cadeaux de sa famille dans des sacs, Faut que jvais voir Jesse mainnant, ptain quand y vont voir tout ça y vont pisser dans leur froc – riant et secouant la tête en les rangeant soigneusement dans les sacs. Il s'habilla, mit l'écharpe en dernier, l'enroula deux fois, Mate un peu Mush, ça a dla gueule hein ? C'est très joli – secouant la tête – Ya… très joli. Bobby lorgna Moishe un moment… puis ramassa les sacs, À plus, frère.

Moishe erra dans l'appartement quelques minutes, entra dans chaque pièce, comme un maître de cérémonie, en pensant encore à Bobby avec son écharpe autour du cou, et finit assis dans son fauteuil à regarder la gravure.

Bobby caracolait à travers les terrains vagues, sans prêter attention aux carcasses de voitures abandonnées et éventrées, sans redouter l'inconnu qui pouvait se trouver dedans ou dans les immeubles ou dans les ombres. Il frottait son menton contre l'écharpe et se sentait cool, vaporeux, avait l'impression de s'élever à chaque pas, de pouvoir étirer les jambes sans limites, et les sacs de cadeaux étaient légers comme des plumes dans ses mains. Son nez refroidissait de seconde en seconde et pourtant il avait chaud, il était bien, il trouvait même agréable ce pincement du froid sur son nez parce que ça renforçait la sensation de chaleur dans le reste de son corps. Il marchait vite pour entretenir cette chaleur, se hâtait comme s'il se rendait à une fête… non, comme s'il était lui-même une fête, ouais, comme si toute une fête battait son plein en lui, et il était impatient de retrouver Jesse pour lui filer les cadeaux et le voir rouler les mirettes comme il faisait quand il était surpris et excité. Oh ouais ça le faisait rigoler d'avance la réaction de Jesse quand il aviserait les sacs de cadeaux et il accéléra l'allure, de plus en plus impatient de le retrouver. Il en oubliait de se méfier, ne s'arrêtait plus avant de tourner un coin pour rebrousser chemin et changer de cap à la dernière minute, il coupait au plus court, direct, sans se prendre la tête. Il ouvrait l'œil un peu quand même, matait de temps en temps à droite et à gauche, mais ça craignait pas, y avait quelque chose de… quelque chose de rassurant dans l'air et il y allait franco sans surveiller les ombres et les porches parce que ce quelque chose dans l'air était si perceptible que rien ne pouvait lui arriver, tout le monde devait se sentir comme lui, avoir envie comme lui de passer un bon moment et puis marre, et les phares des voitures étaient comme des guirlandes de Noël, même les chauffeurs de taxi avaient l'air de se la couler douce, et les feux tricolores le faisaient penser à leur arbre de Noël avec ses lumières clignotantes et ses boules et ses décorations, et en y pensant il avait encore plus chaud, à moins que ce ne soit son nez qui devenait plus froid, mais quelle importance, ça lui faisait du bien de penser à cet arbre que tout lui évoquait dans la rue, même les lumières aux fenêtres et les néons dans les magasins, c'était génial mais tout à coup il dut faire un écart pour éviter un poivrot qui venait de s'arc-bouter en catastrophe à un lampadaire pour gerber et glissait lentement le long de la hampe à chaque éructation pour finir sur les rotules marmonnant et râlant sous la poussée du vomi qui lui sortait par la bouche et les trous de nez. Bobby le contourna à bonne distance et passa son chemin, secouant la tête une seconde puis reléguant le mec dans le passé pour ramener ses pensées vers l'arbre et vers Jesse, il aurait bien voulu pouvoir lui montrer leur arbre, et à sa mère aussi, à tout le monde, une autre fois peut-être, mais c'est sûr que c'était cool d'avoir un arbre comme ça chez soi, ça te changeait la vie et ce qui était encore plus cool c'était d'avoir un tas de cadeaux pour tout le monde, c'était surtout ça qui marquait le coup… ouais, c'était ça qui lui faisait chaud en dedans, ptain c'est vrai merde, même ce pauvre poivrot sur son lampadaire avait le droit d'être heureux… un petit moment, et Bobby rigola et secoua la tête, parce que rien à faire il pigeait pas comment on pouvait prendre plaisir à se biturer si c'était pour finir contre un lampadaire à dégueuler ses tripes… ptain c'était quand même une drôle de façon d'être heureux, mais bon, il passa son chemin et continua au petit trot, de plus en plus impatient de voir la bobine de Jesse quand il viserait les sacs pleins de cadeaux.

Les rues s'animaient progressivement et les gens se maniaient tellement qu'ils se télescopaient, tête baissée, ne pensaient qu'à s'emmitoufler dans leurs manteaux pour s'imprégner de la chaleur du réveillon malgré la caillante et la menace de l'engelure, hâtaient le pas et continuaient à se télescoper en espérant arriver au plus vite à destination pour pouvoir enfin se goberger dans une pièce bien chauffée. Bobby n'échappait pas au télescopage général mais ne se rendait compte de rien, n'entendait pas les excuses marmonnées, quand il y en avait, et maintenait le cap quoi qu'il arrive en marchant toujours sur le côté est de la rue. Il aperçut Jesse qui attendait derrière la porte du snack et se planqua sous un porche à mi-distance. Jesse attendit encore quelques minutes, surveilla les allées et venues et rejoignit son frère.

Eh frangin, qu'ess tu dviens ?

Ça roule, Jess, ça roule – souriant et empoignant la main de Jesse, qu'il secoua et serra plus longtemps que d'habitude.

Eh arrête de serrer comme ça, tum fais mal.

Bobby se fendit d'un sourire maison, Escuse, Jess, jsuis un peu nerveux.

T/es sur un coup, c'est ça ? T/as l'air vachement remonté.

Naan – secouant la tête et riant – jsuis content d'êt là, c'est tout.

Ouais, jvois que t/as des sacs. C'est tout pour nous ?

Tout pour vous, Jess. Y a les noms marqués dessus.

Ptain – secouant la tête et soupesant les sacs – Y en a vachement beaucoup. Où que t/as dégotté tout ça ?

Dans les magasins, qu'ess tu crois ?

Jesse haussa les épaules, les yeux rivés sur les sacs, Jsais pas, moi. J'ai jamais vu ça, quoi.

Ça vient de l'aut bout dla ville, frangin – lui tapant sur l'épaule – Jcrois kça va vous plaire.

C'est sûr… Jesse leva lentement les yeux et regarda Bobby, Tu vends dla drogue, c'est ça ?

Arrête tes conneries.

Ben alors douct/as pris les sous ?

Jme suis trouvé un taf, ptit frère, arrête, c'est pas du charre.

Jesse regarda Bobby un moment, puis haussa les épaules, Si tu ldis…

Meeerde, toulmonde est pas dealer Jess.

Ben on dirait quand même. Mais c'est vrai ktas pas l'air… t/es trop cool.

C'est ça, t/inquiète. N'importe, comment ktu vas ?

Jvais bien, frangin. Mman y a mis ta carte sur la commode dans sa chamb.

Ouais ?

A sait pas que jla vois, mais l'arrête pas dla rgader.

Ouais, super. T/as rçu la tienne aussi ?

Ouais, on les a tous reçues. C'est cool de rcevoir des cartes de Noël dans le courrier, tvois sque jveux dire ?

Eh, sûr que jvois… pourquoi tu crois que jles ai envoyées ?

Jesse regarda Bobby, secoua la tête, fronça les sourcils, Jsais pas ski t'arrive, frangin. Comment ça sfait ktenvoies des cartes et ktachètes tous ces cadeaux et tout ?

Bobby haussa les épaules, Jsais pas Jess. C'est un pote à moi qui m'a dit de lfaire. Jbosse pour lui.

T/habites chez lui ?

Ouais. Un squat d'enfer, tu verrais ça, mortel.

Tu vas bientôt rvenir à la maison ?

Haussant les épaules, Jsais pas Jess. J'ai un truc à régler avec Raul.

Paraît qu'y pétoche à mort – ricanant – y dit qu'y rgade toujours par-dsus son épaule.

L'a intérêt, l'enculé. Mais ym verra pas vnir quand même.

Jesse se redressa, se fit aussi grand que possible et regarda fièrement Bobby, Ça jsuis sûr frangin. L'aura même pas ltemps dse rtourner t/y auras déjà pété la gueule.

Plus que ça, Jess, jvais lui péter la gueule en vrai – cessant brusquement de sourire, l'œil sombre, Jvais lui éclater la tête comme une pastèque… l'aura pareil qu'y a fait à Maria.

Le changement soudain dans la physionomie et la voix de Bobby surprit Jesse, l'effraya même sur le moment, puis il se redressa de nouveau avec fierté, T/as raison frangin – et il topa avec Bobby.

Bobby considéra le mur un instant, puis plissa les yeux et regarda Jesse, Grouille-toi d'apporter ces cadeaux à la maison.

T/as raison frangin – ramassant les sacs.

Et tu traînes pas en route, hein ?

Qu'ess tu crois, avec le temps qu'y fait, jvais pas aller mpromner – souriant.

Bobby sourit aussi et lui donna un petit coup sur l'épaule.

Cool, frangin.

Bobby, souriant toujours, leva le poing droit et regarda Jesse s'éloigner d'un pas rapide, puis disparaître dans la foule.

La mère de Bobby attendit que la marmaille soit endormie, puis s'assit au milieu de son lit et s'entoura des cadeaux, les toucha l'un après l'autre en lissant les rubans du bout des doigts, regarda les minuscules reflets qui dansaient sur le joli papier avec tous ces jolis motifs… et elle se mit à sautiller sur le lit avec une envie de taper dans ses mains et sentit un sourire se former sur ses lèvres, Oh Seigneur c'était même plus que sourire, ça, c'était carrément rire, mais oui, elle s'entendait rire et voyait ses doigts de pied gigoter… gigoter, gigoter, gigoter… et à force de sautiller elle fit un bond, un vrai bond, et rigola tout fort et vite elle mit ses mains sur sa bouche et resta immobile une seconde, rien qu'une seconde, mais elle souriait toujours et rigolait et elle avait envie de danser dans la chambre et elle était impatiente de raconter à Tillie ce que son Bobby leur avait offert à tous pour Noël… ouais, c'était un bon garçon son Bobby et elle se rappelait quand il était mioche et qu'il tétait, il se blottissait contre elle avec ses petites menottes et ses petits petons recroquevillés et il collait sa petite tête dans son cou, juste ici, et il frottait sa frimousse toute chaude et douce contre sa joue et elle le serrait et le berçait et il était sage, il se mettait à gargouiller et des fois son petit corps tressautait et il gigotait comme un chat et se blottissait encore plus près d'elle et elle lui fredonnait quelque chose, elle avait jamais eu une belle voix pour chanter, même que ça la rendait triste parfois, elle avait l'impression que tout le monde savait chanter sauf elle, en tout cas tous les noirs, mais elle fredonnait et il se mettait à ronronner comme s'il rêvait à quelque chose de beau… de si beau… et elle se sentait en paix comme si elle n'avait presque plus de sensations, enfin ce qu'elle appelait des sensations, c'était si agréable, si doux, comme s'ils faisaient tous les 2 le même rêve… et des fois elle le regardait crapahuter à 4 pattes sur le sol, il parcourait un petit mètre et s'arrêtait pour la regarder et lui faire ce grand sourire qu'il faisait toujours, puis rampait encore et elle rigolait oh bon sang et elle applaudissait et quand il arrivait devant ses pieds elle le soulevait et le serrait jusqu'à l'étouffer et il riait de son bon rire de bébé mais ensuite il essayait de s'extirper de ses bras pour pouvoir crapahuter encore, fallait toujours qu'il se balade partout comme un chat, qu'il regarde partout, et là y avait ces saletés de cafards qui rampaient avec lui et elle devait le reprendre dans ses bras et il chialait et voulait retourner par terre, à croire qu'il avait envie de jouer avec ces sales bestioles, mais le pire c'étaient ces putains de rats, c'est ça qui gâchait tout, ils guettaient son Bobby dans les coins et elle voyait bien ce qu'ils avaient en tête, ils avaient envie de le mordre un coup, tiens, et de le déchiqueter, et elle gueulait et les chassait avec un balai ces saloperies, et alors Bobby se mettait à pleurer et à brailler tellement qu'elle l'aurait presque cogné aussi avec le balai, et il fallait qu'elle monte la garde pour l'empêcher de retourner par terre mais lui il voulait ramper encore et quand elle le prenait pour le coucher dans son berceau il gueulait jusqu'à ce qu'elle gueule aussi et elle restait au-dessus de son berceau en lui criant de la fermer et il criait plus fort et elle criait encore plus fort et elle savait que ces saletés d'enculés de rats guettaient toujours et quelque temps après c'est Jesse qui était né, puis Sissy et puis Billy et comment elle allait faire, hein, comment elle allait faire pour tenir ces rats à l'écart, et toute la journée ils braillaient et elle braillait, elle avait vu le mouflet de Tillie comment il s'était fait arranger par un rat qui lui avait mordu la moitié de la joue et elle avait envie de les étrangler pour les faire taire ces sales gosses parce que le petit Bobby qui tétait et se blottissait contre elle, tout ça c'était du passé, c'était oublié, mais qu'est-ce qu'elle pouvait faire... qu'est-ce qu'elle pouvait faire sans un homme à la maison pour les faire obéir, elle était toute seule avec ces braillards et ces saletés de rats et l'autre crétin qui lui avait dit de prier Jésus, c'est ça il avait qu'à le faire venir pour qu'il s'occupe des rats son Jésus, qu'elle lui avait répondu et elle lui avait claqué la porte au nez à ce nèg, mais qu'est-ce qu'elle pouvait faire... mais il était quand même mignon quand il était bébé, son premier-né, le tout premier, et elle était encore qu'une môme elle-même, mais elle s'était bien occupée de lui, et ils s'étaient bien débrouillés... au début... ouais, ils s'étaient bien débrouillés... n'empêche que jsuis pas rassurée quand même avec mon garçon dans la rue et kesky peut y arriver même s'y habite avec un vieux qu/est gentil. Jesse y dit kBobby y va rentrer dès qu'y a réglé son compte avec les garçons qu/ont fait du mal à sa copine, Ô Seigneur mon garçon y a eu assez d'embêtments comme ça, mais jsais bien qu'y a pas envie drevnir ici, mais c'est un bon garçon, mon garçon, un vraiment bon garçon et ses yeux y sont toujours pareils que quand y était bébé et y a lmême sourire… y change… y est toujours Bobby mais pu lmême, mais y a toujours le même sourire dbébé et y aime sa maman, ouais, y aime sa maman… c'est un bon garçon mon Bobby… l'a pas 1 seul os de méchant dans tout son corps… non, y a pad méchansté dans mon garçon… rien du tout, pas de méchanceté et il l'aimait, elle le savait, ces putains de rats ne pouvaient rien contre ça, rien du tout… son Bobby aimait sa maman… en tout cas ça y ressemblait…

Après le départ de Jesse Bobby continua à regarder à travers la porte vitrée pendant de longues minutes, puis se tourna et monta lentement vers le toit. Il s'assit derrière le parapet, à l'abri du vent, songeur, laissa l'air froid lui éclaircir la tête, repensa à la joie qu'il s'était faite de revenir dans le quartier et à la joie de Jesse quand il l'avait vu avec tous ses cadeaux, comment ils étaient contents de se retrouver, comment il lui avait dit que sa mère gardait sa carte sur la commode et comment ils devaient tous bicher en ce moment devant les cadeaux, s'exclamer, arracher le papier à la hâte, pousser des cris, heureux comme lui quand il avait ouvert les cadeaux de Moishe puis l'avait regardé ouvrir le sien, et l'arbre et tout ça… tout ça…

et puis il se mit à penser à Maria et comment elle aurait été contente elle aussi ce soir que c'était Noël, mais y avait pas de cadeau pour elle cette fois-ci. Même l'autre poivrot qui dégueulait sur son lampadaire aurait peut-être un cadeau à ouvrir, ou finirait au moins par ouvrir une bouteille, et cet enculé de Raul aussi il aura des cadeaux, il s'assiéra devant un arbre avec sa famille et ça rigolera, ils feront des ouah et ouééé en déballant les paquets et cet enculé aura ce qu'il souhaitait, un truc qu'il voulait avoir et qui va lui faire superplaisir comme si rien ne s'était passé, comme s'il était pour rien dans la mort de Maria, comme si c'était pas lui qui l'avait poussée par la fenêtre pour qu'elle s'écrase la tête sur le trottoir et il va faire la fête toute la nuit et demain il gueulera Joyeux Noël et Felice Navidmoncudad. Merde, dire que cet enculé devait être ballonné de pinard à l'heure qu'il était et il avait chaud partout et il se sentait bien comme si Noël allait durer toujours, Meeerde ! stenculé dpourri qu/en traind s'en fourrer plein la glotte et qui sfend la gueule, s'y croit qu'y va avoir un Joyeux Noël, jamais dla vie – se lève et dévale l'escalier jusqu'à la rue, fend la foule sans regarder ni les portes ni les ombres, fonce, fonce, vite, vite ! vers le quartier de Raul en se foutant pas mal que quelqu'un le reconnaisse, force l'allure, allonge la foulée, trottine, court, percute les passants sans se retourner, manque renverser un môme sur un skateboard qui l'engueule en espagnol (reconnaît vaguement le petit frère du premier mec qu'il a serré dans la ruelle, le mec qu'il a cloué sur le bois, mais qu'il aille se faire foutre, qu'ess y peum faire ce ptit merdeux) et il tourne un coin à toute volée, dérape sur une plaque de glace, est projeté vers la chaussée mais se rattrape à un lampadaire et y reste cramponné une minute, il a le sang qui bat dans les oreilles et dans la gorge, les yeux exorbités mais il voit presque rien, c'est seulement en faisant le tour du lampadaire qu'il aperçoit le môme, là devant lui qui le reluque, et il s'arrache au galop, plonge dans une entrée d'immeuble, s'abat contre la porte, la défonce à moitié, grimpe l'escalier, poursuivi par les flonflons de la fête jusqu'au toit où il s'arrête pour reprendre son souffle, adossé à la porte, les flancs trempés de sueur, s'essuie la figure avec son écharpe, les tempes en feu, les muscles tétanisés, tout est rouge autour de lui, fait quelques pas vers le bord du toit et titube, tellement secoué qu'il voit trouble et s'affale contre la porte, n'entend même pas le choc sur le panneau métallique, glisse, glisse, se ramasse sur le cul et continue à glisser malgré le coup de fouet du gel, s'étale de tout son long, pantelant, cherchant de l'air, et le vertige lui rabat les paupières, sa tête roule, heurte le sol givré, ça le réveille, sa vision s'éclaircit, alors il se tourne sur le dos et regarde le ciel, un ciel morne et opaque, sans étoiles, pesant comme un couvercle qui se rapproche, se rapproche…

un tremblement de panique lui cisailla le corps… il ferma les yeux, puis les rouvrit lentement… le ciel semblait toujours à la même place, le rougeoiement de l'air s'était un peu dissipé… il plissa les yeux, se força à respirer lentement, profondément, perdit un instant la conscience de ce qu'il faisait… puis se rassit, paniqué mais vigilant, mata les alentours, essaya d'assagir sa respiration pour entendre ce qui se passait mais pendant de longues minutes n'entendit que son propre souffle, puis peu à peu les bruits de la rue lui parvinrent et il empoigna le bouton de la porte pour se hisser, s'appuya sur le battant, colla son oreille contre le métal gelé, écouta… écouta…

mais n'entendait rien. Il s'essuya encore la figure avec son écharpe. Respira lentement. Sans s'affoler. L'air froid en pénétrant dans son corps lui éclaircissait les idées, éclaircissait sa vision…

et le voilà qui tremble à nouveau, assailli par des images en rafale : les yeux fixes du môme qui l'avait reconnu tout à l'heure, ces yeux qu'il avait sentis braqués dans son dos quand il chancelait dans la rue, le môme qui piquait un sprint pour aller avertir Raul, le regard mauvais des gens qu'il avait percutés dans sa fuite, puis sa chute sur la glace, Raul et ses gars qui lui tombaient dessus, lui démolissaient la gueule, jetaient son corps aux chiens, et le froid lui glaçait le dos, des spasmes incontrôlables secouaient ses membres, ses bras s'agitaient, ses jambes flageolaient et soudain la nausée le plia en 2, il essaya de regarder autour de lui mais n'avait plus la maîtrise de ses mouvements, tomba à genoux, tenta de ramper mais ne savait pas vers où, ni pourquoi, ne savait pas comment il était arrivé ici, ne savait pas ce qu'il fuyait, maudissait sa connerie et soudain la cataracte lui brouilla la vue, y avait quelqu'un qui le guettait dans l'ombre, non ? qui c'était ? il essaya de se relever mais ses jambes ne le portaient plus, fallait pourtant décarrer d'ici, les images l'asphyxiaient, il était courbatu de partout, avançait comme il pouvait, au jugé parce qu'il y avait pas d'échappatoire ici, pas de rues, personne, pas d'endroit pour se cacher, et il pouvait même pas lever les mains pour se défendre et toujours dans sa tête cette voix qui le traitait de pauvre con, lui criait qu'il était fait comme un rat sur ce toit, que Raul allait rappliquer et le balancer dans le vide comme un rien et qu'il s'écraserait sur le trottoir comme Maria, hop il roule sur le côté à temps pour esquiver le gourdin qui lui arrive sur la tronche, et rampe, peut pas se lever, tient pas sur ses cannes, rampe jusqu'au bord du toit et voit… personne, pas de gourdin, rien que la rue mais c'est haut, c'est haut, c'est haut, s'agit pas de perdre l'équilibre malgré la sueur qui lui pique les yeux et la terreur qui lui file la tremblote et il voit la rue se rapprocher de plus en plus et tout à coup son corps se fige et il crie, il crie, il crie, s'affaisse, s'effondre en tas sur le toit, se raidit, ferme les yeux, entend un hurlement dans sa tête et le sifflement de sa respiration et attend l'impact…

puis ses yeux se rouvrirent, ses tempes palpitaient, il avait mal au crâne, son corps se lova, lentement, en position fœtale, les bras en étau autour de la tête, roula de côté sur le toit givré qui sentait le vieux goudron et lui renvoyait son haleine dans la face, envie de dormir, de se lover au pied du parapet à l'abri du vent et du froid, dormir, dormir…

à la longue, roulant encore et rampant jusque dans le coin, s'adossant contre le parapet, ramenant les genoux sous le menton, luttant contre la nausée, ivre de soulagement, à la longue il se tranquillisa, écouta le vent, reployé sur lui-même et sur ses sentiments, entendit le vent sans le percevoir sur sa peau, puis entendit sa respiration, sentit son souffle réchauffer ses genoux, son visage, s'immergea dans le soulagement comme dans un bain tiède, s'apaisa jusqu'à n'entendre plus que sa respiration, s'immergea de plus en plus dans le soulagement, dans la chaleur de son haleine, se détendit de plus en plus, s'enfonça de plus en plus dans le chaud, commença à flotter comme dans la baignoire à vagues, rentra en lui-même, laissa ses pensées dériver, respira lentement, facilement, réchauffé, rassuré, libéré, avec derrière ses paupières closes des ténèbres piquetées de points lumineux comme des étoiles dans un ciel intérieur dont il faisait partie, devint lui-même ce ciel, ces étoiles, cette lumière douce, si douce, si douce, oui il était cette lumière, ce réconfort, cette paix qu'il sentait monter, tout cela c'était lui, assis paisiblement, et il oublia Bobby pour ne plus penser qu'à la paix, à la belle légèreté de la paix, hors du temps, hors du toit, hors du corps, seulement la légèreté de la paix, l'immersion totale dans l'apesanteur…

demeurer toujours ainsi, toujours dans cet état, s'efforcer de le retenir mais reprendre peu à peu conscience de son corps, de l'air ambiant, du sol froid, tenter d'empêcher ses yeux de s'ouvrir mais ils s'ouvrent sur la nuit, et ses sensations lui reviennent, ses genoux sous son menton, ses bras autour de sa tête… alors lentement, très lentement il leva le front, baissa les bras, regarda ses genoux, le toit, le ciel, referma les yeux un instant, les rouvrit, se pencha en arrière, regarda le garde-fou qui le séparait de la rue en contrebas, se rappela la raison de sa présence ici, régla sa vision sur le rebord gelé du parapet, vit les briques et les joints de ciment à travers le givre, vit leurs angles rugueux dont la laideur le fascina, puis il se concentra sur les crevasses, et les failles et les rigoles devenaient des gargouilles et des démons en mouvement, d'énormes bouches vomissant des injures qui lui crevaient le tympan, et il se remit à ramper, lentement, vers le bord, parce qu'il savait que derrière lui venaient de surgir d'autres démons plus nombreux encore avec de longues haches pour le lacérer, alors il se traîna sur ses mains et ses pieds gelés, indifférent au froid, et le voilà face aux démons, ils lui disent de se relever, lui tendent des mains noirâtres et hideuses, et il se cramponne au garde-fou pour essayer de se hisser, allez encore un effort, ils lui crient REGARDE, REGARDE EN BAS, lui ordonnent de se redresser, de franchir le parapet, alors il lève une main, puis l'autre, se hisse à mi-corps, cale son buste sur le bord anguleux et coupant du parapet et regarde en bas, dans la ruelle jonchée d'ordures, voit leurs faces grimaçantes, et leurs bouches s'élargissent jusqu'à n'être plus que des gouffres noirs qui lui crient t/es qu'un inutile une merde un moins que rien, et il se hisse encore, le rebord en travers du ventre, il va tomber dans les bouches hurlantes et soudain elles se métamorphosent en têtes de Maria, des milliers de têtes qui s'écrasent sur la glace, du sang gicle et se fige dans l'air et les caillots reflètent la lumière des étoiles comme les paillettes de l'arbre de Noël et maintenant les bouches hurlent en silence et il regarde, paralysé, reprend lentement conscience du froid qui glace ses os, puis tout s'embrase dans le feu de la colère et il crie dans le caveau sonore de la ruelle ENCULÉÉÉÉÉÉÉÉÉS, puis retombe en arrière sur le toit, haletant, roule de côté

bras en croix

sous le ciel

opaque, puis lentement il se redressa, s'adossa au parapet, fit taire les monstres, respira de plus en plus profondément, de plus en plus lentement, inspira 1 dernière fois et se leva, regarda furtivement autour de lui, puis marcha vers la porte, l'ouvrit, la referma soigneusement, sans bruit, descendit rapidement au sous-sol, traversa la ruelle, en alerte, l'œil vif, attentif aux moindres ombres, avec une détermination tranquille : il savait où il allait et ce qu'il avait à faire. Tout était très clair. Raul rejoindrait Maria & les monstres et cet enculé mettrait une éternité à tomber, il ferait en sorte que ce salaud ait bien le temps de mater les bouches contordues et sanguinolentes tout en bas, qu'il le supplie de pas le pousser et il se marrerait, oh il lui rigolerait dans la gueule et il le regarderait glisser petit à petit, pas trop vite, en le remontant de temps en temps pour qu'il croie que c'était du bluff, puis le pousserait de nouveau et le laisserait pendre dans le vide pour qu'il se fasse bien à l'idée qu'y avait rien en dessous, rien entre lui et le trottoir où il allait s'éclater la tronche comme une pastèque, et plus il supplierait, plus il chialerait, plus Bobby se bidonnerait… ouais, il se bidonnerait si fort que le Raul ferait dans son froc et au dernier moment il le retournerait pour qu'y mate bien sa gueule, la gueule à Bobby, et Bobby se fendrait d'un sourire morteeel et le lâcherait, *Adios* enculé, et le regarderait tomber, tomber et tout le temps qu'il tomberait ce con espérerait ne jamais toucher le sol, tout le temps qu'il tomberait il garderait les yeux fermés tellement qu'il paniquerait et il aurait le temps de mourir 1000 fois avant de se rétamer dans la merde comme une merde qu'il était

clairvoyant

dans son aveuglement Bobby savait où la fureur guidait ses pas, poussé par un haut-le-cœur qui diffusait dans tout son corps, lui retournait les boyaux et lui montait à la tête, il alla se poster au bord du toit en face de l'appartement de Raul et regarda les gens à l'intérieur qui riaient, chantaient, buvaient du vin, regarda Raul enfiler un pullover neuf et se pavaner dans la pièce comme un caïd, et Bobby ravala sa nausée, le regard immobile, à l'affût, électrisé par l'adrénaline, attendit un signal et bientôt vit Raul endosser son blouson (pour aller crâner devant ses potes avec son nouveau pull), le vit faire tchao de la main en rigolant, Ouais, c'est ça, Joyeux Noël enculé, disposa la planche en travers des toits, éprouva sa résistance, inspira profondément et rampa jusqu'au toit de Raul, puis descendit tranquillement les marches et se tapit dans l'ombre, l'œil rivé sur la porte, guettant l'apparition du premier petit rai de lumière dans l'embrasure… Plaqué contre le mur, hors du champ de vision de Raul, il attendait, sans penser, sans surveiller sa respiration, retira machinalement son écharpe, enroula les extrémités autour de ses mains, indifférent à l'emballement du sang qui le congestionnait, obnubilé par la poignée de la porte, tous les sens en alerte, à cran, et quand enfin il entendit tourner la clenche il s'effaça dans l'ombre… ça y est… un trait de lumière, qui s'évase, prend de l'amplitude… des voix, des rires, et Raul qui leur répondait, riait aussi, Raul de profil avec sa sale gueule qui… qui… (patience, Bobby, retiens-toi encore un peu, attends qu'il ait fermé la porte)… et à l'instant où Raul lâcha la poignée l'écharpe de Bobby était autour de sa gorge et Bobby tira dessus de toutes ses forces, l'enroula une deuxième fois et traîna Raul qui gargouillait, se débattait, agitait les bras, essayait de se saisir de l'écharpe, le traîna dans l'escalier, lui claqua la tête contre les marches, le hala sur le toit, referma la porte et s'arrêta une minute pour le regarder… regarder le blanc de ses yeux révulsés par la panique, sentir sa gorge palpiter à travers l'écharpe… puis il le tracta jusqu'au bord du toit, lui cogna la gueule contre le parapet jusqu'à ce qu'il mollisse et se répande comme une loque sur la glace. Alors il desserra légèrement l'écharpe, histoire de le laisser respirer un peu pour qu'il crève pas tout de suite, ce serait trop facile, Maria avait mis longtemps, longtemps à mourir, alors il mettrait le temps aussi, aussi longtemps qu'en déciderait Bobby

qui

maintenant s'agenouille à côté de lui, le reluque, ricane, roucoule, l'écoute éructer, tousser, cracher le sang, et se marre, se marre, attend que Raul soit suffisamment ranimé pour bien comprendre ce qui lui arrive, pour bien voir qui c'est qui rigole au-dessus de sa tête, puis jugeant que ça suffit il resserre à fond et le soulève, lui bloque l'abdomen sur le parapet et le force à se pencher dans le vide, à regarder le sol crasseux tout en bas, et pour améliorer son panorama il lâche une main et lui attrape la ceinture et le fait basculer, tête la première, petit à petit, et va et vient, un coup je te pousse, un coup je te tire, faut que ça balance, faut que la terreur palpite, faut que ça vibre dans sa carcasse d'empaffé, et impromptu il le remonte d'un coup sec, le retourne sur le dos, lui écrase les pieds pour l'arrimer, et ricane en silence, en plein dans la gueule de Raul comme pour lui enfoncer son ricanement dans la chair, dans les os, dans le cerveau, puis s'approche, tout près, nez à nez, et le retourne de nouveau et le laisse pendouiller dans le vide, il peut plus voir sa tronche mais l'imagine, effarée, terrifiée, implorante, ouais c'est ça, implore donc, enculé, supplie-moi, t/as même pas laissé à Maria le temps de te supplier, mais vas-y, fais ta prière, le poussant toujours un peu plus vers le point de non-retour, le point d'équilibre limite où il ne serait plus retenu que par l'écharpe, où Bobby n'aurait qu'à la dénouer en douceur pour que Raul glisse… glisse…

et à son tour il regarda en bas, vit les bouches des monstres qui attendaient, puits de ténèbres voraces, haleines puantes, observa le précipice, médusé, les yeux aimantés, se sentit lui-même aspiré par ces béances ricanantes et avides qui attendaient son offrande et soudain quelque chose en lui se brisa, un claquement dans sa tête, puis un grincement comme une longue plainte, et tout son corps se raidit, la puanteur des bouches hurlantes lui coupa le souffle, il regarda ses mains qui serraient l'écharpe, le visage de Raul qui bleuissait, ses yeux qui sortaient de leurs orbites, et la plainte résonnait dans sa tête et il trembla…

puis d'un coup sec il tira sur l'écharpe pour relever Raul, le coucha sur le toit et le regarda en face avec une fixité de dément, Raul en apnée, Raul asphyxié, trop affaibli par la strangulation pour porter les mains à son cou, et quand l'écharpe se desserra enfin il s'affala sur le dos, son corps tressaillit, secoué de soubresauts, l'air s'engouffra en chuintant dans sa gorge écrasée, et toujours paralysé par la peur il contempla Bobby, hésita à le reconnaître tant ses traits semblaient déformés, tâtonna vers l'écharpe pour s'en dépêtrer mais Bobby resserra alors sa prise, s'agenouilla, lui releva la tête, l'approcha tout près de la sienne et lui dit avec une fureur contenue, froide comme la mort, qui lui glaça les tripes, Jte laisse viv enculé. Mais t/approche pu jamais dmoi, t/entends – resserrant encore le garrot pour bloquer le cri qui sortait des bronches de Raul – t/entends sque jdis ? ? ? ? C'est fini…

Bobby se releva brusquement, l'écrasa du regard, et Raul crut sentir ses os craquer…

et continua à contempler le vide après l'éclipse de Bobby, avec sur la rétine l'image rémanente de ce regard démoniaque qui le terrassait encore, puis peu à peu réveillé par l'air froid qui revenait dans ses poumons et dans sa tête, roula sur le côté, s'accouda, se haussa sur les mains, sur les pieds, reprit lentement conscience de la réalité et, se rendant compte que ce n'était pas un rêve, se mit à trembler.

Bobby, lui, ne se rendait compte de rien, n'avait pas conscience de ce qui s'était passé, ne savait pas où il était, ne savait pas ce qu'il faisait, qui il était, marchait à l'instinct comme si rien de tout cela ne le concernait, regagna machinalement l'autre toit, descendit dans la rue… et quelque chose lui disait qu'il fallait courir… courir… se tailler d'urgence… il ne savait pas où il était mais il fallait se tirer de là, alors il courut, au hasard des rues, sans voir les gens, les voitures, poussant sur ses jambes pour prendre de vitesse le hurlement qui le poursuivait, jusqu'au bout de ses forces, jusqu'à l'évanouissement dans un terrain vague à proximité de la cave de Moishe, parmi les gravats, gisant sur le dos, spasmé, respirant par saccades, puis recroquevillé comme un fœtus, inconscient comme un fœtus, cherchant de l'air… et alors le déclic se produisit, il s'étendit sur le dos, gémit, respira mieux, écarquilla les yeux, vit le ciel opaque au-dessus de lui… se rappela qui il était… ce qui s'était passé… et se mit à pleurer en s'entendant dire à Raul que c'était fini… que c'était fini…

Moishe dans son fauteuil percevait le battement silencieux d'une pendule quelque part en lui, le thrène lancinant des secondes, et se disait que non, non, il se trompait, il n'entendait rien, l'heure ne tournait pas si vite, Bobby n'était pas en retard, il bavardait avec son frère et ses copains, c'était normal, c'était le réveillon de Noël après tout, il fallait lui laisser le temps… et pour patienter, eh ben tiens il allait manger une glace, allez pourquoi pas, ça ne l'empêcherait pas d'en manger une autre avec Bobby tout à l'heure, ça ne voulait rien dire, le fait de manger une glace tout seul ne signifiait pas forcément qu'il croyait à une catastrophe, que Bobby ne rentrerait pas… bien sûr qu'il allait rentrer à la maison… à la maison… parce que c'était sa maison ici et…

et Moishe s'agrippa le ventre, la panique lui noua l'estomac, un gémissement lui traversa le corps, lui coupa le souffle, il serra ses tripes, éperdu, affolé, qu'est-ce qui se passe ? s'efforça de respirer, de se redresser, tombait de son fauteuil, tiré vers le bas par une force obscure, poussa sur ses mains, parvint à se caler contre le dos du fauteuil, les yeux saillants, empoigna les accoudoirs, geignit, mâchonné de l'intérieur par une terreur sourde qui raidissait son corps, paralysait son esprit, criait grâce sans que jamais le cri franchisse le seuil de ses lèvres, il manquait d'air, les mots ne sortaient pas,

et le regard braqué sur le mur en face de lui voyait le train et les yeux effarés de la mort et entendait des loups dépecer des chairs et des ossements gelés et les jointures de ses doigts blanchissaient et ses mains bleuissaient à force de serrer les bras du fauteuil et un bandeau lui ceintura la poitrine et il ouvrit la bouche haletant se convulsa tressauta jusqu'à ce qu'une plainte sépulcrale jaillisse des profondeurs de son être des profondeurs de l'enfer NOOOOOOOOON

s'affala soudain dans son fauteuil en se tenant la tête, en gémissant, Bobby Bobby…

puis se redressa contre le dossier, se balança d'avant en arrière, non non non… d'avant en arrière, non non non non… suspendu dans les limbes du Grand Tourment… car ce n'était pas seulement la douleur du moment, c'était la misère de toute une vie qui le tenaillait dans chaque cellule, dans chaque fibre de son être, toute une vie qui défilait en images devant ses yeux, Bobby gisant mort dans le caniveau, Karl-Heinz, Gertrude, le camp, les années, les années, toutes les années…

Oh pitié,
pitié, non non non non

et les larmes jaillissent et sa voix s'est tue mais la plainte persiste, silencieuse, assis dans son fauteuil, agrippé aux accoudoirs, les larmes ruissellent, grosses, lourdes, ravinent sa mémoire, chaudes, énormes, se déversent sur les rives d'une vie de tristesse et de chagrin, douchent son désespoir, pleuvent sur le monde, sur son monde, c'est la vidange de l'angoisse, le grand nettoyage qui lui donnera la force d'aspirer le prochain souffle de vie quand il n'aura plus de volonté, écrasé, cloué sur son fauteuil par le poids du passé, il ne pense plus, n'espère plus, vogue sans résistance au gré du courant sur la rivière des larmes, ne fait qu'un avec elles et la douleur qu'elles charrient, n'entend plus le tic-tac de l'horloge silencieuse... Moishe n'est plus retenu par les amarres qui le reliaient au monde, Moishe n'est que pleurs, n'est que larmes.

Bobby avançait à pas lents dans le no man's land. Le froid piquait. Il voulut rajuster son écharpe autour de son cou. Ne la trouva pas. S'arrêta. Un vide soudain affaiblit ses jambes, il vacilla, tomba à genoux, se releva en sursaut, tourna sur lui-même, remonta la fermeture éclair de son blouson jusqu'au cou, continua sa marche en voûtant les épaules, en rentrant le menton, et le vide se remplit brusquement, de la rage s'y engouffra, enfla et le trop-plein s'échappa par les yeux : il pleura.

Il descendit lentement les marches de la cave, ramassa quelques cartons, quelques journaux, et s'assit dessus, adossé au mur, ce même mur contre lequel il était affalé quand Moishe l'avait trouvé. Il croisa les bras sur ses genoux repliés, y posa la tête et ferma les yeux mais sans pouvoir retenir les larmes qui sortaient chaudes à la source puis tiédissaient sur ses joues, refroidissaient en roulant et arrivaient glacées sur ses mains... et tout à coup il lui sembla que la cave s'éclaircissait, il entrouvrit les yeux, juste un peu pour ne pas être ébloui par la lumière, ne vit que du noir, regarda un instant, les referma, lentement, à nouveau vit la lumière, plus brillante encore... rouvrit les yeux, mais non, il faisait toujours noir... Alors il eut peur, essaya de garder les yeux ouverts mais ils se refermaient d'eux-mêmes, crispa ses paupières pour éteindre la lumière qui brillait de plus en plus, rouvrit encore les yeux et des images éclairs lui apparurent dans l'obscurité, il se revit devant Raul, revit les trognes des monstres qui le raillaient, se vit traverser le toit sous les huées et les lazzis muets des bouches qui le traitaient de minable, de cul froid, de mauviette, et il n'avait rien à répondre, rien à dire pour sa défense, rien, alors il enfouit son front dans ses bras, serra les paupières jusqu'à les faire craquer pour ne pas voir la suite, ne pas voir le visage obsédant de Maria qu'il avait abandonnée, qui continuait à pleurer en enfer par sa faute, parce que c'était un dégonflé, et il entendait ses larmes crépiter dans le feu, apercevait déjà la fumée, et il se recroquevilla pour cacher sa honte dans ses genoux, effacer le visage de Maria qui réapparaissait toujours pour s'écraser sur le bitume, toujours toujours il la voyait tomber et souffrir par sa faute parce qu'il avait été trop lâche pour tuer Raul, alors il contracta son abdomen pour pousser un long, long cri, qui s'étouffa dans sa gorge et s'arrêta dans sa bouche fermée...

et il se tapa le dos contre le mur, et la tête, et encore et encore, pour s'enfoncer le cri dans le crâne et y puiser la force de résister, de vaincre la douleur et il tapa, tapa contre le mur et serra les genoux et arracha son bonnet et s'immobilisa et, sans savoir comment, se retrouva debout, tituba, puis avança dans le noir.

Quand il ouvrit la porte, Moishe était toujours dans son

fauteuil. Il voulut aussitôt se précipiter vers Bobby, mais son corps refusa de bouger. Immobile, incapable même de parler, il le regarda, vit de la douleur, vit de l'horreur sur son visage, vit un étranger… C'était Bobby et ce n'était pas lui, Bobby ne pouvait pas avoir changé à ce point. Des heures durant Moishe l'avait attendu en espérant, en priant pour que la porte s'ouvre et que Bobby paraisse, et maintenant qu'il était là, c'était pire que l'absence. Il voulait savoir ce qui s'était passé mais craignait davantage encore de l'apprendre. Bobby s'arrêta une seconde, puis alla vers sa chambre en évitant le regard de Moishe et dit simplement, J'ai perdu ton écharpe.

Moishe regarda le vide devant lui

et s'affaissa brusquement, gélifié, aveuli, la tête dans les mains comme pour s'étouffer ou étouffer un ennemi. Ses convulsions le reprenaient mais la terreur n'était plus la même, avant c'était la terreur de l'attente, maintenant c'était celle de la certitude : il avait vu le visage de Bobby, ne pouvait plus nier l'évidence, ne pouvait plus s'accrocher à l'espoir que Bobby ne commettrait pas l'irréparable, ne détruirait pas sa vie… non, ce n'étaient pas des larmes de soulagement, c'était du désespoir qui sortait de ses yeux, lui brûlait les mains, les bras, noyait son cœur, son âme… Comment faisait-il pour tenir encore en vie, comment l'air entrait-il encore dans ses poumons alors qu'il ne respirait plus, que son être tout entier était une masse de douleur, d'agonie, de silence… un silence dévastateur qui peu à peu s'agglutina en un grumeau de plainte tournoyant dans un chaudron obscur, bouillonna, monta, blop, blop, s'évacua par le gosier dans la caisse de résonance de ses mains et de sa mémoire… Il se souvenait… l'odeur, la colère et la haine, la faim, le froid, le froid brûlant, les ténèbres, des millions de cœurs égarés dans la nuit, parce que c'était toujours la nuit, la nuit au lever du jour, la nuit à midi, la nuit, la nuit des yeux creux et sans vie Ô seigneur des yeux de morts vivants qui te regardent sans comprendre, te transpercent et te hantent, que tu les voies ou non, que tu dormes ou t'éveilles, ils sont toujours là…

Ô mon dieu, assez, non… non, ça suffit, j'ai survécu à ces nuits-là, j'ai survécu à cette nuit assez maintenant, ça suffit… ça suffit…

puis de loin de très loin s'éleva le tic…

…tac de l'horloge silencieuse aux aiguilles cimentées et la glu descendit sur Moishe.

Bobby assis sur le bord de son lit regrettait les rats derrière le mur, regrettait l'odeur des couches pisseuses, les cris de la rue et de l'immeuble… il aurait voulu avoir une raison de cogner dans le mur, avoir une gueule à défoncer, quelque chose de tangible qui le force à bouger, à parler, à penser, quelque chose à faire, n'importe quoi pour arrêter les images, arrêter de ressentir, parce qu'il n'y avait pas de mots pour ce qu'il ressentait, ça le labourait, ça le charcutait, le travaillait, le brûlait, lui cassait les reins, et il avait honte, comme si tout le monde connaissait son secret et le montrait du doigt en le traitant de mauviette, ils étaient tous là derrière lui, il les sentait, au moins 100, au moins 1000 qu'ils étaient à le regarder avec dégoût, à lui cracher dessus, et lui il restait planté là comme deux ronds de flan, il avait même pas la force de se retourner pour leur faire face, pour griffer le mur et agacer les rats, Oh ouais merde si seulement y avait eu des rats ça l'aurait réveillé mais non, même pour ça il était trop mou, un vrai tas, lessivé par une purge de sensations vagues, indéfinies, qui l'essoraient, le tordaient, l'égouttaient, et tout ce qu'il savait faire c'était geindre et vlouf le vlà par terre sur le cul à se taper la tête contre le lit…

Le bruit

sourd de sa glissade alerta Moishe comme un roulement de tonnerre. Il sursauta, recula brusquement la tête comme pour éviter le coup de lame d'une faux passant devant ses yeux, ne respira plus, n'entendit plus son cœur, regarda subjugué la faux sillonner l'air en tout sens devant lui, pétrifié dans son fauteuil…

jusqu'à ce que les aiguilles immobiles de l'horloge cèdent enfin à l'attraction du temps et que son cœur recommence à battre, que l'air perce la bourre qui obturait sa gorge…

et maintenant debout sur le seuil il regardait Bobby regardant le vide, assis par terre, ouvrait la bouche pour expulser les mots qui s'amalgamaient sans sortir, appuyé contre le chambranle, trop faible pour tenir droit mais retrouvant peu à peu un semblant de force, il attendait, pleurait, s'interrogeait, tremblait…

alors Bobby

tourna lentement la tête…

regarda Moishe et Moishe le reconnut enfin, respira, reprit vie… c'était bien lui, c'était Bobby à nouveau, Bobby au désespoir mais Bobby tout de même, il était de retour et peu importait d'où il venait puisqu'il était revenu, même si c'était en pleurant, même si sur ses joues noires roulaient des larmes qui chatoyaient dans la lumière…

Ils se regardèrent longuement, et plus dura le regard plus Moishe sentit la douleur dans les yeux implorants de Bobby qui cherchaient à se poser sur… n'importe quelle image pourvu qu'elle apaise son tourment…

Moishe avança.

D'une manière ou d'une autre ses jambes avancèrent, le portèrent vers Bobby.

S'assit à côté de lui.

Continuèrent à se regarder.

Et toujours dans les yeux de Bobby la même supplique.

Le cœur se serre mais les aiguilles de l'horloge tournent et le sang revient dans les veines de Moishe. Il se détend, s'adoucit, entend une voix intérieure dire Bobby je t'aime.

Et le temps passait. Oui, oui, passait. La glu pesait toujours mais le temps s'écoulait à nouveau, grâce à dieu oh merci, le temps passait.

Moishe silencieux comme l'horloge voyait Bobby se débattre contre quelque chose qui leur échappait à tous 2, voyait ses joues et son menton frémir, voyait qu'il cherchait des mots, qu'il essayait de parler, qu'il luttait, voyait le désespoir mouiller ses yeux et se sentait pleurer aussi mais grâce à dieu le temps passait…

et triomphait : Bobby ouvrit la bouche, les mots creusèrent une brèche dans ce qui restait de lui, et repliant les genoux, J'ai foiré Mush… j'ai foiré grave… – se regardèrent à travers leurs larmes et Bobby chiala – J'ai pas pu Mush… j'ai pas pu – dans le scintillement des larmes qui tombaient comme des gouttes de cristal sur sa chemise et son jean – J'ai pas pu ltuer – Moishe bercé par son aveu comme par une chanson douce – Je ltenais… je ltenais, comme j'avais prévu… je ltenais au-dsus du toit et y balisait tellement qu'y aurait pu crever sur place… mais j'ai calé. Oh Mush, j'ai calé et mainnant Maria pourra jamais êt tranquille dans sa tombe, a continuera toujours à tomber, toujours, oh Mush qu'ess jvais faire – et dans sa joie Moishe souffre pour Bobby, il sait ce qu'éprouve un homme quand se dérobe la haine qui le faisait vivre, quand sur l'écran de ses fantasmes s'éteignent les images de violence qui seules l'aidaient à tenir et que s'ouvre un trou sans fond parce que sans l'espoir d'assouvir sa haine il n'a plus rien pour s'accrocher, ne voit que l'abîme – Et j'ai paumé l'écharpe Mush, j'ai même pu ton écharpe oh merde, putain qu'ess jvais devnir Mush… qu'ess jvais foute mainnant puTAIN???? et son corps s'inclina lentement vers Moishe, vers les bras de Moishe qui le berça en versant des larmes sur sa tête, des larmes de gratitude qui l'aveuglaient et le lavaient comme une aspersion, puis le visage de Sol lui apparut, plus souriant et plus net que jamais… le temps d'une brève prière… Était-il capable de sourire comme ça lui aussi, ses bras pouvaient-il être pour Bobby ce qu'avaient été pour lui ceux de Sol, saurait-il à son tour l'amener à l'acceptation, infuser en lui cette bizarrerie du cœur et de l'esprit qui… Oui, de l'esprit, parce que ça se passait dans la tête aussi, cet amour que lui avait appris Sol n'était pas seulement un répit pour le corps, c'était comme une lumière qui te rinçait le cerveau jusque dans ses replis les plus secrets, ces petits recoins oubliés aux confins de la mémoire depuis des millions d'années… ces petites nervures douloureuses nées au commencement du temps…

le temps maintenant si léger, comme une chanson dont l'horloge battait la mesure…

Et avec le temps ils s'animèrent… bougèrent…

mouillés de leurs larmes réciproques…

puis se redressèrent, s'adossèrent contre le montant du lit, se regardèrent et Moishe tout benoît vit des anges danser dans les larmes de Bobby quand il se força à sourire comme un gosse qui a mal aux dents et ne veut pas pleurer, vit défiler sa vie, Karl-Heinz, Sol, Gertrude, les camps, comme un film en couleurs et en chansons sur les paroles de Bobby : J'ai pas pu Mush… j'ai pas pu ltuer…

Mais dans le regard de Bobby il n'y avait que douleur et supplique, Jsais pas squi s'est passé Mush – secouant la tête, hébété – Jsais pas.

Moishe passa un bras autour de ses épaules et le serra contre lui, Tout va bien Bobby, c'est…

Je ltenais Mush. Je ltenais stenculé – tendant les mains pour serrer la gorge de Raul – Mais j… – laissant retomber ses mains sur ses genoux, secouant la tête sans comprendre…

Moishe muet, étouffé par des bouffées d'amour, de compassion, d'empathie…

Et Bobby avec des étoiles, ya, des petites étoiles dans les larmes, lui raconta ce qui s'était passé… J'arrive pas à piger pourquoi j'y ai dit ça. C'est sorti comme ça dma bouche. Je lpensais pas – secouant la tête, ravalant ses sanglots – c'est sorti dma bouche mais jl'ai pas dit Mush – se blottissant contre la chemise imbibée de Moishe – Jl'ai pas vraiment dit, c'est sorti tout seul, mais comment ça speut Mush ? – s'accrochant à Moishe comme un désespéré – et jte jure j'ai rien souhaité pour lui Mush, jveux dire pas *vraiment*, Oh Mush qu'ess jvais faire ? ? ? ?

Moishe le serra dans ses bras, Merci… Bobby, c'est merv… c'est *super* ce qui s'est passé. Ya, super… je peux pas te dire comme c'est super – Bobby qui s'accrochait toujours à lui comme un noyé à son sauveteur – Mais ça fait peur, hein ? C'est un sentiment inconnu, ya ? C'est tout nouveau comme si le monde s'effondre… comme… ya, comme s'il y a plus rien pour te soutenir, plus de murs… comme si le sol devient tout mou et que tu te dis je vais m'enfoncer, je vais être avalé.

Bobby frissonnant, Jsais pas squi spasse frère… mais c'est vrai, ça mfait comme tu dis… sauf que c'est pas du tout super Mush, jme suis jamais senti aussi mal de ma vie… je ltenais –

C'est simple Bobby – d'une voix toute douce – tu voulais pas le tuer.

Bobby redressa la tête, écarquilla les yeux, Qu'ess tu racontes ? Sûr que jvoulais ltuer stenculé, et comment que jvoulais ltuer ! dpuis ltemps que jsuis après lui, je…

Ptain dpuis ltemps quim prend la tête, ça fait longtemps Mush, jtel dis.

Moishe continuait à sourire et à le serrer dans ses bras, Non, Bobby, au fond de ton cœur tu voulais pas le tuer. Tu pensais que tu le *devais*, mais tu *voulais* pas vraiment.

Oh Mush – secouant la tête, incrédule – tu dis des c…

T/es pas obligé de me croire Bobby… mais regarde ce qui s'est passé.

Bobby fronça les sourcils…

Tu le tenais sur le bord du toit… il pouvait rien faire… rien et –

Ptain c'est vrai Mush, comme dans mon plan, jl'avais à ma pogne, je –

Donc… si t/avais vraiment voulu le tuer il serait déjà mort. Ya – Bobby le regarda bouche bée – Il pouvait pas se défendre. Bobby… si tu avais vraiment voulu le tuer, tu l'aurais fait. Personne ne pouvait t'en empêcher. C'est évident, ya ? tu voulais pas le tuer – souriant, attendri, le cœur léger – T'en fais pas Bobby. T'en fais pas. Ça pouvait pas mieux se passer. Ya, c'est très bien.

Bobby l'observa un moment, haussa les épaules, secoua la tête, et Moishe vit ses paupières s'alourdir, sentit qu'il était à bout de forces, Si t/allais dormir maintenant, hein, on reparlera plus tard, ya ?

Ouais. T/as pas tort. Jsuis nase, j'ai lcul en plomb.

Bon, alors vaut mieux que tu te couches, ya ? et Moishe souriant se leva en s'appuyant sur le lit.

Bobby se leva aussi, hagard, faible, tremblant, cligna des yeux et secoua la tête, Ptain.

Moishe sourit, Bon, on reparlera de tout ça demain. Dors, Bobby, dors bien, ya ?

Ouais – acquiesçant – jsuis tellement cassé que jsais même pas si jpourrai mréveiller.

Ya, dors bien.

Moishe alla dans la cuisine en vacillant légèrement, remplit un bol de glace et s'assit à la table. Il regarda une larme tomber dans son bol et briller comme une perle avant de disparaître. Puis une deuxième… Il sourit, puis rigola en pensant qu'il allait se nourrir de ses propres larmes, Oh, ça sera pas les premières que j'avalerai, va, mais c'est sûrement la première fois que ça me fait rire. C'est drôle d'avoir tant de larmes et d'être si content. Pour une bonne nouvelle ou un moment de bonheur on rit et on pleure, mais quand la mort se change en vie… là, y a plus de mots, y a que des larmes… et c'est comme de l'eau douce qui coule dans la gorge pour étancher la soif du cœur… Ah si… si, il y a un mot… merci. Oui, oui, merci, merci, merci. Oh et puis d'autres mots encore, plein de mots qui se bousculent, mais… tout ce que je sais dire c'est Merci… et… je T'aime, et puis de toute façon qu'est-ce que c'est que les mots ? C'est rien, c'est tellement… limité… tellement… humain, mais comment exprimer autrement qu'avec des mots ce que j'ai dans le cœur… dans le cœur de mon cœur et peut-être que Tu as des oreilles aussi, que ça Te fait plaisir de les entendre. Sans Toi je suis rien, un petit vieux insignifiant, impuissant, mais avec Toi je suis fort… Avec Toi je me suis toujours relevé des ténèbres, toujours dépêtré de l'angoisse et du désespoir, Tu m'as toujours aidé à dépasser ma souffrance et mes limites, à reconstituer le puzzle éclaté que je suis, avec Toi toutes les pièces s'emboîtent et je suis solide et je peux traverser les ténèbres… oui, c'est vrai, j'ai fait tout ça, *je* l'ai fait, si j'agis pas moi-même rien n'est fait, mais c'est Toi qui m'en as donné la force, Toi qui m'as montré que je pouvais accomplir ce que je croyais impossible. Ô Bien-Aimé, j'ai si souvent douté, juré, crié dans le noir, je T'ai si souvent supplié de me donner la force et Tu me l'as donnée… je suis comme la vie, fragile et fort ! Mais je sais que pour renaître il faut d'abord mourir et c'est Toi le patron ici, c'est Toi qui dois vivre, alors faut bien que je meure chaque fois un peu plus pour Te donner naissance… et quelle merveille de Te donner naissance... à Toi ! Je peux engendrer la haine, la vengeance, la peur... même l'amour, mais T'engendrer Toi !... Sûr, c'est moi qui choisis de pardonner, qui choisis d'aimer, mais Toi Tu... Tu es tellement au-dessus de tout ça, au-dessus de ce que j'appelle bêtement l'amour parce que pour moi c'est un mot... rien qu'un mot... mais là où Tu m'emmènes y a pas de mots, pas de limites, seulement la douce conscience de Ta Présence et de tout ce que la vie rend possible, et ça chante partout en moi, tout le monde chante la même chanson... nous sommes tous Ta chanson... et il faut qu'on soit tous là pour que la chorale soit complète... tous, moi, Bobby, Klaus, tous... nous sommes tous Ta chanson, et le plus incroyable c'est que je l'*entends* cette chanson, oui, je l'*entends*, en moi, autour de moi, partout... je deviens Ta chanson Ô Amour, oui, je sais qu'un jour je ne l'entendrai plus... je *SERAI* la chanson. Et en attendant, eh ben je continue à chanter, et en chantant j'ai fait venir Bobby dans ma vie, oh Bobby, si tu savais tout ce que tu m'as donné... tu m'as rendu le fils que j'ai pleuré toutes ces années, tu m'as offert une raison de vivre quand je croyais que la mort était ma seule attente et tu m'as apporté ton amour, Bobby, un jour tu comprendras, un jour tu *verras*... tu verras que tu *vois*... que tu sais aimer... alors tu comprendras ce que tu as fait pour ce vieil homme fatigué...

Moishe toujours hors du temps et de l'espace, libéré du poids de son corps, voyait les yeux fermés une lumière plus brillante que jamais œil ouvert n'avait vue, heureux de se sentir simplement être... heureux d'avoir connu l'Un pendant un instant d'éternité... mais peu à peu... doucement... le temps et l'espace s'insinuèrent dans sa conscience, il redevint corps, résista d'abord, refusa de redescendre mais le corps s'alourdissait, il redevenait Werner... redevenait Moishe... dans le monde physique… Oui, tu as beau faire, toi qui voudrais n'être que Lumière et Chanson, toujours tu reviens au corps. Encore un effort. Un jour je ne redescendrai pas, mais d'ici là y a encore du travail… Allez, c'est pas encore fini…

Oh le corps est si
lourd comment on fait pour le bouger
comment on fait pour survivre

DU MÊME AUTEUR

Last Exit to Broklyn
*Albin Michel, 1970*
*et « 10/18 », n° 2393*

La Geôle
*Albin Michel, 1972*
*et « 10/18 », n° 1491*

Le Démon
*Humanoïdes Associés, 1977*
*et « 10/18 », n° 1606*

Retour à Brooklyn
*Humanoïdes Associés, 1980*
*et « 10/18 », n° 1660*

Chanson de la neige silencieuse
*Quai Voltaire, 1988*
*L'Olivier, « Petite Bibliothèque américaine », 1998*

RÉALISATION : PAO ÉDITIONS DU SEUIL
IMPRESSION : S.N. FIRMIN-DIDOT AU MESNIL-SUR-L'ESTRÉE
DÉPÔT LÉGAL : JANVIER 2001. N° 48135 (53177)

# Collection Points

DERNIERS TITRES PARUS

P535. La Huitième Case, *par Herbert Lieberman*
P536. Bloody Waters, *par Carolina Garcia-Aguilera*
P537. Monsieur Tanaka aime les nymphéas
*par David Ramus*
P538. Place de Sienne, côté ombre
*par Carlo Fruttero et Franco Lucentini*
P539. Énergie du désespoir, *par Eric Ambler*
P540. Épitaphe pour un espion, *par Eric Ambler*
P541. La Nuit de l'erreur, *par Tahar Ben Jelloun*
P542. Compagnons de voyage, *par Hubert Reeves*
P543. Les amandiers sont morts de leurs blessures
*par Tahar Ben Jelloun*
P544. La Remontée des cendres, *par Tahar Ben Jelloun*
P545. La Terre et le Sang, *par Mouloud Feraoun*
P546. L'Aurore des bien-aimés, *par Louis Gardel*
P547. L'Éducation féline, *par Bertrand Visage*
P548. Les Insulaires, *par Christian Giudicelli*
P549. Dans un miroir obscur, *par Jostein Gaarder*
P550. Le Jeu du roman, *par Louise L.Lambrichs*
P551. Vice-versa, *par Will Self*
P552. Je voudrais vous dire, *par Nicole Notat*
P553. François, *par Christina Forsne*
P554. Mercure rouge, *par Reggie Nadelson*
P555. Même les scélérats…, *par Lawrence Block*
P556. Monnè, Outrages et Défis, *par Ahmadou Kourouma*
P557. Les Grosses Rêveuses, *par Paul Fournel*
P558. Les Athlètes dans leur tête, *par Paul Fournel*
P559. Allez les filles !, *par Christian Baudelot et Roger Establet*
P560. Quand vient le souvenir, *par Saul Friedländer*
P561. La Compagnie des spectres, *par Lydie Salvayre*
P562. La Poussière du monde, *par Jacques Lacarrière*
P563. Le Tailleur de Panama, *par John Le Carré*
P564. Che, *par Pierre Kalfon*
P565. Du fer dans les épinards, et autres idées reçues
*par Jean-François Bouvet*
P566. Étonner les Dieux, *par Ben Okri*
P567. L'Obscurité du dehors, *par Cormac McCarthy*
P568. Push, *par Sapphire*
P569. La Vie et demie, *par Sony Labou Tansi*
P570. La Route de San Giovanni, *par Italo Calvino*
P571. Requiem caraïbe, *par Brigitte Aubert*

P572. Mort en terre étrangère, *par Donna Leon*
P573. Complot à Genève, *par Eric Ambler*
P574. L'Année de la mort de Ricardo Reis, *par José Saramago*
P575. Le Cercle des représailles, *par Kateb Yacine*
P576. La Farce des damnés, *par António Lobo Antunes*
P577. Le Testament, *par Rainer Maria Rilke*
P578. Archipel, *par Michel Rio*
P579. Faux Pas, *par Michel Rio*
P580. La Guitare, *par Michel del Castillo*
P581. Phénomène futur, *par Olivier Rolin*
P582. Tête de cheval, *par Marc Trillard*
P583. Je pense à autre chose, *par Jean-Paul Dubois*
P584. Le Livre des amours, *par Henri Gougaud*
P585. L'Histoire des rêves danois, *par Peter Høeg*
P586. La Musique du diable, *par Walter Mosley*
P587. Amour, Poésie, Sagesse, *par Edgar Morin*
P588. L'Enfant de l'absente, *par Thierry Jonquet*
P589. Madrapour, *par Robert Merle*
P590. La Gloire de Dina, *par Michel del Castillo*
P591. Une femme en soi, *par Michel del Castillo*
P592. Mémoires d'un nomade, *par Paul Bowles*
P593. L'Affreux Pastis de la rue des Merles
*par Carlo Emilio Gadda*
P594. En sortant de l'école, *par Michèle Gazier*
P595. Lorsque l'enfant paraît, t.1, *par Françoise Dolto*
P596. Lorsque l'enfant paraît, t.2, *par Françoise Dolto*
P597. Lorsque l'enfant paraît, t.3, *par Françoise Dolto*
P598. La Déclaration, *par Lydie Salvayre*
P599. La Havane pour un infant défunt
*par Guillermo Cabrera Infante*
P600. Enfances, *par Françoise Dolto*
P601. Le Golfe des peines, *par Francisco Coloane*
P602. Le Perchoir du perroquet, *par Michel Rio*
P603. Mélancolie Nord, *par Michel Rio*
P604. Paradiso, *par José Lezama Lima*
P605. Le Jeu des décapitations, *par José Lezama Lima*
P606. Bloody Shame, *par Carolina Garcia-Aguilera*
P607. Besoin de mer, *par Hervé Hamon*
P608. Une vie de chien, *par Peter Mayle*
P609. La Tête perdue de Damasceno Monteiro
*par Antonio Tabbuchi*
P610. Le Dernier des Savage, *par Jay McInerney*
P611. Un enfant de Dieu, *par Cormac McCarthy*
P612. Explication des oiseaux, *par António Lobo Antunes*
P613. Le Siècle des intellectuels, *par Michel Winock*
P614. Le Colleur d'affiches, *par Michel del Castillo*

P615. L'Enfant chargé de songes, *par Anne Hébert*
P616. Une saison chez Lacan, *par Pierre Rey*
P617. Les Quatre Fils du Dr March, *par Brigitte Aubert*
P618. Un Vénitien anonyme, *par Donna Leon*
P619. Histoire du siège de Lisbonne, *par José Saramago*
P620. Le Tyran éternel, *par Patrick Grainville*
P621. Merle, *par Anne-Marie Garat*
P622. Rendez-vous d'amour dans un pays en guerre *par Luis Sepúlveda*
P623. Marie d'Égypte, *par Jacques Lacarrière*
P624. Les Mystères du Sacré-Cœur, *par Catherine Guigon*
P625. Armadillo, *par William Boyd*
P626. Pavots brûlants, *par Reggie Nadelson*
P627. Dogfish, *par Susan Geason*
P628. Tous les soleils, *par Bertrand Visage*
P629. Petit Louis, dit XIV. L'enfance du Roi-Soleil *par Claude Duneton*
P630. Poisson-chat, *par Jerome Charyn*
P631. Les Seigneurs du crime, *par Jean Ziegler*
P632. Louise, *par Didier Decoin*
P633. Rouge c'est la vie, *par Thierry Jonquet*
P634. Le Mystère de la patience, *par Jostein Gaarder*
P635. Un rire inexplicable, *par Alice Thomas Ellis*
P636. La Clinique, *par Jonathan Kellerman*
P637. Speed Queen, *par Stewart O'Nan*
P638. Égypte, passion française, *par Robert Solé*
P639. Un regrettable accident, *par Jean-Paul Nozière*
P640. Nursery Rhyme, *par Joseph Bialot*
P641. Pologne, *par James A.Michener*
P642. Patty Diphusa, *par Pedro Almodóvar*
P643. Une place pour le père, *par Aldo Naouri*
P644. La Chambre de Barbe-bleue, *par Thierry Gandillot*
P645. L'Épervier de Belsunce, *par Robert Deleuse*
P646. Le Cadavre dans la Rolls, *par Michael Connelly*
P647. Transfixions, *par Brigitte Aubert*
P648. La Spinoza connection, *par Lawrence Block*
P649. Le Cauchemar, *par Alexandra Marinina*
P650. Les Crimes de la rue Jacob, *ouvrage collectif*
P651. Bloody Secrets, *par Carolina Garcia-Aguilera*
P652. La Femme du dimanche *par Carlo Fruttero et Franco Lucentini*
P653. Le Jour de l'enfant tueur, *par Pierre Pelot*
P654. Le Chamane du Bout-du-monde, *par Jean Courtin*
P655. Naissance à l'aube, *par Driss Chraïbi*
P656. Une enquête au pays, *par Driss Chraïbi*
P657. L'Île enchantée, *par Eduardo Mendoza*

P658. Une comédie légère, *par Eduardo Mendoza*
P659. Le Jardin de ciment, *par Ian McEwan*
P660. Nu couché, *par Dan Franck*
P661. Premier Regard, *par Oliver Sacks*
P662. Une autre histoire de la littérature française, tome 1, *par Jean d'Ormesson*
P663. Une autre histoire de la littérature française, tome 2, *par Jean d'Ormesson*
P664. Les Deux Léopards, *par Jacques-Pierre Amette*
P665. Evaristo Carriego, *par Jorge Luis Borges*
P666. Les Jungles pensives, *par Michel Rio*
P667. Pleine Lune, *par Antonio Muñoz Molina*
P668. La Tyrannie du plaisir, *par Jean-Claude Guillebaud*
P669. Le Concierge, *par Herbert Lieberman*
P670. Bogart et Moi, *par Jean-Paul Nozière*
P671. Une affaire pas très catholique, *par Roger Martin*
P672. Elle et Lui, *par George Sand*
P673. Histoires d'une femme sans histoire, *par Michèle Gazier*
P674. Le Cimetière des fous, *par Dan Franck*
P675. Les Calendes grecques, *par Dan Franck*
P676. Mon idée du plaisir, *par Will Self*
P677. Mémorial de Sainte-Hélène, tome 1 *par Emmanuel de Las Cases*
P678. Mémorial de Sainte-Hélène, tome 2 *par Emmanuel de Las Cases*
P679. La Seiche, *par Maryline Desbiolles*
P680. Le Voyage de Théo, *par Catherine Clément*
P681. Sans moi, *par Marie Desplechin*
P682. En cherchant Sam, *par Patrick Raynal*
P683. Balkans-Transit, *par François Maspero*
P684. La Plus Belle Histoire de Dieu *par Jean Bottéro, Marc-Alain Ouaknin et Joseph Moingt*
P685. Le Gardien du verger, *par Cormac McCarthy*
P686. Le Prix de la chair, *par Donna Leon*
P687. Tir au but, *par Jean-Noël Blanc*
P688. Demander la lune, *par Dominique Muller*
P689. L'Heure des adieux, *par Jean-Noël Pancrazi*
P690. Soyez heureux, *par Jean-Marie Lustiger*
P691. L'Ordre naturel des choses, *par António Lobo Antunes*
P692. Le Roman du conquérant, *par Nedim Gürsel*
P693. Black Betty, *par Walter Mosley*
P694. La Solitude du coureur de fond, *par Allan Sillitoe*
P695. Cités à la dérive, *par Stratis Tsirkas*
P696. Méroé, *par Olivier Rolin*
P697. Bar des flots noirs, *par Olivier Rolin*
P698. Hôtel Atmosphère, *par Bertrand Visage*

P699. Angelica, *par Bertrand Visage*
P700. La petite fille qui aimait trop les allumettes
*par Gaétan Soucy*
P701. Je suis le gardien du phare, *par Eric Faye*
P702. La Fin de l'exil, *par Henry Roth*
P703. Small World, *par Martin Suter*
P704. Cinq photos de ma femme, *par Agnès Desarthe*
P705. L'Année du tigre, *par Philippe Sollers*
P706. Les Allumettes de la sacristie, *par Willy Deweert*
P707. Ô mort, vieux capitaine..., *par Joseph Bialot*
P708. Images de chair, *par Noël Simsolo*
P709. L'Œuvre de Dieu, la Part du Diable
*scénario par John Irving*
P710. La Ratte, *par Günter Grass*
P711. Une rencontre en Westphalie, *par Günter Grass*
P712. Le Roi, le Sage et le Bouffon
*par Shafique Keshavjee*
P713. Esther et le Diplomate, *par Frédéric Vitoux*
P714. Une sale rumeur, *par Anne Fine*
P715. Souffrance en France, *par Christophe Dejours*
P716. Jeunesse dans une ville normande
*par Jacques-Pierre Amette*
P717. Un chien de sa chienne, *par Roger Martin*
P718. L'Ombre de la louve, *par Pierre Pelot*
P719. Michael K, sa vie, son temps, *par J.M.Coetzee*
P720. En attendant les barbares, *par J.M.Coetzee*
P721. Voir les jardins de Babylone, *par Geneviève Brisac*
P722. L'Aveuglement, *par José Saramago*
P723. L'Évangile selon Jésus-Christ, *par José Saramago*
P724. Si ce livre pouvait me rapprocher de toi
*par Jean-Paul Dubois*
P725. Le Capitaine Alatriste, *par Arturo Pérez-Reverte*
P726. La Conférence de Cintegabelle, *par Lydie Salvayre*
P727. La Morsure des ténèbres, *par Brigitte Aubert*
P728. La Splendeur du Portugal, *par Antônio Lobo Antunes*
P729. Tlacuilo, *par Michel Rio*
P730. Poisson d'amour, *par Didier van Cauwelaert*
P731. La Forêt muette, *par Pierre Pelot*
P732. Départements et Territoires d'outre-mort
*par Henri Gougaud*
P733. Le Couturier de la Mort, *par Brigitte Aubert*
P734. Entre deux eaux, *par Donna Leon*
P735. Sheol, *par Marcello Fois*
P736. L'Abeille d'Ouessant, *par Hervé Hamon*
P737. Besoin de mirages, *par Gilles Lapouge*
P738. La Porte d'or, *par Michel Le Bris*

P739. Le Sillage de la baleine, *par Francisco Coloane*
P740. Les Bûchers de Bocanegra, *par Arturo Pérez-Reverte*
P741. La Femme aux melons, *par Peter Mayle*
P742. La Mort pour la mort, *par Alexandra Marinina*
P743. La Spéculation immobilière, *par Italo Calvino*
P744. Mitterrand, une histoire de Français.
1. Les Risques de l'escalade, *par Jean Lacouture*
P745. Mitterrand, une histoire de Français.
2. Les Vertiges du sommet, *par Jean Lacouture*
P746. L'Auberge des pauvres, *par Tahar Ben Jelloun*
P747. Coup de lame, *par Marc Trillard*
P748. La Servante du seigneur, *par Denis Bretin et Laurent Bonzon*
P749. La Mort, *par Michel Rio*
P750. La Statue de la liberté, *par Michel Rio*
P751. Le Grand Passage, *par Cormac McCarthy*
P752. Glamour Attitude, *par Jay McInerney*
P753. Le Soleil de Breda, *par Arturo Pérez-Reverte*
P754. Le Prix, *par Manuel Vázquez Montalbán*
P755. La Sourde, *par Jonathan Kellerman*
P756. Le Sténopé, *par Joseph Bialot*
P757. Carnivore Express, *par Stéphanie Benson*
P758. Monsieur Pinocchio, *par Jean-Marc Roberts*
P759. Les Enfants du Siècle, *par François-Olivier Rousseau*
P760. Paramour, *par Henri Gougaud*
P761. Les Juges, *par Élie Wiesel*
P762. En attendant le vote des bêtes sauvages *par Ahmadou Kourouma*
P763. Une veuve de papier, *par John Irving*
P764. Des putes pour Gloria, *par William T.Vollman*
P765. Ecstasy, *par Irvine Welsh*
P766. Beau Regard, *par Patrick Roegiers*
P767. La Déesse aveugle, *par Anne Holt*
P768. Au cœur de la mort, *par Lawrence Block*
P769. Fatal Tango, *par Jean-Paul Nozière*
P770. Meurtres au seuil de l'an 2000 *par Éric Bouhier, Yves Dauteuille, Maurice Detry, Dominique Gacem, Patrice Verry*
P771. Le Tour de France n'aura pas lieu, *par Jean-Noël Blanc*
P772. Sharkbait, *par Susan Geason*
P773. Vente à la criée du lot 49, *par Thomas Pynchon*
P774. Grand Seigneur, *par Louis Gardel*
P775. La Dérive des continents, *par Morgan Sportès*
P776. Single & Single, *par John le Carré*
P777. Ou César ou rien, *par Manuel Vázquez Montalbán*
P778. Les Grands Singes, *par Will Self*

P779. La Plus Belle Histoire de l'homme, *par André Langaney, Jean Clottes, Jean Guilaine et Dominique Simonnet*
P780. Le Rose et le Noir, *par Frédéric Martel*
P781. Le Dernier Coyote, *par Michael Connelly*
P782. Prédateurs, *par Noël Simsolo*
P783. La gratuité ne vaut plus rien, *par Denis Guedj*
P784. Le Général Solitude, *par Éric Faye*
P785. Le Théorème du perroquet, *par Denis Guedj*
P786. Le Merle bleu, *par Michèle Gazier*
P787. Anchise, *par Maryline Desbiolles*
P788. Dans la nuit aussi le ciel, *par Tiffany Tavernier*
P789. À Suspicious River, *par Laura Kasischke*
P790. Le Royaume des voix, *par Antonio Muñoz Molina*
P791. Le Petit Navire, *par Antonio Tabucchi*
P792. Le Guerrier solitaire, *par Henning Mankell*
P793. Ils y passeront tous, *par Lawrence Block*
P794. Ceux de la Vierge obscure, *par Pierre Mezinski*
P795. La Refondation du monde, *par Jean-Claude Guillebaud*
P796. L'Amour de Pierre Neuhart, *par Emmanuel Bove*
P797. Le Pressentiment, *par Emmanuel Bove*
P798. Le Marida, *par Myriam Anissimov*
P799. Toute une histoire, *par Günter Grass*
P800. Jésus contre Jésus, *par Gérard Mordillat et Jérôme Prieur*
P801. Connaissance de l'enfer, *par António Lobo Antunes*
P802. Quasi objets, *par José Saramago*
P803. La Mante des Grands-Carmes, *par Robert Deleuse*
P804. Neige, *par Maxence Fermine*
P805. L'Acquittement, *par Gaëtan Soucy*
P806. L'Évangile selon Caïn, *par Christian Lehmann*
P807. L'Invention du père, *par Arnaud Cathrine*
P808. Le Premier Jardin, *par Anne Hébert*
P809. L'Isolé Soleil, *par Daniel Maximin*
P810. Le Saule, *par Hubert Selby Jr.*
P811. Le Nom des morts, *par Stewart O'Nan*
P812. V., *par Thomas Pynchon*
P813. Vineland, *par Thomas Pynchon*
P814. Malina, *par Ingeborg Bachmann*
P815. L'Adieu au siècle, *par Michel Del Castillo*
P816. Pour une naissance sans violence *par Frédérick Leboyer*
P817. André Gide, *par Pierre Lepape*
P818. Comment peut-on être breton ? *par Morvan Lebesque*
P819. London Blues, *par Anthony Frewin*
P820. Sempre caro, *par Marcello Fois*
P821. Palazzo maudit, *par Stéphanie Benson*